옛시조의 모티프·미의식과
심상공간의 역사

글쓴이

김흥규(金興圭, Kim Hung Gyu)
1948년 인천 출생. 고려대학교 국문학과를 졸업, 서울대 대학원에서 한국 현대비평 연구로 석사학위를, 고려대 대학원에서 고전비평을 전공하여 박사학위를 받았다. 고려대 교수(1979~2012), 연세대 용재석좌교수(2015)를 역임했으며, 2012년 이래 고려대학교 명예교수이다. 주요 저서로『문학과 역사적 인간』,『조선 후기의 시경론과 시의식』,『한국 현대시를 찾아서』,『한국문학의 이해』,『송강 시의 언어』,『욕망과 형식의 시학』,『한국 고전문학과 비평의 성찰』,『근대의 특권화를 넘어서』,『사설시조의 세계』등이 있다. 2012년에는 제자들과의 공동 작업으로 20여년 동안 시조 46,400여 수를 집성한『고시조 대전』을 간행했다.

옛시조의 모티프·미의식과 심상공간의 역사

초판1쇄발행 2016년 9월 23일
초판2쇄발행 2017년 9월 30일
글쓴이 김흥규 **펴낸이** 박성모 **펴낸곳** 소명출판 **출판등록** 제13-522호
주소 서울시 서초구 서초중앙로6길 15, 1층
전화 02-585-7840 **팩스** 02-585-7848 **전자우편** somyungbooks@daum.net **홈페이지** www.somyong.co.kr

값 28,000원   ⓒ 김흥규, 2016
ISBN 979-11-5905-112-8 93810

이 저서는 2009년도 정부재원(교육부)으로 한국연구재단의 지원을 받아 연구되었음
(NRF-2009-342-A00021).

옛시조의 모티프·미의식과 심상공간의 역사

A Thematic History of Classical *Sijo* and Its Mental Landscapes

김흥규

시조 연구에 손을 댄 지 40년이 되는 해에 조선 시대 시조의 주제사에 관한 책을 낸다. 이런 경우 보통은 '감개가 무량하다'고 하는데, 사실 이 책이 나에게는 거울 속에서 문득 마주친 내 영혼의 자화상처럼 친숙하면서도 낯설다. 그러니 상투적인 말로 감회를 얼버무리기보다는 그와 나 사이의 인연을 잠시 돌아보는 것이 좋을 듯하다.

나는 원래 현대시와 비평 전공자로 문학 연구에 입문하고, 이른 나이에 그 분야의 교수가 되었다. 그러다가 1979년에 고려대에 부임하면서 고전문학 교수의 직책을 맡았고, 고전비평과 시조가 주요 관심 영역이 되었다. 현대시를 거쳐서 시조의 숲으로 들어갔기 때문에, 나는 시조 연구의 재래적 관점과 고풍스런 어휘로 엮어지는 논저들에 강한 거부감을 느꼈다. 사람들이 흔히 옛시조를 '고리타분하다'고 하는데, 고리타분한 것은 시조가 아니라 시조를 논하는 이들의 관점과 사고방식이 아닐까 생각되기도 했다.

물론 시조를 새로운 눈으로 보고 그 의미와 감성을 재해석한다는 것이 의욕만큼 쉬운 일은 아니었다. 더욱이 시조 연구는 자료 수집과 문헌학적 검토에서부터 작품, 작가, 배경, 연행 등 여러 층위와 대규모의 자료가 얽혀 있어서, 할 일은 많고 진전은 더디었다. 그러나 이들보다 심각했던 난제는 과거의 시공간에 흩어져 있는 시조들을 다루면서 내가 구성하는 가설적 구도가 과연 온당한가에 대한 의문이었다.

낙관론자들은 자료와 가설의 상호 검증을 통해 일시적 오류를 극복하고 참된 앎의 나선형 계단을 올라가는 것이 어렵지 않은 일인 듯이 말한다. 그러나 학문 생활을 통해 나는 그런 믿음이 너무 순진한 것임을 종종 실감했다. 관점이 그러하니 자료가 그렇게 평가되고, 자료가 그렇게 선택 / 해석되니 그 관점이 옳다고 믿는 순환적 정당화가 정치·사회적 담론과 인문학에서 다반사로 발생한다. 시조와 그 뒤에 있는 인간들을 읽으려는 내 시도는 과연 이런 순환구조의 함정에 빠져 있지 않은가 하는 질문이 나 자신에게 가장 큰 숙제가 되었다.

조선 시대의 시조를 대규모 데이터베이스로 집성하여 작품별로 색인어를 부여하고, 그 출현 양상을 분석하여 문제를 찾아간다는 착상은 이런 고심에서 생겨나고 거듭 수정되었다. 그 과정은 출발 단계로부터 지금까지 25년 정도가 소요되었으나, 이 책의 기반이 된 '고시조 데이터베이스 2.0'의 구축과 네트워크 분석 방법의 적용은 2010년 이래의 일이다.

이제 그 연구 성과를 한 권의 책으로 내놓으면서 나는 과거의 절실했던 질문을 다시금 상기한다. '과연 이 연구는 관점, 가설, 자료의 순환구조로부터 자유로운가?' 그리고 이에 대해 그렇다고 답할 수 있음을 다행스럽게 생각한다. 이 연구는 결과에 대한 예단이나 선택적 개입 없이 대상 작품 전체를 계량적 방법으로 다루어서 문제의 현장을 책상 위에 가져온다는 대원칙에 충실했다. 이 책이 옛시조의 주제사적 고찰을 위해 주목한 세 개의 주축 키워드는 '강산, 전가田家, 정념情念'인데, 이들은 k-코어 분석이라는 네트워크 연구 모델에 따라 컴퓨터가 연산,

추출해 낸 것이다. 이와 관련된 골자를 간추리면 16세기는 '강산'의 시대였고, 17·18세기에 '전가'가 만만치 않은 인접 세력으로 성장했는데, 18세기 중엽부터 힘을 얻은 '정념'이 19세기에 결정적인 우위를 차지했다는 서사敍事가 된다. 이 중에서 '강산, 전가'의 추이는 선행연구를 통해 얼마간 예상했던 바이지만, '정념'의 폭발적 성장은 나 자신도 전혀 짐작하지 못했던 현상이다.

그러나 관점, 가설, 자료의 순환구조를 탈피했다고 해서, 그리고 계량적 방법을 많이 활용했다 해서 이 책에 집약된 연구가 '과학적'이라고 자처할 생각은 없다. 과학적이라는 것이 주관성의 배제라든가, 관찰자와 무관한 객관성의 획득 같은 것을 뜻한다면 말이다. 이 책의 본문 일부에서 말했지만, 통계는 사실을 밝히는 데 유용할 뿐 아니라 은폐하거나 착각하게 만드는 데에도 이용될 수 있다. 이 책을 구성하고 있는 문장과 마찬가지로 각종 측정치와 통계들도 시조의 모티프와 심상공간에 일어난 변화를 추적하고 기술하기 위해 저자가 구사한 언어의 일부분일 뿐이다.

이 책은 시조의 주요 모티프와 심상공간의 추이를 다루는 데 주력했으므로 중요 작가나 위대한 작품 중심의 시조사와는 서술 방식이 다를 수밖에 없다. 모티프 연구를 표방했지만, 주요 관계망을 중심으로 논의를 구성했기에 거론되지 않은 모티프도 많다. 그럼에도 불구하고 이 책의 이름에 '역사'라는 단어를 넣은 데 대해, 나는 역사 서술이 과거의 삶에 대한 탐문探問이자 저자의 입장에서 구성한 대화록이라는 근간의 생각을 여기에 덧붙여 두고자 한다.

14년 전에 간행한 책의 서문에서 나는 '날이 저무는데 갈 길은 멀다 日暮途遠'는 말로 당시의 심회를 간추렸다. 근년에 와서 그 경솔함을 스스로 웃다가, 대학 시절에 읽은 「귀거래사」의 한 대목이 작년에 문득 떠올랐다. "새벽빛이 희미함을 한스러이 여긴다恨晨光之熹微"는 구절이다. 문맥을 보건대 도연명은 벼슬을 버리고 그리운 고향집을 향해 밤길조차 쉬지 않고 갔던 것 같다. 그 발걸음 앞에서 날이 저물면 어떻고, 밤길이 어두우면 어떠랴. 중요한 것은 가야 할 길과 그 길을 가게 하는 절실함일 뿐. 우리가 참으로 걱정해야 할 바는 남아 있는 시간의 많고 적음이 아니라 그리움의 빛이 내면에서 사라지는 일임을 도연명 선생으로부터 배운다.

2016년 8월

김 흥 규

차례

옛시조의 모티프·미의식과 심상공간의 역사

제1장

서설

1. 목표, 범위, 방법

　이 책은 조선조 시대 시조의 주요 모티프와 미의식, 그리고 그것들
이 형성했던 심상공간의 시대적 추이를 살펴보려는 모험의 기록이다.
여기서 저자 자신의 저술 의도를 굳이 '모험'이라고까지 표현한 것은
공연한 과장이 아니다. 그 까닭을 언급하는 데서부터 이 연구의 착상과
논점들을 밝히는 것이 좋을 듯하다.

　시조는 한국문학의 현대적 연구에서 가장 오랜 연구 대상이자 중요
한 문화자산으로 대접받아 왔다.[1] 시조 연구자들은 약 한 세기에 달하

1　이 책에서는 '시조'와 근현대의 '애국계몽기 시조', '현대시조'를 구별해서 지칭한다.
　　전자는 '옛시조, 고시조'와 같은 개념으로서, "양식의 형성기로부터 19세기 말까지 창
　　작, 전승된 시조 작품들 전부와, 20세기 초의 작품으로 추정되나 고시조의 관심사와
　　화법을 유지한 작품들"(김흥규 외 2012, v)을 가리킨다.

는 연구사의 다대한 업적들이 베풀어 주는 혜택과 함께 그 중압감으로부터 자유로울 수 없으며, 약 5세기 동안 산출된 수만 건의 작품과 각종 자료들의 미로 속에서 길을 잃지 않기 위해 고투해야 한다.[2] 그런 가운데서 시조 연구는 대략 2000년대 초기 이래 거시적 관점과 설명의 틀을 세우고 발전시켜 나아가는 것이 점점 더 어려워진 감이 있다. 1990년대 후반 이래 거대담론의 해체라든가, '지배적 서사, 메타서사 metanarrative'에 대한 불신 같은 학문적 분위기가 짙어진 것도 여기에 얼마간 영향을 끼친 듯하다.

그러나 어떤 이유로든 우리의 연구가 국부적 논점들의 차원을 맴돌면서 좀더 넓은 이해를 향한 탐구에 소극적이 된다면 그것은 바람직한 일이 아니다. 원론적으로 말하자면, 어떤 개별 사실에 관한 앎은 그 인식주체가 의식하든 않든 해당 사태를 포함한 의미연관의 전이해前理解 혹은 가정을 필요로 한다. 지적 탐구가 메타서사에 예속되는 것을 경계하는 일은 마땅하다 해도, 개별 자료에 대한 앎이 그것을 떠받치는 이해 / 가설의 밑그림과 절연된 채 객관적이고도 판명하게 얻어질 수 있다고 믿는 것은 매우 순진한 착각에 불과하다. 시조 연구는 문헌학적 고찰과 작품론, 작가론 수준의 면밀한 검증에 충실하되 그 이상의 의미화를 향한 모색에 좀더 적극적이어야 할 필요가 있다.

이런 생각을 간직한 채 나는 최근의 10여 년간 『고시조대전』 편찬을 위한 작품 자료 데이터베이스를 구축하는 한편, 대규모 텍스트 자원을 대상으로 한 분석 방법을 실험해 왔다. 모티프론과 결합한 색인어 검증이 그 핵심으로 설계되었으며, 이 책의 연구가 본격화된 최근 수년

---

2 2012년에 간행된 『고시조 대전』에 수록된 것만으로도 고시조 작품 자료는 316종의 문헌에, 46,431건에 달한다.

사이에는 여기에 '네트워크 분석'이라는 방법론이 결합되었다. 그렇게 해서 성립한 방법론적 기축基軸은 다음과 같이 요약할 수 있다.

① 옛시조 전체에 대해 작품별로 관심사, 소재, 내용, 모티프, 인물형, 배경, 심적 태세 등에 관한 색인어=키워드를 부여하고,
② 이를 신분집단, 시기, 양식, 작가군, 문헌군(文獻群), 연행 특성 등 여러 군집 조건에 따라 공기(共起) 관계의 매트릭스로 계측한 뒤,
③ 각각의 매트릭스에서 주요 관심사들의 분포 변화, 키워드 간의 결합 양상 및 그 확장, 변이, 해체 같은 추이를 분석함으로써
④ 시조의 모티프들이 거시적으로 어떤 역동성을 보였으며, 이들은 심상 공간의 형성·변화에 어떻게 작용했는지 고찰한다.

위에 요약한 방법론적 절차에서 ①은 보통의 인문학 연구에도 흔히 쓰이는 기법이므로 특별히 언급할 필요가 없을 것이다. 그러나 ②와 ③은 컴퓨터에 의한 대규모 자료의 계측과 연산에 의존한 분석 모델의 도입이라는 점에서, 그리고 이것이 ④의 해석 작업에 직접적인 토대가 된다는 점에서 어쩌면 일부 인문학자들에게 불편한 느낌을 줄 수도 있다.

다수의 작품을 데이터베이스로 축적하고 컴퓨터에 의한 계측·연산으로써 인문적 성찰의 자료를 얻어낸다는 것은 '인간 정신의 내밀한 울림과 미묘한 느낌'을 중시하는 상당수의 문학론자들에게 아직도 불편하게 여겨지는 구상일 법하다. 나는 그런 불편한 느낌 속에 존중할 만한 의의가 있음을 인정하면서, 그러나 계량적 분석이나 모델링을 일률적으로 불신하는 것은 온당하지도, 바람직하지도 않음을 지적해 두고 싶다.[3]

전통적 문학 연구와 인문 담론에서도 어떤 사실의 빈도나 변화를 나타내는 수량 개념은 결코 드물지 않다. 문학 연구자들은 특정 시대 혹은 작품군의 추세를 논하면서 어떤 면모가 "상당히, 매우, 미미하게, 점진적으로, 급격하게" 증가했다든가, 줄어들었다는 표현을 사용한다. "많다, 적다, 크다, 작다, 현저하다" 등의 상태 판단 및 "위축되었다, 팽창했다, 성행했다" 따위의 추이 기술 역시 흔히 발견된다. 문학 연구에서 때때로 긴요한 몫을 하는 이들 표현과 변량變量 기술이 계량적으로 모호하게 서술되면 '문학적'이고, 가능한 한 명확한 측정 근거를 갖추도록 노력하면 '비문학적'이라는 논법은 부자연스러운 것이다. 자연언어의 수량 표현은 종종 모호한 주관적 척도에 의존함으로써 소통 장애를 일으키기도 하는데, 이런 폐단을 줄이기 위해서도 계량적 분석은 때때로 요긴하다. 물론 윤선도가 주세붕보다 탁월한 시조 작가였는지, 「고산구곡가」(李珥)와 「황강구곡가」(權變)의 사상적 깊이를 어떻게 저울질해야 할 것인지의 문제를 계량적 방법으로 다룰 수는 없다. 그런 뜻에서 우리는 문학 속에, 그리고 사람의 경험과 삶 속에 수량적 환산 가능성을 넘어선 자질들이 있음을 마땅히 존중해야 하다. 하지만 사설시조에 갑남, 을녀, 노처녀, 노총각, 병졸, 상인, 속승俗僧처럼 범용한 세속적 인물들의 출현 빈도가 평시조보다 '훨씬 더' 많다면, 그래서 사설시조가 평시조보다 세속적 삶의 욕구와 세태를 좀더 풍부하게 담았다고 한다면, 이 경우의 "훨씬 더"를 가능한 한 명료한 수치數値로 포착하고 비교하는 작업에는 그 나름의 요긴한 인문학적 가치가 있다.

우리가 정작 주목해야 할 방법론적 성찰의 과제는 계량적 연산을 인

---

3   이하의 두 문단은 김흥규·우응순·정홍모(1998, 274~75)에서 논한 바를 약간 수정한 것이다.

문학에 받아들일 것인가 여부의 시비가 아니다. 그런 비생산적 이분법에 매달리기보다 우리는 어떤 종류의 계량화를 문화사 연구의 어떤 국면에 적용하며, 계량 가능한 것과 불가능한 것 사이의 긴장을 어떻게 상보적으로 해소할 수 있는가에 관심을 기울여야 한다. 이와 관련하여 위에 제시한 방법론적 절차 ②와 ③에서 ④로, 즉 계량적 연산과 모델링에서 인문적 의미화로 넘어가는 접속 부분이 이 책에서 언제나 명쾌하기만 한 기계적 독해 작업이 아니라는 점을 지적해 두고자 한다. 다량의 시조 작품들을 대상으로 한 이 책의 통계와 네트워크 분석은 대개의 경우 거시적 윤곽과 추세를 보여 주는 측정 지표들이다. 그런데 이 거시적 윤곽과 통계치 속에는 흔히 상이한 행위자와 소집단들의 서로 다른 선택이 섞여 있어서, 그 분포의 이산도離散度는 평균치를 중심으로 크고 작은 낙차를 드러낼 수 있다.

이런 문제성에 대응하기 위해 이 책은 한편으로 모티프의 추이에 관한 거시적, 계량적 지형학을 추구하면서, 다른 한편으로는 모티프 자원과 시상들이 개별 작가와 작품의 맥락에서 어떤 화용적話用的 변이를 일으키는가에 대한 미시적 고찰을 병행하고자 한다. 이 양면이 서로의 과잉 팽창을 견제하고 빈자리를 채워 준다면, 우리는 조선시대 시조에 투영된 심상공간의 구조, 성격과 그 변화를 좀더 충실하게 이해하게 될 것이다.

2. 목적론적 근대주의를 넘어서

위에 서술한 목표와 방법을 추구하면서 내가 한국문화 연구자로서 무엇보다도 마음 깊이 새겨 두고자 하는 것은 목적론적 근대주의의 시야에 갇히지 않도록 하는 일이다.

목적론적 근대주의란 '역사가 고대, 중세를 거쳐 근대라는 필연의 단계로 발전하는 것이 세계사적 보편성이라는 믿음'이다. 식민사학의 근대화론은 이런 보편성의 전제 아래 우승열패優勝劣敗의 논리로써 식민지 지배를 정당화했다. 1960년내 후기부터 1980년대까지 우리 학계의 주류가 되었던 내재적 발전론은 식민지 근대화론을 통렬히 비판했지만, 역사 인식의 전제에서 목적론적 근대주의 자체를 부정하지는 않았다. 오히려 내발론은 동서양을 막론하고 근대를 향해 나아가는 것이 세계사의 필연적 행로이며, 이를 추동하는 역량은 비서구 지역의 역사에서도 자생적으로 나타날 수 있다는 것을 해명하는 데 주력했다. 그런 시각에서 전개된 연구가 다대한 공헌을 이룩하면서도 한편으로 어떤 문제를 야기했는지에 대해서는 이미 다른 자리에서 논한 바 있다(김홍규 2013, 216~22). 따라서 여기서는 문화사 연구에 그것이 해로울 수 있다고 보는 까닭만을 언급해 두고자 한다.

내재적 발전론의 구도 아래서 한국사와 문화 연구는 근대를 향한 발전의 징후에 우선적인 관심을 두었기 때문에 시기적으로는 조선 후기가 가장 중요한 작업현장이 되었다. 방법적 차원에서는 근대로 이행하는 경향성을 보인다고 생각되는 특질, 사례들을 포착하고 그것들 사이에서 역사적 맥락을 읽어내는 작업이 주류를 형성했다. 조선 후기 문학에서 예를 들면 작품, 작가, 장르, 표현, 이미지, 모티프, 소재, 독자층, 매체, 유통 등에 관한 검증을 축조하여 근대지향적이거나 탈중세적인 추이를 밝히는 것이 바람직한 연구의 전형이었다. 그런 문제의식 아래 여러 부문에서 (…중략…) 주목할 만한 성과들이 나왔다.

그럼에도 불구하고 우리가 유의해야 할 방법론상의 문제점은 내발론의 이행서사가 만들어낸 그늘 현상이다. 그 첫째 국면으로 사회·문화에 대한 시계열적 관찰의 종축縱軸이 강조되는 가운데 동시대적 연관의 횡단면이 경시되고, 어떤 부분의 진보적 의의가 집중조명을 받는 반면 그것이 속한 맥락의 복잡성은 묻혀버리는 등의 편향이 자주 발생하고 쉽사리 묵인된 점을 들 수 있다(김흥규 2013, 216~22).

요점을 집약하자면, 목적론적 근대주의는 문학과 인간사의 다양한 국면들을 근대를 향한 좌표계에 의거하여 보도록 하는 편향을 조성했다. 지난날의 시조 연구에서 조선 후기의 작가, 작품, 미의식을 논하면서, 그리고 사설시조의 특질과 문학사적 의의를 설명하면서 '근대성' 혹은 '근대지향적 자질' 같은 개념들이 얼마나 많이 호출되거나 암암리에 전제되었던가를 생각해 보면 근대주의적 서사의 거대한 압력을 확인하기 어렵지 않다. 그런 반면 16~17세기 시가의 강호江湖 지향이나 처사적 삶의 형상들은 '중세적 사유와 미의식의 산물'로 환원되기도 하고, 지방적 전통의 숭고함이나 유교적 문벌주의의 자부심을 장식하는 재료가 되기도 했다.

조선 시대는 물론, 세계 여러 지역에서 다양한 시공간을 살았던 사람들은 근대라는 종착지에 도달할 때를 기다리며 역사의 중간역을 서성거렸던 통과승객들이 아니다. 그들은 그들 나름의 가치와 환상을 추구하며 성공과 실패가 얽힌 가운데 꿈꾸고 싸우고 타협하며 살았다. 과거의 문학과 사상에 관한 연구는 근대를 향한 진보라는 의심스러운 노선표 위에 이들을 배열하기보다, 그 사람들의 생활과 지식, 상상, 미의식, 권력관계 등의 입체적 얽힘을 더 잘 이해하기에 힘써야 한다. 우리는 권호문, 정철, 윤선도, 김천택, 이정보, 안민영 등을 우선 그들의 희망과 고뇌 속에서 볼 필요가 있다. 물론 이를 밝히는 일은 연구자의 능동적 개입을 요청한다. 문학에서든 역사에서든 연구란 대상 스스로가 말하는 것을 받아 적기만 하는 중립적 행위일 수 없다. 그러나 연구 대상의 삶과 의미행위를 특정한 목적론적 서사敍事에 우겨넣지 않고 이해하려는 조심스러운 노력은 어떤 연구에서나 모두 긴요하다.

3. 인간, 의미행위, 심상공간

이 책을 설계하고 준비하면서 내가 소중히 간직해 온 대전제는 다음과 같이 간추릴 수 있다. 인간은 의미행위의 주체이며, 문학은 그런 행위의 중요한 일부분이다. 작가와 독자 그리고 사회집단들은 문학작품의 창작·향유를 통해 삶의 물질성에 의미의 틀과 형상을 부여하며, 보이지 않는 것과 초월적인 것까지 포용하는 심상공간을 만든다. 건축물, 도로, 교량과 사회제도가 영원하지 않은 것처럼 이 심상공간도 시간 속에서 생성·변화하며, 도전과 타협의 현장이 될 수 있다. 그것은 때로 안정적인가 하면 불안정할 때가 있고, 조화의 외관 아래 심각한 균열을 내포할 수도 있다. 인간에게는 물질적 조건의 폐허에서 살아남는 것보다 심상공간이 괴멸한 가운데 연명하는 것이 더 어려운 일일지 모른다.

이와 관련된 논의를 위해 인류학자 클리포드 기어츠의 말을 잠시 음미해 볼 만하다.

인간은 자기 자신이 엮어낸 의미의 그물에 매달려 있는 동물이다(Geertz 1973, 5).

경험에서 의미를 찾아내고, 그것에 형식과 질서를 부여하려는 욕구는 인간의 좀더 잘 알려진 생물학적 요구들만큼이나 실제적이고 절박한 것임이 분명하다(Geertz 1973, 140).

공리적 인간론자들은 인간존재의 근원적 동력을 생물학적 요구에서 찾으며, 의미라는 차원은 욕망의 직접성을 미화하거나 은폐 혹은 매개하는 이차적 요소로 간주한다. 기어츠는 이와 달리 의미 내지 의미질서를 향한 열망이 생물학적 본능에 못지않게 완강한 실재성과 절박함을 지닌다고 본다. 심리학자 빅터 프랭클 또한 다른 논거를 통해서이기는 하지만 인간의 실존적 자기확인을 위해 자아와 세계 사이의 의미관계를 구성하는 일이 필수적임을 강조하여, "의미에 대한 의지는 인간 제1의 관심사"라고 단언한다(프랭클 2005, 43).

나는 이들의 명제를 수용하는 입장에서 문학이, 특히 시조를 포함한 서정시들이 인간 존재의 생존을 위한 의미 구성에 다양한 방식으로 관여한다는 점을 주목하고자 한다. 그런 시각에서 볼 때 서정시의 본질이 허구냐 아니면 실제 경험의 적실한 투영이냐 라는 식의 이분법적 질문은 문제 설정 자체가 잘못된 것이다. 서정시는 극도의 허구 혹은 환상의 소산으로 보이는 경우에도 시인의 삶에 관계된 모종의 의미 연관을 가질 수 있다. 이와 반대로 실제 경험의 한 국면을 그대로 시화詩化한 작품도 몇 줄의 시행 속에 복잡한 사실의 연쇄를 분절하고 선택하여 진술의 순서를 부여하고 한정된 어휘로 작품화한다는 점에서, 그것은 경험 그 자체가 아니라 '경험에 관한 특정 방식의 재현'이며, 그 사태에 대해 있을 수 있는 여러 가지 의미화의 가능태 중 하나일 뿐이다.

이 문제를 조금 다른 각도에서 논하자면, 서정시의 화자話者인 주인공과 시인 사이의 일치 여부를 문제 삼아 볼 수도 있다. 이 둘은 항상 일치한다고 보아야 하는가, 아니면 화자=주인공이 언제나 허구적 가면에 불과하다고 볼 것인가. 둘 중에서 일률적으로 택할 수 없다면, 상황에 따라 어느 한쪽이 된다고 할 것인가. 작품에 따라 화자=시인과 화자=가면을 판정하는 양자택일론도 이 물음에 대해 적절한 해법을 주지는 못한다. 김소월의 「진달래꽃」에서 보듯이 허구적 가면임이 분명한 화자도 시인과 전혀 무관하게 진공에서 창조된 인물은 아니다. 작중화자와 시인의 일치를 분명히 주장할 수 있는 작품에서도 그 일치란 매우 제한된 수준에서 인정될 수 있을 따름이다. 가장 솔직한 자전적自傳的 시편에서도 시인은 자신의 현실적 자아가 지닌 경험의 시시콜콜한 세부와 온갖 잡념들을 다 작품에 몰아넣지는 않는다. 그 시의 초점과 구도에 따라 시인은 실제 경험과 사념들 중에서 어떤 것을 선택하여 중심에 놓고, 몇몇 일들을 주변에 배치하며, 훨씬 더 많은 것들을 시적 표현의 프레임으로부터 배제한다.

여기서 나는 일부러 프레임이라는 사진 용어를 썼는데, 경험에 대한 서정시적 선택·구성의 수법은 사진이나 회화의 경우와도 흡사한 점이 많다. 그림과 사진에서 프레임은 대상들을 선택하고 배제하며, 수용된 것들의 배치와 농담濃淡, 명암, 대조, 조화, 암시 등을 통해 '시각적으로 구성된 특정 사태'를 재현한다.

프레임뿐이다. 그게 바로 우리의 예술이다. 프레임 안에, 찰나의 순간에, 빛으로 그리는 그림. 그 조합이 무언가를 독특한 방식으로 말할 때 그것은 예술이 된다. (…중략…) 사진가는 시각적으로 이야기를 들려주는 사람으로서 프레임 안의 모든 요소에 대해 책임져야 한다. 우리가 허용한 것만이 프레임 안에 담긴다. (…중략…) 사진을 통해 이야기를 들려주는 존재로서 우리가 해야 할 일은 그 이야기에 속하지 않는 모든 요소를 프레임 안에서 사정없이 제거해버리는 것이다. 그래야 훨씬 강렬한 이미지를 얻게 된다(두쉬민 2010, 20~32).

'프레임뿐이다'라는 명제는 물론 지나친 과장이다. 다만, 실제 상황의 사진이든 자전적 고백의 서정시든 거기에 담긴 것이 어떤 사태의 전체가 아니라 특정한 연출 의도로 선택, 구성하여 만들어낸 이미지요 의미체라는 점을 유의해 두자.

이렇게 만들어진 일련의 사진이나 서정시 작품들을 놓고 현실의 순수한 모사模寫인가 아니면 순전한 허구적 상상인가를 택일적으로 묻는다면 더없이 어리석은 짓이다. 세상과 삶을 그리는 작품행위는 그것들에 대한 모종의 해석이자 의미부여로서, 세계 안의 영위와 가치 그리고 이런저런 곡절에 관하여 이야기를 나누고 함께 바라볼 만한 심상공간을 만드는 일이다. 수용자들은 작품과의 만남을 통해 이 의미행위의 수신자쪽 회로를 제 나름으로 채우면서 심상공간의 활성화에 참여한다.

우리가 시조 연구를 위해 주목하려는 모티프, 이미지 들은 이와 같은 의미화와 표현의 차원에서 흔히 강력한 구심점으로 기능하거나, 그런 구도의 설정에 긴요한 문화적 자원이다. 동아시아 문학에서의 어부漁父, 서구문학에서의 목동shepherd 같은 존재와 관련 사물들이 특히 잘 알려진 의미자원 군집이라 할 수 있다. 그러하기 때문에 모티프와 이미지의 출현 양상은 그 자체만으로 흥미로운 문학 연구 재료일 뿐 아니라, 그것들을 지표로 삼아 시적 관심과 심상공간의 변화를 파악하는 데에도 긴요한 가치를 지닌다.

모티프와 이미지 중에서도 어떤 것들은 특정 시기에 매우 친밀한 결합 관계를 보이다가, 문화 변화와 함께 그런 연결이 와해되어 관계망의 일부가 재편성되는 현상들이 발견된다. 17세기까지 양반층 시조에서 찾아보기 어렵던 양상들이 18세기 이후에 뚜렷한 증가 추세를 드러내는 예도 있다. 남녀간의 애정과 그리움에 관한 시조는 18세기 중엽 이후, 놀랍게도, 작가와 수용자층의 신분 차이를 넘어 비상한 관심을 끌면서 작품 유통과 연행의 주류를 차지했다.

이 모든 현상들 뒤에는 그 시대를 살았던 여러 종류의 사람들이 있다. 시조에 투사된 심상공간은 그것을 마음의 화폭 위에 올려놓고 실제의 삶이나 희망을 거기에 겹쳐 보았던 이들의 절실한 의미행위의 자취다. 이 두 종류의 공간이 일치하지 않는다 해서 그 시적 진실성을 의심할 필요는 없다. 경험한 것만이 시의 재료가 되는 것은 아니다. 경험하고 싶은 것, 경험하기 두려운 것, 경험하고자 해도 불가능한 것 등이 다양한 맥락에 따라 심상공간에 등장한다. 우리에게 필요한 것은 사람살이의 공간과 사건들을 시라는 조형물 속에 투사했던 행위자들의 마음에 조금 더 다가가려는 노력이다.

1. 모티프론과 환원주의의 함정

모티프란 문학과 예술 작품들에서 반복적으로 자주 출현하는 상황, 사건, 사물, 이미지, 발상發想, 인물형 등을 말한다. 이 용어는 20세기 중엽의 설화학에서 특히 중시된 바 있는데, 그 까닭은 구비설화의 유형구조와 전승을 설명하는 데에 이것이 특히 유용했기 때문이다. 그런 필요성에서 S. 톰슨1885~1976은 모티프를 "설화에서 전승하는 힘을 가진 최소의 요소"로서, 작중 행위자와 관련 사물 및 단일한 사건이 결합한, 더이상의 분석이 불가능한 단위라고 규정했다(Thompson 1955). 하지만 모티프라는 개념을 그처럼 엄격하게 제한할 경우 구비서사문학의 구조적 특성을 논하는 데 편리하기는 해도 좀더 넓은 효용은 기대하기 어렵다. 이로 인해 구비문학 연구에서도 설화 구성의 최소단위를 더 세분하려는 견해들이 있으며, 구비서사 이외의 문학·예술 연구까지 범위를 확대하면 모티프라는 용어의 의미는 훨씬 더 유연해진다. 이 책에서의 용법 또한 위에 언급한 여러 요소나 표현들이 상당한 유사성을 띠고 거듭 나타나는 경우를 폭넓게 지칭하고자 한다.

같거나 비슷한 것들의 반복적 활용이 모티프의 주요 속성이기 때문에 이와 관련된 연구는 예술적 영향력이 크고 생산성이 풍부한 모티프에 집중하는 경향이 있다. 아울러, 그런 지배적 모티프가 오랜 동안의 시대적 흐름 속에서 외형상의 이런저런 편차에도 불구하고 어떻게 동질성을 유지하며 퍼져 나아갔는지 밝히려는 발생론적 계보학의 접근 태도를 취하는 예가 많다.

모티프라는 것의 속성상 이런 경향은 어느 정도 불가피한 면이 있으며, 또 그런 접근 방식에 의해 값진 연구 성과가 이루어진 예도 적지 않다. 나 자신도 이 책에서 그런 경향과 태도를 부분적으로 수용할 것이다. 하지만 이와 함께 나는 시 연구에서 재래적 모티프론의 관행에 대한 비판적 성찰이 미흡할 경우 '계보적 환원주의'라고 부를 만한 함정에 빠지기 쉽다는 것을 중요한 논점으로 지적해 두고자 한다. 계보적 환원주의란 어떤 강력하고도 영향력 높은 원천 모티프(예컨대 도연명의 귀거래)를 발생론적 정점에 놓고, 그와 유사한 소재, 표현, 이미지 등을 가진 작품들을 원천의 의미와 영향력에 딸린 후손처럼 간주하는 것이다. 동아시아에서는 상고주의尙古主義의 오랜 전통으로 인해, 그리고 전고典故, 용사用事, 화운和韻 등의 수사학적 방법을 즐겨 쓰는 한문학의 내력으로 인해 이런 경향이 더욱 강화 되었다.

그러나 이런 방식의 접근에 가장 잘 들어맞을 듯한 화도시和陶詩를 보더라도 계보적 환원주의의 문제성은 드러난다. 화도시란 도연명의 시에 쓰인 운자를 사용할 뿐 아니라 내용과 가치의식 및 풍격 면에서도 그를 본받고자 하는 뜻으로 후인들이 창작한 작품들을 가리킨다. 화도시는 소식蘇軾, 1037~1101이 정치적으로 고통스럽던 시기에 도연명의 시 120여 수에 화운하여 지은 데서 시작한 이래, 19세기 말까지 동아시아권의 많은 문인들에 의해 다채로운 작품들이 나왔다. 그런 가운데 끊이지 않은 논란은 누구의 화도시가 도연명 시의 격조와 심원한 정신을 제대로 구현했는가의 시비였다. 금金의 문인 왕약허王若虛, 1174~1243는 이런 논법 자체를 통렬하게 비판하여, "화도시를 지은 자 또한 도연명을 통하여 자신의 뜻을 드러낸 것뿐"이라고 했다(위안싱페이 2012, 223). 이에 동감하는 현대 학자 위안싱페이의 설명은 좀더 친절하다.

자연에 은거한 선비, 망한 나라의 유민, 그리고 절의를 지닌 선비들이 도연명을 흠모하고 화도시를 지은 것은 정신적 동조자를 찾고자 함이다. 따라서 그들의 화도시에는 도연명을 의지하여 스스로를 고무하고자 하는 마음이 담겨 있다. 반대로 특별한 절의가 없는 이들이 화도시를 짓는 것은 자신의 내적 결함을 보상하고 양심의 가책을 치유하고자 하는 의도가 어느 정도 들어 있다. 때로는 도연명을 빌려 자기를 높이고자 하는 가식적인 의도도 보인다. 그러나 은둔한 선비와 고위직 관리, 절의를 지킨 사람과 버린 사람처럼 완전히 다른 처지의 사람들이 모두 화도시를 지었다는 사실은 '도연명'에 함축된 의미가 일면적이지 않으며, 심지어 정반대의 측면에서도 동시에 수용될 수 있는 것임을 말해준다(위안싱페이 2012, 258).

2. 원천적 의미와 수행적 의미, 그리고 행위자들

　여기서 우리는 모티프의 원천적 의미와 수행적遂行的 의미라는 차원을 구별할 필요가 있다. 특정 모티프의 원천적 의미라는 것이 단일한 실체로 확인될 수 있는지 자체가 매우 의문스럽지만, 그 문제는 잠정적으로 접어 두자. 지금 눈여겨 볼 것은 특정 모티프가 시공간을 넘어서 여러 작품에 쓰일 때 개별 맥락에서 발휘되는 수행적 의미들은 원천적 의미의 단순한 복사본일 수 없으며, 수행적 의미들 사이에서도 당연히 크고 작은 의미 편차 또는 분화가 생겨난다는 사실이다.

　이런 현상이 발생하는 근본 요인은 모든 의미행위의 중심에 행위자들이 있기 때문이다. 이 책의 서설 부분에서 나는 다음과 같은 관점을 제시했다.

　　인간은 의미행위의 주체이며, 문학은 그런 행위의 중요한 일부분이다. 작가와 독자 그리고 사회집단들은 문학작품의 창작·향유를 통해 삶의 물질성에 의미의 틀과 형상을 부여하며, 보이지 않는 것과 초월적인 것까지 포용하는 심상공간을 만든다.

　언어는 이 의미행위를 위해 가장 편리한 수단이며, 모티프·이미지·상징 들은 그 중에서도 의미생산과 표현을 위한 문화적 축적의 에너지가 특히 높은 부분에 속한다. 그것들은 문화적 축적물이기에 과거로부터의 내력과 용례를 지니며, 현재의 자의적인 조작에 저항하는 성향이 있다. 그러나 모티프, 이미지가 의미행위자들의 유동적인 맥락과 표현 욕구에 적응할 만한 가소성可塑性을 전혀 가지지 못한다면 이들은 쓰임새가 희박해지고 마침내는 시간의 심연에 가라 앉은채 화석화되어 사멸한다. 이들이 의미의 역사를 통해 생명력을 유지하기 위해서는 과거와 현재 사이의 의미 거래와 재충전 그리고 때로는 이종교배異種交配 수준의 재해석까지도 일어나야 한다.

그런 의미에서 모티프, 이미지 들은 계보적 환원론자들이 생각하듯이 먼 과거에 확정된 모습으로 박물관 유리 상자 속에 갇혀 있는 고정적 실체가 아니다. 그것들은 의미행위자의 입장에서 볼 때 자신의 생각에 선명하고 호소력 깊은 표현의 육체를 부여하기 위해 활용해야 할 자원이며, 의식적이든 무의식적이든 선택과 재구성을 가해야 하는 재료다.

나는 문화적 유산으로서의 모티프, 전고典故 및 이미지라는 원천 자원과 그것을 활용하며 새로운 작품을 만드는 의미행위자 사이에 어느 한쪽을 일방적으로 특권화하지 않아야 할 동적 의존관계가 존재한다는 것을 강조하고 싶다. 어떤 고전적 모티프의 원천적 의미라고 후대인들이 믿는 바를 거꾸로 추적해 보면 그 모티프가 처음 성립한 때보다 상당히 뒤의 어떤 시기에 해당 모티프원을 재조명한 논자들의 해석적 욕구가 강력한 촉매 내지 간섭 작용을 한 사례가 흔히 발견된다. 다시 말해서, 우리가 어떤 모티프의 원천적 의미라고 믿는 것이 사실은 그 모티프의 수용사에서 뚜렷한 변곡점을 형성하고 해석의 권위를 차지한 특정 중간 시기나 학파의 유산인 경우가 적지 않은 것이다.[1]

이런 흐름 속에서 특정 모티프와 이미지의 원천적 실체라는 것 자체가 유동성과 다면성으로부터 예외가 아니라는 성찰이 매우 긴요하다. 그렇다고 해서 모티프, 이미지의 원형이나 원천적 의미가 모두 허구라고 몰아붙일 필요는 없다. 후인들이 원천적 의미라고 믿는 것 속에 이

---

1   잠시 후에 논하겠지만, 도연명 모티프와 이미지의 역사에서 북송(北宋) 및 남송 시대가 점한 역할이 그러하다.

미 상당 기간의 해석적 굴곡과 역사성이 침투한 경우가 많다는 것, 그럼에도 불구하고 권위를 획득한 해석이 후대의 수용사에서 '원천적 의미'의 지배력을 행사할 수 있지만, 그 권력은 크고 작은 이설異說과 재해석의 도전을 받으며 때로는 붕괴하기도 한다는 것이 무엇보다 중요하다. 문화 자산의 원천적 의미와 그 응용·재창조에 의한 수행적 의미는 서로를 규정하고 생성하는 상호성 속에 맞물려 있는 것이다.

그런 입장에서 이 책은 모티프, 이미지 연구에서 계보적 환원론을 넘어 의미행위자의 동기와 맥락에 좀더 관심을 기울이는 접근을 강조하고자 한다. 그것은 내가 선행 저술에서 '행위자들의 귀환'이라고 표현한 연구사적 요청과 상통하는 것으로서, 우리의 연구가 근년까지 거시적·계열적 관심사에 치중하면서 행위자들의 개별적 입지, 동기, 선택, 의미구축의 차원에 소홀했다는 비판을 내포한다(김흥규 2013, 235~38).

원천적 의미라는 것의 유동성과 개별 의미행위자들의 중요성에 대한 위의 논의가 이론상 그럴싸해 보여도 실제의 문학 이해와 연구에서 이를 실천하기란 쉽지 않다. 단적인 예로, '굴원屈原, 도연명, 어부漁父, 탁영가濯纓歌, 귀거래' 같은 인명, 모티프, 이미지 들을 접할 경우 사람들은 각자가 지닌 교양의 저장소 혹은 참고자료로부터 이들에 대한 앎을 불러낸다. 대개의 경우 그 앎은 이들 사항에 대해 단일하고, 조화로우며, 잘 어울린 의미의 구조물을 제공한다. 뿐만 아니라 그것이 해당 사안의 원천적 의미 혹은 본질적 의미라는 보증이 첨부되기도 한다. 그러나 위에 지적했듯이 이 의미는 수천 년에 걸친 수용사 속에서 어떤 시기에 결정적 우위를 점했던, 그리고 오늘날까지도 그 우위의 잔영이 남아 있는, 특정 집단/유파의 의미행위의 산물이다. 그것은 논리적으로 가정해 볼 수 있는 원천적 의미와 무관하지 않지만, 원천 그대로가 아니라 거기에 무엇인가를 가감·재배치하고 해석자들의 문제의식 속에서 숙성시킨 협업적 구성물이다. 이렇게 형성된 의미가 권위화되고 더 나아가 '본래 그러했던 것'으로 자연화되는 일이 흔히 일어난다. 우리의 교양 중 많은 부분이 그런 내력을 가질 뿐 아니라, 학자들의 연구에서도 이런 과정을 비판적으로 검증하기 보다는 찬성하고 인준하는 일이 더 자주 이루어진다.

다시금 강조하건대, 나는 개별 모티프들에 대한 유일하고도 정당한 의미화가 필요하거나 가능하다고 주장하지 않는다. 따라서 어떤 시대에 특정 모티프를 높이 치켜세웠던 집단의 의미행위가 오랜 동안 권위를 지녔다 해도, 그것이 해당 소재의 '참된 의미'와 어긋나기에 배척되어야 한다는 논법은 취하지 않을 것이다. 우리가 주목할 것은 이렇게 권위화된 '정통적 이해' 또한 역사적 상대성의 산물이라는 대전제가 모티프 연구의 출발점에서 분명하게 확인되어야 한다는 점이다. 이러한 필요성에서 우리는 이 장의 나머지 부분에서 다음의 사항들에 대해 약간의 방법론적 검토를 가하고자 한다.

① 굴원과 초사 「어부」편의 해석 문제
② 도연명의 초상과 이미지들

여기서 이들을 거론하는 목적은 문제 사안에 대해 어떤 확정적인 앎을 주장하거나 선택적으로 지지하는 데 있지 않다. 오히려 우리는 이 사안들에 대해 역사적으로 다양한 접근과 독법들이 있었으며, 그 중 상당 부분은 아직 논쟁적 과제일 수 있음을 살피게 될 것이다. 굴원, 도연명, 「어부」편과 「탁영가」 등처럼 저명한 원천들에 대해서조차 그 의미

이해가 역사적으로 지극히 복잡다단했다는 것은 모티프, 이미지 연구에서 특정한 모범답안 중심의 사고를 넘어선 행위자 중심적 접근이 왜 중요한가를 선명하게 말해 줄 것이다.

3. 굴원과 초사 「어부」편의 해석 문제

굴원屈原, B.C.343경~B.C.289경은 동아시아 문학에서 일찍이 출현한 비극적 인물로서 여러 강렬한 모티프(추방된 신하, 자결한 시인 / 지사 등)의 주인공이며, 이와 연관된 시편들의 작자이기도 하다. 이 여러 면모와 논점들이 교차하는 주요 작품으로 「어부漁父」편이 널리 알려져 있다. 이것이 과연 굴원의 창작인가에 대해 오래 전부터 논의가 분분했으나 굴원 이해의 주류를 형성한 왕일王逸, 2세기 초 전후, 주희朱熹, 1130~1200 등은 굴원 저작설을 신뢰했다. 나는 이에 관한 회의론에 동의하지만, 작자 문제까지 포함한 여러 쟁점의 엇갈림이 집약된 원천자료로서 이 텍스트를 정밀하게 읽어보고자 한다.

①굴원이 추방되어 강호江湖를 방황하며 시를 읊조리고 다니노라니, 그의 모습이 초췌하게 시들고 여위었다. ②어떤 어부가 그를 보고 말했다. "그대는 (초나라의) 삼려대부가 아니오? 어쩌다가 이런 처지에 이르렀소?" ③굴원이 말했다. "온 세상이 혼탁한데 나 홀로 맑고, 뭇 사람들이 다 취했는데 나 홀로 깨었으니, 이로 인해 내쫓김을 당했소." ④어부가 말했다. "성인은 사물에 매이거나 집착하지 않고 세상과 더불어 추이를 같이할 수 있다오.

세상 사람들이 모두 혼탁하다면 어찌 그대 또한 그 흙탕을 휘젓고 그 흐린 물결을 일으키지 않으시오? 뭇 사람들이 다 취했다면 어찌 그대 또한 함께 그 술지게미를 먹고 그 막걸리를 마시지 않는거요? 무엇 때문에 깊은 생각과 고결한 행동을 고집하여 추방당함을 자초하였소?" ⑤굴원이 말했다. "내가 듣건대, 새로 머리감은 사람은 관의 먼지를 털어서 쓰고, 새로 몸을 씻은 사람은 옷의 먼지를 털어서 입는다 했소. 어찌 정결한 몸 위에 더러운 물건을 걸칠 수 있겠소? 차라리 상강湘江에 몸을 던져 물고기 밥으로 죽을지언정, 어찌 맑디맑아 결백한 몸으로 세속의 더러운 먼지를 뒤집어쓸 수 있겠소?" ⑥어부는 빙그레 웃고 노를 저어 떠나며, 다음과 같이 노래했다. "창랑의 물이 맑으면 나의 갓끈을 빨 수 있고, 창랑의 물이 흐리면 내 발을 씻을 수 있다네." 그렇게 가버리고 나서, 그들은 다시 말을 나눌 수 없었다.[2]

이 저명하고도 말썽 많은 텍스트에 관한 논점들을 여기에 다 불러낼 수는 없다. 다만 작중의 어부가 말한 바 "여세추이與世推移"와 '창랑가'의 의미에 대한 이해는 매우 중요한 쟁점으로 우선 주목할 만하다.

인용된 작품의 단락 ④에서 어부는 조정으로부터 추방당한 굴원을 질책하는 듯한 어조로 '어찌하여 세상과 더불어 추이를 같이하지 못했는가'를 묻는다. 이 물음의 서두에 '성인은 국부적 사태나 사물에 집착

2　①屈原既放, 游於江潭, 行吟澤畔, 顏色憔悴, 形容枯槁. ②漁父見而問曰: "子非三閭大夫與? 何故至於斯?" ③屈原曰: "舉世皆濁我獨淸, 衆人皆醉我獨醒, 是以見放." ④漁父曰: "聖人不凝滯於物, 而能與世推移. 世人皆濁, 何不淈其泥而揚其波? 衆人皆醉, 何不餔其糟而歠其醨? 何故深思高擧, 自令放爲?" ⑤屈原曰: "吾聞之, 新沐者必彈冠, 新浴者必振衣. 安能以身之察察, 受物之汶汶者乎? 寧赴湘流, 葬於江魚之腹中. 安能以皓皓之白, 而蒙世俗之塵埃乎?" ⑥漁父莞爾而笑, 鼓枻而去. 歌曰: "滄浪之水淸兮, 可以濯吾纓; 滄浪之水濁兮, 可以濯吾足." 遂去, 不復與言. 단락 구분 번호는 설명의 편의를 위해 인용자가 삽입한 것이다.

하지 않고 세상과 더불어 추이를 같이 한다'는 대전제가 있어서 "여세추이"는 매우 유연하고 활달하며 바람직한 삶의 지침처럼 보인다. 하지만 그 이하의 구체적 내용은 이 기대와 충돌한다. 세상의 추이에 부응한다는 것이 혼탁한 현실에서 함께 흙탕물을 휘젓고, 취한 자들의 난장판에 덩달아 취해 뒹구는 것까지 포함한다면 그것은 드높은 가치를 방기放棄하고 세상의 혼란과 타협하는 행위에 불과할 터이기 때문이다.

이 대목에서 어부가 말한 내용을 이런 투항주의적 세태 영향으로부터 구해내기 위해 일찍부터 도가적 논법이 활용되었다. 즉 어부의 참뜻은 세속에 대한 무조건의 매몰이 아니라, 사회적 삶의 외관에서는 자신의 차별성을 감추되 내면적으로는 고귀한 진실과 가치, 평정, 독립을 간직하는 지혜의 삶을 권장하는 데에 있다는 것이다(汤君 1999; 郑瑞侠 2007).

그러나 이 논법의 오랜 내력과 휘황한 노장적老莊的 수사에도 불구하고 일말의 의구심이 남는 것은 사실이다. 혼탁한 현실로부터 달아날 길이 없을 때 내외면의 이중성 속에서 마음의 평화를 간직하는 것은 그럴법하다 해도, 초사 「어부」편의 어부는 이미 세속을 떠나 물가에서 살아가는 자유인이요 현자로서 그런 이중구조에 구차하게 의탁하지 않아도 우주적 생명을 보존할 수 있을 터이기 때문이다. 그의 대화 상대인 굴원 또한 어부와 같은 삶을 택한다면 초나라 조정의 혼탁한 권력 현실에 굴복하거나 스스로 죽음을 택해야 하는 양자택일의 위기에서 벗어날 수 있다. 하지만 이 대목에 이어지는 단락 ⑤에서 굴원은 어부의 말을 제3의 길에 대한 지혜로운 권고 또는 암시로 받아들이지 않는다. 그는 "차라리 물고기 밥으로 죽을지언정, 어찌 결백한 몸으로 세속의 더러운 먼지를 뒤집어쓸" 것인가를 반문한다. 단락 ④에서 어부가 '흙탕'과

'주취^{酒醉}'를 예시하며 말한 것을 굴원은 세속의 타락에 대한 순응과 굴종으로 이해했던 것이다. 당대의 탁월한 지식인이자 시인이었던 굴원이 어부의 심오한 화법을 이해하지 못했던 것일까. 혹은 그의 정치적 비분과 격정이 지나쳐서 우언^{寓言}의 깊은 뜻을 놓쳤다고 할 것인가. 근년에 나온 흥미로운 논문에서 한 중국 학자는 이런 방향의 비판적 독해를 면밀하게 추구하여, 단락 ④에서 어부가 던진 "여세추이"의 설이 굴원의 고상한 뜻과 결심을 떠보기 위한 수사학적 장치였다고 주장한다 (王守明, 2010, 58~59).

이런 논의를 통해 내가 주목하고자 하는 것은 어떤 독법이 옳은가를 가리는 시비의 차원이 아니다. 우리는 굴원과 「어부」편이라는 원전의 독해와 의미화를 둘러싼 불확실성과 다양한 접근 가능성에 우선적으로 눈을 돌려야 한다. 그 불확실성과 다면성의 일부분은 원천 자체에 함유된 자료적 모호성에도 기인하고, 또 다른 부분들은 원천에 접근하는 해석자들의 다양한 동기와 전제에도 원인이 있다. 그리고 이 양측의 요인들은 흔히 서로 얽히면서 해석의 이합집산을 촉진한다.

비슷한 관심 수준에서 「어부」편 종결부의 문제를 살펴보자. 굴원이 세속과 타협하느니 차라리 죽음을 택하겠노라고 비장하게 선언하자 어부는 '빙그레 웃고' 노를 저어 떠나며 「창랑가」를 부른다. 그 전문은 이렇다. "창랑의 물이 맑으면 나의 갓끈을 빨 만하고, 창랑의 물이 흐리면 내 발을 씻을 만하다네." 이 노래는 너무도 단순한데, 그 단순성이 오히려 해석상의 논란을 촉발한 감이 있다. 2세기 초 무렵의 학자 왕일은 그의 편저 『초사장구^{楚辭章句}』에서 창랑의 물이 맑다는 것은 세상이 밝게 다스려진다는 것으로^{喻世昭明}, 창랑의 물이 흐림은 세상이 어둡고 어지럽다는 뜻으로^{喻世昏闇} 풀이했다. 그리고 탁영은 "목욕하고 조정에 나아감^沐

浴升朝廷也"으로, 탁족은 "은둔하여 마땅함冝隱遁也"으로 보았다. 이런 독법은 송대 홍흥조洪興祖, 1090~1155의 『초사보주楚詞補注』에도 이어지는 등, 오랜 동안의 초사 주해에서 주류의 일부가 된 듯하다. 그렇지만 주석 수준의 독해에서 주류가 된 것이 시 창작상의 모티프 수용 방식에서도 마찬가지 위상을 보장했던 것 같지는 않다. 이 문제는 왕일 이래의 독법이 지닌 작품론상의 난점과 관련이 있다.

왕일–홍흥조의 독법이 내포한 문제는 민간 전승의 소박한 노래를 억지스럽게 정치적 알레고리의 틀에 맞추어 해독하려 한 데서 비롯한다. 물의 청탁을 정치적 치란의 은유 또는 우의로, 무엇을 씻느냐를 정치적 진퇴의 기호로 읽는 일이 그것이다. 그렇게 읽는 자체는 그럴싸하다 해도 이 독법은 앞부분(단락 ④)에 나오는 어부의 말과 부합하지 않는다. 거기서 어부는 세상의 혼란과 문제성이 어떠하든 그 속에서 적절한 처신 방법을 강구하며 살아가는 '여세추이'의 자세를 권고했다. 그런데 왕일의 해독을 따른다면 「창랑가」는 정치적 치란에 따라 관인으로서의 역할에 적극 참여하거나 공적인 직분과 관심으로부터 퇴각하여 은자가 되거나 하는 선택적 삶의 노래가 된다. 둘 다 '여세추이'의 자세라고 할 수 있다 해도, 하나는 더러운 진흙탕 세상조차 자신의 터전이라고 받아들이면서 삶을 영위하는 일이요, 다른 하나는 청탁을 구별하여 세상에 나아가거나 그로부터 달아나 방외인方外人이 되는 일이라는 점에서 이 둘 사이에는 상당한 간극이 있다.

왕일의 독법에 의한 「창랑가」는 어부 자신의 삶과도 어울리지 않는다. 작품에 함축된 암시성까지 고려하건대, 어부는 세상의 치란에 관계없이 인위의 세계를 초월하여 자연 생명의 충만함과 자유를 추구하는 현자인 듯하다. 그런 인물에게 세상이 잘 다스려지면 공적인 역할을 맡아 나아가고, 혼탁하면 은자의 길을 택한다는 조건부 진퇴논리가 어떤 의미를 가질 수 있겠는가.

「창랑가」에 대한 적절한 해석은 그것을 정치적 알레고리로부터 해방시켜서 말 그대로 푸른 물결이 넘실거리는 세계, 세속으로부터 떠나 표표히 흔들리며 무욕無慾의 자유를 누리는 공간으로 보는 데서 열릴 것이다. 이것은 어부가 굴원을 만나기 전에 속해 있던 곳이며, 이제 그와 작별하고 다시 돌아가는 영역이다. 여기에도 기후의 변화가 있으며, 물이 맑을 때와 흐릴 때가 있다. 하지만 창랑이 맑으면 맑은 대로 흐리면 흐린 대로 변화에 수응하여, 그 상황에 적합한 것을 누리며(씻으며) 살아가면 족하다는 의미로 이 노래를 받아들일 수 있다. 앞서 주목했던 중국 학자 또한 정치적 우의론을 비판하며, "어부가 부르는 「창랑가」의 요점은 자기 자신이 지향하는 바 '세속을 떠난 관점出世的 觀點'을 표명한 것"으로 이해한다(王守明, 2010, 60).

2세기 이래 오늘날까지 「창랑가」 해석에서 득세해 온 왕일 계통의 견해를 이런 정도의 논증만으로 뒤집거나 상대화하려는 것은 위험한 일일까? 흥미롭게도, 지난날의 문인들이 한시에서 「창랑가」의 전고를 사용한 예를 살펴보면 왕일의 독법은 이미 오래 전부터 창작적 실천 속에서 버려진 예가 많음이 드러난다.

相逢卽別恨如何	상봉 즉시 헤어지니 그 한이 어떠한가
南望雲山冷眼波	남녘으로 구름 산 첩첩 눈이 시리네
安得滄浪吾亦去	어찌하면 창랑으로 나도 또한 가서는
與君同唱濯纓歌[3]	그대와 더불어 탁영가를 부를까

村口溪深繞草堂　마을 어구에 시내 깊어 초당을 둘렀는데

小舟容與卽滄浪　쪽배에 몸 실으니 예가 곧 창랑일세

濯纓歌罷無人見　탁영가 끝나고도 보이는 사람 없어

醉睡花陰白日長[4]　취해 잠든 꽃그늘에 한낮이 길구나

滄浪歌罷江天暮　창랑가 끝나고 강 하늘 저무니

飛去飛來白鳥親[5]　날아가고 날아오는 흰 새들이 정답도다

玉溪山下水 成潭是貯月　옥계산 흐르는 물 못 이뤄 달 가두고

淸斯濯我纓 濁斯濯我足　맑으면 갓을 씻고 흐리면 발을 씻네

如何世上子 不知有淸濁[6]　어떠한 세상사람도 청탁을 모르래라

　주지하다시피 「창랑가」는 「탁영가」라고도 불린다. 위의 작품들에
쓰인 그 전고典故가 초사 「어부」편에 근원함은 두말할 나위가 없다. 그
러나 이 시편들 어디서도 '창랑'이 정치적 치란의 구별이 가능한 현실
세계의 비유로 쓰인 예는 보이지 않는다. '탁영'과 '탁족'이 각각 벼슬
길에 나아가거나 세속에서 물러난다는 의미로 사용되지도 않았다. 이
작품들의 '창랑가, 탁영가'는 모두 명리 추구와 격리된 강호江湖 내지 전
원의 삶을 지향하는 노래로서, 그야말로 '세속을 떠난 관점出世的 觀點'의

3　丁壽崗, 「寄新昌權浩叔」, 月軒集卷之二(한국문집총간 1, 16, 200d).

4　徐益, 「萬竹亭四時詞」, 『萬竹軒先生文集』 卷一(한국문집총간 5, 191d).

5　柳瀟, 「浴海」, 『醉吃集』 卷之四(한국문집총간 71, 065c).

6　李光胤, 「飜藏六堂六歌拙製」, 『瀼西先生文集』 卷之二(한국문집총간 속집 13, 243a).
　　번역은 최재남(1997, 50).

산물이다. 19세기까지 동아시아의 많은 문인들은 초사 「어부」편의 주석에서 왕일-홍흥조의 견해에 적극 반대하지는 않았을지라도, 창작상의 전고와 모티프 운용에서는 다른 길을 택한 예가 훨씬 더 많았던 것으로 보인다.

굴원과 「어부」편의 원천적 이해에 관한 또 하나의 쟁점은 여기에 등장하는 굴원과 어부의 상이한 가치관을 어떻게 해석하며 또 평가할 것인가의 문제다. 이 점은 「어부」편의 수사학적, 의미론적 구성에 대한 이해와 직결되면서, 다른 한편으로는 해석자가 마음 속에 간직한 이상적 사대부의 실천윤리와도 밀접한 관련을 가진다. 편의상 후자의 측면에서부터 논의를 시작한다.

이 작품이 다룬 굴원의 상황은 유자儒者들에게 실제로 일어날 수도 있는 실존적 고뇌의 극단이다. '조정에서 쫓겨나 물가를 떠돌며 초췌한 모습으로 시를 읊조리는' 외로운 인물, 그러다가 마침내 생명과 신념 중 어느 하나를 포기해야 하는 비극적 주인공은 바로 사대부들 자신일 수 있기 때문이다. 그렇기 때문에 굴원은 많은 이들의 심정적 공감을 얻었지만, 동시에 저마다의 정치적 입장과 윤리관을 지닌 논자들에게 비판과 상찬賞讚을 받으며 논쟁거리가 되었다(蔣骏 2004; 林姍 2011; 江瀚 2012; 諸葛俊元 2013). 그 중에서도 시비의 핵심이 된 것은 그의 격한 행동과 「이소離騷」 같은 비분悲憤한 작품들의 바탕에 원망의 심정이 있었던가 하는 점이다.

사마천司馬遷, 145B.C.~86B.C은 이 문제에 대해 일찍이 굴원의 충군忠君의식과 도저한 원망을 모두 긍정하는 입론을 제시했다.

신의를 지켰는데 의심받고, 충성을 다했으나 비방을 받는다면 원망하지 않을 수 있겠는가? 굴원이 「이소」를 지은 것은 원망으로부터 비롯한 것이다. 시경의 국풍國風은 애정을 노래했으나 음란하지 않고, 소아小雅는 원망과 비방을 담았으나 문란하지 않은데, 「이소」는 이 훌륭함들을 아울렀다고 하겠다. (…중략…) (굴원의 고결한 뜻과 행동은) 해와 달과 더불어 그 빛을 다툴 만하다.[7]

반면에 반고班固, 32~92는 굴원이 진중하지 못한 처신으로 위난을 자초하고 원망과 분노가 지나쳐서 파멸했다고 비판했으며, 안지추顔之推, 531~591도 이에 농조했다. 이들 비판론자들의 입장은 중용中庸의 도를 숭상하면서, 굴원의 삶과 작품이 '온유돈후溫柔敦厚'의 덕과 '원망하되 노하지 않음怨而不怒'의 절제에 미달했다고 보는 것이다(蔣驥 2004, 24).

송대에 이르러서는 굴원에 대한 평가에서 충군우국忠君憂國의 삶과 문학적 성취의 탁월성을 함께 긍정하는 쪽으로 전체적인 기류가 바뀐 듯하다. 하지만 그런 가운데서도 그의 삶과 작품에 관한 세부적 쟁론은 끊이지 않았고, '원망'의 문제가 여기서도 주요 논점의 하나로 존속했다. 근년에 중국에서 나온 한 박사논문은 굴원의 행동윤리에 관한 송대 지식인들의 논란을 충忠과 원怨의 문제로 집약하고, '충이불원忠而不怨'설, '충이원忠而怨'설, 그리고 '주원主怨'설의 세 유형으로 나누었다(林姍 2011, 22~32). 이 중에서 주원설은 반고·안지추의 견해와 비슷하게 굴원의 충성심 자체를 미약하거나 낮게 보는 것으로서, 송대의 담론에서 그 분포는 미미했다. 따라서 중요한 이설은 나머지 둘이다.

---

7 『史記』「屈原·賈生 列傳」. "信而見疑, 忠而被謗, 能無怨乎? 屈平之作離騷, 蓋自怨生也. 國風好色而不淫, 小雅怨誹而不亂. 若離騷者, 可謂兼之矣. … 推此志也, 雖與日月爭光可也."

충이원설은 사마천의 관점을 계승하는 논법으로서, 굴원이 충군우국의 성심과 함께 군주懷王에 대한 원망의 마음도 가졌으며, 이 두 가지는 경우에 따라 모순 없이 공존할 수 있다는 것이다. 반면에 충이불원설은 굴원이 충군우국의 간곡한 뜻을 가졌을 뿐 군주에 대한 원망의 마음은 품지 않았다고 주장한다. 송대에 새로 출현한 이 설의 주요 주창자로 사마광司馬光, 1019~1086, 조보지晁補之, 1053-1110, 주희朱熹, 1130~1200가 있다. 사마광이 이해한 굴원은 갖가지 시련을 겪으면서도 군주에 대한 원망이나 분노를 품지 않는 충순함의 체현자였다. 조보지는 굴원의 충군 사상이 극히 순수하여 군주에 대한 원망은 전혀 지니지 않았으며, 그의 충성은 후세의 모범이 되기에 족하다고 생각했다. 주희는 이런 입론을 계승하고 좀더 정밀한 독해와 의미화 작업을 통해 충이불원설을 견고하게 축조했다. 『초사집주』로 엮어진 주석, 해설 작업이 이를 떠받침으로써 주희의 굴원 해석은 이후의 흐름에서 가장 영향력 있는 참조 원천이 되었다(林姍 2011, 23~27). 굴원에 대한 평가에서 주희가 전면적인 긍정의 태도만을 취한 것은 아니었다. 그는 굴원의 사람됨과 행동이 때때로 중용에 어그러져서 모범삼을 만하지 못하다고 보았다. 다만 그는 생각과 행동의 이런 잘못조차도 '모두 충군애국하는 성심의 소산'이라 함으로써[8] 충이불원설을 탄력성 있게 유지했다.

굴원에 대한 이해에서 '충이원忠而怨'과 '충이불원忠而不怨'의 대립은 사마천과 주희의 대립으로 단순화할 수 있다. 그들의 대립이 중요한 까닭은 무엇인가? 충성스러운 신하이면서도 군주에 대해 원망 혹은 비판의 염을 품는 것이 상황에 따라 가능한가의 군신윤리 문제가 여기에 걸려

---

[8]　「楚辭集註序」, 『楚辭集註』 권1. "原之為人，其志行雖或過於中庸，而不可以為法，然皆出於忠君愛國之誠心."

있기 때문이다. 군주에 대한 충성과 원망이 공존할 수 있다는 관점에서는 군주의 정당성이 무조건적으로 절대화되지 않는다. 그렇다고 해서 이 원망이 신민臣民의 혁명적 불복종으로 이어질 수는 없을 터이지만, 군왕무류설君王無謬說 같은 신격화의 논리에 대해 만만치 않은 장애물이 될 것임은 분명하다. 주희의 입장은 굴원을 충신으로 드높이되 군주에 대한 원망의 실재성은 부인함으로써 이런 장애 요소를 제거한 것이다. 충이불원설에 의해 굴원은 좀더 숭고하고 사려 깊은 현인으로서 제사를 받게 되었지만, 그로 하여금 '홀로 깨어 있는 자'의 외로움과 비극적 죽음을 택하게 했던 비분·원망은 그를 위한 제문에서 삭제되었다.

이런 검토를 거쳐 다시금 초사 「어부」편으로 돌아갈 때 우리는 굴원과 어부라는 두 인물의 가치관에 대한 해석, 평가가 의외로 간단치 않음을 깨닫게 된다. 이 작품의 구조상 어부는 굴원이라는 주역을 드러내기 위한 조역일 터인데, 인생 태도에 있어서는 오히려 그가 더 원숙하고 심원한 통찰력을 보여 주는 듯한 느낌마저 들기 때문이다. 「어부」편이 말하고자 한 주제가 굴원의 비타협적 고뇌와 결의였다면, 어부의 말과 행동은 왜 그토록 큰 비중과 호소력을 발휘하도록 그려진 것일까. 앞에서 몇몇 용례를 지적한 바 있지만, '창랑가, 탁영濯纓, 탁족' 등 이 작품의 어부와 관련된 모티프와 전고들은 굴원 자신의 행동과 발언에 관한 것들에 못지 않게 후대의 시에 자주 호출되었다. 「어부」편에서 굴원이 '세상 안에서의 고뇌와 결단'을 구현했다면, 어부는 '출세간적出世間的 자유와 평화의 충만함'을 적어도 평행적 선택항으로 대변하는 것일는지 모른다.

굴원 모티프와 관련된 이상의 검토를 통해 우리가 우선적으로 주목할 것은 이 중에서 무엇이 다른 선택지보다 옳은가의 시비가 아니다.

우리는 이런저런 논란과 다층성, 불확실성이 생산적 모티프들의 원천 수준에서부터 존재한다는 것, 그리고 굴원 이해와 해석, 원용의 역사는 여기에 수많은 행위자들이 참여함으로써 다양한 의미 분화와 재구성을 낳았다는 것을 유념해 두어야 한다.

4. 도연명의 초상과 이미지들

여기서 도연명에 관해 살펴보려는 이유는 위에서 굴원을 논한 것과 근본적으로 동일하다. 그러나 논점의 진폭에서는 대단히 큰 차이가 있다. 단적으로 말해서 굴원에 관한 여러 논란은 그의 불행한 정치적 행로와 투신자살의 선택, 그리고 이와 관련된 논쟁적 자료 「어부」편의 해석에 집중되는 경향이 있다. 이에 따라 굴원에 관한 원천적 논의는 난해한 부분이 많기는 해도 문제의 윤곽이 비교적 뚜렷하다. 반면에 도연명은 그의 생애와 경력, 출出과 처處에 관한 의식, 사상의 구조와 지향, 그리고 작품세계의 여러 국면들이 지닌 의미·가치 등에 걸쳐 논의할 사항이 다채로우며, 이들 사이의 의미 연관을 밝히는 것 또한 만만치 않은 과제가 된다.

하지만 다루어야 할 사항이 많다는 것뿐이라면 여기서 방법론적 차원의 성찰을 요하는 사례로 거론할 필요가 없다. 요점을 먼저 말하자면, 도연명은 송대(宋代; 북송 960~1127, 남송 1127~1279)에 와서 매우 높은 평가를 받고, 인격과 사상 및 문학적 성취에서 탁월한 전범典範으로 이상화되었다(鍾優民 1991; 李劍鋒 2002; 王明輝 2003; Swartz 2008). 다음의 서술이 이런 추이를 간결하게 요약해 준다.

> 육조六朝 시대 동안 도연명의 시는 드물게 읽혔고, 그것을 높이 평가하는
> 이는 더욱 드물었다. 당唐에 와서 그는 한 세대의 시인들에게 시적 전범이
> 되고, 그 밖의 여러 시인들에게도 찬사를 받았다. 그러나 도연명이 중국문
> 학의 전통에서 가장 뛰어난 시인들 중 하나로 예사롭지 않은 탁월성을 인정
> 받은 것은 송대에 들어서의 일이었다. 이것은 매요신梅堯臣, 소식蘇軾, 황정견
> 黃庭堅, 주희朱熹 등 여러 세기 동안 영향력을 지속한 거물급 송대 작가들이 그
> 의 명성을 북돋운 데 크게 힘입은 결과였다. 더욱이, 그들의 해석은 다음 시
> 대의 독자들(현대의 독자들을 포함하여)이 도연명을 읽는 방식의 틀을 잡
> 았다. 도연명의 시에 대한 당시의 특정 해석이 오늘날에도 전범으로 남아
> 있을 뿐 아니라, 문학적 정전正典 속에서 그에게 부여되어야 할 위치에 대한
> 합의까지도 송대로부터 비롯하는 것이다. 소식과 황정견은 집단적으로 도
> 연명을 비판으로부터 방어하고, 그의 작품과 행동 및 처신에 관한 과거의
> 해석(내지 오해)들을 바로잡았다. 도연명에 대한 송대의 재평가를 통해, 그
> 는 이 시기의 말엽에 이르러 논란의 여지가 없는 문화적 우상cultural icon이
> 되었다(Swartz 2008, 210~211).

그리고 이상화가 항용 그러하듯이, 위의 흐름 속에서 그의 생애, 사
상, 문학의 어떤 부분은 각광받고 드높여지는 반면, 일부 국면은 주변화
되거나 잘 보이지 않는 자리로 접혀 들어가고, 또 어떤 것들은 특정 방식
의 해석 구도에 무리하게 편입된 혐의가 있다.[9] 그렇다고 해서 송대의

---

9   예컨대, 도연명이 관직을 버린 이유의 하나로 그가 두 지배 가문 아래 봉직하는 것을
    수치스럽게 여겼다는 설에 대해, 송유들은 그렇게 볼 만한 증거가 취약한데도 이를 열

도학陶學을 일률적으로 폄하할 일은 아니며, 도연명의 심오함과 탁월성이 특정 시대의 담론에 의한 허상이라고 손쉽게 뒤집으려는 것도 바람직하지 못하다. 중요한 점은 도연명의 심원한 면모와 이를 탐구한 송대 지식인들의 공헌을 적절히 평가하되, 그들의 이해 방식이 동반한 인식상의 편향이나 굴절을 다른 시대와 문제의식의 관점에서 보정하는 것이다.

송대에 형성되어 그 다음 시대를 주도해 간 도연명 상像이 적절한 균형을 결했다고 비판하는 견해가 남송 시대 이래 간헐적으로 등장했다. 그 중에서 신기질辛棄疾, 1140~1207과 공자진龔自珍, 1792~1841이 각별히 주목된다. 후대의 인물인 공자진을 먼저 보자. 그는 연작시 『기해잡시己亥雜詩』(1839)에서 도연명에 관한 칠언절구 3수를 남겼다. 여기에 그 중 2수를 옮겨 본다.

129

陶潛詩喜說荊軻	도잠은 시에서 형가(荊軻)를 즐겨 말했으며
想見停雲發浩歌	「정운(停雲)」에선 호탕하게 노래함이 선연하다.
吟到恩仇心事湧	은혜와 원수를 읊조리매 읽는 마음을 들끓게 하니
江湖俠骨恐無多	세상에는 이만한 의협 기질이 많지 않으리라.

130

陶潛酷似臥龍豪	도잠의 기상은 와룡의 호탕함과 꼭 닮아서
萬古潯陽松菊高	심양의 송국 같은 기개, 만고에 드높았다.

성적으로 지지했다. 의심할 바 없이, 이것은 가난에 자족하는 안빈낙도 의식과 정치적 충성의 견결함을 일체화하는 것이다. 그리고 그것은 도연명의 문화 상징으로서의 입지를 높이는 데 유용했다(Yuan Xingpei 2014, 230).

莫信詩人竟平淡　　이 시인이 끝내 평담(平淡)하기만 했다고 믿지 말라
二分梁甫一分騷　　그의 시는 한편으로 「양보음」 같고, 또 일부는 「이
　　　　　　　　　소」 같았다.[10]

　　공자진이 여기서 문제 삼는 핵심은 도연명의 삶과 문학을 '귀거래,
은일, 한적閒寂, 평담' 등으로만 일면화하는 통념이다. 그런 면모가 도연
명에게서 많이 발견됨을 그도 부인하지는 않는 듯하다. 하지만 이와 다
른 '호방豪放, 의협, 비분悲憤'의 측면에도 주목해야 한다는 것이며, 더 나
아가서는 도연명론의 주류가 소홀히 해 온 이 특성과 지향이 도연명의
정당한 이해를 위해 긴요하다고 그는 강조한다.
　　형가는 전국시대 위衛의 자객으로서 연燕 태자의 부탁을 받고 진시황
을 살해하려다 실패하고 피살된 인물이다. 도연명은 「형가를 노래하다
咏荊軻」에서 그의 비장한 결의와 의협 정신을 찬양하여, "그 사람은 이미
죽었으나, / 천년토록 마음의 울림은 남았네其人雖已沒, 千載有餘情"라고 끝맺
었다. 도연명 자신이 "젊었을 때는 건장하고 굳세어 / 검을 어루만지며
홀로 돌아다녔다"고 하고,[11] 또 다른 시에서 "(젊은 시절에) 웅대한 뜻은
천하를 내달리고 / 날개 펼쳐 멀리 날아오르려 했네"[12]라고 술회했으
니, 그에게 형가는 천하의 대의를 위한 젊은날의 열정을 환기시키는 표
상이었던 셈이다.
　　『기해잡시』 130은 도연명을 제갈량과 굴원의 이미지에 연결시켜서
조명한다. 도연명이 '와룡' 즉 초야 시절의 제갈량을 연상케 하는 호탕

10　작품의 번역은 龔自珍-최종세(1999)를 참조하되 여러 부분을 고쳤다.
11　「擬古 八」, "少時壯且厲, 撫劍獨行游."
12　「雜詩 五」, "猛志逸四海, 騫翮思遠翥."

함을 지녔다 함은 어떤 의미인가? "제갈량과 도잠 두 사람의 정신 속에 내재된 일치점, 즉 제갈량의 몸은 초려草廬에 있었지만 큰 뜻을 품었었고, 도잠도 비록 나쁜 형세에 처해 있었지만 오히려 영웅적 기상이 넘쳤음을 심각하게 파악하고 있는 것"이란 최종세의 해석이(龔自珍-최종세 1999, 150) 자못 설득력이 있다. 공자진은 뜻을 얻지 못한 상태의 도연명에게서도 피세 지향의 무관심이나 소극성보다는 천하의 대의를 생각하는 지사志士의 풍모에 주목했던 것이다. 이 작품의 결구에서 「이소離騷」를 언급하며 도연명의 일부 면모를 굴원의 깊은 고통과 비분에 겹쳐서 인식한 것은 더욱 흥미롭다. 이처럼 제갈량·굴원과 연계하여 도연명을 조명함으로써 공자진은 도연명에 대한 주류적 해석이 강조해 온 은일과 출세出世 정신에 대해서는 '입세入世 정신'을, 달관의 무심함에 대해서는 '우환 의식'을 주목해야 할 일부분으로 부각시킨 셈이다.

공자진의 이런 관점은 남송 시대의 저명한 사인詞人인 신기질과 일부 관련이 있다.[13] 신기질은 금金이 통치하던 북중국에서 태어나, 22세에 금을 상대로 한 의병전쟁에 참여했다가 이듬해에 송으로 내려왔다. 그로부터 근 20년간 무인과 지방관으로서 송의 국운 회복에 기여하려 했으나 그다지 성공적이지 못했다. 그의 관직과 정치적 영향력은 미미했고, 42세 때의 의욕적인 개혁안은 오히려 정치적 박해를 초래했다. 43세부터 약 20년간 그는 전원에 물러나 농경 생활을 하며 사詞를 창작하고 술을 즐기는 한편 때로는 울울한 심사에 젖어야 했다. 64세에서 68세까지 그는 마지막으로 관직에 나아갔으나, 다시 탄핵을 받고 향리로 돌아와 울분 속에 병사病死했다(이동향 1985, 31~37).

---

13 공자진은 『기해잡시』 130 제1행의 원주에 "이 구절의 뜻은 신기질에게서 가져온 것"(語意本辛棄疾)이라 밝혔다.

이런 생애의 대체적 윤곽에서 신기질과 도연명과 사이의 유사성을 말해 볼 수도 있을 것이다. 예컨대, 중년기의 귀전歸田, 농사·음주·우정 등으로 이루어진 은퇴 생활, 그리고 한적과 비분이 공존하는 심리상태 등이 그것이다(趙曉嵐 2003, 158~61). 이 유사성을 얼마만큼 중시하든, 신기질이 도연명에게 크게 심취했다는 사실 자체는 의심할 바 없다. 그는 "연명의 시문을 애독하고 연명의 전고를 이용하는 데에 그치지 않고, 그의 일상생활에서도 연명의 생활과 기호를 모방하려 했다." (이동향 1985, 88) 그러나 신기질이 이해한 도연명은 무심한 평담 속에 퇴각하여 모든 것을 망각 속에 묻어버린 인물이 아니었다.

그는 「수룡음水龍吟」이란 작품에서 도연명이 '북창에 높이 눕고 동쪽 울타리에서 취했던'北窓高臥 東籬自醉 것을 단순한 은일의 한정閑情으로 여기지 않고, '세속과 타협할 수 없었던 연명의 부득이한 결단'으로 보아 "응당 또 달리 돌아온 뜻 있었으리라"應別有歸來意고 읊었다. 신기질은 "연명의 '임진任眞, 청고淸高, 자족, 졸박拙朴'의 배후에 깔려 있는 울분과 기개를 높이 평가하고 동감했기 때문에, 천년 후에 지기가 되어 연명을 애호·숭배했다."(이동향 1985, 97~98)

명대明代 학자 황문환黃文煥, 1596~1664은 이런 문제의식을 좀더 일반화된 독법의 수준으로 구체화해 나아가고자 했다. 그는 도연명론의 오랜 흐름에서 관성화된 두 가지 통념을 깨뜨려야 도연명을 제대로 볼 수 있다고 주장한다. 하나는 그의 시가 지닌 사고와 표현의 특성을 '평담平淡'이라는 개념으로 단순화하는 경향이며, 다른 하나는 도연명의 지향을 '은일隱逸'로 몰아붙이는 현상이다.

도연명을 떠받드는 고금의 논법들은 모두 평담平淡에 매달렸는데, 평담으로 도연명을 덮으면 그를 제대로 볼 수 없다. 그의 작품을 분석적으로 살펴서, 자구를 힘써 연마한 것과, 글자마다 기이하고 심오한 점과, 나뉘고 합쳐지며 감춰지고 드러남과, 험하고 가파르며 다채로운 것들을 두루 보아야만이 도연명의 참다운 솜씨와 안목이 드러나게 될 것이다.

종영은 『시품』에서 도연명을 품격을 평하여 '은일의 조종祖宗'이라고만 했는데, 은일로써 도연명을 덮으면 그를 제대로 볼 수 없다. 그의 생애와 작품을 분석적으로 살펴서, 시대를 근심하고 난리를 걱정함과, 쇠미해 가는 진晉나라를 부축하고자 고심함과, 진의 선풍禪風에 맞서려고 애쓴 것과, 경세제민을 위해 속을 끓임과, 말 속에 본과 말이 갖추어져 있어서, 바다가 일어서듯이 용솟음치고, 칼들이 날리듯이 우뚝 선 것을 보아야만이 도연명의 깊은 마음이 드러나게 될 것이다.[14]

이상의 몇몇 논자들을 통해 살핀 비판적 견해에 '은일-평담' 위주의 주류적 도연명 상을 대체할 만한 설명력이 있는가는 우리의 당면 관심사가 아니다. 그것이 어떤 맥락에서 형성되고 후대에 이어졌는가도 눈여겨 볼 여유가 없다. 여기서 주목하려는 요점은 역사상의 도연명 이해가 단일한 원천과 발전 경로에서 나온 조화로운 통일체가 아니라는 것이다. 그것은 도연명의 생애, 사상, 작품이 지닌 원천적 다면성과, 이를 해석한 인물들의 서로 다른 맥락이 상호작용한 가운데 끊임없이 운동해 온 경쟁과 조정의 산물이다. 도연명의 삶과 작품들은 분명히 자의적

---

14 黃文煥, 「陶詩析義自序」, 『陶詩析義』. "古今尊陶, 統歸平淡; 以平淡概陶, 陶不得見也, 析之以鍊字鍊章, 字字奇奧, 分合隱現, 險峭多端, 斯陶之手眼出矣. … 鍾嶸品陶, 徒曰隱逸之宗; 以隱逸蔽陶, 陶又不得見也. 析之以憂時念亂, 思扶晉衰, 思抗晉禪, 經濟熱腸, 語藏本末, 涌若海立, 屹若劍飛, 斯陶之心膽出矣."

해석에 저항하는 과거의 사실로서 존재했다. 그러나, 그것들이 어떤 유기적 의미구조를 형성하며 독자에게 어떤 의의를 발휘할 수 있는가를 해명하는 일은 도연명을 독해하고 원용한 후대인들이 이 상호작용 속의 중요한 행위주체였다는 점을 인정할 때 비로소 가능해질 것이다.

5. 의미행위자들에 관한 전제

시조의 모티프와 이미지에 관한 성찰을 위해 이처럼 의미행위자를 중시하는 입장에서 몇 가지 기본 전제를 여기에 밝혀 두는 것이 바람직할 듯하다.

첫째, 나는 19세기 말 이전의 사람들도 그들 나름의 사회적, 개인적 역학의 얽힘 속에서 다양한 상황적 요구에 대응하며 각자의 '합리적' 선택을 해야 했던 존재임을 강조하고 싶다. 그리고 그들은 때때로 그들에게 허용된 선택지 앞에서 고민, 방황, 타협, 후회 등을 겪기도 했을 것이다.

이런 전제는 너무도 당연한 것이어서 오히려 무의미해 보일지 모른다. 그러나 이 자명한 전제는 조선 시대의 사대부와 중인 등 식자층識字層이 지닌 명분주의적 관념틀 속에서 흔히 은폐, 억압되었다. 군자와 소인, 도심道心과 인심, 천리와 인욕, 공과 사, 인의仁義와 패덕悖德, 안빈과 탐욕 등 다양하게 열거되는 이분법적 대립 속에서 전자를 높이고 후자를 폄하하는 것은 너무도 흔하고 자연스러운 일이었다. 뿐만 아니라 그런 이분법적 대립항 사이의 중간지대는 무시되거나 앞쪽으로 옮겨가야 할 잠정적 위치로 간주되고, 사람들의 현실적 삶이 오히려 이 중간 영역에 더 많이 걸쳐 있을 법하다는 가능성은 손쉽게 외면되었다. 조선 시대의 지식층이야 당시의 문화로 인해 그런 사고에 구속받는 것이 불가피했다고 할 수도 있을 것이다. 그러나, 현대의 연구자들까지 이런 명분론적 관념 틀의 흔적을 종종 보여주는 것은 문제가 아닐 수 없다.

한 가지 예로 사대부들의 출사出仕와 은일隱逸의 문제를 생각해 보자. 굳이 소부·허유나 도연명을 거론하지 않더라도, 벼슬을 초개같이 버리고 전원에 물러나서 금서琴書를 벗삼으며 살아가는 처사의 삶은 지극히 고결한 것으로 칭송되었다. 송순宋純, 1493~1583은 여러 차례의 정치적 파란을 겪으면서도 오랜 동안 관직에 있었지만, 만년에 면앙정俛仰亭을 짓고 담양에 한거하며 명사들과 교유했다. 이황李滉, 1501~1570은 몇 차례의 관직 생활에서 기회만 있으면 사직하고 향리로 돌아왔고, 도산陶山에서의 학문 탐구에 심혈을 기울였다. 그의 제자인 권호문權好文, 1532~1587은 29세에 진사시에 합격했으나 3년 뒤 어머니가 세상을 떠남으로써 부모를 모두 잃자 벼슬을 위한 공부를 단념하고 처사의 삶을 택했다. 그러나 이들 중 누구도 자기 자손이나 제자들에게 관직과 절연하고 은자 혹은 처사로만 살아가도록 엄명을 내린 사람은 없다. 조선 시대 전체를 통해서도 그런 예가 있을지도 극히 의심스럽다. 한 가계에서 관직 진출자를 내지 못한 채 5대 정도를 지나게 될 경우, 그 가문이 특정 지역의 양반 사회에서 뚜렷한 지위를 유지하고 있지 않은 한 양반으로서의 신분적 위상 자체가 소멸한다. 여러 대에 걸친 은일의 삶이란 가문의 궁핍과 몰락, 그리고 실종을 가져올 뿐이다. 그러므로 조선 시대 유자들의 은일이란 어디까지나 개인적 선택의 문제였고, 관직을 포기한다 해도 향촌 사회의 양반들이 형성하는 지역적 교류와 인정의 관계망을 벗어나 초월적 삶을 추구하는 것은 아니었다.

조선 시대에 관직을 획득하는 것이 지난했음은 물론, 그 전제조건인 과거시험 합격부터가 쉽지 않았다는 것도 주목해야 한다. 관료가 되기 위해서는 과거의 최종 단계인 문과를 통과해야 하나, 이를 위한 요건인 생원·진사시조차 험난해서 15세기에는 급제자 평균연령이 25.72세였다가 점차 높아져서 19세기에는 37.81세가 되었고, 조선 시대 평균이 34.56세였다(이원명 2004, 243). 문과 합격자 수도 과거응시자 규모에 비하면 극히 적었지만, 임용 가능한 관직에 비해 점점 늘어나서 조선 후기에는 발령 대기자가 양산되었다. 1769년에 지중추부사 남태제南泰齊는 연간 문과 급제자가 40~50인이 넘고 그 수가 점점 늘어나는 실정이어서, "홍패紅牌를 안고 늙어 죽는 사람이 부지기수"라고 한탄했다(이성무 1994, 129). 기나긴 과거공부 기간 동안 가산을 돌보지 못하면서 많은 비용을 소진해야 하는 것은 물론 가족과의 유대 또한 성글고 괴로운 경우가 많았다. 그러면서도 시험의 당락은 합리적 예측이 불가능해서, 한편으로는 고달픈 공부에 시달리고 다른 한편으로는 막중한 기대의 압박감과 싸우는 일이 기약 없이 이어졌다. 다행히 급제하여 관직을 얻는다 하더라도 관인 사회에서의 성공이란 결코 순탄하지 않았으며, 책 속에서 읽고 꿈꾸었듯이 고결한 것만도 아니었다.

조선 시대의 유자들은 이런 상황 요인들을 감안하면서 각자의 처지에서 행로를 선택하고 조정해야 했다. 명분주의적 사고와 현실성의 고려 사이에서 어떤 변수들을 중시할 것인가는 개인차가 많은 문제이며, 이에 대한 '합리적' 선택은 하나가 아닐 수 있다. 우리가 유념할 것은 과거의 유자들도 자신의 삶에 관여하는 여러 가치들에 대해 그 경중과 득실을 저울질하여 가장 나은 해법을 찾고자 했으리라는 점이다.

둘째, 위에서 말한 행동적 선택의 주체들은 대개 자신의 선택을 정당화하거나 특정 방식으로 부각시키려는 의미행위를 보이는 수가 많으며, 동아시아 문화에서는 특히 시가 그런 차원에서 흥미로운 역할을 담당해 왔다. 이런 경우의 시는 일종의 '수행적 발화performative utterance'로서, 진위적眞僞的 차원의 언술과 구별될 필요가 있다. 이 책에서의 작품 독해를 통해 우리는 시가 어떤 경험이나 사태의 사실적 표현으로서보다 그것의 전략적 구성과 현시顯示로 작용하는 면모에 주목하게 될 것이다.

이에 관한 논의를 위해 김광욱金光煜, 1580~1656의 시조 두 수를 잠간 보기로 한다.

陶淵明 주근 後에 또 淵明이 나닷 말이
밤ᄆᆞ을 네 일홈이 마초와 ᄀᆞ틀시고
도라와 守拙田園이야 긔오 내오 다르랴
(청진 : 146, #1349.1, kw : 전가 처사 귀거래 한거 개결 자긍)

功名도 니젓노라 富貴도 니젓노라
世上 번우한 일 다 주어 니젓노라
내 몸을 내ᄆᆞ자 니즈니 ᄂᆞᆷ이 아니 니즈랴
(청진 : 147, #0318.1, kw : 은자 은일 개결 부귀-공명-자족 허심)

위의 두 수를 포함한 「율리유곡栗里遺曲」 연작은 광해군 재위 중이던 1615년에 인목대비 폐모 논의를 위한 정청庭請에 김광욱이 참여하지 않았다 하여 삭직되자 고향으로 물러난 약 8년 사이에 지은 것으로 알려져 있다(박연호 1994; 이상원 1998; 권순회 1999). 인용된 첫 수에서 그는 자신의 처지를 도연명과 동일시한다. 그렇게 볼 만한 단서는 그가 물러난 향리가 마침 고양高陽 행주幸州의 율리栗里였기 때문이다. 그러나 지명의 이 우연한 일치에 정치적 풍파로 인한 퇴관과 귀향을 얹어서 자신의 상황을 도연명에 견준 것은 지나치다고 말할 수 있다. 아울러 그는 '수졸전원'이 도연명과 자신의 공통점인 듯이 말했지만, 그의 가까운 가계와 경제 상황은 도연명이 「귀원전거歸園田居」에서 노래한 바 "네모난 대지 십여 묘에 / 초가집은 여덟아홉 칸" 같은 살림이나, 「걸식乞食」이 보여주는 곤궁 체험과 상당한 거리가 있어 보인다. 김광욱의 외조부 이천우李天祐는 개국공신으로서 태종의 묘정에 배향된 인물이며, 장인 이직언李直彥은 경기도 관찰사와 좌의정을 역임했고, 증조부 생해生海는 신천 군수를 지냈고, 조부 원효元孝도 일찍부터 중앙관직에 진출하여 이조판서에 추증된 바 있다(박연호 1994, 120). 행주 율리에 있던 그의 전장田莊은 후손에게 상속되어, 손자인 김성최金聖最, 1645~1713가 여기서 안동김씨 일족의 친지들과 풍류 모임을 여는 등 흥취를 즐긴 자취가 문헌에 남아 있다(권순회 1999, 160~61). 이런 맥락으로 보건대 김광욱 당시에도 그가 거처한 율리의 전원은 도연명 류의 소박함을 넘는 여유가 있지 않았을까 추정된다.

　사실이 그렇다면 그가 자신의 상황을 도연명과 동일시한 것은 과분한 일이라고 비난받아 마땅한가? 그렇게 진위론으로 접근하는 것은 너무 각박할 뿐더러, 수행적 발화에 대한 독법으로서도 부적절하다. 이 작품은 자신과 도연명의 귀향을 동일시하는 틀짓기framing를 통해 그에게 가해진 정치적 타격을 사소한 것으로 주변화하고, 그런 따위에 의해 마음바탕이 흔들리지 않는 초연한 현자의 자세를 자신에게 부여한다. 물론 광해군 당시의 대북大北 정권과 그 중심인물 정인홍鄭仁弘에 대한 김광욱의 적개심은 깊고도 강렬했다는 점이 그의 문집 자료 일부에서 발견된다. 그러나 좀더 많은 한시와 시조에서 도연명 모티프와 이미지를 채용함으로써 김광욱은 은인자중하는 자세로 시련을 감내하고 전원의 삶을 기꺼이 끌어안는 서정적 배역을 수행한다. '잊었다'는 말이 5회나 반복되는 그 다음 시조는 이런 배역의 연장이면서, 한편으로는 그렇게 거듭 강조해도 잊을 수 없는 상처 혹은 번민의 반어적 확인일 수 있다.

이 작품들과 김광욱에 관한 상세한 논의는 이 자리의 주된 관심사가 아니므로 여기서 더 긴 논란은 줄이고자 한다. 다만 의미행위의 관점에서 볼 때 시 작품은 시인 자신의 동기와 삶에 무관하지 않지만, 그 관련은 실제 경험과 심리의 단순한 기술이나 모사模寫가 아니라는 점을 여기서 강조해 두고 싶다. 시대, 장르, 유파와 시인의 개성에 따라 편차가 있기는 하나, 시는 시인 자신의 삶을 말하는 것처럼 보이는 순간에도 무엇을 드러내고 감추며 어떤 암시를 흘릴 것인지 생각하며 자신을 연출한다. 그리고 보면, 특정한 자아의 마스크를 쓰지 않고 자아를 표현하는 것이 가능한가라는 질문은 우리의 현실적 삶에서도 던져 볼 만한 가치가 있을 것이다.

제3장

색인어 관계망의 지형도

1. 주제사 탐구와 색인어 관계망

서설에서 밝힌 바와 같이 이 책은 시조의 주요 모티프와 관심사의 추이를 밝히기 위해 작품별로 부여된 색인어들의 통계 분석과 해석적 접근을 병행한다. 그 중에서 후자의 측면은 인문학의 전통에 친숙한 것이어서 따로 설명할 필요가 없을 터이나, 색인어 계측과 통계 연산에 기초하여 역사적 추이를 분석하는 일은 인문학 중에서도 문학 연구에 생소한 작업이므로 약간의 방법론적 논의가 불가피하다. 더욱이 이 연구를 위한 계량적 분석은 1990년대 후반 이래 방법론의 개선을 모색하던 끝에, 2010년대에 와서 네트워크 분석이라는 새로운 접근 방식으로 전환되었다. 이에 따른 시조 연구의 성과는 본서가 처음이기 때문에 방법론의 소개를 겸하여 주요 개념과 착상을 밝혀 둘 필요가 있다. 옛시조 작품 연구를 위한 색인어 체계와 그 실현 방식에 대해서는 이 책의 부록에 별도로 서술하였으므로, 여기서는 초기의 통계 모델에서 네트워크 분석으로 전환하게 된 맥락에 초점을 두어 살펴보기로 한다.

1990년대 중엽부터 2009년경까지 내가 시조 연구에 적용한 계량적 방법은 색인어 단위의 출현 빈도 변화에 대한 다변량 통계분석이었다. 예컨대 '강산, 전가, 시정, 처사, 어옹, 은자, 노처녀, 귀거래, 한거, 애정, 임기다림' 등의 색인어들이 각각 16, 17, 18, 19세기의 작품군에서 어떤 출현율을 보이며, 이 시기들 사이의 변량變量에는 통계적으로 얼마만큼의 유의미성이 있는가를 판별하는 것이 수요한 분석적 토대가 되었다. 다음의 논저가 이에 따른 주요 성과들이다.

- 「조선 후기 사설시조의 시적 관심 추이에 관한 계량적 분석」
  (1993; 김흥규 1999)
- 「색인어 정보 연산에 의한 고시조 데이터베이스의 분석적 연구」
  (김흥규·우응순·정흥모 1998)
- 『고시조 데이터베이스의 계량적 분석과 시조사의 지형도』
  (김흥규·권순회 2002)
- 『고시조 내용소의 분포 분석과 시조사적 고찰』
  (김흥규 2006)
- 「16~19세기 양반층 시조와 그 심상공간의 변모」
  (김흥규 2009)

이런 성과들은 시조사 이해의 진전을 위해 상당히 유익했지만, 방법론상의 아쉬움 또한 없지 않았다. 그 중 핵심적인 사항은 통계 분석의 기본 단위가 개별 색인어들이었기 때문에 그들 사이의 '관계'가 어떻게 형성되고 변화하는가를 포착하기는 매우 어려웠다는 점이다. 이런 난점을 어느 정도 완화하기 위해 김흥규(2009)에서는 16세기부터 4세기 동안 출현 빈도가 증가한 색인어 군집과 감소한 색인어 군집을 추출하여, 시대적 흐름에 따른 변화의 집합적 윤곽을 파악하고자 했다. 그러나 얼마간의 소득에도 불구하고 이 고안 또한 만족스러운 해결책이 되지는 못했다. 예컨대, 문제의 4세기 동안 a, b, c 색인어가 증가 혹은 감소의 추세를 지속적으로 보였다 해서 그들 사이에 어떤 친연성이나 구조적 연관이 있다고 단정하기는 어렵기 때문이다. 다수의 색인어 사이에 어떤 횡적 유대가 존재하며, 그것이 시대의 흐름 속에 어떻게 변화했던가를 밝히기 위해서는 색인어들 사이의 관계를 중시하는 새로운 방법론 모델이 나와야만 했다.

이를 위한 갖가지 모색을 거듭하다가 2011년 무렵 사회학 분야에서 돌파구가 될 만한 방법론 모형을 발견했다. 바로 사회 연결망 이론이었다. 촌락공동체 안에서의 인간관계든, 인터넷 공간에서의 정보 소통이든 다양한 현상들을 그 현상계 내의 여러 개체 내지 요소들의 상호작용을 통해 보려는 것이 네트워크 이론의 기본 취지인데, 이것은 시조 색인어의 계량적 분석에서 당시까지 고심하던 난관으로부터 한 단계 올라서서 좀더 넓은 시야를 볼 수 있게 해 주었다. 생각해 보면 옛시조에 붙인 색인어들 사이에는 서로 친연성이 높은 것들이 있는 반면, 좀처럼 한데 어울리지 않는 것들도 있으며, 어떤 조건 아래서만 제한적으로 만나는 것들도 있다. 이런 관계가 양식과 작가층 및 시대에 따라 가변적이라면, 그런 변인들에 의해 색인어들 간의 관계구조가 어떻게 움직였던가를 검증해야 할 필요성이 너무도 뚜렷하다.

다만 이처럼 유력한 가능성에도 불구하고 사회 연결망 이론은 적용 영역에 따라 세부적 방법이 극히 다양하기 때문에 단형 서정시의 모티프론을 위해 그 중 무엇을 어떻게 원용할 것인지 판단이 쉽지 않았다. 이에 관한 암중모색의 귀착점만을 말하자면, 옛시조 색인어 관계망의 거시적 파악을 위해서는 'k-코어 분석'을, 그리고 관계망 내부의 세부적 검토를 위해서는 주요 색인어에 대한 '에고 분석'을 주로 활용하기로 했다. 다음 항에서 이들을 포함한 주요 개념과 방법론적 구상을 간략히 기술한다.

2. 관계망 연구와 k-코어 분석

네트워크는 둘 이상의 노드node와 그들 사이의 연결link로써 이루어진다. 노드에 해당하는 개체는 사람, 조직체인 경우가 많지만 상품, 유전자, 출판물 등 다양한 것들이 설정될 수 있다. 우리의 시조 연구에서는 '강산, 시정, 처사, 어옹, 노처녀, 한거, 정념' 따위의 색인어들이 노드가 된다. 노드 사이의 링크를 어떻게 계측하는가는 당연히 그 노드들의 속성과 이에 대한 연구 목적에 달려 있다. 우리의 관심사에서는 시조 작품별로 부여된 색인어들의 공기共起 관계에서 나타나는 일정 수준 이상의 친연성이 링크에 해당한다. 예컨대 아래에 인용된 작품 #0137.1의 색인어 '강산, 처사, 한거, 연군, 한탄' 상호 간에는 친연성이 존재하며, #4092.1의 색인어 '아침 남녀 그리움 원망 정념 임기다림 허언' 사이에도 친연성이 있다. 그러나 이 두 작품만으로 보면, 앞뒤 군집의 색인어들 사이에는 친연성이 없다.

> 江山이 됴타 흔들 내 分으로 누얻ᄂᆞ냐
> 님군 恩惠를 이제 더옥 아노이다
> 아ᄆᆞ리 갑고쟈 ᄒᆞ야도 ᄒᆡ올 일이 업세라
> (윤선도, 고유: 6, #0137.1, kw: 강산 처사 한거 연군 한탄)

> 님이 오마더니 둘이 지고 실별 쓴다
> 속이는 제 그르냐 기ᄃᆞ리는 닉 그르냐
> 이後야 아무리 오마 흔들 밋을 줄이 이시랴
> (an,[1] 원국: 338, #4092.1, kw: 아침 남녀 그리움 원망 정념 임기다림 허언)

문제는 이런 공기 관계가 얼마나 나타날 경우 그것을 링크로 인정하는가의 판별이다. 가령 시조 1000수로 이루어진 자료군집이 있는데, 색인어 k1과 k2가 공기하는 작품은 80수이고, k1과 k3이 공기하는 작품은 10수이며, k2와 k3이 공기하는 작품은 3수, k3과 k4가 공기하는 작품은 1수라고 가정하자. 이들 모두를 유효한 링크로 인정할 경우 링크 관계는 매우 복잡해져서 어떤 경향이나 패턴을 추출하는 알고리즘에 과도한 부담이 발생하며, 우발적 수준에서 나타난 소수의 공기 관계를 일일이 추적해야 하는 비효율성도 우려된다. 따라서 적정 수준의 한

---

1   앞으로의 작품 인용에서 원천 문헌에 작가명이 없는 경우는 'an' 혹은 'xd'로 구분하여 표시한다. 'an'은 작자 표시가 있는 문헌에서 해당 작품에 작자명이 제시되지 않거나 '무명씨, 실명(失名)' 등으로 처리된 경우이며, 'xd'는 해당 문헌이 『남훈태평가』처럼 일률적으로 작자 표시를 하지 않아서 작자 정보가 없는 경우다.

계값을 설정해서, 그 이상의 공기 관계만을 '유효한 친연성 수준의 링크'로 걸러내는 것이 바람직하다. 이 경우의 한계값은 두루 통용되는 외부적 척도가 없으므로 자료의 성격과 분석 목적에 비추어 연구자가 정해야 한다. 본 연구에서는 0.1%에서 3%까지 기준치를 달리하면서 여러 모로 실험한 결과 1.0%를 가장 무난한 한계값으로 판단했다. 다시 말해서 시조 1,000수로 이루어진 자료군에서 색인어 k1과 k2가 10수 미만의 작품에만 함께 나타날 경우 그 공기율은 1.0%에 미달하기 때문에 유효한 링크로 인정하지 않는다는 것이다.[2] 이렇게 해서 추출된 색인어 관계망은 무방향 가중 그래프undirected, valued graph 형태가 된다.

그런데 정작 중요한 방법론상의 과제는 위의 절차를 거쳐서 특정 작품군의 색인어 관계망이 커다란 매트릭스로 만들어진 단계에서 대두한다. 이 연구를 위해 설정한 색인어는 모두 220종인 바, 그들 사이에서 나타날 수 있는 링크의 조합은 너무도 많고 복잡하다. 그러므로 이 전체 관계망 중에서 비교적 강한 응집성을 지닌 몇 개의 부분 관계망 내지 국지적 네트워크를 변별해 내는 일이 우선적으로 요구된다. 주제와 소재 및 심미적 태도 면에서 친연성이 높은 작품들은 그들이 지닌 색인어들 사이에서도 부분적 응집성이 높으리라는 예상이 합리적이다. 그렇다면, 연구자의 주관적 개입에 의하지 않고 수학적 연산에만 의존해서 어떤 부분 관계망들을 검출해 내는 것이 매우 흥미로운 발견적 과업이 될 수 있다.

---

2 공기율 1.0%라는 기준은 이 책의 연구가 색인어 관계망에 대한 거시적 분석에 주안점을 두었기 때문에 다소 높게 설정한 값이다. 비유적으로 말하면, 해양자원 조사의 어떤 필요상 '굵은 그물'을 쓰기로 한 결정과 비슷하다. 향후의 연구에서 색인어 관계망을 좀더 섬세하게 검증하기 위해 '촘촘한 그물'을 쓰려 한다면 한계값은 0.5%나 그 이하로 낮출 수도 있을 것이다.

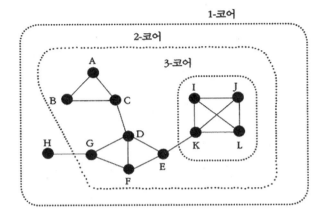

〈그림 1〉 k-코어 네트워크 예시

　관계망 연구에서 하위집단 분석^{sub-group analysis}의 방법은 여러 가닥으로 나뉘는데, 본 연구는 그 중에서 파당^{clique} 분석의 일종인 k-코어^{k-core} 분석을 채용했다. k-코어란 어떤 하위집단 안에 있는 모든 노드가 그들 상호간에 k개 이상의 연결정도를 가지는 경우를 지칭한다.[3]

　시각적 인지의 편의를 위해 비교적 적은 수의 노드로 이루어진 관계망을 〈그림 1〉로 예시했다. 이 그림에서 k 값을 1로 하면 모든 노드가 다 1-코어 네트워크에 포함된다. k 값을 2로 하면 노드 H가 탈락하고, 나머지 노드들이 2-코어 네트워크에 포함된다. k 값을 3으로 올리면 A부터 H까지의 노드들이 제외되고, I-L만이 3-코어 네트워크에 남는다. 수백 또는 수천 수의 시조 작품을 대상으로 해서 k 값을 하나씩 올리면서 이런 실험을 해 보니 응집성이 강한 부분관계망들은 대체로 6코어 정도에서 가장 응집도가 강한 핵심부가 드러났다. 이렇게 k 값이

3　다음 그림은 이수상(2012, 300)에서 가져온 것이다.

증가하면서 "생성되는 하위집단은 동질적인 구조가 되어 간다. 즉 얻어지는 하위집단은 밀도가 높고 구조적으로 동질의 형태를 나타낸다."(이수상 2012, 299)

이해를 돕기 위해 풀어서 말하자면, k-코어 분석에서 검출되는 핵심 노드들은 특정한 부분 관계망을 위해 가장 충성도가 높은 열심당원 내지 골수분자에 해당한다. 물론 하나의 정당이나 사회집단이 작동하기 위해서는 열심당원 외의 구성원들도 필요하듯이, 특정 소집단에 속하는 시조들도 핵심 색인어 외의 요소들을 통해 가변성과 유연성을 확보한다. 다만 특정 성향의 시조 군집을 포착하고 그 변화를 검승하고자 할 경우, 열심당원에 해당하는 색인어들이 무엇이며, 시간적 추이 속에서 그들의 구성 내용과 역학관계에 어떤 변동이 일어나는지 관찰하는 것이 결정적으로 중요하다.

k-코어 관계망과 함께 본 연구가 종종 참조하게 될 보조적 사항으로 에고 관계망이라는 것이 있다. 이것은 특정 노드를 중심 요소로 놓고, 그것과 직접 연결 관계를 가지는 노드들을 타자노드로 포함하는 부분 관계망이다.[4] 모든 개별 노드들은 그것을 중심에 둔 에고 관계망을 통해 분석할 수 있으며, 이에 따라 흥미로운 현상들이 발견되기도 한다. 이에 관한 예시와 설명은 다음 장에서 '밤'이라는 색인어의 경우를 통해 보게 될 것이다.

---

[4] 물론 이 경우의 타자노드들 사이에도 상호간의 연결이 있을 수 있다.

3. 세 가지 핵심 관계망—강산, 전가(田家), 정념(情念)

　위에 설명한 방법론적 설계와 기준에 따라 옛시조 연구의 기축이 될 k-코어 관계망을 추출했다. 이를 위한 네트워크 분석 소프트웨어는 여러 가지가 있으나, 거의 모든 소프트웨어들이 일정한 메뉴 체계를 통해 작업하도록 만들어져 있기 때문에 이 책의 연구가 필요로 하는 다양한 분석을 수행하는 데는 불편했다. 더욱이 나로서는 오래 전부터 직접 프로그램을 만들어서 통계와 분석 작업을 해 온 터이고, 자료 면에서도 옛시조 전체와 그 색인이 긴밀하게 구조화된 데이터베이스로 갖추어져 있기 때문에 기성품으로 공급되는 소프트웨어에 의존하는 것이 그다지 생산적이지 못하다고 생각되었다. 그리하여 일부 제한적 기능을 위해 파예크Pajek를 쓰는 외에는 대부분의 작업을 직접 만든 프로그램으로 처리했다.

　한편, 동일한 분석 방법을 적용한다 해도 대상 자료의 군집을 어떻게 설정하는가에 따라 결과적 소득은 크게 다를 수 있다. 옛시조 자료의 군집 구성에 반영할 수 있는 조건들은 다음과 같이 다양하다.[5] 이들을 결합하여 수십 종류의 자료군을 구획하고 그 사이의 편차와 추이를 분석함으로써 시조사를 입체적으로 조명할 수 있으리라 기대된다.

- 형식 : 평시조 / 사설시조
- 작자의 신분 : 양반층 / 평민 남성 / 기녀
- 시기 : 16 / 17 / 18 / 19세기[6]

5　여기에 열거된 조건들은 통계적으로 유의미한 수준의 수량 분할이 가능한 것들 위주로 예시한 것이다.

- 창곡 : 가곡창(남창, 여창) / 시조창
- 문헌 조건 : 연구자의 설계에 따른 유동적 구분

그러나 자료 군집의 종류가 다양하다 해도, 그들 사이에서 무난하게 통용될 만한 기준형을 어디에선가 마련해야 한다. 이 경우 가장 좋은 기반은 옛시조 전체를 다 포괄하는 것이다. 그리하여 『고시조 대전』의 작품 전체를 대상으로 6 – 코어 이상의 네트워크를 검증한 결과 다음의 세 가지 관계망이 추출되었다.

① 강산 6 – 코어 : 강산, 자족, 한거, 처사, 고흥, 음주, 시동(侍童)
② 전가 6 – 코어 : 전가, 자족, 한거, 처사, 고흥, 음주, 시동
③ 정념 6 – 코어 : 정념, 남녀, 그리움, 한탄, 밤, 임기다림, 원망

이 중에서 ①과 ②는 '강산'과 '전가'라는 핵심어가 다를 뿐 나머지 6개 색인어는 같아서, 이 두 가지 핵심 관계망이 과연 별개의 것인지 의문이 제기될 수 있다. 그러나 이런 겹침 현상은 옛시조 전체를 기반으로 추출한 데서 발생하는 것으로, 작가 집단과 세기를 구분하여 설정한 자료들에서는 변별성이 확인된다. 그럼에도 불구하고 강산 관계망과 전가 관계망이 상당 부분의 공통성과 근접성을 가지는 것은 분명한 사실인데, 이런 점과 함께 두 관계망의 차이와 상이한 역사적 행로를 살피는 것이 본 연구의 흥미로운 과제 중 하나가 된다.

---

6 이 연구의 세기별 통계 분석에서 15세기는 원칙적으로 보류한다. 그 이유는 현재까지 수집된 자료에서 15세기 귀속 작품이 61수(양반층)에 불과하여 네트워크 분석과 비교를 위한 통계 연산에서 유의미성을 기대하기 어렵기 때문이다. 다만 작품의 미시적 분석이나 용례 검토에서는 15세기 시조도 고려 대상에 포함했다.

세 가지 핵심 관계망을 주요 작가층 및 세기 단위의 변화와 관련하여 추적하고 해석하는 것은 다음에 이어지는 제 4, 5, 6장의 관심사가 될 것이다. 이 장의 나머지 부분에서는 그에 앞서서, 세 관계망이 시조의 양식상 종류와 작자의 신분집단에 따라 어떤 분포의 차이를 보이는지 개관해 두고자 한다.

4. 강산 관계망의 거시적 윤곽

강산江山 관계망은 양식 면에서 평시조와 친연성이 높으며, 작자의 신분집단은 양반층에게 현저하게 기울어 있다. 바꿔 말하면, 사설시조에서는 강산 관계망의 응집성이 비교적 약하고, 평민층의 작품에서도 그런 양상이 나타난다. 관계망을 수량적으로 표현한 다음 여섯 개 표가 그런 특징을 간명하게 집약하고 있다.

제시된 표들에서 가장 중요한 사항은 해당 관계망 핵심 색인어의 출현율과, 관계망 '연결밀도' 및 '평균연결강도'다. 강산 관계망이 가장 우월한 모습을 보이는 것은 양반층의 작품에서인 바, 〈표 1-4〉에서 '강산' 출현율은 17.4%이며, 7개 노드가 형성하는 관계망의 연결밀도는 1, 평균연결강도는 3.8%에 달한다.[7] 사설시조〈표 1-3〉에서는 이들이 각각 8.8%, 0.907, 2.7%로 감소하고, 평민층 작품〈표 1-5〉에서도 12.5%, 0.714, 2.3%로 줄어들었다. 기녀시조 〈표 1-6〉에서 강산 관계망이 완

---

[7] 수년간의 다양한 계측 경험으로 보건대, 연결강도 평균이 3.0% 이상이면 응집도가 '매우 높음'으로, 2.5% 이상이면 '비교적 높음'으로, 1.5% 미만이면 '매우 낮음'으로 볼 수 있다.

전히 실종된 것은 별로 이상한 일도 아닐 것이다.

그러나 이와 같은 대단위 통계들에 의지하여 강산 관계망을 양반층의 전유물처럼 간주하거나, 아래의 관계망 구조가 조선 시대 전반에 걸쳐 장기적으로 지속되었던 것처럼 가정한다면 매우 위험한 일이다. 대단위 자료 기반의 일원적 통계는 그 내부의 국지적 분열·대립과 시대적 굴곡을 합산하여 평준화하는 경향이 있기 때문이다. 따라서 우리는 강산 관계망이 양반층의 심상공간 구성에서 상당한 중요한 몫을 담당했다는 경향성을 인정하되, 그 실현의 역사적 궤적은 세기 단위로 분할한 자료군들의 분석을 통해 좀더 면밀하게 살펴보아야 할 것이다.

〈표 1-1〉 강산 관계망 : 옛시조 전체 / 연결밀도＝1, 평균연결강도＝3.4

	출현	Link	강산	자족	한거	처사	고흥	음주	시동
강산	14.5	6		7.1	6.8	4.6	4.2	2.3	1.6
자족	14.6	6	7.1		8.2	5.4	2.6	2.8	2.2
한거	11.3	6	6.8	8.2		5.4	2.1	1.4	1.2
처사	8.3	6	4.6	5.4	5.4		1.5	1.2	1.1
고흥	11.3	6	4.2	2.6	2.1	1.5		4.6	2.2
음주	11.7	6	2.3	2.8	1.4	1.2	4.6		2.9
시동	6.4	6	1.6	2.2	1.2	1.1	2.2	2.9	

〈표1-2〉 강산 관계망 : 평시조 전체 / 연결밀도＝1, 평균연결강도＝3.6

	출현	Link	강산	자족	한거	처사	고흥	음주	시동
강산	15.8	6		7.8	7.6	5.2	4.3	2.4	1.7
자족	15.4	6	7.8		8.8	5.9	2.5	2.7	2.3
한거	12.3	6	7.6			6.0	2.1	1.3	1.3
처사	9.0	6	5.2	6.0	6.0		1.6	1.2	1.2
고흥	11.3	6	4.3	2.1	2.1	2.1		4.4	2.3
음주	11.1	6	2.4	1.3	1.3	1.3	4.4		2.9
시동	6.2	6	1.7	1.3	1.3	1.3	2.3	2.9	

〈표1-3〉 강산 관계망 : 사설시조 전체 / 연결밀도=0.905, 평균연결강도=2.7

	출현	Link	강산	자족	한거	처사	고흥	음주	시동
강산	8.8	6		4.0	3.5	2.0	3.9	2.1	1.0
자족	10.9	6	4.0		3.4	3.1	3.1	3.5	2.0
한거	6.8	5	3.5	5.4		3.0	1.9	1.6	0.9
처사	4.8	5	2.0	3.1	3.0		1.3	1.6	0.6
고흥	11.4	6	3.9	3.1	1.9	1.3		5.9	1.7
음주	14.9	6	2.1	3.5	1.6	1.3	5.9		3.3
시동	7.3	4	1.0	2.0	0.9	0.6	1.7	3.3	

〈1-4〉 강산 관계망 : 양반층 시조 전체 / 연결밀도=1, 평균연결강도=3.8

	출현	Link	강산	자족	한거	처사	고흥	음주	시동
강산	17.4	6		8.9	8.4	7.4	4.5	1.8	1.2
자족	16.0	6	8.9		9.2	7.4	2.5	2.1	1.9
한거	13.2	6	8.4	9.2		7.6	2.7	1.2	1.0
처사	12.1	6	7.4	7.4	7.6		2.4	1.5	1.3
고흥	10.8	6	4.5	2.5	2.7	2.4		3.1	1.8
음주	7.7	6	1.8	2.1	1.2	1.5	3.1		1.7
시동	4.8	6	1.2	1.9	1.0	1.3	1.8	1.7	

〈1-5〉강산 관계망 : 평민층 시조 전체 / 연결밀도=0.714, 평균연결강도=2.3

	출현	Link	강산	자족	한거	처사	고흥	음주	시동
강산	12.5	5		6.2	5.5	0.8	2.8	2.2	1.5
자족	15.1	5	6.2		6.6	0.8	2.8	3.4	1.4
한거	9.7	5	5.5	6.6		1.1	1.5	1.2	0.6
처사	2.3	1	0.8	0.8	1.1		0.2	0.2	0.2
고흥	12.2	5	2.8	2.8	1.5	0.2		4.5	2.3
음주	11.6	5	2.2	3.4	1.2	0.2	4.5		2.5
시동	4.3	4	1.5	1.4	0.6	0.2	2.3	2.5	

〈1-6〉 강산 관계망 : 기녀 시조 전체 / 연결밀도=0.095, 평균연결강도=0.1

	출현	Link	강산	자족	한거	처사	고흥	음주	시동
강산	1.3	0		0.0	0.0	0.0	0.0	0.0	0.0
자족	0.0	0	0.0		0.0	0.0	0.0	0.0	0.0
한거	0.0	0	0.0	0.0		0.0	0.0	0.0	0.0
처사	0.0	0	0.0	0.0	0.0		0.0	0.0	0.0
고흥	3.9	1	0.0	0.0	0.0	0.0		1.3	0.0
음주	5.2	2	0.0	0.0	0.0	0.0	1.3		1.3
시동	1.2	1	0.0	0.0	0.0	0.0	0.0	1.3	

5. 전가 관계망의 거시적 윤곽

시조 양식과 작가의 신분집단만을 고려한 대단위 통계에서 볼 때, 전가 관계망은 강산 관계망과 비슷한 경향을 지닌 듯이 보인다. 즉, 전가田家 관계망도 평시조와 친연성이 높으며, 작가 집단은 양반층 쪽에 약간 가까운 면모가 발견되는 것이다. 하지만 이런 유사성에만 눈이 끌린 나머지 그 곁에 있는 차이점들을 주목하지 않으면 중요한 발견의 기회를 놓치게 된다. 강산과 전가 관계망은 음미할 만한 친연성과 이질성을 함께 가지고 있어서, 이 양면을 함께 분석해야 깊이 있는 성찰이 가능해진다. 여기서는 그런 관점에서 전가 관계망이 강산 관계망과 일견 비슷해 보이면서도 다른 점을 대단위 자료 통계의 수준에서 지적해 두고자 한다. 우선 앞에서 검토한 바와 동일한 6개 자료군에서 계측된 전가 관계망을 표로써 제시한다.

<2-1> 전가 관계망 : 옛시조 전체 / 연결밀도＝1, 평균연결강도＝2.9

	출현	Link	강산	자족	한거	처사	고흥	음주	시동
전가	6.7	6		4.6	3.1	2.5	1.4	1.7	1.8
자족	14.6	6	4.6		8.2	5.4	2.6	2.8	2.2
한거	11.3	6	3.1	8.2	8.2	5.4	2.1	1.4	1.2
처사	8.3	6	2.5	5.4	5.4		1.5	1.2	1.1
고흥	11.3	6	1.4	2.6	2.6	2.1		4.6	2.2
음주	11.7	6	1.7	2.8	2.8	1.4	4.6		2.9
시동	6.4	6	1.8	2.2	2.2	1.2	2.2	2.9	

<2-2> 전가 관계망 : 평시조 전체 / 연결밀도＝1, 평균연결강도＝2.9

	출현	Link	전가	자족	한거	처사	고흥	음주	시동
전가	6.7	6		4.5	3.2	2.7	1.3	1.4	1.7
자족	15.4	6	4.5		8.8	5.9	2.5	2.7	2.3
한거	12.3	6	3.2	8.8		6.0	2.1	1.3	1.3
처사	9.0	6	2.7	5.9	6.0		1.6	1.2	1.2
고흥	11.3	6	1.3	2.5	2.1	1.6		4.4	2.3
음주	11.1	6	1.4	2.7	1.3	1.2	4.4		2.9
시동	6.2	6	1.7	2.3	1.3	1.2	2.3	2.9	

<2-3> 전가 관계망 : 사설시조 전체 / 연결밀도＝0.905, 평균연결강도＝2.6

	출현	Link	전가	자족	한거	처사	고흥	음주	시동
전가	7.0	6		4.6	2.5	2.0	2.2	3.0	1.9
자족	10.9	6	4.6		5.4	3.1	3.1	3.5	2.0
한거	6.8	5	2.5	5.4		3.0	1.9	1.6	0.9
처사	4.8	5	2.0	3.1	3.0		1.3	1.3	0.6
고흥	11.4	6	2.2	3.1	1.9	1.3		5.9	1.7
음주	14.9	6	3.0	3.5	1.6	1.3	5.9		3.3
시동	7.3	4	1.9	2.0	0.9	0.6	1.7	3.3	

〈2-4〉 전가 관계망 : 양반층 시조 전체 / 연결밀도=1, 평균연결강도=2.9

	출현	Link	전가	자족	한거	처사	고흥	음주	시동
전가	6.6	6		3.9	2.9	2.8	1.4	1.3	1.6
자족	16.0	6	3.9		9.2	7.4	2.5	2.1	1.9
한거	13.2	5	2.9	9.2		7.6	2.7	1.2	1.0
처사	121	5	2.8	7.4	7.6		2.4	1.5	1.3
고흥	10.8	6	1.4	2.5	2.7	2.4		3.1	1.8
음주	7.7	6	1.3	2.1	1.2	1.5	3.1		1.7
시동	4.8	4	1.6	1.9	1.0	1.3	1.8	1.7	

〈2-5〉 전가 관계망 : 평민층 시조 전체 / 연결밀도=0.933, 평균연결강도=2.5

	출현	Link	전가	자족	한거	처사	고흥	음주	시동
전가	5.7	5		4.0	2.3	0.5	1.7	1.2	1.2
자족	15.1	5	4.0		6.6	0.8	2.8	3.4	1.4
한거	9.7	5	2.3	6.6		1.1	1.5	1.2	0.6
처사	2.3	1	0.5	0.8	1.1		0.2	0.2	0.2
고흥	12.2	5	1.7	2.8	1.5	0.2		4.5	2.3
음주	11.6	5	1.2	3.4	1.2	0.2	4.5		2.5
시동	4.3	4	1.2	1.4	0.6	0.2	2.3	2.5	

〈2-6〉 전가 관계망 : 기녀 시조 전체 / 연결밀도=0.095, 평균연결강도=0.1

	출현	Link	전가	자족	한거	처사	고흥	음주	시동
전가	0.0	0		0.0	0.0	0.0	0.0	0.0	0.0
자족	0.0	0	0.0		0.0	0.0	0.0	0.0	0.0
한거	0.0	0	0.0	0.0		0.0	0.0	0.0	0.0
처사	0.0	0	0.0	0.0	0.0		0.0	0.0	0.0
고흥	3.9	1	0.0	0.0	0.0	0.0		1.3	0.0
음주	5.2	2	0.0	0.0	0.0	0.0	1.3		1.3
시동	1.3	1	0.0	0.0	0.0	0.0	0.0	1.3	

이 6개의 표를 앞의 것과 대응시켜서 강산 / 전가 관계망 사이의 유사한 추세를 정리하면, 양쪽 모두에서 평시조와 양반층이 사설시조와 평민층보다 우월한 평균연결강도를 보이는 것으로 집약된다.

- 강산 관계망 : 평시조 3.6 〉 사설시조 2.7; 양반층 3.8 〉 평민층 2.3
- 전가 관계망 : 평시조 2.9 〉 사설시조 2.6; 양반층 2.9 〉 평민층 2.5

그러나 위의 계측치를 좀더 자세히 들여다보면 부등호(〉) 앞뒤에 대조된 연결강도 값 사이의 차이가 전가 관계망에서 현저히 적다는 것이 확인된다. 다시 말해서 강산 관계망은 시조의 양식적 차이와 작자층의 신분에 비교적 민감한 변별성을 보인 데 비해, 전가 관계망은 그런 성향이 상대적으로 적었던 것이다. 이것이 함축하는 의미가 무엇인가는 좀더 세분된 자료군집들의 비교와 실제 작품들의 해석을 거쳐야 말할 수 있으므로, 여기서는 흥미로운 단서라는 점만을 유념해 두기로 한다. 그렇게 해도 좋은 이유는 위의 표들에 계측된 강산 / 전가 관계망 사이에 다음과 같은 차이 또한 지적될 수 있기 때문이다.

- 강산 관계망의 경우 핵심이 되는 '강산' 색인어의 출현 비율은 평시조 15.8%에서 사설시조 8.8%로 감소하고, 양반층 작품 17.4%에서 평민층 12.5%로 감소했다.
- 전가 관계망의 경우 핵심이 되는 '전가' 색인어의 출현 비율은 평시조 6.7%에서 사설시조 7.0%로 증가하고, 양반층 작품 6.6%에서 평민층 5.9%로 감소했다.

이 수량적 비교에서 가장 주목되는 점은 전가 모티프와 시조 양식 간의 친연성에서 사설시조가 평시조보다 반드시 열세에 있지만은 않았다는 점이다. 그렇다면 앞에 제시한바 '전가 관계망의 평균연결강도 비교'에서 사설시조가 평시조보다 0.3% 적었던 것은 무엇 때문인가? 우리는 이 경우에 적용된 전가 관계망이 시조 작품 전체를 기반으로 추출되었기 때문에, 수적으로 우세한 평시조의 영향력이 간섭했다는 데 유의해야 한다. '전가 색인어를 가진 작품'의 비율에서 양반층과 평민층 사이의 차이가 '전가 관계망' 분포의 차이보다 적다는 사실 또한 마찬가지 각도에서 음미할 만하다.

이런 단서들은 대단위 통계자료의 커다란 윤곽이 우리에게 긴요한 정보를 주면서 때로는 그 계측치들 사이 또는 뒤에서 움직이는 상황적 변수를 간과하게 할 수도 있음을 말해 준다. 그렇다고 해서 계량적 접근 자체를 불신하는 것은 현명한 태도일 수 없다. 여기서 거론된 사항들은 전가 관계망의 시대적 변화를 논하는 장에서 좀더 구체적으로 다루어져야 할 것이다.

6. 정념 관계망의 거시적 윤곽

정념情念 관계망은 양식 및 작자집단과의 관련에서 위의 두 종류 관계망과 완전히 대조적인 모습을 보여 준다. '정념' 색인어를 가진 작품의 비율과 정념류 핵심관계망의 연결강도 합계를 한 눈에 볼 수 있도록 제시하면 다음과 같다.

	전체	평시조	사설 시조	양반층	평민층	기녀	작자 불명
정념류 작품 비율	18.6%	16.2%	29.5%	7.3%	12.3%	70.1%	28.9%
핵심부 평균연결강도	4.6	4.1	7.0	1.8	2.8	18.1	7.1

보다시피 정념 관계망은 평시조보다 사설시조에서, 양반층보다는 평민층 작품에서 현저하게 우세하며, 기녀시조에서는 여타 군집과의 비교를 초월하는 압도적 비율과 주제적 집중성을 보인다. 또 하나 눈길을 끄는 것은 여기에만 검토 자료로 첨가한 작자불명[8] 시조에서 정념류 작품들이 차지하는 비중이다. 그 비율은 28.9%로서, 이는 평민층 기명 작가 작품의 두 배를 훨씬 넘는 비중에 해당한다.

이들 중에서 기녀시조가 정념류 작품의 대표 격이 된 것은 당연한 일로 간주될 수 있으나, 작자불명 작품들이 그 다음으로 우세한 것은 무심히 지나칠 현상이 아니다. 더욱이 작품 수로 보자면 기녀시조는 전량이 77수로서, 정념류가 70.1%라 해도 작품 수는 52수에 불과하니, 애정을 노래한 작품들의 연행과 유통에서 이들이 공헌한 바는 제한적이라 할 수 있다. 반면에 작자불명 작품은 총 3,201수 중 정념류가 924수로서 시조 향유와 소통 공간에서의 역할이 비상하게 컸다고 추정된다. 이와 관련된 여러 의문을 풀어가는 데 작자불명이라는 요인이 상당한 장애가 되지만, 그런 난관을 넘어설 만한 분석 방안으로 새로운 해명의 길을 모색할 필요가 있다.

---

8 이 책의 자료 구분에서 '작자불명'이란 『고시조 대전』이 하나의 군집으로 인정한 각편들 중에서 어느 문헌에도 작자 표시가 없이, 전부가 'an' 혹은 'xd'로 처리된 경우를 말한다. 이런 작품들은 전체 6845군집 중 3201군집에 달한다. 'an'은 작자 표시가 있는 문헌에서 해당 작품에 작자명이 제시되지 않은 경우이며, 'xd'는 해당 문헌이 일률적으로 작자 표시를 하지 않아서 작자명이 없는 경우다.

양반층과 평민층의 작품들에 관하여는 위의 표에 각기 단일한 수량
으로 기입된 통계 값이 어떤 역사적 추이를, 더 강하게 표현하자면 얼
마만큼의 시대적 낙차와 변곡선變曲線들을 그 속에 간직하고 있는지에
관한 검증이 필요하다. 평시조와 사설시조의 정념류 작품 수량도 여기
에 제시된 것처럼 약 1대 2의 비율이 일찍부터 유지되어 왔던가를 의
심하지 않으면 안 된다.

요컨대, 강산·전가·정념 관계망 모두에서 간단한 기준에 따른 대
단위 자료들의 통계 결과는 우리에게 흥미로운 거시적 윤곽을 제공하
지만, 그것은 매우 소략한 약도의 기능과 함께 좀더 깊은 성찰을 요구
하는 디딤돌이라는 점이 기억되어야 할 것이다.

〈3-1〉 정념 관계망 : 옛시조 전체 / 연결밀도＝1, 평균연결강도＝4.6

	출현	Link	정념	남녀	그리움	한탄	밤	임기다림	원망
정념	18.6	6		18.4	9.5	5.7	4.3	4.3	3.8
남녀	21.0	6	18.4		9.6	6.4	4.4	4.3	3.9
그리움	13.2	6	9.5	9.6		3.9	3.7	3.3	2.5
한탄	20.0	6	5.7	6.4	3.9		1.8	1.1	1.2
밤	10.4	6	4.3	4.4	3.7	1.8		1.7	1.1
임기다림	4.5	6	4.3	4.3	3.3	1.1	1.7		1.6
원망	4.7	6	3.8	3.9	2.5	1.2	1.1	1.6	

〈3-2〉 정념 관계망 : 평시조 전체 / 연결밀도＝0.952, 평균연결강도＝4.1

	출현	Link	정념	남녀	그리움	한탄	밤	임기다림	원망
정념	16.2	6		15.9	9.1	5.4	3.5	3.5	3.1
남녀	17.8	6	15.9		9.1	6.1	3.5	3.5	3.2
그리움	13.0	6	9.1	9.1		4.0	3.4	2.9	2.1
한탄	21	6	5.4	6.1	4.0		1.6	1.0	1.1
밤	9.9	5	3.5	3.5	3.4	1.6		1.0	0.8
임기다림	3.8	6	3.5	3.5	2.9	1.0	1.0		1.0
원망	4.0	5	3.1	3.2	2.1	1.1	0.8	1.0	

〈3-3〉 정념 관계망 : 사설시조 전체 / 연결밀도＝1, 평균연결강도＝7.0

	출현	Link	정념	남녀	그리움	한탄	밤	임기다림	원망
정념	29.5	6		29.5	11.3	7.2	7.8	7.8	6.5
남녀	35.5	6	29.5		11.7	7.9	8.2	7.8	6.9
그리움	14.3	6	11.3	11.7		3.7	5.0	5.3	4.2
한탄	16.1	6	7.2	7.9	3.7		2.5	1.5	1.8
밤	12.4	5	7.3	8.2	5.0	2.5		4.4	2.7
임기다림	7.9	6	7.8	7.8	5.3	1.5	4.4		4.0
원망	7.6	5	6.5	6.9	4.2	1.3	2.7	4.0	

〈3-4〉정념 관계망 : 양반층 시조 전체 / 연결밀도＝0.714, 평균연결강도＝1.8

	출현	Link	정념	남녀	그리움	한탄	밤	임기다림	원망
정념	7.3	6		7.1	3.9	2.6	1.6	1.4	1.0
남녀	8.2	6	7.1		4.1	2.8	1.8	1.4	1.0
그리움	8.9	5	3.9	4.1		2.7	2.0	1.3	0.7
한탄	21.8	4	2.6	2.8	2.7		1.1	0.3	0.3
밤	7.3	4	1.6	1.8	2.0	1.1		0.6	0.3
임기다림	1.6	3	1.4	1.4	1.3	0.3	0.6		0.3
원망	1.6	2	1.0	1.0	0.7	0.3	0.3	0.3	

〈3-5〉정념 관계망 : 평민층 시조 전체 / 연결밀도＝0.714, 평균연결강도＝2.8

	출현	Link	정념	남녀	그리움	한탄	밤	임기다림	원망
정념	12.3	6		7.1	3.9	3.5	2.2	2.8	2.0
남녀	14.5	6	12.2		6.8	4.2	2.0	2.8	2.0
그리움	8.6	5	6.5	6.8		2.8	2.3	1.8	0.5
한탄	15.7	3	3.5	4.2	2.8		0.9	0.8	0.3
밤	6.9	4	2.2	2.0	2.3	0.9		1.1	0.8
임기다림	2.8	4	2.8	2.8	1.8	0.8	1.1		0.9
원망	2.3	2	2.0	2.0	0.5	0.3	0.8	0.9	

<3-6>정념 관계망 : 기녀 시조 전체 / 연결밀도=1, 평균연결강도=18.1

	출현	Link	정념	남녀	그리움	한탄	밤	임기다림	원망
정념	70.1	6		70.1	39.0	24.7	10.4	22.1	14.3
남녀	75.3	6	70.1		39.0	26.0	10.4	22.1	14.3
그리움	44.2	6	39.0	39.0		20.8	9.7	19.5	6.5
한탄	36.4	6	24.7	26	20.8		7.8	7.8	3.9
밤	18.2	6	10.4	10.4	9.7	7.8		5.2	2.6
임기다림	27.3	6	22.1	22.1	19.5	7.8	5.2		5.2
원망	15.6	6	14.3	14.3	6.5	3.9	2.6	5.2	

<3-7>정념 관계망 : 작자불명 시조 전체 / 연결밀도=1, 평균연결강도=7.1

	출현	Link	정념	남녀	그리움	한탄	밤	임기다림	원망
정념	28.9	6		28.6	14.2	8.6	7.0	6.9	6.4
남녀	32.6	6	28.6		14.3	9.6	7.1	6.9	6.6
그리움	17.2	6	14.2	14.3		4.8	5.3	5.0	4.2
한탄	19.3	6	8.6	9.6	4.8		2.4	1.8	2.1
밤	13.6	6	7.0	7.1	5.3	2.4		2.7	1.9
임기다림	7.0	6	6.9	6.9	5.0	1.8	2.7		2.7
원망	7.5	6	6.4	6.6	4.2	2.1	1.9	2.7	

제4장

강산 관계망

1. '강산'과 '전가'의 의미

이제 우리의 관심사 중에서도 특별히 중요한 위치를 차지하는 '강산' 관계망과 '전가' 관계망을 두 장章에 걸쳐서 논의할 차례가 되었다. 이를 위해 두 색인어의 개념과 의미론적 연관을 먼저 살펴 두는 것이 긴요할 듯하다. 이 연구에 적용된 옛시조 색인어 사전은 이들을 다음과 같이 정의했다.

- 강산江山 : 세속적 명리로부터 떠나 은일隱逸·탈속의 삶을 추구하거나, 생명의 충만한 조화와 아름다움을 누릴 수 있는 자연 공간. 흔히 강호江湖, 임천林泉, 계산溪山, 구학丘壑 등이 유의어로 쓰였다.

• 전가田家 : 농업에 관계된 행위·관념·사물이 동반하거나 향촌 생활의 연관이 함축되며, 조촐한 일상적 삶이 영위되는 전원 공간. '강산'과의 인접성이 강하지만, 농촌 생활과 체험의 구체성이 관여하는 점에서 구별된다. 전원, 전려田廬, 원전園田, 원려園廬, 견무畎畝, 구번丘樊 등이 유의어로 쓰이기도 했다.

이런 구분은 중국문학에서 산수시와 전원시를 나누는 오랜 관행과 얼마간 비슷하다. 한편 한국문학 연구에서는 조윤제 이래 널리 쓰여 온 강호시조江湖時調와 변별되는 인접개념 혹은 부분적 하위개념으로서 전가시조田家時調가 제안되어, 학문적 효용성을 인정받기도 했다(김홍규 1999, 171~201; 권순회 2000). 그러나 산수시-전원시든 강호시조-전가시조든 이들은 모두 '일정한 소재, 관심사와 시적 경향을 함께하는 작품 군집'을 구별하는 술어로서 불가피하게 혼성되거나 일부 겹치는 사례를 피할 수 없다. 중국의 경우 '산수전원시'라는 합칭이 편의적으로 널리 통용되어 온 것도 그런 때문이다.

반면에 이 책에서의 '강산'과 '전가'는 작품군의 분류가 아니라 '작품에 쓰인 공간 모티프의 구별'이라는 점에서 좀더 명확한 개념상의 변별을 의도했고, 색인어 부여 작업에서도 이를 구현하기에 힘썼다. 그럼에도 불구하고, '산수-전원'이나 '강호-전가'의 사이에 있던 것과 유사한 부분적 모호성이 항상 명쾌하게 제거되는 것은 아니다. 예컨대 도연명陶淵明의 시 「음주飮酒」 5를 음미해 보자.

結廬在人境　　마을 근처에 초가집 얽었는데
而無車馬喧　　수레나 말로 시끄럽지 않다네.

問君何能爾	그대에게 묻노니, 어찌 그럴 수 있겠나?
心遠地自偏	마음이 멀어지면 거처도 궁벽해지는 것.
採菊東籬下	동쪽 울타리 밑에서 국화를 따다가
悠然見南山	물끄러미 남산을 바라본다.
山氣日夕佳	산기운은 저물녘에 더 아름다운데
飛鳥相與還	날새들이 함께 어울려 돌아오누나.
此間有眞意	이 가운데 참다운 뜻이 있느니
欲辨已忘言	설명하려 해도 벌써 말을 잊었네.

이 시의 공간은 강산 / 산수인가 혹은 전가 / 전원인가? 작자인 도연명과 중국시사에 관한 상식을 따른다면, 대답은 자명하게 후자로 귀착할 것이다. 중국문학에서 산수시는 보통 사령운謝靈運, 385~433으로부터 시작된 것으로 보고, 전원시는 도연명365~427을 출발점으로 삼기 때문이다(葛曉音-김영국 2002). 그러나 작품만을 본다면 위의 양자택일적 질문에 대한 답이 간단하지 않을 수 있다. "마을 근처에 초가집"을 지었다든가, "동쪽 울타리 밑"에 "국화"를 재배한 것을 보면 이 시의 공간을 전가 / 전원이라고 볼 만하다. 그러나 작품 후반부의 5행은 농부의 일상을 넘어 자연의 심원한 조화 속으로 시야를 옮겨 간다. 저물녘의 산과 하늘 그리고 그 사이를 날아 함께 돌아오는 새들의 모습에서 시인은 형언할 수 없는 오묘한 뜻을 느끼고, 그것을 표현할 말조차 잊는다. 그러나 그는 이것을 말로써 붙들어두지 못한 데 대해 아까워하지 않는다. 그것은 자신의 삶 속에 항상 살아 있는 체험이며, 생명의 지각이기 때문이다. 그렇게 본다면 이 작품의 배경인 전원은 농촌생활과 노동의 현장이면서 자연과 우주의 거대한 조화를 향해 열린 공간이기도 한 셈이다.

우리가 공간 모티프 색인어로 채용한 '강산', '전가'는 이런 미묘한
경우까지도 고려하되, 종래의 '산수-전원' 관념에 수반하던 모호성을
가능한 한 줄이고자 한다. 이를 위한 정의에서 '전가'의 경우는 농업 및
향촌생활의 직접성, 일상성이라는 자질이 중요하다. 반면에 '강산'은
다음의 용례들이 함축하는 바와 같이 세속적 명리名체의 세계에 대립하
는 청정함과 한거·자족의 공간 이미지가 중심을 이룬다.

> 回頭城市塵千尺　　성시를 돌아보니 천길이나 솟은 먼지
> 入手江山酒一樽[1]　　강산으로 돌아오는 손에는 오직 술 한 통.

> 昨年塵世人　　　　작년에는 티끌세상 사람이러니
> 今日江山好主人　　오늘은 강산의 의젓한 주인.
> 頹然林下醉　　　　나무 아래 취하여 기대 있으니
> 自擬義皇以上人[2]　절로 희황씨적 옛사람이 된 듯하이.

> 江山의 눈이 닉고 世路의 낯치 서니
> 어딘 뉘 門의 이 허리 굽닐손고
> (張復謙, 「孤山別曲: 3」, 옥경: 3, #0130.1)[3]

---

1 沈喜壽, 「銅雀亭玩月」, 『一松先生文集』 卷三(한국문집총간 57, 221a).
2 金時鐸, 「醉題」, 『梨湖遺稿』 卷一(한국문집총간 속집 82, 005b).
3 시조 작품 인용의 경우 원문 뒤의 '( )' 표 속에 작가명, 「작품명」, 원천문헌: 수록순번,
   『고시조대전』 번호를 차례대로 밝힌다. 단, 작품명이 없을 경우에는 생략한다. 작가명
   표시에서 'an'은 해당 원천문헌이 작가 표시를 넣는 체제인데 그 작품의 경우 이름이
   없거나 작자미상으로 처리된 경우이고, 'xd'는 원천문헌이 작가 이름을 기입하지 않는
   체제여서 작가명이 없는 경우다.

三公이 貴타 흔들 이 江山과 밧골소냐

扁舟에 둘을 싯고 낙대를 홋더질 제

(金光煜, 청진 : 153, #2393.1)

위의 용례들에서 보는 바와 같이 강산은 성시城市, 진세塵世, 세로世路 등으로 표현된 세속적 공간과 대조를 이루며, '삼공'으로 집약된 부귀와도 바꿀 수 없는 가치의 거처가 된다. 아울러 여기에는 생활의 영위를 위한 노동이나 향촌의 일상사 같은 것도 잘 등장하지 않는다. 첫째, 둘째 인용 작품의 "술 한 통"과 '나무 아래 취함', 그리고 마지막 작품의 "편주, 달, 낚시"는 그런 일상성에도 구속되지 않은 여유로움을 보여 준다. 세속의 명리로부터는 물론 일상의 잡사에서도 자유로운 이 경지가 작품의 주체들에게 언제나 현실적으로 가능했던가는 물론 단언하기 어려운 사항이다. 그러나 때로는 실제 경험을 기록하고 때로는 절실한 소망을 투사하는 시의 세계에서 이러한 개념축이 심상공간의 구성과 작동을 위해 매우 중요한 역할을 담당했다는 점이 중요하다.

2. 양반층 시조의 강산 관계망 추이

앞의 장에서 우리는 옛시조 전체를 대상으로 세 종류의 중추적 관계망을 추출하고, '강산 관계망'이라 명명할 만한 색인어 네트워크가 그 중 하나라는 것을 확인했다. 이를 통해 확인된 거시적 특징은 ① '강산, 자족, 한거, 처사, 고흥, 음주, 시동侍童'이라는 색인어 집합이 강산 관계망의 평균적 중핵을 형성하며, ②이 관계망은 양식 면에서 평시조와 친연성이 높고, 작자의 신분집단은 양반층에게로 현저하게 기울어 있다는 것이 확인되었다.

그러나 이미 지적했듯이, 대단위 통계에만 의존하여 어떤 양상을 특정 신분층에 귀속시키거나, 그것이 여러 세기 동안 엇비슷하게 유지되었으리라 가정하는 것은 매우 위험한 일이다. 그 중에서도 특히 주의할 사항은 상당량의 시조 작품이 전해지는 16세기부터 19세기까지 양반층 시조에서 강산 관계망이 겪었을 변화의 가능성이다. 이를 살피기 위해 위의 기간을 세기별로 분할하고, 각 세기별 시조를 측정 기반으로 강산 관계망을 추출하여 그 차이와 변화를 분석해 보기로 한다.

우선 통계 기반이 되는 4세기 간의 양반층 시조 수량을 표로써 제시하면 〈표 1〉과 같다.

〈표 1〉 양반층 시조자료의 세기별 수량

세기	평시조	사설시조	합계	비고
16	359	12	371	
17	866	9	895	
18	508	77	585	
18a	418	56	474	이정보 111수 제외
19	737	24	761	
19a	119	19	138	이세보 466수, 조황 157수 제외

〈표 1〉에서 보이는 바와 같이 18, 19세기에는 매우 많은 작품을 남긴 다작 작가들이 있어서 통계상의 배려가 필요하다. 18세기의 이정보(111수)와 19세기의 이세보(466수), 조황(157수)이 그들이다. 이들의 작품 수는 해당 세기 작품의 19%에서 63%에 달할 만큼 많아서, 전체 통

계에 대한 개인적 특질의 영향이 너무나도 크다. 그렇다고 해서 이들을 제외하거나 임의의 감소율을 적용해서 비중을 낮추는 것은 통계적 역차별의 우려가 있다. 이런 고민 끝에 채택한 차선책은 18, 19세기의 경우 위의 다작 작가들을 포함한 통계와 제외한 통계(18a, 19a)를 함께 추출하고, 자료 분석 및 해석 과정에서 양쪽을 참조하는 것이다. 이 경우 양쪽의 결과가 유사하면 다작 작가들과 여타 작가들 사이의 근접성이 인정되고, 차이가 크다면 그들의 개인적 특질과 여타 작가들의 집단적 경향에 관한 비교 고찰의 실마리가 얻어질 것이다.

여기에 정리된 작품들을 대상으로 하여 '강산'을 필수 색인어로 포함하고 여타의 색인어들이 가능한 한 큰 k값을 요구 조건으로 하여 형성하는 k-코어 관계망을 각 군집별로 추출했다. 그렇게 해서 얻어진 결과를 우선 하나의 표로 간명하게 집약하면 〈표 2〉와 같다.[4]

표에서 각 세기별 자료행의 둘째 칸에 제시된 '출현율'은 중심색인어(여기서는 '강산')를 가진 작품이 해당 자료군집에 출현하는 비율이다. 즉 16세기 양반층 시조에서는 '강산' 색인어를 가진 작품이 22.1%였고, 17세기에는 25.5%로 증가했으며, 18세기 이후에는 15~16%선을 거쳐 현저하게 줄어드는 추세로 하강했다는 것이다.

4　관계망 집계 및 분석표에 쓰이는 주요 개념은 다음과 같다.
- 출현율 : 해당 작품들의 집합이 모집단의 작품 총계에 대해 차지하는 비율.
- 연결밀도 : 관계망에 참여하는 노드들 사이에 실현된 연결 수를 참여 노드 사이의 연결가능수로 나눈 값. 1에서 0까지의 값이 가능한데, 모든 노드가 완벽하게 연결된 경우의 값이 1이다. 연결가능수 = k×(k−1)/2
- 연결강도 : 두 개의 노드 사이에 링크가 출현한 횟수를 그 자료군의 작품 총수로 나눈 값.
- 평균연결강도 : 관계망에 참여하는 노드들 사이의 연결강도 합계를 그 노드들 사이의 연결가능수로 나눈 값. 이것이 높으면 연결이 긴밀하고 낮으면 연결이 느슨하다고 평가한다.

세기	출현율	참여 노드	연결 밀도	평균 연결강도	k-코어 관계망 색인어 (숫자는 그 색인어와 '강산'의 공기 비율)
16	22.1%	7	1	5.5	강산 자족, 14.0 한거, 12.7 처사, 10.5 개결, 4.0 허심, 3.5 밤, 3.2
17	25.5%	8	0.89	4.3	강산 자족, 12.2 처사, 11.2 한거, 11.1 고흥, 7.4 낚시, 3.2 음주, 2.9 밤, 2.2
18	15.9%	8	0.86	2.8	강산 자족, 6.5 한거, 5.7 처사, 4.7 고흥, 4.7 밤, 2.0 누정, 1.8 음주, 1.2
18a	16.7%	8	0.93	3.0	강산 자족, 7.2 한거, 6.6 처사, 5.1 고흥, 4.5 누정, 2.3 시동, 1.0 음주, 1.0
19	5.8%	5	0.9	2.3	강산 한거, 2.9 자족, 2.6 처사, 1.8 고흥, 1.6
19a	13.8%	13	0.73	2.1	강산 자족, 6.5 처사, 5.8 한거, 5.1 고흥, 5.1 가을, 2.2 시동, 2.2 탈속, 2.2 아름다움, 2.2 밤, 1.4 가악, 1.4 음주, 1.4 한시차용, 1.4

그렇다면 이 비율로 보아 시조사에서 강산 관계망이 가장 융성한 시기는 17세기였다고 해야 할 것인가? 그렇게 속단한다면 우리가 무엇보다 경계하고자 하는 단순 통계의 함정에 빠지게 된다. 관계망 연구의 중요한 발상은 특정 사실의 단순한 수량보다 그것이 다른 사실, 사태와 맺는 관계를 성찰함으로써 문제를 좀더 입체적, 구조적으로 파악하는 데 있다. 그런 각도에서 중요한 것이 〈표 2〉에 제시된 참여 노드와 연결밀도 그리고 평균연결강도의 해석이다.

앞 장에서 설명했듯이 k-코어란 어떤 집단에 속한 개체들이 그들 상호간에 k개 이상의 연결정도를 가지는 중심부를 지칭한다. 위의 표에서 16세기 행을 예로 삼아 설명하자면, 이 시기의 양반층 시조에서는 '강산 자족 한거 처사 개결 허심 밤'이라는 7개의 색인어=노드가 k-코어를 형성하는데, 이 색인어들은 상호간에 최소한 6개의 유효한 공기관계를[5] 가진다는 것이다. 7개의 구성원들이 있는 집합에서 한 구성원이 나머지 구성원과 맺을 수 있는 연결의 최대치는 6이므로, 16세기

---

5 앞에서 설명한 바와 같이 1.0% 이상의 공기 관계.

양반층 시조의 '강산 k-코어'는 연결밀도 100%인 완전결합형으로서 매우 견고한 중핵을 이룬다고 말할 수 있다. 이와 아울러 네트워크 결합 정도를 측정하는 데 유용한 또 다른 지표가 그 다음 칸에 기입된 '평균연결강도'다. 이것은 k-코어에 참여하는 노드들 사이의 연결강도 합계를 그 노드들 사이의 연결가능수로 나눈 것이다. k-코어 관계망이 강할수록 평균연결강도는 높아지며, 역으로 이것이 줄어들면 k-코어의 결합도가 약화됨을 의미한다.

이와 같은 입체적 분석지표를 고려하면서 양반층 시조의 세기별 강산 관계망을 비교해 보자. 우선 17세기 강산 관계망의 참여 노드=색인어들은 8개지만 연결밀도는 0.89로서 16세기의 완전결합형에 비해 상당히 낮은 응집도에 해당한다. 평균연결강도에서도 17세기는 4.3%로서, 16세기(5.4%)보다 낮다. 요컨대 17세기의 강산 관계망은 16세기에 비해 관련 요소들 간의 응집성이 현저하게 약화되었던 것이다.

그렇다면 강산 색인어 출현율의 증가라는 현상과 그 관계망의 이완이라는 현상 사이에는 어떤 관계가 있었던 것일까? 이에 대한 해명은 두 시기의 관계망 내용에 대한 실질적 검증과 해석을 필요로 한다. 아울러, 16세기의 강산 관계망에서 중핵을 구성하던 색인어 일부가 17세기에 탈락하는 한편 새로운 색인어가 등장하게 된 데 대한 의미론적, 작품론적 검토도 요구된다. 이에 관해서는 다음 항에서 논의하게 될 것이다.

18, 19세기 양반층 시조에서 강산 관계망은 17세기보다 더 약화되는 방향으로 움직였다. k-코어의 연결밀도는 대체로 낮아졌으며, 평균연결강도 또한 17세기의 4.3%에서 크게 하락하여 18세기에는 2%대 후반으로, 19세기에는 2%대 초반으로까지 내려갔다. 관계망의 크기와 밀도, 응집성 등에 관한 여러 가지 통계적 지표로 볼 때 18, 19세기는

양반층 시조에서 강산 모티프의 영향력이 뚜렷하게 침체의 추이를 보인 기간으로 추정된다. 이 문제는 관계망의 내용적 검토와 작품 분석을 통해 확증되어야 할 것이지만, 여기서의 예비적 검토만으로도 강산 관계망이 16세기부터 19세기까지 내리막의 경사면 위에 있었다는 것을 짐작할 수 있다.

3. 16세기 양반층 시조의 강산 관계망

양반층의 16세기 시조에서 강산 관계망은 '강산, 처사, 한거, 자족, 개결, 허심, 밤'이라는 7개 색인어의 완전결합형 k-코어를 중심으로 매우 강한 주제적 응집성과 영향력을 발휘했다. 다음의 분석표에서 그 견고한 짜임을 일목요연하게 볼 수 있다.

〈표 3〉 16세기 양반층 시조의 강산 k-코어 관계망 : 연결밀도=1, 평균연결강도=5.5

	출현	Link	강산	자족	한거	처사	개결	허심	밤
강산	22.1	6		14.0	12.9	10.8	4.0	3.5	3.2
자족	21.8	6	14.0		13.7	10.8	3.5	3.8	3.5
한거	17.0	6	12.9	13.7		9.4	2.2	3.8	3.0
처사	15.9	6	10.8		9.4		3.0	2.4	3.0
개결	6.2	6	4.0	3.5	2.2	3.0		1.1	1.6
허심	4.6	6	3.5	3.8	3.8	2.4	1.1		1.3
밤	6.2	6	3.2	3.5	3.0	3.0	1.6	1.3	

이 7개의 색인어 중에서 '강산, 처사, 한거, 자족'은 어느 세기의 양

반층 시조 군집에서나 존재하는 공통 요소인 데 비해, 그 뒤의 것들은 시대에 따라 상당한 정도의 변동상을 보인다. 따라서 관계망의 세기별 고찰을 위해서는 후자가 중요하나, 앞의 네 가지 색인어가 형성하는 심상공간의 기본 구도를 잠시 살펴 두는 것이 유익하다.

이 책의 자료처리에 쓰인 색인어 220종은 모두 11개의 영역으로 분류되어 있는데,[6] '강산'은 공간 색인어이며, '처사'는 인물, '한거'는 행위, '자족'은 심적 태세의 영역에 속한다. 그러므로 양반층의 강산 관계망에서 공통부가 되는 이 네 가지 색인어 결합은 '세속으로부터 벗어난 강산에서 / 처사로서의 자의식을 지닌 주체가 / 한거하면서 / 명리에 대한 집착을 떨치고 자족하는 삶'을 집약한 것이라 할 수 있다. 그러나 이러한 의미 중심을 공유하더라도 여타 요소의 결합에 따라 관계망에는 크고 작은 변이가 발생한다. 가령 16, 17세기 양반층 시조의 강산관계망 k-코어를 견주어 보자.

- 16세기 : 강산 처사 한거 자족 개결 허심 밤
- 17세기 : 강산 처사 한거 자족　　　　　밤 고흥 음주 낚시

보다시피 16세기 중핵中核 구조의 색인어 중에서 '개결, 허심'이 17세기에는 보이지 않는다. 반면에 17세기의 중심어 수준에 떠오른 '고흥, 음주, 낚시'는 16세기 관계망의 중심부에 발을 들여놓지 못했던 것들이다.[7] 이들에 대한 다각적 검토를 통해 우리는 강산 모티프 시조들

6　11개 영역은 '시간, 공간, 인물, 관계, 이동, 행위, 가치·소망, 심적 태세, 애욕, 문제, 표현'으로 분류되었다. 이를 포함한 색인어 설계와 적용 및 색인어들의 정의에 관하여는 부록의 「옛시조 검색과 분석을 위한 색인어 설계」 참조.

7　이렇게 k-코어 관계망에서 탈락하거나 거기에 진입하지 못했다 해서 해당 색인어가

이 엇비슷한 기본 구도 위에서 어떻게 작가와 시대에 따른 변이를 보였는지 파악할 수 있다.

16세기 양반층 시조의 강산 관계망을 특징짓는 두 색인어 '개결介潔'과 '허심虛心'을 우리의 색인어 사전에서는 다음과 같이 정의했다.

- 개결 : (가치·소망) 부귀, 권력, 이익에 집착하지 않는 고결함.
- 허심 : (심적태세) 이욕, 명성, 지위 등에 대한 관심을 모두 버려서, 마음에 잡념이나 거리낌이 없음.

그런데 이런 가치와 마음의 경지에 대한 소망은 꼭 이 시대만의 전유물이 아니다. 그럼에도 불구하고 16세기 사대부 시조에서 이 색인어들을 붙일 만한 내용이 상대적으로 뚜렷하고 또 많았다면 그것은 무엇때문일까? 우리는 여기서 '개결, 허심'이 '부정否定의 기표'라는 속성을 강하게 지닌다는 점에 주목해야 할 듯하다. 부정의 기표란 어떤 어휘/기호가 그 자체의 실질적 지시 대상을 가지기보다 특정한 지시물을 비난 또는 거부하는 데에 주된 의미기능이 있는 경우를 말한다. 위의 정의에도 나타나듯이 무엇 무엇에 '집착하지 않고', '관심을 모두 버리며', 잡념 따위가 '없음'의 부정성이 이에 해당한다.

이런 부정의 기표는 흔히 성聖과 속俗, 선과 악, 도심과 인심 같은 이

그 시기의 자료 군집에 전혀 없거나 관계망에서 완전히 탈락한 것은 아닐 수도 있음을 지적해 둔다. 제3장에서 이미 밝힌 바이지만, 이 연구를 위한 관계망 분석에서 두 색인어 사이의 공기율이 유효경계선(1.0%) 미만일 경우에는 유효한 링크로 인정하지 않는다. 따라서 어떤 색인어 자체의 출현율이 유효경계선에 미달할 경우 그것은 네트워크 분석에서 보이지 않게 된다. 또한 색인어 x, y의 링크가 유효경계 값을 초과하더라도 그것이 다른 링크와 더불어 k-코어 군집을 형성하지 못하면 중핵 구조 분석의 범위에 들어오지 않는다.

분법에 기초하여 만들어지고, 역으로 그런 이분법에 의해 세계를 구획하는 담론에서 자주 활용된다. 멀리 갈 것도 없이 '강산 / 강호 / 임천'과 '조시朝市 / 성시 / 홍진紅塵'이라는 대립구도 자체가 도덕적 삶과 탐욕의 세계를 적대적으로 대조하는 이분법으로 관습화되어 있었다. 16세기 양반층 시조의 강산 관계망이 이런 이분법을 발명했거나 새삼스러이 구획한 것은 물론 아니다. 그러나 '개결, 허심'이라는 부정의 기표가이 시기에 특별히 강조된 사실은 16세기 시조의 심상공간에 대해서 각별한 주의를 촉구한다.

구버는 千尋綠水 도라보니 萬疊靑山
十丈 紅塵이 언매나 ᄀ롓는고
江湖애 月白ᄒ거든 더욱 無心 ᄒ애라
(李賢輔, 어단 : 2, #0451.1, kw : 밤 강산 처사 한거 자족 허심)

霽月이 구룸 뚤고 솔 긋테 놀아올라
十分 淸光이 碧溪 中에 빗쪄거늘
어딕 인는 물 일흔 굴며기 나를 조차 오는다
(權好文, 송속 : 12, #4348.1, kw : 밤 강산 처사 개결 자족)

平沙에 落雁ᄒ고 江村에 日暮ㅣ로다
漁船도 도라들고 白鷗 다 줌든 적의
븬 비에 돌 시러 가지고 江亭으로 오노라
(趙憲, 병가 : 207, #5161.1, kw : 밤 강산 누정 어옹 한거 자족 허심)

이현보[1467~1555]의 「굽어는 천심녹수」에서 화자가 속한 강호와 혼탁한 세속(홍진) 사이의 아득한 거리가 '만첩청산'으로 강조된다. 이 거리는 물리적인 동시에 가치론적인 것이기도 해서, 두 세계 사이의 어중간한 절충이나 편의적 왕래는 불가능하다. 그런 단절과 결연한 선택의 당위성을 기꺼이 수락하고 작중화자는 강호의 달빛 아래 '무심'의 경지에 자족한다.

그 다음의 두 작품은 이와 달리 화자의 심리 상태나 가치지향을 명시적으로 말하지 않는다. 그럼에도 여기에 '개결'이나 '허심' 같은 색인어를 붙인 것은 개념적, 설명적 진술의 수준을 넘어 이미지와 사물언어의 차원에서 그에 상응하는 자기 표명이 있기 때문이다. 이와 관련해서 흥미롭고도 중요한 것이 이들 작품의 달빛 이미지다.

달빛은 앞의 이현보 시조에도 나와 있다. 여기서 밝은 달은 종장(江湖애 月白ᄒ거든 더옥 無心 ᄒ얘라)이 보여 주듯이[8] 강호의 한사閒士로 하여금 '무심'의 경지를 더욱 확고히 가지도록 하는 촉매적 기능을 발휘한다. 그러나 권호문[1532~1587]과 조헌[1544~1592]의 작품은 이와 같은 외형적 인과성에 의지하거나 '무심' 같은 개념어를 쓰지 않고 달빛과 '갈매기' 그리고 '빈 배'만을 노래한다. 이처럼 은유화한 달빛이 무욕청정無慾淸淨의 정신적 경지를 암시할 수 있다는 것은 한문문화권에서 익숙한 어법에 속한다.[9] 그런 뜻에서, 권호문의 작품에 쓰인 '제월霽月'은 청정한 강산을 비추는 천상의 조명이자, 그런 세계와 일체가 된 심혼의 은유일 수 있다.

---

8 여기서 '월백'의 무채색은 무심의 청정함에 조응하는 전형적 이미지다.
9 예컨대, 黃庭堅은 「濂溪詩序」에서 周濂溪를 찬양하여 그의 심성을 '光風霽月' 즉 비가 지나간 뒤의 맑은 하늘과 청명한 달에 견주었다. 『漢語大詞典』(2000) 참조.

조헌의 시조에서도 달빛은 매우 중요하지만 그 자체가 마음의 은유가 되지는 않는 듯하다. 여기서 마음 혹은 자아의 은유가 될 만한 것은 '빈 배' 쪽이다. 작품의 액면적 의미로 보면 이 배는 어옹이 타고 나갔던 작은 어선이다. 그런데 그의 뜻은 고기잡이에 있지 않았기에 달이 휘영청 뜬 늦은 시각에 어옹은 아무런 수확물도 싣지 않은 채 돌아온다. 하지만 아무것도 싣지 않았다고 말하지 말라. 그 빈 배에는 청정한 달빛이 한가득 실려 있으므로. 이 대목에서 달빛은 아무런 물질적 소득도 싣지 않은 조각배의 '비어 있음'을 조명하고 강조하면서, 심층적으로는 그 비어 있음이 단순한 결핍이나 공허가 아니라 각성된 정신의 충만한 여유임을 시사한다.

이 지점에서 우리는 16세기 양반층 시조의 관계망에 '밤'이 핵심 키워드의 하나로 등장했던 까닭에 접근하게 된다. 그것은 바로 달이 비추는 시간이기 때문이다. 물론 여타 서정시와 비슷하게 시조에서도 밤이라는 시간의 의미와 기능은 다양해서, 그것과 달의 연관은 필연적인 것이 아니다. 남녀간의 정념에서, 혹은 가족과 고향 생각에, 더러는 연군(戀君)의 정으로 괴로운 심회를 노래할 때도 밤이라는 배경이 선호된다. 어떤 색인어가 이런 여러 가능성 중에서 자료군집에 따라 상이한 결합 성향을 보일 경우, 그것을 식별하는 유용한 방법으로 에고 관계망 분석이라는 것이 있다. 에고 관계망이란 특정 노드를 중심에 놓고, 그것과 직접 연결 관계를 맺는 노드들을 타자노드로 포함하는 부분 관계망이다. 이를 활용하여 '밤'이라는 색인어의 에고 관계망을 몇몇 자료군집에서 검증해 보기로 한다.

에고 관계망을 통해 색인어 '밤'의 의미 결합을 살피려면, 그것과 함께 출현하는 '동행색인어'의 면면이 중요하다. 위에 표에 나타나듯이 평시조, 사설시조, 기녀시조, 중인 작품 등 대다수의 자료 군집에서 '밤'의 동행어로 최상위를 차지하는 것은 '남녀, 정념' 즉 남녀간의 애정과 그리움을 다룬 것들이다. 양반층 시조에서도 18 · 19세기에는 '남녀'가 '밤'과의 동행율 1위를 차지했으며, 17세기에는 '남녀, 정념'이 '밤'과의 동행율 16%로 동행어 순위 6위에 올랐다. 그러나 16세기 양반층 시조에서 '남녀, 정념'은 '밤'의 동행어로 전혀 등장하지 못했다. 그 대신 이 시기 양반층 시조의 강산 관계망에서 밤은 '한거, 개결, 허심' 등과 결합하면서 무욕청정의 달빛을 드러내기 위한 시간적 배경으로 그 기능이 집중되었다.

〈표 4〉 '밤'의 에고 관계망과 동행색인어들

자료군집	작품총수	출현작품	동행색인어,[10] 동행율(%)
평시조	5627	559	남녀, 35 정념, 35 그리움, 34 고흥, 21 강산, 19 괴로운밤, 18 음주, 18 가을, 18 한탄, 16 자족, 14 임기다림, 10 풍류인, 10 한거, 10
사설시조	1271	157	남녀, 66 정념, 63 그리움, 41 임기다림, 36 괴로운밤, 29 원망, 22 한탄, 20 가을, 19 음주, 15 한시차용, 14 풍류인, 12 시동, 12 시름, 12 슬픔, 11
기녀작품	77	14	남녀, 57 정념, 57 그리움, 50 한탄, 43 임기다림, 29 괴로운밤, 29 가을, 14 소식, 14 외로움, 14 원망, 14 고흥, 14 이별, 14
평민층	649	45	그리움, 33 정념, 31 가을, 29 남녀, 29 음주, 24 고흥, 20 행락, 16 가악, 16 아름다움, 16 임기다림, 16 강산, 13 풍류인, 13 자족, 13 한탄, 13 괴로운밤, 13 시동, 11 원망, 11
양반,16C	371	23	자족, 57 강산, 52 처사, 48 한거, 48 개결, 26 허심, 22 가을, 13 전가, 13 누정, 13 향수, 13
양반,17C	895	67	강산, 30 그리움, 28 고흥, 24 자족, 22 한거, 18 남녀, 16 음주, 16 정념, 16 우의, 16 가을, 15 연군, 12 외로움, 12 처사, 10 군신, 10 괴로운밤, 10
양반,18C	585	52	강산, 25 그리움, 25 고흥, 23 남녀, 21 가악, 19 한탄, 17 가을, 15 자족, 15 정념, 15 음주, 13 한거, 12 임기다림, 12 괴로운밤, 12
양반,19C	761	47	남녀, 47 정념, 45 그리움, 38 한탄, 28 괴로운밤, 21 가을, 17 음주, 17 고흥, 17 강산, 15 겨울, 13 소식, 13 풍류인, 11 자족, 11 임기다림, 11 허언, 11

이 표에서 동행색인어는 10% 이상의 동행율을 지닌 것만을, 빈도가 높은 순으로 제시했다.

16세기 양반층 시조의 강산 관계망을 이루는 중심 색인어들은 이처럼 공간 (강산), 시간(밤), 인물(처사), 행위(한거), 가치(개결), 심적태세(자족, 허심) 등으로 구조화되어 비상하게 높은 결합 강도를 유지했다.[11] 이를 통해 전형화된 처사적 삶의 심상공간에도 시인과 작품에 따른 편차가 없지는 않다. 그러나 다음 항에서 논할 17세기 및 그 이후의 양상과 비교해 볼 때 16세기 양반층 시조가 강산 모티프를 중심으로 하여 드러내는 특징은 상당히 뚜렷하며 깊이 음미할 만한 가치가 있다. 우리는 그것을 이분법적 세계상, 강한 윤리적 자긍, 그리고 절제된 심미성으로 요약해 볼 수 있다.

이분법적 세계상이란 세속의 공간인 조시朝市와 처사의 공간인 강산 / 임천林泉을 가치론적 대립관계로 보는 사고방식을 가리킨다. 유가에서는 수기修己와 치인治人을 양자택일적으로 보지 않았기에 조시와 강산이 원래 단절된 것은 아니었다. 공자가 "숨어 살면서 그 뜻을 구하고, 의義를 행하여 그 뜻을 실천함"을 매우 고결한 이상으로 말했을 때,[12] 그가 찬양한 바는 분명히 '은거구지隱居求志'와 '행의달도行義達道'를 불가분의 일체성으로 아우르는 삶이었다. 그러나 이 두 가지 모두를 달성한 이에 대해 말은 들었어도 아직 그 사람을 보지는 못했다고 공자가 술회했듯이, 은거와 행의는 흔히 양립하기 어려운 것처럼 간주되었다. 16세기 조선의 사대부 층이 추구한 이분법적 세계상 또한 이 중에서 은거

---

10 동행색인어란 에고 분석의 중심어(이 표에서는 '밤')와 함께 출현하는 색인어를 가리킨다. 동행율은 에고색인어가 출현한 횟수에 대해 동행어가 동반한 횟수의 비율을 말한다. 동행율은 에고색인어와 동행어 사이의 친밀성에 비례한다. 그 계산식은 다음과 같다. 동행율=동행건수 합계 / 에고색인어 출현작품수×100.

11 16세기 양반층 시조 강산관계망의 평균연결강도는 5.2인데, 이것은 남녀─정념류를 제외한 k─코어 관계망 중에서 가장 높은 응집도에 해당한다.

12 『論語』, 季氏篇. 孔子曰 : "見善如不及, 見不善如探湯. 吾見其人矣, 吾聞其語矣! 隱居以求其志, 行義以達其道. 吾聞其語矣, 未見其人也!"

를 불가피한 선택으로 보고, 행의의 실천은 수기와 강학講學을 통해 궁극적으로 접근해 갈 수 있는 것으로 간주했다.

이렇게 세계를 이분법적으로 나누고 그 중 한 쪽을 선택하는 것을 정당화하기 위해 극단화된 가치론적 우열의 논법이 흔히 동원된다. 현실정치가 이루어지는 조시에는 탐욕과 허위가 있을 뿐이며, 이로부터 격리된 강산의 평화와 조화로움 속에서 사람은 우주 자연의 이치와 성인의 도를 탐구하고 또 실천할 수 있다는 주장이 그것이다. 강산에 한거하는 처사의 삶에 대한 강한 윤리적 자긍은 이 결연한 선택의 심리적 농인 중 하나이면서, 그 선택의 적절성에 대해 때때로 있을 수 있는 안팎의 회의로부터 자신을 방어하는 내부적 기제機制이기도 하다.

그러나 삶의 선택에 관한 어떤 종류의 확신도 논리상의 견고함만으로는 깊이 뿌리내리거나 오래 지속되지 못한다. 육체적 지각과 감성 속에 침투하고, 심미적 공감까지 획득한 울림이라야 오래도록 지워지지 않을뿐더러 스스로를 재생산할 수 있는 신념을 형성한다. 삶의 행로에 관한 쉽지 않은 결단일수록 그 바탕에는 합리적 계산을 넘어서는 요인들이 관여하며, 그 일부는 종종 심미적인 것처럼 보인다. 그러면 16세기 양반층의 강산 모티프와 관련하여 주목할 만한 심미성이란 어떤 것인가? 이 물음에 대한 실체적 답변은 여기서 엄두를 낼 일이 아닌 듯하다. 다만 17세기의 그것과 비교하여 말하는 것은 가능하고 또 얼마간의 성찰적 의의도 있으리라 생각한다. 나는 예전의 저술에서 이현보의 「어부가」를 논하면서 "채색이라고는 전혀 없거나 극히 억제된 묵화적墨畵的 엄격성 속의 강호"라는 특질을 지적한 바 있다(김흥규 1999, 154). 이 점은 16세기 양반층 시조의 강산 관계망이 지닌 주류적 특징으로 확장해서 보더라도 유효할 듯하다. 위에서 색인어 '허심, 개결, 밤'과 "빈

배, 달빛"의 상호관계에 대해서 살펴보았거니와, 이를 예시한 세 편의 시조는 그림으로 보자면 모두 수묵화에 가깝다. 밤과 월백月白 모티프의 여타 작품들이 유사한 것은 물론, 그 밖의 강산 모티프 시조들에서도 화려한 채색이나 고양된 감흥을 노래한 것은 흔치 않다. 단적으로 비교하여, 17세기 양반층 강산 관계망에서는 '고흥'이 k-코어의 일부로 대두한 데 비해 16세기에는 그렇지 못했다.[13]

드높은 감흥이나 심미적 고양이 이렇게 절제되어 있다고 해서 심미성 자체가 억제된 것은 아니다. 채색화와 수묵화의 사이에는 심미성의 많고 적음이 아니라 종류의 차이가 있을 뿐이다. 16세기 양반층 시조의 강산 모티프가 지닌 절제의 심미성은 그 바탕의 윤리적 긴장과 어울려서 감정의 기복을 가능한 한 줄이고, 세상사에 대한 관조적 균형을 유지하려는 태도와 담백함을 지향한다.

春風에 花滿山ᄒ고 秋夜애 月滿臺라

四時 佳興ㅣ 사롬과 ᄒ가지라

ᄒ믈며 魚躍鳶飛 雲影天光이사 어늬 그지 이슬고

(李滉, 「陶山六曲 : 6」, 어단 : 11, #5012.1, kw : 강산 한거 이법 아름다움 고흥)

淸風을 죠히 역여 窓을 ᄋ니 두닷노ᄅᆞ

明月를 죠히 역여 줌을 ᄋ니 드런노ᄅᆞ

옛소롬 이 두 ᄀᆞ지 두고 어ᄃᆡ 혼ᄌᆞ 갓노

(李淨, 섬계 : 1, #4846.1, kw : 밤 강산 처사 자족 회고 한탄)

---

13 양반층 시조에서 '강산'에 대한 '고흥'의 동행율은 16세기에 12%였다가, 17세기에 29%로 증가했다.

이 두 수의 시조는 청정한 자연과 활연豁然한 마음의 일치를 노래하되, 경물의 아름다움을 구체적·감각적으로 그리기보다 포괄적 조화의 충족감 속에서 어느 정도는 원경화遠景化된 모습으로 인지한다. 이황李滉, 1501~1570의 「도산육곡.언지 : 6」이 포착한 '춘풍 화만산, 추야 월만대'의 체험적 정경이 우선 그러하다. 그것은 당연히 아름다운 경관이지만, 시인이 주목하고 싶은 핵심은 시각적 아름다움을 넘어선 거대한 조화의 충만감에 있는 듯하다. 종장의 '어략연비'와 '운영천광' 또한 개별적 자연 현상을 넘어 천지조화의 오묘함과 심오한 질서를 찬탄하는 관용구로 호출되었다. 이런 시적 구도 속에서 도학적 시선은 감흥의 과잉을 절제하되 그 내면에 깊은 안정과 지속의 감각을 부여한다.

이정李淨, 1520~1594은 「장륙당육가」로 잘 알려진 이별李鼈의 조카로서, '완세불공翫世不恭'의 혐의를 받을 만한 처신은 힘써 피했지만, 역시 세상의 명리를 멀리하는 은자의 삶을 추구했다. 위의 작품에 보이는 그의 감흥은 예사롭지 않은 정도로 고양되어 있다. 청풍, 명월이 너무도 맑고 좋아서 창을 닫지도, 잠을 자지도 않았다는 말 속에 그런 모습이 선명하다. 그러나 이 감흥은 심미적 화려함 때문이 아니라 '맑은 바람과 밝은 달'의 청정함 때문이라는 점에 주목하자. 물론 이 역시 심미성의 한 자질일 수 있다. 하지만, 그가 이들에 심취한 것은 사물의 형상과 색채가 어울린 감각적 아름다움 때문이 아니라 '탁하고 속된 것이 일체 섞이지 않은 염결성廉潔性의 자연적 현현'을 거기서 발견했기 때문이다. 그리하여 작가는 종장에서 "옛사람 이 두 가지 두고 어디 갔노"라고 자탄하며 묻는다. 자기 시대에 뜻을 나눌 만한 이가 드물기에 천고를 거슬러 올라가서 어진 사람을 벗한다는 상우천고尙友千古의 자긍이 여기에 함축되어 있다. 이 경우의 옛사람은 청정한 심성으로 자연과 인간세계를 성찰할 줄 알았던 현자일 법하다. 그러므로 「청풍을 좋이 여겨」의 고양된 감흥은 자연 체험과 이념적 사유가 융합하는 지점에서 떠오른 것으로서, 스스로의 바탕에 심미적 과잉을 규율하는 속성을 지닌다고 하겠다. 이와 같은 태도와 감각이 16세기의 양반층 시조를 모두 지배했다고 일반화할 수는 없더라도, 매우 폭넓은 영향력을 행사했던 것만은 의심하지 않아도 좋을 듯하다.

4. 17세기 양반층 시조의 강산 관계망

양반층 시조의 강산 관계망은 17세기에 와서 외형의 팽창과 함께 중심의 이완 현상을 보인다. 외형의 팽창이란 강산 색인어를 가진 작품들이 전체 작품의 25.5%로 늘어난 것인데, 이는 16세기의 22.1%에 비하여 유의할 만한 증가라 할 수 있다. 그러면서 관계망의 k-코어 색인어는 16세기보다 1개가 늘어나 8종이 된 반면, 이들 사이의 연결밀도

〈표 5〉17세기 양반층 시조의 강산 k-코어 관계망 : 연결밀도=0.89, 평균연결강도=4.3

	출현	Link	강산	지족	한거	처사	고흥	음주	밤	음주
강산	25.5	7		12.2	11.2	11.2	7.4	2.9	2.2	3.2
지족	20.1	7	12.2		11.5	9.6	3.9	2.6	1.7	3.4
한거	17.0	7	11.2	11.5		10.6	3.4	1.3	1.3	2.5
처사	17.1	6	11.2	9.6	10.6		3.6	2.0	0.8	1.8
개결	13.4	7	7.4	3.9	3.4	3.6		4.0	1.8	1.5
허결	9.4	6	2.9	2.6	1.3	2.0	4.0		1.2	0.3
밤	7.5	5	2.2	1.7	1.3	0.8	1.8	1.2		0.4
낚시	4.5	5	3.2	3.4	2.5	1.8	1.5	0.3	0.4	

는 0.89로 하락하고, 평균연결강도 또한 16세기의 5.4%에 비해 낮은 4.3%가 되었다.

어떤 관계망에서 k-코어에 참여하는 노드의 수가 많아지는 것이 그 관계망의 성장 내지 팽창으로 해석되기 위해서는 참여 노드들 사이의 밀도와 평균연결강도 또한 높아야 한다. 이와 달리, 노드는 많으나 밀도와 평균연결강도가 낮아진다면, 이 관계망은 회원수 증가에도 불구하고 회원 간의 결속과 참여도는 낮아진 조직과 비슷한 상태가 된다. 계량적 지표들로 볼 때 17세기 양반층의 강산 관계망은 외형의 확대와 달리 내부적 응집도는 약간 이완되는 쪽으로 움직였다고 말할 수 있다.

이와 더불어 내용적 차원에서 눈길을 끄는 것은 16, 17세기 사이에서 진행된, 핵심 색인어 일부의 교체 현상이다. 17세기 양반층 강산 관계망의 k-코어는 '강산, 처사, 한거, 자족, 밤, 고흥, 음주, 낚시'인데, 이것은 16세기의 '개결, 허심'이 탈락하고 '고흥, 음주, 낚시'가 새로 등장한 결과다.

탈락한 색인어와 새로 등장한 색인어들의 성격을 우선 개념적 수준에서 비교하는 데서 검토를 시작하자. '개결, 허심'이라는 탈락 색인어들은 대체로 정적靜的이며 내면지향적인 가치, 심리와 결부된 것들이다. 반면에 '고흥, 음주, 낚시'는 이들보다 동적이면서 외향화된 행위, 표현의 성격을 띤다. 이 중에서 특히 중요한 것이 '음주'다. 16세기 양반층 시조의 강산 관계망에도 음주 모티프는 일부 등장했다. 그러나 k-코어에 진입하기에는 그 빈도와 핵심 요소들 간의 결합이 부족했다. 그러던 것이 17세기에는 '음주' 자체의 출현 빈도가 소폭 증가했을 뿐 아니라 (8.1%→9.4%), '강산'과의 동행율이 상승하고(23%→31%), '교유, 행락, 가악' 같은 k-코어 인접 색인어들과의 친밀한 결합 또한 증가했다.

그리하여 '음주'는 17세기 양반층 시조의 강산 관계망 중심부에 진입하게 된 것이다. '고흥' 또한 이와 비슷한 추이를 보인다. 양반층 시조에서 그 출현율은 16세기에 7%였다가 17세기에는 13.4%로 2배 가까이 증가했으며, '강산'과의 동행율도 대폭 상승했다(38% → 55%). 아울러 흥미로운 것은 '음주'에 대한 '고흥'의 동행율도 이 기간에 30%로부터 44%로 늘어난 사실이다. '음주'와 '고흥'은 원래 친밀성이 높은 색인어지만, 16세기의 양반층 시조에서는 그 결합이 비교적 낮았다가 17세기에는 평균치를 상회하는 결합으로 활성화되었다.[14] 요컨대 17세기 양반층 시조의 강산 관계망에 일어난 변화의 특징은 '개결, 허심'의 주변화와 '음주, 고흥'의 중심부 진입으로 집약할 수 있다.

우선 김득연[1555~1637]의 시조에서 음주 모티프를 살펴 보자. 그는 16세기의 권호문[1532~1587]과 마찬가지로 퇴계 학통의 안동 사족이면서 평생을 벼슬길에 나아가지 않은 인물이었다. 권호문은 「한거십팔곡閑居十八曲」 19수에서 단 한번도 음주를 노래하지 않았지만,[15] 김득연은 시조 72수 중 9편에 음주 모티프가 있다.

> 구름이 깁픈 고싀 바회 우히 자리 보니
> 술 시른 野人은 談笑로 져모는다
> 이 몸이 미일 한가ᄒ니 ᄌ조 온들 엇더리
> (金得硏, 「山亭獨咏曲」, 갈봉: 75, #0410.1, kw: 강산 처사 한거 교유 음주 자족)

---

14 양반층 시조 전체를 대상으로 산출한 '음주'의 에고 관계망에서 '고흥'은 동행율 40%로 1위에 해당한다.

15 다만 "酒色 좃쟈 ᄒ니 騷人의 일 아니고"(송속: 15, #4404.1)라는 부정적 언급이 한 차례 권호문 작품에 등장한다.

산중에 버지 업서 풍월을 벗 삼으니

일준쥬 빅편시 이 내의 일이로다

진실로 이 벗곳 아니면 쇼일 엇지오

(金得硏,「咏懷雜曲」, 갈유 : 59, #2337.1, kw : 강산 처사 한거 시문 음주 자족)

김득연은 이황의 문도門徒인 김언기金彦璣, 1520~1588의 아들로서, 부친 때까지 이미 견실하게 조성된 안동 사족의 관계망을 바탕으로 퇴계 학맥의 인물들과 긴밀하게 교유하며 처사의 삶을 영위했다. 그의 행장行狀에 의하면 58세에 비로소 생원·진사 양시에 모두 합격했으나 북인이 주도하던 당시의 정치상황에 회의를 품어 과거를 포기했으며, 선친의 묘 아래 정자를 짓고 '날마다 동지들과 어울려 술잔을 기울이며 시를 읊조리고는 했다日携同志, 觴咏其間'고 한다(이상원 1992, 146~151). 그가 속한 학맥과 안동 사족의 당대적 기풍으로 보아 김득연 역시 권호문 등의 16세기 선배들과 다름없이 개결, 허심의 삶에 대한 지향을 간직했으리라는 점은 의심할 여지가 없다. 그러나 그의 작품들은 개결한 삶의 도덕적 당위성을 힘써 주장하거나, 청정한 강산 대 속악한 조시朝市의 비타협적 대립을 강조하지 않는다. 대신에 그는 자신이 거처하는 세계의 경관, 흥취와 그 속에서 이루어지는 교유, 생활의 즐거움, 그리고 대자연의 운행을 체험하는 노년의 심회 등에 관심을 기울인다. 권호문의 경우 강산에 한거하는 처사의 삶은 그의 전생애를 일관한 선택이었음에도 불구하고, 그런 길을 가야 할 당위성과 이를 위한 결의의 확고함은 작품에 투사된 내면적 발화를 통해 거듭 강조되고 재확인되어야 했던 것으로 보인다. 그러나 김득연에게서는 그런 자기 확인의 필요성에 대한 압박이 별로 보이지 않는다. 강산에 자적하는 처사의 삶은 그에게 정당화의 문제가 아니라 일상적 실천의 과업에 더 가까운 것이 되었다.

위의 두 작품에 등장하는 음주 모티프는 그런 차원에서 주목할 가치가 있다. 첫째 인용 작품의 '술 실은 야인'은 김득연의 지수정止水亭에서 열리는 모임에 참석하기 위해 저마다 술을 지참하고 온 사족들일 것이다.[16] 그 모임에 관직 경력자가 군이 배제될 것이야 없겠지만, 대다수의 구성원들은 '야인'이라는 겸사에 어울리게 처사였으리라 보아 무방하다. 이들은 '구름 깊은 곳'에 자리를 잡고 술과 담소 속에 날 저무는 줄을 모른다. 김득연이 바라는 것은 매일이 한가로우니 이 같은 모임이 자주 있었으면 하는 것이다. 그러나 모임이 잦다 해도 홀로 있는 날들이 더 많은 것은 불가피하다. 둘째 인용 작품은 이에 관해 노래하면서 자신의 일상을 '술 한 통에 시 백편'으로 집약한다. 이 대목은 이백李白의 시와 술을 언급한 두보杜甫의 싯귀를 연상시키는 과장으로서,[17] 그 어법에 담긴 호기로움이 "산중에 벗이 없어 풍월을 벗삼"는 호젓함, 쓸쓸함과 함께 재미있는 시적 긴장을 연출한다. 음주는 이처럼 특정 공간을 친교와 연락宴樂의 장소로 만드는가 하면, 작중인물의 외로움이나 착잡한 심회를 달래는 수단이 되기도 하고, 때로는 다음의 작품들에서처럼 풍류적 자유로움의 매개체가 되기도 했다.

　　四曲 貫柳魚를 비예 담아 돌라오니

　　白沙 汀洲의 櫓聲이 얼리엿다

16　그의 작품 중 「契友齊會歌」에 "滿山 煙雨 中에 수를 싯고 죄 오시니 / 小亭 風景이 오늘날 더옥 됴타"(갈봉 : 58, #1557.1)는 구절이 있으니, 이런 행사가 가끔 열렸던 듯하다.

17　두보의 「飮中八仙歌」에 "이백은 술 한말에 시 백편을 읊었다네(李白一斗詩百篇)"라는 구절이 있다.

아히야 酒一杯 브어라 漁父詞를 브로리라

(李重慶, 「梧臺漁父歌 : 4」, 잡휘 : 4, #2196.1, kw : 강산 어옹 시동 낚시
가악 음주 고흥)

엇긔제 비즌 술이 다만 세 甁 쑨이로다

흔 甁은 믈의 놀고 쪼 흔 甁 뫼희 노셔

이 밧긔 나믄 甁 가지고 달의 논들 엇더리

(張復謙, 「孤山別曲 : 6」, 옥경 : 6, #3295.1, kw : 강산 음주 안빈 자족 고흥)

이중경1599~1678의 작품이 보여 주는 것은 평화로운 강산 풍경 속에
조각배를 타고 낚시로부터 돌아오는 어옹의 모습이다. '버들가지에 꿴
고기貫柳魚'를 들고 돌아온 어옹 / 어부가 고기와 술을 바꾸는 모티프는
송대 이래의 한시와 그림에서 낯익은 것인데, 이 작품의 중장과 종장
사이에 그런 삽화가 함축되어 있다고 보아도 무방하다. 어떻든 종장의
국면에서 그는 여유로운 자세로 술상에 앉아 어부사를 드높이 부르며
세속을 초탈한 처사의 방일放逸한 흥취에 자적하다. 자연의 이법에 대한
의식보다는 넉넉한 감흥이 강조된 점에서 "이념의 통어가 완만해진 자
리에서 유로되는 자유로운 욕구의 형상화"라는 논평에 공감할 만하다
(이형대 2002, 146).

장복겸1617~1703의 시조는 강산에 묻힌 처사의 안빈安貧 노래이자 술
노래이기도 하다. 술 세 병을 강과 산 그리고 달과 결부시켜 놀겠다는
그 기상奇想은 너무도 단순해서 조야해 보이기까지 한다. 그러나 이 단순
성 속에 깊은 풍류 감각이 담겨 있다. 엊그제 빚은 술이 세 병 뿐이라는
것은 그의 처지가 상당히 곤궁함을 암시한다. 끼니를 걱정하는 것보다

야 여유가 있으니 술을 담갔겠지만, 완성품이 세 병에 불과할 정도라면 살림의 여유가 말이 아니다. 하지만 그런 처지에서도 그는 생존의 최저선에 구속되지 않고 이 세상과의 여유로운 만남을 가지고자 한다. 이 만남을 그는 '놀다'라는 행위로 표현했다. 그것은 단순한 쾌락 추구이기보다 실용적 관계를 넘어서서 세계와 만나는 의미 행위 내지 심미적 행위로 이해될 수 있다. 그런 놀이를 위해 그는 술 두 병을 각각 물과 산에 배당한다. 여기에는 세속의 명리를 버리고 강산에 한거하는 처사의 공간 의식이 깔려 있다. 그렇지만 중장까지의 작품은 아직 재치 있는 싯귀에 불과하다. 이 작품의 탁월한 시적 안목은 종장에 의해 완성된다.

작자는 남은 술 한 병을 가지고 '달에 논들 어떠리'라고 했다. 이 작품의 심오한 질문은 여기서 '에'라는 조사가 발휘하는 의미 기능에 달려 있다. 그것은 장소를 나타내는 부사격 조사와 같은 것일까? 한 병은 '물에' 놀고 또 한 병은 '뫼에' 놀겠다고 했을 때, 이 두 구절의 조사 '에'는 장소를 지칭한다고 볼 수 있다. 그러나 셋째 병을 가지고 '달에' 논다는 구절의 '에'가 노는 장소 혹은 술 마시는 장소를 뜻할 수 없다는 것은 사리가 분명하다. 이 경우의 '에'는 장소에 관한 집착을 버리고 접근해야 이해의 시야가 열릴 수 있다. 시조 한 수를 놓고 지나치게 논의가 복잡해지는 것을 피하기 위해 요점으로 직진하자면, 이 작품에서 술 한 병으로 '달에 논다'는 것은 취흥을 매개로 삼으면서 달의 차고기욺盈虛과 운행 등에 대한 관조, 성찰에 잠겨 보는 일을 함축하는 것으로 보인다. 한 노년기 지식인이 이 세계와 인간 존재의 관계 및 의미에 대해서 때로는 사변적으로 때로는 직관이나 시적 이미지를 통해서 생각을 펼쳐보는 것, 그리고 그 생각의 다채로운 비상飛翔 속에서 깊은 즐거움을 맛보는 것, 이런 것이 그가 말한 '달에 놀다'의 의미가 아니었을까.

가령 그렇게 볼 수 있다면 중장의 '물에 놀고'와 '뫼에 노세'에도 단순한 장소 표현 이상의 재해석이 필요하다.

이에 대한 논란을 여기서 줄이더라도, 장복겸과 이중집의 작품에서 음주와 고흥의 모티프가 어울리면서 17세기적 흥취의 감각을 보여 준다는 점은 충분히 확인된다. 윤선도1587~1671의 경우도 강산 모티프에 술이 가끔 동행하지만,[18] 그것과 무관하게 드높은 감흥이 표출되는 예가 빈번하다. 17세기 양반층 시조의 강산 모티프 관계망은 16세기의 기본 구도를 공유하면서도 미의식의 측면에서는 수묵화보다 채색화에 가까운 특성을 지닌 경우가 우세한데, 윤선도는 그런 면에서도 대표적인 인물이다.

윤선도의 시조, 특히 「어부사시사」에 자주 보이는 드높은 감흥은 작자가 몸담고 있는 공간의 경관景觀과 사물들의 아름다운 어울림에 관련된 경우가 많다. 물론 이와 같은 정경情景의 심미성은 그것을 포괄하는 처사적 세계의 염결성廉潔性에 대한 믿음과 무관하지 않다. 한문문화권의 사유 방식에서 아름다움은 도덕성의 파생물이 아니지만, 그것과 절연된 자리에서 입지를 마련하기는 어려웠다. 「어부사시사」가 그린 어부의 세계는 16세기의 강산 관계망을 논하면서 지적한 이분법처럼, '홍진紅塵'으로 은유되는 탐욕의 세류에 맞서서 의로운 가치를 지키는 독선기신獨善其身의 공간이었다. 그러나 이분법의 구도는 같아도, 그 속에서 시적 형상화의 중심축을 설정하는 방식에서는 16, 17세기 사이에 차이가 있었던 것으로 보인다. 16세기의 경우 그것은 이미 지적했듯이

---

18 "낫대는 쥐여 잇다 濁酒ㅅ甁 시럿느냐"(漁父四時詞.春 : 2); "醉흐야 누얻다가 여흘 아래 느리려다"(漁父四時詞.春 : 8); "딜병을 거후리혀 박구기예 브어다고"(漁父四時詞. 秋 : 5); "잔 들고 혼자 안자 먼 뫼흘 브라보니"(漫興 : 3)

'개결, 허심, 월백月白'의 모티프를 부각시키면서 처사의 도덕적 결의를 강조하고, 심미적 과잉을 자제하는 방향으로 주조가 형성되었다. 반면에 17세기에는 도덕적 자긍을 견지하면서도 그 긴장감보다는 자연적 질서 속에서 누리는 자유, 생명적 풍요, 그리고 아름다움에 좀더 관심을 두는 흐름이 성장했다. 아래의 작품들에서 그런 예를 볼 수 있다.

> 낙시줄 거더 노코 篷窓의 돌을 보쟈
> 흐마 밤들거냐 子規 소릭 붉게 난다
> 나믄 興이 無窮ᄒ니 갈 길홀 니젓꽏다
> (尹善道, 「漁父四時詞.春 : 9」, 고유 : 35, #0795.1, kw : 밤 강산 어옹 낚시 허심 고흥)

> 그러기 떳ᄂ 밧긔 못 보던 뫼 뵈ᄂ고야
> 낙시질도 ᄒ려니와 取ᄒ 거시 이 興이라
> 夕陽이 비이니 千山이 錦繡ㅣ로다
> (尹善道, 「漁父四時詞.秋 : 4」, 고유 : 50, #0559.1, kw : 가을 저녁 강산 어옹 낚시 아름다움 자족 고흥)

「낚싯줄 걷어 놓고」의 주인공은 이제 날이 저물어 낚시를 거두고 돌아갈 준비를 하던 중이다. 그러나 그는 정해진 시간이나 챙겨야 할 물건 따위에 매인 실용적 인간이 아니라, 봉창을 통해 비추는 달을 하염없이 바라볼 줄 아는 '심미적 주체'다. 그러는 사이에 시간이 흐르고 밤은 더 깊어져서 어디선가 소쩍새 우는 소리가 들린다. 시조 형식의 제약 때문에 더 이상의 세부는 생략되었지만, 주변의 기온이 낮아지고,

풀벌레 소리도 들리며, 어둠이 짙어갈수록 하늘의 별빛은 더 많이 반짝일 것이다. 그런 가운데서 여러 사념과 감회를 더듬으며 흥이 깊어지니, 그는 돌아갈 일 자체를 잊어버린 양 흔들리는 뱃전에 기대어 있다. 이 작품이 보여 주는 개별 사물과 경험의 구체성은 예사로운 수준을 크게 넘어선다. 특히 초·중장의 '낚싯줄, 봉창, 밤, 자규 소리'가 형상화하는 저물녘의 어선 풍경은 아무런 해설적 개입 없이 주인공의 관조적 감회 속으로 수용자를 초대한다. 그렇게 해서 부각되는 '남은 흥'의 심미성이 이 작품의 눈이 된다.

「기러기 떴는 밖에」는 어옹의 눈에 비친 자연 경관의 두 장면을 소재로 삼았다. 둘 다 물 위에서 바라본 산인데, 초장에서는 주인공의 시선이 낚싯대에서 기러기로, 다시 기러기 뒤에 보이는 산으로 옮겨간다. 그런데 이 산은 예전에 못 보던 것이어서, 그 모습에 새로운 발견의 가치가 있는 듯하다. 이에 대해 시인은 "낚시질도 하려니와 취取한 거시 이 흥"이라고 말하는데, 이것은 다음에 보는 잠삼岑參, 715~770의 「어부漁父」와 흥미로운 대조가 된다.

扁舟滄浪叟	창랑 위에 쪽배 탄 노인
心與滄浪清	마음과 물결이 함께 맑은데,
(…중략…)	
竿頭釣絲長丈餘	대 끝에 낚싯줄 길게 늘이고
鼓枻乘流無定居	물결에 배를 맡겨 정처없이 흐르네.
世人那得識深意	세인들이 어찌 알리 그 깊은 뜻을
此翁取適非取魚[19]	노인이 원하는 건 고기가 아니라 마음의 여유인 것을.

이 작품은 당시唐詩 중에서도 조선 시대에 널리 애송된 명편의 하나다. 특히 마지막 행의 '물고기보다 마음의 여유를 얻으려 함取適非取魚'이라는 구절이 강한 인상을 남겨서 많은 한시와 일부 시조에 차용된 바 있다.[20] 자의에 의해서든 상황적 압박에 밀려서든 강호의 삶을 선택한 지식인들은 흔히 자신의 처지를 어옹漁翁에 투사했던 바, 잠삼의 이 구절은 그들이 어부의 외관에도 불구하고 내면의 정체성에서 정신적 가치를 중시하는 지식인임을 분명히 해 주는 관용구가 되었다.

그런데 윤선도는 위의 작품에서 이런 정신주의적 상투어에 기대지 않는다. 그는 오히려 '못보던 경치를 발견하는 감흥'과 '낚시질' 모두를 자신의 어부 생활에서 빼놓을 수 없는 의도이자 보람으로 확인한다. 이처럼 강산을 벗하며 살아가는 구체적 경험과 흥취가 어울린 점에서 윤선도의 심미성은 감각적 호소력이 뛰어나다.

> 어와 져므러 간다 宴息이 맏당토다
> ᄀᆞᄂᆞᆫ 눈 쁘린 길 블근 곳 흣더딘 ᄃᆡ 홍치며 거러가셔
> 雪月이 西峯의 넘도록 松窓을 비겨 잇쟈
> (尹善道, 「漁父四時詞.冬 : 10」, 고유 : 66, #3212.1, kw : 겨울 저녁 강산 아름다움 고흥)

「어부사시사」의 결사結詞에 해당하는 이 작품은 선명한 색채 구성으로 윤선도의 심미적 상상력을 보여 준다. 중장의 "가는 눈 쁘린 길 붉은

---

20 19세기 가객 宋宗元의 다음 작품도 그 중 하나다. "淸江에 낙시 녀코 扁舟에 실녓시니 / 남이 니르기를 고기 낚다 ᄒᆞ노미라 / 두어라 取適非取魚를 제 뉘라셔 알니요"(원국 : 264, #4715.1)

꽃 흩어진 데"라는 구절에 우선 주목하자. 때는 겨울인데, 붉은 꽃이 떨어져 흩어진 길에 엷은 눈이 뿌린 것일까. 아니면 눈이 엷게 덮인 길에 붉은 꽃이 흩날린 것일까. 어느 쪽이든 흰 바탕의 길 위에 붉은 꽃잎이 점점이 흩어져 있다. 하루가 저물어 가는 무렵 시인의 눈앞에 펼쳐진 이 강렬한 색채 구도에서 그의 고양된 흥취가 선명하게 시각화된다. 종장에서 "설월이 서봉에 넘도록" 그를 창가에 붙들어 두는 요인은 바로 이 드높은 흥취이다(김흥규 1999, 166). 이미 지적한 것처럼 이런 흥취와 결부된 심미적 화려함은 16세기 시조에서 보기 어려웠던 현상이다.

이제까지 살펴 본 인물들 외에 신흠申欽, 1566~1628, 나위소羅緯素, 1582-1667, 이중경李重慶, 1599~1678, 신교申灚, 1641~1703 등 여타 작가들에게서도 강산 관계망의 17세기적 추이에 상응하는 면모들이 발견된다. 강호－세속의 배타적 대립을 전제로 한 이념적 긴장이 이완되는 가운데, 처사의 생활세계와 경험을 긍정하는 시선이 16세기보다 다양화하고, 그것들의 흥취 및 심미성을 좀더 적극적으로 강조하는 경향이 그 주요 내용을 이룬다.

5. 18 · 19세기 양반층 시조와 강산 관계망

18세기에서 19세기까지의 2세기 동안 양반층 시조의 강산 관계망은 급격한 쇠퇴의 추세를 보였다. 쇠퇴라는 단어로 집약한 것을 좀더 변별하자면, ① 작품 수량의 현저한 감소와, ② 관계망 내부 응집력의 뚜렷한 저하를 구분할 수 있다. 18세기 이래의 양반층 시조에서는 이 두 가지 현상이 모두 나타났는데, 쇠퇴의 낙차는 두 측면 모두 19세기에서 훨씬 더 심했다. 우선 두 시기 강산 관계망의 k-코어를 먼저 살펴보자.

보다시피 키워드 '강산'을 지닌 관계망 작품군의 비율이 18세기에는 15.8%로서 17세기의 25.5%에 비해 3/5 수준으로 줄어들었고, 19세기에는 더욱 심하게 퇴조하여 5.8%가 되었다.[21]

〈표 6〉 18세기 양반층 시조의 강산 k-코어 관계망 : 연결밀도=0.86, 평균연결강도=2.8

	출현	Link	강산	자족	한거	처사	고흥	밤	음주	누정
강산	15.9	7		7.2	6.7	5.6	4.8	2.2	1.2	1.9
자족	16.8	7	7.2		11.5	9.6	3.9	1.4	2.4	1.2
한거	11.1	7	6.7	8.2		10.6	3.4	1.0	1.0	1.5
처사	10.1	5	5.6	6.7	10.6		3.6	0.7	0.9	1.0
고흥	12.1	7	4.8	3.1	3.4	3.6		2.1	3.2	1.4
밤	8.9	5	2.2	1.4	1.3	2.0	4.0		1.2	0.9
음주	8.0	5	1.2	2.4	1.3	0.8	1.8	1.2		0.3
누정	3.9	5	1.9	1.2	2.5	1.8	1.5	0.9	0.3	

〈표 7〉 19세기 양반층 시조의 강산 k-코어 관계망 : 연결밀도=0.9, 평균연결강도=2.3

	출현	Link	강산	자족	처사	한거	고흥
강산	5.8	4		2.8	2.0	3.0	1.6
자족	7.1	3	2.8		3.2	4.1	0.8
처사	5.1	4	2.0	3.2		3.2	1.1
한거	7.1	4	3.0	4.1	3.2		1.2
고흥	8.5	3	1.6	0.8	1.1	1.2	

---

21 19세기의 이 통계는 다작 작가인 이세보와 조황을 포함하여 산출한 것이다. 그들을 제외한 여타 작가들만의 통계에서는 강산 색인어 작품의 비율이 13%로서 18세기에 비한 감소 낙차가 그다지 크지 않다. 그러나 두 작가를 제외한 19세기 양반층 시조의 강산 색인어 작품은 18수에 불과하여 관계망 분석에 적합한 수량에 미달하므로 별도로 언급하지 않는다.

뿐만 아니라 k-코어 내부의 평균연결강도 또한 현저하게 약화되어 18세기에는 2.8%, 19세기에는 2.3%를 기록했으니, 그 앞 시대의 5.4%(16세기)와 4.3%(17세기)에 비하면 대략 절반 수준이다.

그런 가운데서 18세기는 k-코어의 노드 수가 17세기와 마찬가지로 8개였는데, 이것은 앞 시대와 비슷한 수준으로 관계망이 성립했음을 의미하는가? 그렇지는 않다. 앞 항에서 지적한 바이지만 k-코어의 활력에는 노드 수, 관계망의 연결밀도, 그리고 평균연결강도가 중요 변수로 작용한다. 노드 수가 많거나 같더라도 연결밀도와 평균연결강도의 저하 같은 현상이 한 가지 이상 나타난다면, 그 관계망은 쇠퇴 내지 이완의 국면에 들어선 것일 수 있다. 18세기 양반층 시조의 강산 관계망은 k-코어의 평균연결강도가 17세기에 비해 크게 떨어진 점에서 쇠퇴의 가능성이 유력하다. 이를 염두에 두고 핵심 색인어의 면모를 앞 시기와 비교해 보자.

- 17세기 : 강산 처사 한거 자족 밤 고흥 음주 낚시
- 18세기 : 강산 처사 한거 자족 밤 고흥 음주   누정

위에 보듯이 18세기 강산 관계망의 k-코어 노드는 17세기와 비슷하되, '낚시'가 중심부에서 밀려나고 그 대신 '누정'이 주요 키워드로 진입했다. 이 중에서 '낚시'라는 모티프의 추이에 먼저 주목하자. 16～19세기 동안의 양반층 시조에서 '낚시' 색인어의 작품 수, 출현율과 '낚시'에 대한 '강산'의 동행율을 표로 정리하면 다음과 같다.

세기	전체 자료	'낚시' 색인어 작품	출현율(%)	'강산'의 동행율(%)
16	371	11	3.0	91
17	895	40	4.5	73
18	594	11	1.9	45
19	761	6	0.8	67

위의 표가 간명하게 말해 주듯이 낚시 모티프는 16·17세기에 비교적 선호되다가, 18세기에는 17세기의 반 이하로 출현율이 떨어졌고, 19세기에는 다시 그 반 이하로 감소했다. 아울러, '낚시'에 대한 '강산'의 동행율도 18·19세기에는 앞의 두 세기에 비해 적어졌다. 요컨대 양반층 시조에서 낚시는 16·17세기에는 꽤 중요한 모티프 요소였다가, 18세기 이래 용도가 현저하게 감퇴하여 19세기에는 존재조차 희미해지게 되었던 것이다.

이것은 '강산' 모티프의 성격 추이와 관련해서도 음미할 만한 단서를 내포한 듯하다. 강호江湖, 강산으로 불리는 공간에서 처사, 은자, 야인들이 명리를 버리고 청정한 평화의 삶을 추구한다고 할 때, 농부의 길을 택하지 않는 한 그들이 할 만한 일은 보통 '채산조수採山釣水'로 통칭되었다. 낚시는 강산 모티프의 고전적 심상공간에 적지않이 중요한 행위 요소의 하나였다. 그 분위기는 침울한 감회에 잠기는 수도 있고, 때로는 드높은 흥취로 고양되기도 하는 등 한결같지 않지만, 어옹은 일반적으로 혼자 있는 존재로 시와 그림에 그려졌다. 그는 조각배에 홀로 타거나 물가에 혼자 앉아 낚싯대를 드리우고, 고기잡이보다는 자신과 세계의 관계에 대한 사념에 몰두한다. 광대한 공간에 고립하여 외로움을 기꺼이 감내하는 현자, 이것이 낚시-어옹 모티프에 종종 동반하는 암시성이다.

18·19세기의 양반층 시조에서 이런 모티프가 의식적으로 기피되었을 리는 없다. 그러나 앞의 시대에서만큼 선호되지 않았던 것은 분명하다. '강산' 색인어의 출현율 자체가 18·19세기 동안 급속하고도 뚜렷하게 줄었으니 '낚시'가 끼어들 여지도 협소해졌거니와, '어옹'의 고전적 이미지와는 다른 종류의 시적 상황이 필요했던 것 같기도 하다. 다음 장에서 논할 '천렵川獵'도 그런 맥락에서 흥미롭지만, 여기서는 17세기 강산 관계망의 '낚시'를 밀어내며 새로 등장한 '누정'에 주목하고자 한다.

누정樓亭은 공사公私의 여러 주체들에 의해 다양한 목적으로 건립되었으나, 16세기 무렵부터 지방 사속들이 각지에 향촌 기반을 조성하고 문중과 학연, 지연 등을 바탕으로 지역적 관계망을 발전시켜 가게 되면서 양반층에 의한 건립과 운영이 활성화되었다. 16세기 중반에 "영남과 호남 지역에서 누정 제영題詠 창작이 폭발적으로 증가"한 것은 당시의 누정문화가 지방 사림들에 의해 주도되었음을 반영하는 것으로 이해된다(유호진·우응순 2004, 64). 근년까지의 조사를 집계하면 조선 시대에 건립된 누정의 수는 15세기에 57개, 16세기 555개, 17세기 466개, 18세기 1,023개, 19세기 1,883개라고 하는 바(이현우 2012, 191), 18세기쯤에는 이름난 누정이 전국적으로 두루 분포하게 되었다고 볼 수 있다.

18세기 양반층 시조의 강산 관계망에서 '누정'이 중심부에 들어온 것은 이런 추이와 배경적 관련이 있다. 또한 18세기 초에 누정 제영 창작이 활발했던 이유에 대한 다음의 설명을 시조의 누정 모티프에도 참조할 만하다. "이 시기는 경화사족京華士族을 중심으로 명산대천을 유람하는 풍조가 크게 확산된 때였다. 산수 유람이 산림 속의 은거를 능가하는 탈속 풍류로 인식되면서 탐승探勝이 유행하고 와유臥遊를 위한 유산

기와 명산기, 그리고 기행사경도紀行寫景圖 등의 수요가 급증했다."(유호
진·우웅순 2004, 64~65)

煙霞로 집을 삼고 鷗鷺으로 벗을 삼아
팔 볘고 물 마시고 伴鷗亭에 누어시니
世上의 富貴功名은 헌 신인가 ᄒ노라
(申墀, 반구 : 6, #3338.1, kw : 강산 누정 처사 한거 안빈 개결 부귀—공
명—자족 허심)

가노라 石門亭아 ᄃ시 보쟈 洗心臺야
李花 桃花 杏花 滿發ᄒᆯ 졔
一匹 蹇驢로 ᄃ시 올가 ᄒ노라
(蔡蓍玉, 석심 : 7, #0011.1, kw : 강산 누정 조선명승 유람 기려 자족)

靑藜杖 훗덧짐여 合江亭에 올나간이
洞天 明月에 물소릐 분이로다
어듸셔 笙鶴仙人은 날 못 ᄎᄌ ᄒ는이
(趙明履, 해주 : 310, #4737.1, kw : 밤 강산 조선명승 누정 신선 유람 탈속 한탄)

月波亭 노픈 집에 閑暇이 올나안쟈
四面를 도라보니 二水中分 알픠 잇다
아히야 三山이 어듸메니 나는 졘가 ᄒ노라
(金湜, 시박 : 250, #3658.1, kw : 강산 선계 누정 처사 시동 한거 탈속 자족)

여기 인용한 네 수의 시조는 자신이 건립한 정자를 노래한 것에서부터 명승으로 알려진 누정을 탐방한 것까지 여러 사례를 포괄한다. 첫째 작품의 작자인 신지[1706~1780]는 여러 차례의 과거에서 실패하고, 만년에는 고향 문경聞慶의 송호강松湖江에 반구정伴鷗亭을 지어 여생을 보냈다고 한다.[22] '반구'를 정자 이름에 붙인 것은 세상의 명리를 하찮게 여기고 물새와 벗삼아 지내겠다는 결심의 표현이다. 둘째 작품은 채헌蔡瀗, 1715~1795이 건립한 석문정과 그 일대의 석문정구곡石門亭九曲을 그의 아들 채시옥1748~1803이 어떤 연유로 떠나면서 후일을 기약하여 노래한 것이다. 그러나 부친이 주희의 무이구곡武夷九曲을 관념상의 표본으로 삼았던 공간을 노래하면서도 그의 화법은 다분히 풍류스러운 유람객의 어조를 연상케 한다. 조명리1697~1756는 합강정이라는 누정과 주변 경관의 어울림이 불러일으키는 신비로움에 관심을 집중한다. 때는 달빛이 교교히 비치는 밤, 들리는 것은 물소리뿐인데 어디선가 학을 타고 생황을 부는 신선이 자신을 찾고 있는 듯하다. 누정의 역사성이나 구체성보다는 유람자의 시각에서 분방하게 떠올려 보는 탈속의 상상력이 이 작품을 압도한다. 월파정을 다룬 김식1699~1742의 작품도 비슷한 시선을 지닌 것을 보면 이런 탈속의 화법은 유람형 노래의 관습적 수사일 법도 하다.

19세기에 와서 양반층 시조의 강산 관계망은 k-코어가 '강산, 자족, 처사, 한거, 고흥'으로 줄어들고, 평균연결강도는 2.2%로 약화했으며, 강산 모티프 작품의 출현율도 5.7%로 떨어짐에 따라 극도로 퇴락한 상태가 되었다. 그 정도 작품도 수량 면에서는 과히 적은 것이 아니라고

---

22 경기도 파주에 있는 반구정은 세종 때의 재상 황희가 지었다는 것으로, 이것과 별개의 누정이다.

말할 수 있다. 그러나 이들의 구성 내용을 보면 약 반수가 이세보^{李世輔,} 1832~1895의 것이고, 지덕붕^{池德鵬, 1804~1872}, 조황^{趙榥, 1803~?}, 유중교^{柳重敎, 1832~1893} 등의 작품이 나머지의 상당 부분을 차지하는데, 그 시상과 표현은 18세기의 작품들에 비해서도 활력이 좀더 감퇴한 느낌을 준다.

> 松下에 옷 버서 걸고 물쇼릐여 누어시니
> 淸涼헌 이 世界에 三伏蒸炎 어듸 간고
> 世路에 衣冠 粧束人은 져 더운 줄 모로넌가
> (趙榥, 「酒老園擊壤歌 : 20」, 삼죽 : 70, #2778.1, kw : 여름 강산 처사 한거 공명-자족 허심)

> 비저 둔 술을 차고 노푼 재를 올라서니
> 霜風이 蕭颯한데 紅葉도 조커니와
> 山狵이 白雲을 지즈니 게도 隱者 잇스리
> (池德鵬, 상산 : 11, #2194.1, kw : 가을 강산 은자 유람 음주 탈속 고흥)

이들은 그래도 다음에 살필 이세보 작품에 비해 강산 모티프의 미약한 잔존 에너지나마 더듬어 볼 만한 사례에 해당한다. 조황의 「송하에 옷 벗어 걸고」는 곤궁한 처지의 향반이 여름 더위라는 체험적 재료를 통해 강산에 묻힌 삶의 우월성을 확인하는 방식이 소탈하고 친근하다. 그러나 삼복의 찌는 날씨에 소나무 아래 옷 벗고 누워 있으니, 세상의 욕망에 갇혀 의관을 정제하고 살아가는 자들이 딱하다는 화법 속에서 강산이라는 심상공간의 유서 깊은 자긍심은 이제 희미하게 되었다. 지덕붕의 「빚어 둔 술을 차고」는 산 속 풍경에 개 짖는 소리를 삽입해서 묻혀 사는 삶의 신비감을 환기한다. 때는 가을날, 술 한 병을 차고 산천 유람을 나섰는데, 소슬한 산중 풍경 속 어디선가 개 짖는 소리가 들린다. 한시에도 흔히 나오지만, '산방山獊'은 인가가 드문 곳의 외딴 집을 표현하는 관용적 장치의 일종이다. 지덕붕은 이를 도입하되, 개가 인기척 따위가 아닌 '흰 구름'을 향해 짖는 것으로 처리했다. 너무도 호젓하게 외떨어져서 왕래하는 이들이 없기 때문에, 그 집의 개는 심심함에 겨운 나머지 때때로 흰 구름을 보고도 짖는다는 기상奇想이다. 그리하여 이 시조는 자못 신비화된 개 짖음에 힘입어 '거기에도 은자가 있으리'라고 운치 있게 종결한다. 다만 이런 묘미에도 불구하고 이 작품의 참신한 발상이 강산에 대한 인식의 차원에 유기적으로 연결되어 있는지는 불분명해 보인다.

> 셰스 아러 쓸듸업셔 임쳔의 도라드러
> 샹쳑금 회롱ᄒ니 빅학 일빵 쑨이로다
> 아마도 무한쳥복은 이쑨인가 …
> (李世輔, 풍대 : 410, #2639.1, kw : 강산 은자 은일 한거 가악 고흥)

이세보는 강산 모티프의 작품에서도 19세기 양반층 시조의 최대 작가에 해당하지만, 그의 여타 시조 유형들에 비해 강산류는 상투적 발상과 수사에 대한 의존도가 매우 높아서 대체로 공허한 느낌을 준다. 그의 시조에서 관인으로서의 체험과 농민들의 삶에 대한 성찰, 남녀의 정념을 다루는 섬세한 시선 등이 주목되는 데 비해, 강산류는 작품 수가 상대적으로 적을뿐더러 질적으로도 안이한 느낌이 농후하다. 위에 인용한 「세사 알아 쓸데없어」가 우선 그러한데, 이 점은 나쁜 표본을 골라왔기 때문이 아니다. 이 작품은 주제, 흐름, 어휘 등이 대체로 무난하다고 할 수도 있다. 그러나, '세사, 임천, 삼척금, 백학 일쌍, 무한청복'으로 이어지는 어휘들은 너무도 상투화된 관용어로서, 작자와 독자 모두의 의식 속에서 아무런 걸림 없이 시조 3행을 관통한다. 이것은 일차적으로 표현과 참신성의 문제이자, 좀더 깊이는 시적 발화를 떠받치는 내면적 진정성의 곤핍에 기인하는 현상인 듯하다.

이세보의 강산류 시조들이 19세기 시조사에서 중요한 이유가 있다면, 그것은 강산이라는 심상공간에 관한 양반층의 애착이 이제는 관습적 수사로서 간신히 연명하고 있을 뿐임을 보여주기 때문이라고 해야할지 모른다. 19세기의 양반층 가운데는 완고한 신념에 의해서든 시대착오적 기대에 의해서든 안빈낙도의 삶과 청정한 강산이라는 이상을 견지하고자 한 이들이 있었다. 그러나 이 시기의 시조에 나타난 양상은 그런 심상공간조차 현저하게 줄어들고, 자신을 투입하려는 동기가 희박한 채 관습적 차원에서 강산 / 강호를 부르는 목소리들이 그 여백을 차지했다.

6. 18세기 평민층 시조의 강산 관계망

시조사에서 서리胥吏, 아전衙前 등의 중인이 주축이 된 평민층 향유집단이 뚜렷하게 모습을 드러낸 시기는 18세기 초 무렵이다. 김천택金天澤, 1686무렵~?과, 1728년 경 그가 편찬한 가집 『청구영언靑丘永言』이 이 시기의 뚜렷한 이정표를 제공한다. 그보다 한 세대 정도 앞선 김성기金聖器, 1649~1724나 더 앞선 시기의 선구자들을 고려하면 17세기 후반 정도의 국면에서도 평민층 예인들과 가악 취미집단의 활동이 있었으리라 보아 마땅하다. 그러나 상당수의 작품을 포함한 입체적 자료들을 통해 평민 층 시조의 추이를 깊이 있게 논할 만한 것은 18세기부터다.

오늘날 우리가 문학상의 장르 명칭으로 '시조'라 부르는 가창예술의 음악적 본류는 고려시대 이래의 정악正樂에서 만대엽慢大葉의 계통을 잇 는 가곡歌曲으로서, 궁중과 사대부 문화의 격조 높은 음악적 감성을 표 현한 것이었다. 임진왜란1592~1598 이전까지 이에 종사한 평민층 예인 과 가객들은 대개,장악원掌樂院 등의 국가기구에 속해 있었고, 자신들의 독자적 음악을 추구하기보다는 고전적 악곡을 법도에 맞게 연주, 가창 하는 한편 그것을 충실히 유지하는 종속적 예능인에 머무르도록 요구 되었다. 그러나 임병양란 이후 상황은 크게 변했다. 우선 두 차례의 전 란 이후 장악원과 지방 관아의 음악 기구가 재정난 등으로 인해 규모가 크게 축소되었다. 반면에 17세기 중엽 이래 민간의 예술 수요가 증가 하면서 악공, 가객을 포함한 예인들이 공적 관리 영역의 밖에서 생활할 수 있는 여건이 향상되었다. 예컨대 다음과 같은 추이가 이 시기에 나 타나고 있었다.

(17세기 경의) 악공들은 어떻게든 기회만 있으면 자신들에게 부과된 신 역身役을 면하고 자유로운 민간 예술가가 되고자 했다. 병자호란 이후 흩어 진 악공들을 다시 뽑아다 쓰는 일이 쉽지 않았다든가, 17세기 중엽의 이름 난 비파 연주자인 송경운宋慶雲이 정묘호란(1627) 때 전주로 피란했다가 그 대로 눌러앉은 예에서부터 그런 추세가 나타난 바 있다. 17세기 말에서 18 세기 초까지의 기간에 거문고와 퉁소로 이름났던 김성기는 본래 상의원尙衣 院의 조궁장造弓匠이었다가 음악에 취미가 깊어서 마침내 독립적인 전문 음

악인으로 나선 인물이다(김홍규 2002, 11).

평민층 시조의 초기 담당층은 이런 추이 속에서 형성되었기 때문에 작품의 관심사와 시적 언어에서 양반층과 근본적으로 다르기보다는 큰 줄기의 공통성 위에 변이가 나타나는 양상을 보인다. 아울러 또 한 가지 흥미로운 사항은 강산이라는 공간의 의미에 관해 18세기와 19세기의 평민층 시조 사이에 상당한 차이가 있다는 점이다.

이를 살피기 위해 여기서는 k-코어 관계망의 주요 측정값들을 먼저 간추린 뒤 문제의 색인어들을 보기로 한다.[23]

〈표 8〉 평민층 시조 강산 관계망의 세기별 추이

구분	출현율	참여 노드	연결 밀도	평균 연결 강도	k-코어 관계망 색인어 (숫자는 그 색인어와 '강산'의 공기 비율)
18세기	12.9%	6	0.93	3.4	강산 자족, 7.2 한거, 6.2 고흥, 2.7 가악, 1.7 음주, 1.5
18세기a	17.1%	9	0.83	2.7	강산 자족, 9.7 한거, 8.2 허심, 4.1 은자, 3.3 피세, 3.3 고흥, 3.3 가악, 2.6 음주, 2.2
19세기	11.8%	11	0.84	2.3	강산 한거, 4.5 자족, 4.5 음주, 3.3 봄, 2.9 고흥, 2.9 행락, 2.0 가악, 2.0 저녁, 1.6 시동, 1.6 아름다움, 1.6

〈표 8〉에서 주목할 점은 이미 언급했듯이 평민층 강산 관계망의 k-코어 색인어들이 18·19세기 사이에서 상당한 차이를 보인다는 사실이다. 이들을 알기 쉽게 대응시켜 보면 다음과 같다.[24]

---

23 평민층 시조의 시대별 통계에서도 '18세기'는 이 시기 평민작가 전체의 군집이고, '18세기a'는 다작 작가인 김수장(135수)을 제외한 군집(269수)이다. 마찬가지로 평민층 시조의 '19세기'와 '19세기a'는 안민영(189수)을 포함하는가 여부에 따라 구분된다. 다만 '19a세기'의 경우는 안민영 시조를 제외한 작품이 56수에 불과하여 통계 기반으로서의 신뢰성이 취약하므로 이 표에서는 제외했다.

24 18세기의 경우는 김수장의 개인적 영향력이 많이 작용하는 것을 피하기 위해 '18세기a'의

- 18세기 : 강산 자족 한거 고흥 음주 가악 허심 은자 피세
- 19세기 : 강산 자족 한거 고흥 음주 가악 행락 저녁 시동 아름다움 봄

두 세기의 핵심 색인어들은 ① 18·19세기 공통어, ② 18세기에만 있는 것, ③ 19세기에만 있는 것의 세 종류로 나눌 수 있다. ①의 어휘들 중에서 또 주의할 것은 양반층 강산 관계망과의 차이다. 단적으로 말하면 양반층 목록에 반드시 등장하던 '처사'가 사라졌고, 그쪽에는 보인 적이 없던 '가악'이 출현했다. 처사는 관인官人으로 입신양명할 수 있으나 초야에 묻혀 살기를 선택한 인물이니, 중인 이하 신분층의 자화상으로는 별로 절실한 인물형이 아니다. '가악'은 평민층 시조 작가의 다수가 가객이거나 창악 취미와 관련이 깊은 인물이라는 점에서, 그들의 강산 체험에 동반하는 것이 자연스럽다. 요컨대 평민층 시조의 강산 관계망에서 18·19세기 공통 색인어는 양반층의 목록과 유사하되, 평민층에게 부적합한 '처사'를 배제하고 그들의 취미활동에 긴요한 '가악'은 끌어들였던 것이다.

그렇다면 ②의 부류, 즉 평민층 시조의 18세기 k-코어에만 있는 '허심, 은자, 피세'가 시사하는 바는 무엇인가? '허심'이 16세기 양반층 시조의 강산 관계망에서 주요 키워드였고 '은자, 피세' 또한 처사적 지향과 가까운 것들이니, 18세기 평민층의 강산 모티프는 사대부적 관념의 추종 내지 모방에 불과한 것일까? 종래의 몇몇 연구자들 사이에서 그런 혐의가 제기된 적이 있다. 그러나 이것은 강산 / 강호라는 심상공간을 사대부적 세계관의 틀에 종속시켜 바라본 데서 생겨난 오해가 아닌

분석값을 이용했다.

가 한다. 사대부 문화의 자산이 평민층의 한시와 시조에 깔려 있다는 것은 당연한 사실이며, 이에 따른 모방이나 관습적 재생산이 없지도 않을 것이다. 그러나 주류 문화의 영향력 아래서도 자기표현을 위한 모티프와 이미지의 수용, 해석, 재창조는 행위자들이 처한 맥락에서 의미 구조를 달리할 수 있다. 18세기 평민층 시조의 주요 작가들이 '허심, 은자, 피세' 모티프들을 구사하는 방식에서 그런 양상이 드러난다. 김성기金聖器[25] 그 중에서도 작품과 생애 자료로 인해 가장 주목할 만한 인물이다. 먼저 그의 삶을 간추린 「김성기전」을 보자.

거문고 악사인 김성기는 원래 상의원尙衣院의 조궁장造弓匠이었다. 그러나 천성이 음률을 좋아해서 맡은 일보다는 거문고 잘하는 스승을 따르며 배우기에 힘썼다. 그 연주에 정통하게 되자 마침내 활 만드는 일을 버리고 거문고 연주에 전념하니, 악공으로서 뛰어난 자들은 다 그의 아래에서 나왔다. 그는 또한 퉁소와 비파 연주도 터득하여 오묘함이 지극했고 스스로 새로운 곡을 만들 수도 있었으니, 그 악보를 배워서 이름을 떨친 자들 역시 많았다. 이에 서울 지역에는 김성기의 신곡이라는 것이 생겨났고, 사람들이 손님을 초대하여 잔치할 때면 숱한 예인들이 집에 가득할지라도 김성기가 없으면 미흡하다고 여겼다. 그러나 김성기는 살림이 가난한데도 자유로이 떠돌아서 처와 자식들이 굶주림과 추위를 면치 못했다.

그의 만년에는 서호西湖 곁에 거처를 빌리고 작은 배와 도롱이, 삿갓을 장만하여, 낚싯대 하나로 왕래하며 물고기를 낚아 생계를 유지하고, 조은釣隱이라 자호自號했다. 바람 자고 달 밝은 밤이면 물 가운데 배를 띄워 퉁소 서

---

25 김성기의 이름 중 '기'의 한자는 일부 문헌에 '基'로도 전해지는데, 여기서는 『고시조
    대전』(2012)의 판정을 수용하여 '器'로 적는다.

너 곡을 부는데, 슬프고 원망하는 듯하며 맑은 소리가 하늘 끝까지 울리니, 물가를 지나다가 이를 듣는 이들이 차마 길을 가지 못하고 배회하는 일이 많았다.

목호룡睦虎龍이란 자가 역모가 있다고 고변告變하여 큰 옥사獄事를 일으키매 높은 벼슬아치들이 도륙당하고, 그는 공신으로 군束城君에 봉해져서 불길같은 기세가 사람들을 그을릴 듯하였다. 한번은 그가 추종자들을 크게 모아 잔치하다가, 안장 갖춘 말로써 예를 갖추어 거문고 명인 김성기를 와 달라고 청했다. 그러나 김성기는 병을 핑계로 사양하고 가지 않았다. 심부름하는 자가 여러 번 가서 청했으나 (김성기는) 오히려 완강하게 누워서 움직이지 않았다. 목호룡이 매우 노해서 협박의 말을 전하게 했다. "오지 않으면 내가 너를 크게 욕보이리라." 김성기가 손님과 더불어 비파를 타고 있다가 그 말을 듣고 크게 성내어, 비파를 심부름꾼 앞에 내던지며 꾸짖어 말했다. "돌아가서 호룡에게 전해라. '내 나이 칠십이다. 어찌 네 따위를 두려워할까 보냐. 네가 고변을 잘한다니, 다시 고변해서 나를 죽여라.'" 목호룡이 (이 말을 전해 듣고) 얼굴빛이 변해서 잔치를 그만두었다.

이때부터 김성기는 서울 도성都城 안에 들어가지 않았고, 남의 초청을 받고 가서 연주하는 일도 드물어졌다. 그러나 마음에 맞는 이가 강변으로 찾아오면 퉁소를 불었는데, 이 또한 몇 곡을 연주하고 그쳤으며, 질펀하게 즐기지는 않았다.[26]

---

[26] 鄭來僑, 「金聖基傳」, 『浣巖集』卷四(한국문집총간 197, 554a). 목호룡(睦虎龍, 1684~1724)은 1722년(경종 2년)에 임금을 해치려는 역모가 있다고 고해 바친 인물이다. 신임사화(辛壬士禍)라 불리는 이 사건으로 이이명(李頤命)·김창집(金昌集)·이건명(李建命)·조태채(趙泰采)가 사형당하고 노론 세력이 큰 타격을 입었다. 목호룡은 공신의 지위에 오르고 동성군(東城君)으로 봉해졌다. 그러나 1724년에 영조가 즉위하면서 이 사건은 근거 없는 모략으로 규정되어, 소론 세력이 실각하고 목호룡은 처형되었다.

정내교鄭來僑, 1681~1757가 서술한 김성기는 자신의 예술적 감성과 심미적 이상에 충실한 인물이다. 그것을 지키는 데 방해가 되는 일은 그에게 타기唾棄해야 할 대상이다. 최고 수준의 연주자로 명성을 얻은 뒤 그가 가난을 해소하는 것은 전혀 어려운 문제가 아니었을 것이다. 그러나 그는 그렇게 하지 않았다. 융숭한 출연료를 받으려면 권문세족이나 부호의 잔치에 불려가서, 음악에 대해 무지하고 무례한 자들의 언동을 참으며 자신의 예술을 팔아야 하는 일이 자주 발생했다. 위의 글에서 김성기가 가난에도 불구하고 '자유로이 떠돌았다良遊'고 한 것은 이런 굴욕과 자괴감을 멀리하려는 예술적 방랑을 시사하는 듯하다. 남유용南有容, 1698~1773의 「김성기전」은 그 내용을 좀더 구체적으로 언급하여, "김성기는 뛰어난 예술을 지니고도 처자를 위한 생산에 쓰기를 수치스러이 여겼고, 재물로 그와 사귀려는 이가 있었으나 구차하게 취하지 않았다"고 했다.[27]

김성기가 서울 도성을 떠나 서호의 강변으로 간 것은 이와 같은 음악적 결벽과 자존에서 나온, 고립의 선택이다.[28] 현전하는 그의 시조는 10수 정도인데 그 대부분이 이와 관련되어 있다.

　　이 몸이 홀 일 업서 西湖를 츠자가니

---

[27] "於是聖基旣負其絶藝, 恥爲妻子生産, 人有以賄交者, 不苟取." 『雷淵集』권27(한국문집총간 218, 035a).

[28] 서호는 한강 줄기에서 현재의 마포, 서강, 양화도 부근 일대를 가리키는 부분지명이다(이종묵 2001, 5). 이 지역에는 경치가 수려한 곳이 많아서 조선 초기 이래 이름난 시회와 잔치가 열리고 누정들이 여러 곳에 건립되었다. 서울 도성과 가까운 입지 조건 때문에 서호 부근에는 명문거족이나 살림이 유여한 양반가의 별서, 장원들이 적지 않았다. 다만 강변에는 이용가치가 낮은 유휴지와 미개간 토지가 많았을 터이므로 검소한 거처를 마련하는 일은 적은 비용으로도 가능했을 것이다.

白沙 淸江에 ᄂᆞ니ᄂᆞ니 白鷗ㅣ로다

어드려 漁歌 一曲이 이 내 興을 돕ᄂᆞ니

(金聖器, 청진 : 240, #3823.1, kw : 강산 은자 피세 한거 가악 자족 고흥)

江湖에 ᄇᆞ린 몸이 白鷗와 벗이 되야

漁艇을 흘리 노코 玉簫를 노피 부니

아마도 世上 興味ᄂᆞ 잇분인가 ᄒᆞ노라

(金聖器, 청진 : 238, #0174.1, kw : 강산 은자 피세 한거 낚시 가악 자족 허심 고흥)

紅塵을 다 썰치고 竹杖 芒鞋 집고 신고

玄琴를 두러메고 洞天으로 드러가니

어드려 ᄯᆞᆨ 을혼 鶴唳聲이 구룸 밧긔 들닌다

(金聖器, 해박 : 251, #5446.1, kw : 강산 은자 피세 가악 개결 자족)

　　김성기가 이 작품들에서 노래하는 강호는 그의 예술적 감성과 자긍심을 일체의 속박으로부터 자유롭게 하는 해방의 공간이다. 이 공간 역시 세속의 세계를 적대적 대립항으로 전제하기는 한다. 그러나 김성기가 떠나고자 한 세속이란 '관인적 삶의 공간'이 아니라 '예술적 가치를 재물로 환산하고 거래하는 공간'이라는 점에서 대립의 의미가 상이하다. '허심, 은자, 피세'라는 어휘들 또한 이에 따라 의미의 질량이 재조정된다. 그런 차이와 더불어 음미할 때 김성기의 작품들은 18·19세기 양반층의 강산 모티프 시조에 흔한 상투적 관념성과 달리 자신의 존재 전부를 퉁소 하나에 걸 수 있었던 예술가의 긴장감을 느끼게 한다. 그러면서도 그는 자신의 비장한 선택을 극히 가벼운 화법으로 시화한다.

자신이 서호를 찾은 이유를 "이 몸이 할 일 없어"라 하고, 스스로를 "강호에 버린 몸"이라 함으로써 그는 세속의 세계를 부정할 뿐 아니라 그런 세상을 떠나 온 자기 자신의 무게까지 부인한다. 그렇게 세상과 자신을 가볍게 만든 뒤에 남는 것은 어디선가 들리는 '어가漁歌 일곡', 그리고 조각배를 흘려 놓고 높이 부는 통소 소리의 감흥뿐이다.

이 감흥은 그 무엇과도 바꿀 수 없을 만큼 심원하고 넉넉한 것이지만, 그 바탕에는 혼자만의 예술 행로에서 느끼는 외로움이 스며들어 있다. 인용된 셋째 작품 「홍진을 다 떨치고」의 종장이 이 점을 특히 날카롭게 보여 준다. 세속을 버리고 거문고 하나만을 벗삼아 찾아간 예술혼의 공간, 여기서 그는 '어디선가 짝 잃은 학의 울음소리'가 들린다고 한다. 학의 울음소리란 그가 추구했던 음악의 신묘한 경지에 대한 은유라고 보아도 좋을 것이다. 그런데 그 울음의 주체인 학은 왜 '짝 잃은' 것일까? 여기에 김성기의 예술관과 감성에 내재한 비극적 음영이 관여한 듯하다. 세상과 타협하기를 거부하고 강산에 퇴각함으로써 그는 예술적 주체의 자유를 얻었지만, 그것은 혼자만의 길에 수반하는 고립을 감수하는 일이기도 했다.

김성기에게 강산이 예술혼의 자유가 가능한 공간으로 의미 중심이 설정된 데 비해, 김천택에게서는 현실의 차별적 질서와 대조되는 공간으로 조명되었다.

> 雲霄에 오로견들 ᄂ래 업시 어이ᄒ며
> 蓬島로 가쟈 ᄒ니 舟楫을 어이ᄒ리
> 출하리 山林에 主人 되야 이 世界를 니즈리라
> (金天澤, 청진 : 262, #3613.1, kw : 강산 피세 허심 체념 한탄)

江山 죠흔 景을 힘센 이 닷톨양이면

닉 힘과 닉 分으로 어이ᄒ여 엇들쏜이

眞實로 禁ᄒ 리 업쏠쐬 나도 두고 논이노라

(金天澤, 해주 : 403, #0138.1, kw : 강산 한거 자족)

「운소에 오로전들」에서 김천택이 다루는 화제는 '이 세계'의 문제성이다. 그것이 왜, 어떻게 문제적인지에 대해서는 작품 안에 아무런 명시적 단서가 없다. 다만 "이 세계를 잊으리라"는 종장의 구절을 보건대 그 문제성은 작중인물로 하여금 망각을 갈구하게 할 만큼 심각한 것임을 짐작할 수 있다. 이 시조의 초·중장은 그런 문제성을 초월하기 위한 시도와 그 불가능성을 노래한다. 지상계인 이 세계를 수직적으로 초월하기 위해 하늘 끝으로 오르고자 하나 날개가 없으니 불가능하며, 신선이 산다는 상상계의 섬 봉래도로 가려 해도 그럴 만한 배가 없으니 헛된 꿈에 불과하다. 그러면 현실성 있는 대안은 무엇인가? 바로 '산림에 주인이 되'는 것, 즉 강산의 세계로 탈출하는 것이다. 여기서 강산은 문제적 현실로부터 피신할 수 있는 대안적 공간으로 나타난다. 이쯤에 이르러 어렴풋이 인지되는 암시는 '이 세계'가 신분적 차별이 있는 불평등의 사회 공간일 법하다는 점이다. 그렇다면 강산은 인간이 만든 차별적 질서가 존재하지 않는 평등의 공간으로서, 새로운 대립적 의미를 획득한다.

「강산 좋은 경을」 역시 이와 비슷한 대립 구도에서 강산을 바라본다. 그것과 대조되는 인간 사회는 힘의 논리에 의해 지배되며, '힘'과 '분分'의 차별성에 따라 소유가 나뉘게 된다. 반면에 강산은 그런 것들에 의해 향유가 좌우되지 않는 평등자산의 속성을 지닌다. 그러므로 강산의 좋은 경치를 아무도 금할 수 없으니 '나'처럼 사회적 처지가 하찮은 사람도 누릴 수 있다는 것이다.

이 두 작품은 주제의식의 수준에 약간의 차이가 있지만, 강산을 인간 사회와 대립시켜서 '차별 없는 평등의 공간'으로 보는 방식은 공통적이다. 그렇게 이해된 강산의 자연 질서가 지닌 공정함을 선망하고 예찬함으로써 그 반대편에 있는 인간 세계의 차별적 질서에 내재한 문제성을 우회적으로 비추는 화법도 비슷하다. 이런 시각에서 강산과 인간 사회를 조명하는 방식은 양반층의 강산 모티프에서 보기 어려웠던 현상이다. 박문욱(18세기 중엽)의 다음 작품에도 '허심, 은자, 피세'의 새로운 의미부여와 더불어 생각해 볼만한 면모가 있다.

> 朝聞道 夕死ㅣ 可矣라 ᄒ니 눌들여 물을쏜이
> 人情은 알안노라 世事는 모를노다
> 출하리 白鷗와 벗이 되야 樂餘年을 ᄒ리라
> (朴文郁, 청요: 63, #4357.1, kw: 강산 피세 한거 허심 한탄 세태)

"아침에 도道를 들으면 저녁에 죽어도 괜찮다"는 것은 공자의 말이다.[29] 박문욱이 문제 삼는 것은 그토록 중요한 도가 어디에 있으며, 누구에게 물어야 할 것인가라는 의문이다. 중장으로 넘어가면 자신이 던진 이 물음에 대해 그가 간직한 회의적 태도가 드러난다. 인정, 즉 사람의 마음과 행동방식을 알았다는 것은 일상어에도 가끔 쓰이는 부정적 완곡어법으로서, '인심이 얼마나 변덕스럽고 겉과 속이 다른지 알았다'

---

[29] 『論語』 里仁.

는 뜻으로 이해된다. 그렇기 때문에 세상 일이 어떻게 돌아갈지, 합당한 도리에 맞게 시비와 성패가 나뉠 것인지 예측할 수가 없다. 인간관계는 불안정하고 정의의 원리는 모호하며 올바른 길은 어디에 있는지 알기 어렵다. 이런 실망과 탄식 속에서 그는 흰 물새白鷗와 벗이 되는 삶을 대안으로 그려 본다. 다시 말해서, 참다운 가치와 사회적 유대가 흔들리는 세속의 영역에서 불안하고 괴로운 생활을 영위하느니보다는, "차라리" 강산의 욕심 없는 주민이 되어 남은 생애를 구원하겠다는 것이다. 이런 의미구도 속의 '피세'와 '허심'은 도가풍의 초월주의나 성리학적 존양성찰存養省察의 관조성과 달리 자신의 사회적 경험과 고뇌를 반어적으로 투사한 화두話頭의 성격을 지닌다.

이 점과 관련하여 김성기, 김천택, 박문욱을 함께 살펴보는 것이 유익할 듯하다. 그들 모두가 강산의 평화를 희구했지만, 그들에게는 돌아갈 전원의 토지 기반도 향촌사회의 관계망도 없었다. 그럼에도 불구하고 그들은 예술에 대한 속물적 몰이해나 현실 세계의 신분적 차별을 초월한 대립적 공간으로서 강산을 상정했다. 그들에게 강산은 실현가능한 선택의 영역이기보다, 희망적 가치가 의탁된 공간의 대리기호였다. 다만 이들 중에서 김성기만은 만년에 극도의 곤궁을 무릅쓰고 강산의 삶을 결행했다. 정내교의 「김성기전」이 서술했듯이 그는 "서호 곁에 거처를 빌리고 작은 배와 도롱이, 삿갓을 장만하여, 낚싯대 하나로 왕래하며 물고기를 낚아 생계를 유지"했으니, 예술적 집중과 자존을 위해 생존의 최저선을 받아들인 셈이다. 그러나 김천택, 박문욱, 그리고 그들의 중인층 동료들 다수는 그렇게 하지 못했다. 그 대신 그들은 여항인으로 생활하면서 강산이라는 심상공간에 사회적 불평등이 없는 조화의 가상을 투영하면서 스스로를 위로했다. 18세기 중인층 시조의 강산 관계망에 변별적 색인어로 한동안 존재했던 '허심, 은자, 피세'에는 이런 고심의 흔적들이 남아 있다.

7. 19세기 평민층 시조의 강산 관계망

평민층 시조의 강산 관계망은 19세기에 와서 앞 시대와는 다른 방향으로 중심이 이동했다. k-코어의 색인어들로 그 징표를 간추리자면 '강산, 자족, 한거, 고흥, 음주, 가악'이라는 공통부는 그대로 유지되고, 18세기의 '허심, 은자, 피세'는 주변화했으며, 그 대신 '행락, 저녁, 시동, 아름다움, 봄'이 중심부에 새로 진입했다.

이렇게 해서 조성된 새로운 윤곽에 특정한 경향성을 지적할 수 있는가? 그러하다. 부분적으로 약간의 출입이 있기는 해도 19세기 평민층 시조의 강산 모티프 군집에는 매우 뚜렷한 변별적 추세가 존재한다. 우리는 그것을 '유상적遊賞的 삶의 추구'로 집약해 볼 수 있다. 아름다운 것, 기이하되 추하지 않으며 즐거움을 주는 것, 일상성에서 벗어나 생활에 약간의 여유와 이탈을 제공하는 것, 감각과 감성의 갈증을 적셔 주는 것 등이 유상遊賞의 범위에 열거될 만하다. 요컨대 그것은 실용과 합리성을 넘어선 영역에 속하며, 심미성과 쾌락 원리에 주로 관련되는 활동이다. 유상적 삶이란 이런 경험을 중시하고, 그것을 위해 상당한 비용과 노력을 기꺼이 지불하는 생활 방식을 가리킨다. 유상 활동은 어느 시대, 어떤 계층에도 있지만, 그것을 가치 서열의 상위에 놓고 다른 일들을 그것에 종속시키는 태도는 그다지 흔한 현상이 아니다. 19세기의 중인층을 주축으로 한 창악 애호자들 사이에는 이런 의미의 유상적 삶에 대한 취향이 적잖이 성장하고 있었던 것 같다.[30]

19세기 평민층 강산 관계망의 중심 색인어들 중에는 유상적 체험과 관련이 깊은 것들이 매우 많다.

ⓐ 음주, 가악, *행락, *아름다움, ⓑ *저녁, *봄, *시동, ⓒ 고흥

위의 목록에서 ⓐ의 부류는 유상 활동의 종류 혹은 그 대상 자질(아름다움)이며, ⓑ는 유상 활동의 시간적 배경과 보조자(시동)이고, ⓒ는 그 결과로 얻어지는 정서 상태에 해당한다. 이 중에서 머리에 '*'를 붙인 색인어들이 19세기 평민층 시조를 통해 강산 관계망 중심에 처음 들어온 것들이니, 시조사의 경우 이 시기의 평민층 취미집단에서 유상적 삶의 추구라는 현상이 본격화되었음을 짐작할 수 있다. 시조창을 중심으로 한 창악 연행을 통해 난만한 즐거움을 추구한 활동은 물론 앞 시대에도 존재했다. 다음 자료에 보이듯이 18세기 중엽의 김수장 그룹은 주요 절기에 맞추어 성대한 창악 모임을 마련하고, 수준급 예인·명창들이 어울린 소리판을 즐겼다.

노릭 갓치 죠코 죠흔 줄을 벗님네 아돗든가

春花柳 夏淸風과 秋月明 冬雪景에 弸雲 昭格 蕩春臺와 漢北 絶勝處에 酒肴

爛慢흐듸 죠흔 벗 가즌 稽笛 아름다온 아모가히 第一名唱들이 次例로 벌

---

30 조선 후기 양반층의 음악 애호와 고동(古董), 서화(書畵) 취미에도 유사한 면모가 있
    으므로, 유상적 삶의 지향 자체는 좀더 넓은 맥락에서 성찰해야 할 과제일 것이다. 그러
    나 여기서는 평민층 시조와 관련된 일부만을 언급하는 데 그치고자 한다.

어 안ᄌ 엇결어 불을 쩍에 中한닙 數大葉은 堯舜禹湯 文武 갓고 後庭花

樂時調는 漢唐宋이 되엿는듸 搔聳이 編樂은 戰國이 되야 이셔 刀槍 劍術

이 各自 騰揚ᄒ야 管絃聲에 어릐엿다

功名도 富貴도 나 몰릭라 男兒의 이 豪氣를 나는 죠화 ᄒ노라

(金壽長, 해주 : 548, #1034.2, kw : 조선명승 풍류인 가객 기녀 행락 가악

시조 부귀-공명-태평 자긍 호기 고흥)

"공명도 부귀도 나 몰라라"라는 종장의 구절처럼, 뛰어난 음악의 흥

취에 몰입한 가운데 세상의 나머지 가치들은 하찮은 것으로 여겨지기

까지 한다. 그런 점에서 김수장과 그 동료들의 창악 활동은 19세기 시

조사의 유상 취미를 예비하는 선행 단계로 주목할 가치가 충분하다.

그러나 동호인적 취미활동의 호기로운 향유 수준을 넘어서 음악의

고아한 법도와 세련을 강조하고, 작품의 주제와 미감에서도 그으한 아

취雅趣를 중시하는 등 유상 취향이 심미적으로 전면화하는 현상이 나타

난 것은 박효관朴孝寬, 1800~1880과 안민영安玟英, 1816~1885이후의 활동기, 즉

19세기 중후반의 일이다. 그런 흐름의 중심에서 엮어진 가집으로서

『가곡원류』(1872)가 보여주는 비대중적 정음주의正音主義와 개인적 서정

에 대한 경사(고정희 2009, 219~315), "잘 정돈된 아취 세계의 지향"(신경

숙 2009, 9~13) 등이 근년의 연구에서 지적된 바 있다.

이와 관련하여, 안민영과 이재면李載冕, 1845~1912이 노년의 박효관을

그린 두 작품이 흥미롭다.

늘그니 져 늘그니 林泉에 슘운 져 늘그니

詩酒歌琴與棋로 늙어 온은 져 늘그니

平生에 不求聞達허고 졀노 늙는 져 늘그니

(安玟英, 금옥: 46, #1175.1, kw: 강산 노인 시문 음주 가악 바둑 자족 허심)

안민영은 위의 작품 말미에 "운애 박선생은 필운대에 은거하여 시와
술과 노래와 거문고 속에서 늙었다"고 설명을 붙였다.[31] 은거했다고 하
지만 필운대는 박효관의 거주지이자 그를 따르는 가객, 악사, 풍류인들
과 수시로 연주 모임과 잔치를 벌여 놀던 곳이니, 그는 생활과 취미 활
동이 분리되지 않은 가운데 평생을 살았다고 할 수 있다. 그런 삶에 대
해 안민영이 임천에 숨었다든가, '평생토록 명성과 영달을 구하지 않았
다'고 한 것은 고전적 은사隱士 내지 현자의 이미지를 박효관에게 부여
하기 위한 장식일 수 있다. 그는 원래의 생활 기반을 버리고 필운대에
숨어서 척박하게 살기를 자청한 바 없었고, 중인 가운데서도 경아전층
이었으니 명성과 영달을 일부러 포기할 만큼 그런 가능성에 가까운 것
도 아니었다. 그러면 이 두 가지 수사는 모두 허위인가? 그렇게 이분법
적으로 진위를 나눌 일은 아닌 듯하다.

이 작품에서 시비의 여지가 없는 대목은 중장이다. 여러 자료들이 증
거하듯이 박효관은 평생을 시, 술, 창악, 거문고, 바둑 등의 취미 활동으
로 이어 왔다. 우리가 새로 도입한 용어로 말하자면 그는 유상적遊賞的 삶
에 전념한 인간이었으며, 어떤 실용적 직분이나 사업을 영위했던 것 같
지 않다. 이런 사항에 유의하여 '임천에 숨음'과 '명성·영달을 구하지
않음'을 다시 음미하면 이들 모두가 세속적, 실용적 가치에 대한 무관심
을 동반한다는 점에서 유상적 삶에 대한 찬사로 받아들여질 수 있다.

---

31   安玟英, 『金玉叢部』, 작품46 후기. "雲崖朴先生, 隱於弼雲坮, 老於詩酒歌琴中."

豪放헐쓴 뎌 늙으니 술 아니면 노리로다

端雅衆中 文士貌요 古奇畫裏老仙形을

뭇느니 雲臺에 숨언 지 몃몃 히나 되인고

(李載冕, 원국 : 80, #5418.1, kw : 풍류인 노인 은일 행락 가악 음주 고흥

한시차용)

　홍선대원군의 장남이자 박효관 그룹의 유력한 후원자였던 이재면 1845~1912은 박효관을 놀이판의 풍류객보다는 고아한 품격의 문인 혹은 그림 속의 신비로운 신선으로 형상화했다. 여기서 '단아한 문사'나 '그림 속의 신선'이란 표현의 수행적 의미 또한 세속적, 실용적 가치를 초탈한 정신의 높이와 풍모에 맞추어져 있다.

　당시의 중인층 창악 문화에서 박효관·안민영 그룹의 취향이 발휘했을 법한 영향력을 일방적으로 강조하는 일은 경계해야 마땅하다. 그러나 이미 제시한 강산 관계망 통계에서 19세기 평민층 시조가 보여주는 수량적 추이를 고려할 때, 당시의 시조 연행과 창작에 미친 유상 취미의 영향이 국부적 현상에 그치지 않았음은 분명하다.

　중인층에서 이런 경향이 출현한 데에는 그들의 신분적 제약이 한 요인으로 작용했던 것 같다. 다음의 두 작품을 보자.

사립 쓴 져 漁翁아 네 身勢 閑暇ᄒ다

白鷗로 벗을 삼고 고기잡기 일슴으니

엇지타 風塵 騎馬客을 부럴 줄이 이시랴

(鄭壽慶, 청육 : 264, #2267.1, kw : 강산 어옹 한거 낚시 개결 공명─허심 고흥)

青春에 不習詩書ᄒ고 활 쏘와 인 일 업ᄂᆡ

ᄂᆡ 人事 이러ᄒ니 世事을 어이 알니

찰하로 江山에 물너와셔 以終天年 ᄒ리라

(申喜文, 청육 : 284, #4828.1, kw : 강산 은일 한거 자위)

모두 순조년간(재위 1800~1834)의 가객인 두 사람이 여기에 그린 것은 신분질서의 제약으로 사회적 성취가 차단된 인물들의 자화상이다. 정수경은 사립 쓴 어옹에 자신을 투사하면서, '풍진 기마객' 즉 세속적 지위와 권력을 지닌 인물을 부러워할 일이 없다고 호언한다. 물새를 벗 삼으며 고기잡이하는 가운데 누리는 한가함이야말로 무엇보다 소중하다는 것이다. 그러나 이 호기로운 시적 발화와 현실적 자기인식 사이에는 상당한 거리가 있다. 그럼에도 불구하고 이런 작품으로 자신의 쓸쓸한 처지를 위로하는 서정적 연출이 무의미한 것은 아니다. 다만 호기로운 과장이 심할수록 그 위로의 효과는 쉽사리 증발한다.

신희문은 이보다 솔직하게, 그리고 얼마간은 자조적으로, 자신의 현재를 응시한다. 그에게 지금 있는 것이란 세상의 완강한 질서 속에서 이렇다 할 역할이 없는 초라함뿐이다. 그는 이것이 젊은 시절에 학문이나 무예에 힘써서 무엇인가를 성취하지 못한 탓이라고 스스로를 자책한다. 하지만 과거를 통해 입신하는 데는 유형, 무형의 제약이 있었으며, 중인 이하의 신분층이 이를 돌파하여 양반으로 상승하는 것은 거의 불가능한 일이었다. 그러니 괴롭더라도 그가 먼저 인정해야 할 것은 자신의 출신이 지닌 한계일 것이다. 하지만 그는 이를 침묵 속에 접어 넣었다. 신분이라는 숙명을 환기해서 비애를 되씹기보다는 젊은 시절의 착오나 허송세월을 탄식하는 것이 달관의 화법으로 더 적합하기 때문이다. 그리하여 그는 "차라리 강산에 물러와서" 남은 생애를 마치겠다는 결심으로 스스로를 위로한다.

이처럼 사회적 상승이나 자기실현의 길이 차단된 집단에게 얼마간의 경제적 여유와 문화적, 예술적 교양의 자원이 조성될 때 발생하는 가능성 중의 하나가 심미적, 유상적 삶의 추구다. 이 경우의 심미와 유상遊賞은 통속적 쾌락 추구에서부터 심원한 품격의 예술 취향에 이르기까지 진폭이 넓어서, 가치의 높낮이를 일률적으로 말할 수는 없다. 19세기 평민층의 유상 취향 역시 그러한데, 여기서 이를 정밀하게 논하기는 어렵다. 다만 그들의 시조가 지닌 특성을 간추리자면, 음악적으로는 높은 수준의 성취를 보인 반면 시적 통찰과 의미 구성에서는 한문적 교양 수준의 전고典故와 수사에 의존한 상투성이 적지 않은 듯하다.

> 洛陽 三月時에 宮柳는 黃金枝로다
>
> 春服이 旣成커늘 小車에 술을 싯고 桃李園 차쟈드러 東風으로 洒掃ᄒ고 芳草로 자리 숨아 鸕鷀酌 鸚鵡杯로 一杯一杯 醉케 먹고 吹笙鼓篁ᄒ며 詠歌舞蹈헐 제 日已西ᄒ고 月復東이로다
>
> 兒禧야 春風이 몃 날이리 林間에 宿不歸를 ᄒ리라
>
> (任義直, 원국: 504, #0770.1, kw: 봄 강산 사동 행락 기악 음주 아름다움 고흥)

'시간성 속의 아름다움과 삶'이라는 시상은 유상적 취향의 시들에 친숙한 것인데, 이 사설시조와 다음에 살펴볼 안민영의 작품 또한 그러하다. 그런 주제의 내력이 오랜 만큼 한시 등의 고전으로부터 적당한 전고를 빌어 쓰는 것은 자연스러운 일이며, 때로는 훌륭한 재창조가 될 수도 있다. 그러나 임의직은[32] 이 작품에서 맥락이 부적합한 전고를 무

리하게 결합하여 자신의 주제를 치장하려 했다. 중장 서두의 "봄옷이 이루어지거늘春服旣成"이 문제의 핵심이다. 주지하다시피 이것은 『논어』 선진편先進篇의 한 구절로서, 공자가 제자들에게 각자의 소망을 묻자 증점曾點이 다음과 같이 답한 대목의 일부다.

> 늦은 봄에 봄옷이 이루어지면 관을 쓴 어른 대여섯, 동자 예닐곱과 함께 기수(沂水)에서 목욕하고, 무우(舞雩) 언덕에서 바람 쐬고 시를 읊조리며 돌아오겠습니다.[33]

공자는 제자들의 소망 중에서 이를 가장 훌륭하다고 극찬했던 바, 욕심 없는 삶의 청정하고도 여유로운 흥취를 높이 평가했기 때문이다. 그런데 임의직은 이와 함께 당시唐詩로부터의 여러 인유引喻를 통해 '시간성 속의 아름다움을 조금이라도 더 향유하고자 하는 갈망'을 노래한다.[34] 그 원천 작품들의 의미에는 다소 편차가 있으나, 이백李白, 701~762 의 「춘야연도리원서春夜宴桃李園序」에 있는 다음 구절이 전체를 대표할 만하다. "덧없는 삶이 꿈과 같으니 즐거움이 얼마나 될까? 옛사람들이 촛불을 들고 밤에 놀았던 것이 참으로 까닭이 있고녀."[35] 종장에 원용된

---

32 임의직은 자가 백형(伯亨)이며 거문고의 명인으로 알려져 있다. 생몰년은 미상이나 그의 작품들이 『지음』, 『가곡원류』 등에 실린 상황을 볼 때 19세기 중엽에 활동한 평민 층 인물임이 분명하다.

33 "莫春者, 春服旣成, 冠者五六人, 童子六七人, 浴乎沂, 風乎舞雩, 詠而歸."

34 이 시조의 주요 구절에 원천이 된 작품들을 밝히면 다음과 같다. "洛陽 三月時에 宮柳는 黃金枝"←李白, 「古風 五十九首 : 其八」; "桃李園"←李白, 「春夜宴桃李園序」; "鸚鵡酌 鸚鵡杯"←李白, 「襄陽歌」; "日己西ᄒ고 月復東"←李白, 「古風 五十九首 : 其二十八」; "林間에 宿不歸"←張籍, 「惜花」.

35 "浮生若夢, 爲歡幾何? 古人秉燭夜游, 良有以也."

당대 시인 장적張籍, 767경~830경의 싯귀는 이러한 탐미적 안타까움과 갈망의 극치를 보여 준다.

山中春已晚　　산 속에는 봄이 벌써 늦어서
處處見花稀　　곳곳에 꽃들이 성글어졌네
明日來應盡　　내일 오면 응당히 없어질테니
林間宿不歸[36]　숲에서 잠자고 돌아가지 않으리

　　임의직은 이 작품의 마지막 구절을 빌려 썼지만, 가는 봄의 아름다움에 대한 애착은 그 자신의 내면에서 솟아난 것이다. 그는 이백, 장적과 더불어 동아시아판 카르페 디엠Carpe diem 즉 '오늘을 즐겨라'의 시적 맥락을 재확인하고, 사설시조 한 편을 그 흐름에 추가했다. 그러나 여기에 삽입된 "봄옷이 이루어지거늘"과 『논어』 선진편의 증점 일화는 이백, 장적, 임의직의 탐미적 소망에 내재한 간절함과 어울리지 않는다. 증점은 무우대에서 바람쏘이는 상쾌함을 즐겼지만 이백, 장적 등처럼 그 기쁨의 시간을 붙들고자 절박하게 애쓰지 않았다. 아름다운 것, 상쾌한 것을 즐기되 사물의 시간적 과도성過渡性을 인정하고, 그들을 선선히 떠나보낼 수 있는 여유가 증점의 일화에 엿보인다. 이 두 가지 태도 중에서 어떤 것이 더 나은가를 여기서 저울질할 일은 아니다. 중요한 것은 그것들이 삶의 감각과 지향에서 서로 다르며, 한데 섞을 수 없다는 점이다. 그럼에도 임의직이 굳이 이를 위의 작품에 끼워넣은 것은 '영이귀詠而歸' 일화가 지닌 품격도 버리기 아까웠던 때문이다. 19세기

36　張籍, 「惜花」, 『御定全唐詩』 권386.

창악 취미집단의 취향에서 이런 부류의 심미적 장식성에 대한 집착이 종종 발견된다. 안민영의 작품에는 그런 사례가 좀더 많고 뚜렷하다.

> 六月 羊裘 져 漁翁아 낙근 고기 換酒ㅎ세
>
> 取適이요 非取魚 ㅣ라 고든 낙시 듸리우고
>
> 西山에 히 져물러지거든 碧江月를 싯고 놀녀 ㅎ노라
>
> (安玟英, 금옥: 94, #3692.1, kw: 여름 저녁 강산 어옹 한거 낚시 음주 자족)

이 시조에는 동한東漢 시대 엄자릉의 고사, 고려 시대 박문창朴文昌의 싯귀 "잡은 고기 버드나무 다리께서 술과 바꾸네",[37] 그리고 앞에서 본 잠삼의 싯귀[38]가 차례로 등장한다. 이들은 모두 어옹과 관련된 것이지만, 의미의 맥락과 성격이 판이하다. 엄자릉은 친구였던 광무제光武帝가 천하 통치를 도와달라고 한 제의를 거절하고 부춘산에 숨어 유월에도 염소 가죽 옷을 입고 낚시질하며 살았다는 은자다. '낚은 고기를 술과 바꿈'은 박문창 시의 한 구절로서, 천하의 흥망을 초탈한 어옹이 물고기를 술과 바꾸며 하루 저녁의 취흥을 구하는 야인적 풍모를 보여 준다. 반면에 잠삼의 시를 차용한 중장에서는 '원하는 건 마음의 여유일 뿐 고기잡이가 아니라서' "곧은 낚시"를 드리웠다고 했으니, 이는 엄자릉과 다를뿐더러 박문창의 어부와도 상치되는 행동이다. 안민영은 날이 저문 뒤 '푸른 강 위의 달碧江月'을 벗삼아 노는 멋스러운 장면에 고전적 운치를 부여하기 위해 이들을 동원했으나,[39] 호출된 전고들은 억지

---

37 朴文昌,「題郭山雲興舘畫屏」,『海東繹史』권49. "萬頃滄波欲暮天 將魚換酒柳橋邊 客來問我興亡事 笑指蘆花月一船"

38 "世人那得識深意, 此翁取適非取魚."(세인들이 어찌 알리 그 깊은 뜻을 / 노인이 원하는 건 고기가 아니라 마음의 여유인 것을)

스러운 잔치에 동원된 낯선 손님들처럼 불편하게 웅크리고 있을 뿐이다.

19세기 평민층 시조에서 강산이라는 시적 공간은 이처럼 심미화된 유상遊賞과 풍류의 장소로서 의미가 강조되는 방향으로 관계망이 변화했다. 그러나 18세기 평민층이 차별적 사회질서를 초월한 공간으로 강산을 이상화하면서 그들 나름의 사회의식을 투영한 데 비해, 19세기의 심미적 선회는 그런 절실함이 박약했다. 박효관·안민영 등의 필운대 그룹이 주축이 된 19세기 창악 취미집단은 음악언어의 차원에서 가곡창의 표현력과 심미성에 획기적인 진경을 이룩했으나, 강산 모티프와 관련된 시적 인식의 차원에서는 자연을 바라보는 새로운 입지가 불분명했다. 그들이 강산 모티프와 관련된 전고, 이미지의 관습적 구사에 치중하고, 때때로 과도한 장식성에 빠지기도 한 것은 여기에 주요 원인이 있는 것으로 보인다.

---

39 '벽강월'은 안민영과 친분이 있는 김윤석의 호이기도 해서 중의적 용법에 해당하는데, 따로 분석하지 않는다.

1. 전가 관계망의 시대적 추이

　'전가田家'라는 색인어를 필수 성분으로 하면서 여타 요소들이 결합하여 형성되는 부분관계망을 전가 관계망이라고 지칭한다. 제3장에서 주요 관계망을 개관하면서 이미 지적했듯이 전가 관계망 역시 강산 관계망과 비슷하게 작자 집단으로는 양반층에, 양식상으로는 평시조에 상대적인 친연성을 보인다. 그러나 이 친연성의 격차는 강산 관계망의 경우보다 적어서, 작자층과 양식에 따른 차이를 검출하고 해석하는 데에 상당한 주의가 필요하다.

　이 항목에서는 양반층과 평민층 시조에서 전가 관계망이 보여주는 시대적 추이의 윤곽을 먼저 개관하기로 한다. 자료 기반과 계량적 분석 방법은 앞 장에서 강산 관계망을 다룬 것과 동일한 점이 많으므로, 이에 관한 설명은 중요 사항에 한해서만 짤막한 주석으로 제시한다.

16~19세기 양반층 시조의 전가 관계망을 k-코어 분석에 의해 검출한 결과를 하나의 표로 집약하면 〈표 1〉과 같다.[1]

〈표 1〉 양반층 시조 전가 관계망의 세기별 추이

세기	출현율	참여 노드	연결 밀도	평균 연결강도	k-코어 관계망 색인어 (숫자는 그 색인어와 '전가'의 공기 비율)
16	5.4%	7	0.95	3.2	전가 처사, 2.4 한거, 2.4 자족, 2.2 시동, 1.9 음주, 1.3 고흥, 1.1
17	7.3%	8	1	3.8	전가 자족, 4.7 한거, 3.6 처사, 3.5 시동, 2.3 음주, 1.2 고흥, 1.2 교유, 1.0
18	8.4%	8	0.89	2.5	전가 자족, 5.8 한거, 3.1 처사, 2.7 고흥, 2.1 음주, 1.9 시동, 1.5 가악, 1.0
18a	8.4%	8	0.93	2.7	전가 자족, 6.1 한거, 3.0 처사, 2.5 시동, 1.9 음주, 2.1 고흥, 2.1 가악, 1.0
19	5.0%	8	0.54	1.2	전가 농사, 2.2 처사, 2.1 한거, 2.0 자족, 2.0 노동, 1.8 농부, 1.6 고흥, 1.1
19a	5.8%	8	0.96	3.2	전가 처사, 4.3 한거, 3.6 자족, 3.6 고흥, 2.9 음주, 2.2 아름다움, 2.2 봄, 1.4

〈표 1〉에서 변화의 추이를 파악하기 위해 긴요한 항목은 '출현율'과 '평균연결강도'인데,[2] 강산 관계망의 경우에 비해 여러 세기들 간의 편차가 별로 크지 않음을 한눈에 알 수 있다. 다작 작가 이세보, 조황으로 인해 개인적 특질의 간섭이 심하게 작용한 '19'세기 대신 '19a'세기를 참조한다면, 세기별 출현율의 최대치와 최소치 사이에는 3.4% 정도의

---

1 앞 장에서 상세히 설명했듯이, 양반층 세기 표시에서 '18a'는 18세기 양반층 다작 작가 이정보(111수)를 제외한 군집이며, '19a'는 19세기 양반층 다작 작가 이세보(466수), 조황(157수)을 제외한 군집이다.
2 관계망 집계 및 분석표에 쓰이는 '출현율, 연결밀도, 평균연결강도'의 개념에 대한 설명은 제4장의 '각주 4' 참조.

차이만이 있으며, 평균연결강도 최대치와 최소치의 격차도 1.3% 정도
이다. 그런 가운데서 17세기와 18세기가 전가 관계망 출현율의 고원지
대를 형성하고, 그 앞뒤의 16세기와 19세기가 낮은 모습을 보인다. 아
울러, k-코어를 형성하는 색인어들의 면모에서도 강산 관계망의 경우
와 달리 세기에 따른 교체 현상이 심하지 않다. 요컨대, k-코어의 양적
지표에 입각하여 관찰할 경우, 양반층 시조 전가 관계망의 시대적 추이
는 급격한 낙차의 발생이나, 관계망 내부 구성의 심한 변동이 없이 대
체로 완만한 움직임을 보였다고 말할 수 있다.

　　이런 양상은 평민층 시조의 전가 관계망에서도 대체로 유사하다. 그
k-코어 분석 역시 하나의 표로 집약하면 〈표 2〉와 같다.[3]

〈표 2〉 평민층 시조 전가 관계망의 세기별 추이

세기	출현율	참여 노드	연결 밀도	평균연 결강도	k-코어 관계망 색인어 (숫자는 그 색인어와 '전가'의 공기 비율)
18	7.7%	8	0.68	1.7	전가 자족, 5.0 농사, 2.7 고흥, 2.7 노동, 2.0 농부, 1.5 음주, 1.5 시동, 1.2
19	2.4%	6	0.73	1.4	전가 자족, 2.4 농부, 1.2 시동, 1.2 한거, 1.2 농사, 1.2

　　평민층 시조의 경우에도 전가 모티프 작품들의 출현율이 19세기에
와서 현저하게 감소하는 현상은 양반층 시조와 비슷한데, 감소의 낙차
는 양반층의 경우보다 훨씬 심했다. 관계망의 평균연결강도에서는 평
민층의 18세기가 이미 양반층의 동시대보다 현저하게 낮았는데, 19세
기에 좀더 낮아지는 흐름을 보였다.[4]

3　앞 장에서 상세히 설명했듯이, 평민층 시조의 세기 표시에서 '18a'는 18세기 평민층의
　　다작 작가 김수장(135수)을 제외한 군집이며, '19a'는 19세기 평민층 다작 작가 안민
　　영(189수)을 제외한 군집이다.
4　김수장·안민영을 포함할 경우 18, 19세기의 전가 관계망 k-코어 밀도가 현저하게

이상의 수량적 개관을 종합할 때, 양반층과 평민층을 통합한 전가 관계망의 시대적 추이는 16세기의 초기적 형성단계를 거쳐 17~18세기에 상대적 융성을 보이다가 19세기에는 하강 국면에 접어들었다고 요약할 수 있다. 이와 아울러, 관계망 중심부를 형성하는 색인어들의 면모에서 신출·탈락 등의 교체 현상이 심하지 않아서, 전가 관계망의 시대적 변화는 대체로 점진적이며 완만했던 것으로 보인다.

그러나 이러한 거시적 개관에는 일부 보완되어야 할 사항이 있다. 관계망 측정과 연산을 위해 이 연구가 설정한 임계값(1.0%)에 미달하여 자동분석에서 제외되었던 일부 색인어들 가운데 몇몇이 흥미로운 친연성을 띠면서 전가 모티프와 결합하는 양상들이 발견된다. '박주, 소찬, 천렵'이 그들이다. 이미 제3장에서 설명한 것처럼 본 연구는 220개의 색인어가 수천 수의 작품에서 다양하게 결합하는 양상을 다루기 때문에, 색인어 간의 결합이 모집단母集團 작품 수의 1% 이상인 공기 관계만을 '유효한 친연성 수준의 링크'로 인정하여 측정, 연산을 수행한다. 따라서 어떤 색인어의 출현빈도 자체가 낮아서 다른 색인어와의 결합률이 1% 이하로 내려갈 경우, 이런 색인어들은 관계망 연산에서 '보이지 않는 노드'로 처리된다. 그것이 아깝다고 해서 임계값을 더 낮추면 보이는 노드들이 많아지는 대신 통계 연산은 복잡해지고, 주요 관계망을 검출하기 위한 여과 기능이 약화된다. 이런 득실을 감안하여 유효한 친연성 수준의 링크를 걸러내는 임계값(1.0%)은 유지하되, 일부 군소 색인어들의 검토를 위해 때때로 '소집단 출현율 평가'라는 보완적

낮아졌다는 것은 이 두 작가의 개성이 동시대의 여타 작품들과 상당히 달랐음을 시사하는 것으로 보인다. 이는 매우 흥미로운 논점이지만, 이 책의 논의 범위를 벗어나는 것이어서 여기에 상론할 수는 없다.

수단을 활용하기로 한다. 여기서는 '박주, 소찬, 천렵'이 그 대상인 바, '전가'를 모티프로 하면서 이 세 가지 색인어 중 하나 이상을 지닌 작품들을 찾아 그 소집단의 수량적 변화를 계측하는 것이다. 다음의 표는 그렇게 조사한 결과다.

〈표 3〉 '전가+〔박주 / 소찬 / 천렵〕' 작품군의 출현율 (단위＝%)

	전가	전가 박주 / 소찬 / 천렵	전가 작품군에서의 비율	개별 출현율		
				천렵	박주	소찬
양반16	5.4	0.8	15.0	0	0.8	1.1
양반17	7.3	1.7	23.1	0.1	0.9	1.9
양반18	8.2	2.0	24.5	0.7	1.0	1.2
양반19	5.0	0.3	5.3	0	0.4	0.4
평민18	7.9	2.0	25.0	0.7	1.5	1.0
평민19	2.4	0.8	33.3	0.4	0.8	0

〈표 3〉에 보듯이 '전가'를 기본 색인어로 하면서 '박주 / 소찬 / 천렵' 중 하나 이상에 연관된 작품들의 출현율은 양반층의 경우 17~18세기에, 평민층은 18세기에 뚜렷이 높았다.[5] 이들 시기의 전가 모티프 작품들이 그 앞뒤의 시대에 비해 수량적으로 많음은 이미 언급했거니와, 그런 중에서 '박주 / 소찬 / 천렵' 집단의 구성비가 이 시기 전가류 작품군의 약 1/4에 달할 만큼 늘어났던 것이다. 이것은 17~18세기가 전가 모티프의 수량적 성행이라는 면모과 더불어, 내용적 차원에서도

---

5   평민층 19세기의 경우는 이 부류의 작품이 '전가' 작품류에서 차지하는 비율이 33%나 되어 많은 듯한 느낌을 주지만, 이는 착시 현상이다. 19세기 평민층의 전가류 시조는 모두 6수에 불과하며, 이 중에서 '박주 / 소찬 / 천렵'은 모집단의 0.8%인 2수이므로, 33.3%라는 상대비율은 실질적 의미가 희박하다.

모티프의 실질 및 의미 구성에서 중요한 변화를 지녔던 것이 아닌가 추측하게 한다. 이와 같은 전체적 윤곽과 단서를 간직하고 전가 관계망의 변화를 세기 단위로 살펴보기로 한다.

2. 16세기 양반층 시조의 전가 관계망

양반층 시조의 전가 관계망에서 16세기와 17세기는 k-코어 색인어가 '전가, 자족, 한거, 처사, 고흥, 음주, 시동'으로서 동일하다. 다른 점은 아래의 표에 보듯이 17세기는 모든 핵심 노드가 완전연결을 이루는 데 비해 16세기는 그렇지 못하며, 평균연결강도에서도 17세기가 약간 더 높다는 것이다. 그리고 무엇보다 전가류 작품의 출현율에서 17세기는 모집단의 7.3%(65수)인 데 비해, 16세기는 5.4%(20수)로 적다.

〈표 4〉 16세기 양반층 시조의 전가 k-코어 관계망: 연결밀도=0.95, 평균연결강도=3.2

	출현	Link	전가	자족	한거	처사	고흥	음주	시동
전가	5.4	6		2.2	2.4	2.4	1.1	1.3	1.9
자족	21.0	6	2.2		13.7	10.8	1.1	1.9	1.6
한거	17.0	6	2.4	13.7		9.4	2.7	1.9	1.3
처사	15.9	6	2.4	10.8	9.4		2.4	1.9	1.9
고흥	7.0	5	1.1	1.1	2.7	2.4		2.4	0.8
음주	8.1	6	1.3	1.9	1.9	1.9	2.4		1.1
시동	3.2	5	1.9	1.6	1.3	1.9	0.8	1.1	

	출현	Link	전가	자족	한거	처사	고흥	음주	시동
전가	7.3	6		4.7	3.6	3.5	1.2	1.2	2.3
자족	20.1	6	4.7		11.5	9.6	3.9	2.6	3.0
한거	17.0	6	3.6	11.5		10.6	3.4	1.3	1.7
처사	17.1	6	3.5	9.6	10.6		3.6	2.0	1.9
고흥	13.4	6	1.2	3.9	3.4	3.6	·	4.0	2.6
음주	9.4	6	1.2	2.6	1.3	2.0	4.0		2.2
시동	6.4	6	2.3	3.0	1.7	1.9	2.6	2.2	

그러면 16세기 양반층 시조의 전가 모티프 작품들은 17세기의 그것과 비교해서 출현율과 관계망의 응집도에 차이가 있을 뿐, 의미 구성과 심상공간의 특성에서는 유사했던 것일까. 그렇게 보기는 어렵다. 이 문제와 관련하여 앞에서 검토한 '박주, 소찬, 천렵'의 소집단 키워드들이 흥미로운 시금석이 된다.

> 幽僻을 츳쟈가니 구름 속에 집이로다
> 山菜에 맛드리니 世味를 니즐노다
> 이 몸이 江山風月과 함께 늙쟈 ᄒ노라
> (趙昱, 원국 : 76, #3685.1, kw : 전가 은자 한거 소찬 탈속 자족 허심)

> 집方席 내지 마라 落葉엔들 못 안즈랴
> 솔불 혀지 마라 어졔 진 달 도다 온다
> 아희야 薄酒山菜ㄹ망졍 업다 말고 내여라
> (韓濩, 병가 : 199, #4510.1, kw : 밤 전가 처사 시동 한거 박주 소찬 안빈 자족)

이 작품들은 전가 모티프의 시조로서 손색없는 짜임과 흥취를 보여 준다. 한호1543~1605의 「짚방석 내지 마라」는 대중적으로 잘 알려진 전가류 시조의 명편이기도 하다. 조욱1498~1557의 작품은 '산채'와 '세속의 맛'을 대조함으로써 궁벽한 전가에 묻힌 삶의 청정한 풍미를 간결하게 드러낸다. 그러나 이들의 만만치 않은 시적 수준에도 불구하고 음식에 관한 전가 체험의 구체성은 여기서 찾아보기 어렵다. 오히려 이 작품들은 전원의 삶을 구성하는 사물로서 음식과 주류酒類가 지나치게 구체화되기보다는 적정 수준의 집합개념으로 절제된 '박주 산채'에 머무르도록 함으로써 사대부적 풍격을 견지하는 듯이 보인다.

16세기 시조에서 '박주 산채'류의 사물을 가장 구체적으로 표현한 것을 찾는다면 다음의 작품이 거론될 만하다.

> 牀 우희 册을 노코 牀 아릐 신을 닉여라
> 이버 ᄋ히야 날 보 리 그 뉘고
> 알과ᄅ 어졔 맛츈 므지술 맛보러 왓ᄂ부듸
> (李淨, 「風溪六歌 : 3」, 셥계 : 3, #2455.1, kw : 전가 처사 시동 붕우 교유
> 박주 음주)

여기에 나오는 "므지술"이란 '무듸' 즉 가래鐴子로 빚은 술을 가리킨다(이상원 2012, 239). 이 술의 풍미와 품격이 어떤지 판단하기는 쉽지 않다. 그러나 작품의 맥락으로 볼 때, '어제 맛츈'은 적절한 발효 과정을 거쳐 술이 완성된 시점이 어제임을 말하는 것으로 해석되고, 이웃에서 찾아온 친우는 이 술의 특별한 맛을 이미 알고 있던 터에 양조가 완료되었다는 소식을 듣자 반가운 마음으로 발걸음을 재촉하여 내방한 것일 듯하다. 그러므로 이정1520~1594이 이 작품에 도입한 양조 모티프

는 17세기 이후의 전가류 시조에서 자주 보게 될 '덜 익은 술' 모티프와는 다른 여유, 풍미, 품격을 간직한다고 하겠다. 그것은 정철鄭澈, 1536~1593로 하여금 "재 너머 성궐롱 집의 술 닉닷 말 어제 듯고 / 누은 쇼 발로 박차 언치 노하 지즐트고"[6] 서둘러 가게 했던 '성 권농' 집의 향기로운 술과 시적 의미가 유사하다.

16세기 양반층 시조의 전가류가 지닌 중심 특성을 보는 데에는 다음의 세 편이 유용할 듯하다.

전원의 봄이 드니 이 몸이 일이 ᄒ다
솟남근 뉘 옴기며 약밧츨 뉘 갈소니
아희아 디 부여 오느라 숫갓 몬져 겨르리라
(成運, 시단: 44, #4300.1, kw: 봄 전가 처사 시동 농사 노동 회초 채약 자족)

芝蘭을 갓고랴 ᄒ야 호믜를 두러메고
田園을 도라보니 반이 나마 荊棘이다
아히야 이 기음 몯다 미여 히 져믈까 ᄒ노라
(姜翼, 개암: 2, #4465.1, kw: 전가 처사 시동 농사 노동)

柴扉예 개 즛ᄂ다 이 山村의 긔 뉘 오리
댓닙 푸른듸 봄ㅅ새 울 소리로다
아히야 날 推尋 오나든 採薇 가다 ᄒ여라
(姜翼, 개암: 3, #2901.1, kw: 봄 전가 은자 시동 한거 채미 자족)

---

6   鄭澈, 송이, #4222.1, kw: 전가 처사 시동 붕우 교유 음주 기우 고흥.

위의 작품들은 전가 모티프에 종종 동반하는 농업노동의 화소를 지니고 있다. 그러나 여기에 보이는 노동은 포괄적 범주로서의 '농업노동'일 뿐, 농사꾼이 생계를 위해 종사해야 하는 육체적 노역의 절박함과는 거리가 있다. 경작, 채취의 대상물부터가 그런 차이를 시사한다. 성운1497~1579의 「전원에 봄이 드니」에서 농사 행위는 꽃나무 옮기기와 약초밭 경작이다. 강익1523~1567의 시조 두 수는 '지란芝蘭'을 가꾸는 일과 나물(고사리) 캐기를 노래한다. 물론 약밭이나 지란의 경작이 힘든 육체적 노역이 아니라는 법은 없다. 그러나 시적 의미 수준에서 볼 때 이 사물들의 우선적 특징은 먹고사는 데 필요한 기초적 식품류가 아니라, 약용작물 혹은 관상용의 취미작물이라는 것이다. 따라서 그것들의 재배 행위는 생존의 직접적 압박에 거리를 둔 여유와 운치를 시사한다. '지란' 즉 지초芝草와 난초를 가꾼다는 것은 더욱이나 그러하다. 이들은 고상한 관상용 식물로 취급되고, 문인화의 주요 소재로 자주 등장했으며, 비유적으로는 '맑고 깨끗한 인품'을 지칭했다. 그 중에서 난은 분재용으로 가꾸거나 제한적 범위의 정원식물로 재배하는 일이 있지만, 지초는 그만큼의 인위적 재배가 실재했던지 여부가 확실치 않다. 그렇게 볼 때 「지란을 가꾸려 하여」에서 노동의 대상물로 언급한 '지란'은 실제의 지초와 난초이기보다 취미재배 수준의 작물들을 아어형雅語形으로 범칭한 것이거나, 혹은 다음의 해석처럼 내면적 수양의 은유일 수 있다.

(강익이 노래한) 전원은 자신이 복거卜居하는 현실의 공간이자 자신의 내면 세계를 상징한다고 할 수 있다. 형극荊棘은 지란을 가꾸기 위해서 극복해야 할 대상이다. 자신의 내면에 도사린 사욕을 의미한다고 할 수 있다. "전원이 반이나마 형극"이라는 것은 궁극적으로 자신이 추구하는 가치를 완성하기에는 아직

내면이 갖추어지지 않았다는 것을 의미한다. 그렇기 때문에 궁극적인 내면의 완성까지 끊임없는 수양의 과정이 필요하다. 기음을 매는 행위는 바로 그러한 과정을 의미한다(권순회 2000, 36).

「시비에 개 짖는다」의 '채미' 또한 농업노동의 실질보다는 은자의 소박하고도 자유로운 삶을 표현하는 수단으로서의 의미가 강하다. 수양산에 들어가 고사리를 캐 먹고 살았다는 백이伯夷, 숙제叔齊의 고사도 있지만, 채미는 산림에 은거한 선비들이 욕심 없는 삶을 누리는 행동 방식으로 한시에 자주 등장했다. 아울러 이 작품의 종장과 유사한 모티프로서, 은자가 속세의 방문객을 회피하는 구실로 채미 / 채약이 쓰인 예도 있다.

松下問童子	소나무 아래서 동자에게 물으니
言師採藥去	스승께서는 약을 캐러 가셨다네
只在此山中	이 산 속 어딘가에 계시련만
雲深不知處	구름이 깊어 계신 곳을 모른다네

당唐 가도賈島, 779~843의 「은자를 찾아왔으나 만나지 못하다尋隱者不遇」라는 작품이다. 설명이 필요 없을 만큼 평이하고 친숙한 시편인데, 채약은 이 작품에서 농삿일로서의 의미를 별로 지니지 않는다. 강익의 작품 종장에서 "아이야 날 찾아 오거든 채미 갔다 하여라" 역시 같은 계통의 모티프를 의식적으로 구사했다. 여기서 주인공이 채미를 평소의 생활 행위로 했을지는 궁부를 단언하기 어렵다. 그러나 어느 쪽이든 채미의 중심적 의미는 '세상으로부터의 초탈을 위한 의지적 선택'이고, 생

활 노동의 실질은 대체로 희박하다.

이상의 검토를 종합해 볼 때 16세기 양반층 시조의 전가 관계망에 포함되는 작품들의 전반적 성향이 드러난다. 단적으로 말해서 그것은 같은 시대의 강산 관계망 작품들과 거리가 별로 멀지 않다. 즉 16세기 시조의 '전가' 모티프는 동시대의 '강산' 모티프에 대한 공간적 연장 내지 대체형이라는 속성이 강하며, 변별적 자질은 상당히 엷어 보인다. 성운, 강익의 작품에 보이는 전원노동의 비생활성과 우아한 품격, 그리고 채취 행위의 은일 지향적 이미지 등이 그 중심에 있다. 이 시기의 전가 관계망에 '박주, 소찬' 모티프가 더러 등장하지만, 그것들이 특성 식품이나 먹는 행위로까지 구체화된 양상들이 거의 보이지 않는다는 점도 유의할 만하다. 그 대신 16세기 양반층의 전가류 작품들은 식생활에 관한 내용을 '소박한 음식과 술에 자족함'이라는 관념 차원에서 수용하면서 사대부적 품격과 아취를 견지하고자 했다. 이런 양상은 17세기 이후 커다란 변화의 국면으로 접어든다.

3. 17세기 양반층 시조의 전가 관계망

전가 모티프를 지닌 작품들의 비중이 16세기 양반층 시조에서는 5.4%였으나, 17세기에 와서 7.3%로 증가했다는 점을 이미 지적한 바 있다. 전가 관계망의 k−코어를 이루는 7개 색인어(전가, 자족, 한거, 처사, 고흥, 음주, 시동)는 두 세기에 걸쳐 동일했지만 그들의 응집도는 17세기가 확연히 높았고, 이들과 결합하는 반중심부半中心部 색인어 중에서 '박주, 소찬, 천렵'의 소집단 출현율이 17~18세기를 그 앞뒤의 시기와 뚜렷이 구획해 준다는 사실도 확인되었다. 이런 사항에 유의하면서 17세기 양반층 시조를 살펴보면 16세기와의 연속성이 얼마간 눈에 보이기는 하나, 그보다 압도적으로 많은 작품에서 새로운 면모가 뚜렷해진 사실에 놀라지 않을 수 없다. 이를 몇 가지 국면으로 나누어 검토하기로 한다.

> 아히야 구럭망태 어두 西山의 날 늦거다
> 밤 디낸 고사리 흐마 아니 늘그리야
> 이 몸이 이 프새 아니면 됴셕 어이 디내리
> (趙存性, 「呼兒曲 : 1」, 용호 : 1, #3022.1, kw : 전가 처사 시동 채미 소찬
> 안빈 자족 빈곤)

조존성(1554 -1628)의 「호아곡」은 17세기 시조가 "16세기 강호시조의 전형에서 벗어나 새로운 형상으로 분화해 가는 과도기적 작품"으로 주목된 바 있다(권순회 2000, 38: 이상원 2000). 그런 맥락과 더불어 나는 위의 작품이 '은자형 채미採薇로부터 생활형 채미로의 변화'를 보인다는 점에 주목하고 싶다. 앞에서 본 강익 작품의 채취 행위와 달리 「호아곡」의 고사리 캐기에는 식량 자원으로서의 필요성이 절실하게 표현되어 있다. 뿐만 아니라 식용에 적합한 고사리를 캐기 위한 시간과 준비가 주요 내용을 차지함으로써, 작품 전체는 속세를 벗어난 은자의 고아함 대신 생계가 그다지 넉넉지 않은 야인의 채취노동이 부각되는 쪽으로 시적 구도의 변화가 이루어졌다. 이것만으로 전가 공간의 16세기와 17세기를 구획할 일은 아니지만, 다음에 보게 될 작품들까지 포괄한다면 조존성의 「호아곡」이 지닌 이정표로서의 의의는 가볍지 않다.

平生의 낙디 들고 淸溪邊의 횻거르며

長嘯 뭘月 흥고 도라올기 리젯거놀

妻妾은 전녁 粥 시거가니 쉬이 오라 빈안다

(姜復中, 「水月亭淸興歌 : 7」, 청계 : 49, #5164.1, kw : 저녁 전가 어옹 한거 소찬 낚시 안빈 허심)

北風이 높이 부니 앞뫼해 눈이 진다

茅簷 찬 빛이 夕陽이 거의로다

아해야 豆粥이나 걸러라 먹고 자랴 하노라

(辛啓榮, 「田園四時歌.冬」, 선석 : 6, #2137.1, kw : 겨울 저녁 전가 농부 시동 한거 소찬 자족)

강복중(1563~1639)과 신계영(1577~1669)의 두 작품에 공통의 초점으로 등장하는 '죽粥'은 '소찬'에 속하면서 곤궁함과도 관련된다. 더욱이 위의 작품들에서 보듯이 그것이 저녁 끼니를 위한 것이라면 식량이 넉넉지 않은 생활의 암시가 뚜렷할 수밖에 없다. 그럼에도 불구하고 강복중의 작품에서 주인공은 낚싯대 하나를 들고 물가를 거닐며 길게 휘파람 불고 달빛에 심취하는 비현실적 인물인데, 처첩들이 그를 일깨워 변변찮은 죽이나마 다 식기 전에 먹도록 재촉한다. 신계영의 「전원사시가」에 등장하는 '두죽豆粥'이 당시의 생활 조건에서 얼마만큼 낮은 음식인지는 단언하기 어렵지만, "아이야 콩죽이나 걸러라"라고 이르는 어조로 보건대 그것이 겨울철 저녁의 풍족한 식사가 아닌 것만은 분명하다.[7] 그렇지만 때는 한겨울, 찬바람 속에 눈이 내렸고 해는 저물어 가

---

7   이 작품의 '豆粥'을 박을수(1992)는 '콩죽'으로 주석했고, 윤덕진(2002, 93)은 "콩비

는데, 긴긴 겨울밤을 견디려면 험한 음식이라도 먹어 두어야 한다.

이 두 작가의 당시 생활이 실제로 그처럼 곤궁했던가는 별개의 문제다. 산문에서도 종종 그렇지만, 시에서는 작자의 실제 체험을 소재로 삼더라도 거기에 모종이 시적 연출 내지 조정이 가해진다. 그리고 이런 연출은 한편으로는 시인 자신의 창작 동기와 의도에 영향 받고, 다른 한편으로는 그가 선호하는 시적 조류에 따라 달라질 수 있다. 그러므로 우리가 시 작품의 새로운 표현, 관심, 태도와 만날 때 고려해야 할 것은 작자의 실제 경험만이 아니라, 그것들을 시적 사건으로 포착하고 엮어내는 구성적 안목의 작동 방식이기도 하다. 그런 점에서 17세기 시조의 전가 모티프와 동반해서 나타나는 음식 화소들은 음미할 바가 적지 않다.

딥 두헤 ᄌ차리 뜯고 문 알픠 믈근 싑 기러
기장밥 닉게 짓고 山菜羹 무로 슬아
朝夕에 風味이 足홈도 내 분인가 ᄒ노라
(金得硏, 「山中雜曲」, 갈유: 5, #4504.1, kw : 전가 처사 한거 소찬 안빈
자족)

딜가마 조히 싯고 바회 아래 싑믈 기러
픗쥭 들게 ᄲ고 저리지이 ᄊ어내니
世上에 이 두 마시야 ᄂᆞᆷ이 알가 ᄒ노라
(金光煜, 「栗里遺曲」, 청진: 150, #4500.1, kw : 전가 한거 안빈 자족)

___

지 쥭"을 가리킨 듯하다고 추정했다.

드나 쓰나 니濁酒 죠코 대테 메온 질병드리 더욱 죠희

어론쟈 박구기를 둥지둥둥 띄여 두고

아히야 저리짐츨만졍 업다 말고 내여라

(蔡裕後, 청진 : 164, #1183.1, kw : 전가 시동 교유 박주 소찬 음주 안빈
자족 고흥)

앞에서 본 '죽' 소재와 달리 이 세 작품에서의 음식들은 거칠기는 해
도 소박한 가운데 풍성해서 낙천적인 충만감을 불러일으킨다. 그리고
'소박함, 풍성힘, 충민함' 같은 지질들은 추상적 관념으로서가 아니라,
음식 재료와 조리 및 상차림에 관한 구체적 진술을 통해 육체적 경험과
미각味覺으로 현현된다. 정철과 윤선도 시가의 한국어 구사력에 대한 예
찬이 일반화되어 있지만, 음식과 관련된 한에서는 위의 작품들을 능가
할 만한 예가 달리 없을 듯하다.

김득연(1555~1637)은 그와 마찬가지로 퇴계 학맥에 속하면서 한 세
대 앞의 인물이었던 권호문權好文, 1532~1587처럼 관인官人의 길을 포기하
고 평생을 처사로 살았다. 그러나 그는 권호문과 달리 출出과 처處 사이
에서 유자로서의 고뇌에 잠기는 모습을 거의 보이지 않는다. 그의 작품
에는 '강산'과 '전가'가 두루 나타나는데, 어느 쪽의 심상공간에서든 처
사적 삶에 대한 그의 자기인식은 낙천적이다. 위에 인용된 「집 뒤에 자
차리 뜯고」에서의 음식 노래도 그런 낙천성의 한 표현이다. 자차리[8] 나
물과 기장 밥에, 푹 끓여서 깊은 맛을 낸 산채 국 등으로 "조석에 풍미
가 족"하다고 했으니, 끼니를 걱정할 일은 없다는 충만함도 여기에 동

---

8   박을수(1992)는 'ᄌ차리'를 고사리가 아닐까 추정했는데, 확정하기는 아직 어렵다.

반한다. 김광욱(1580~1656)의 시조는 별식에 속하는 팥죽을 노래한 것인 만큼 그 맛과 흥취가 더 각별하다. 하지만 팥죽을 잘 쑤는 데에 정성과 솜씨가 필요하듯이 그것을 시적으로 운치 있게 표현하는 데에도 솜씨는 긴요하다. 이를 위해 그는 질가마 즉 토기로 빚어서 구운 가마와 바위 아래서 길어 온 샘물을 동원하고, 팥죽 상에는 '저리지이' 즉 동치미를 끌어내어 곁들인다.[9] 이 흐름을 따라가는 과정은 곧 상상 속에서 음식 조리에 참여하며 미각을 자극하는 체험이기도 하다. 방금 쑤어 낸 팥죽과 잘 익은 동치미가 어울린 맛이야말로 그 무엇보다 소중하다는 종장이 신선하게 다가오는 것은 이런 감각적 환기력 때문이다.

채유후(1599~1660)의 작품에서는 술이 주역이 되고 '절이김치'가 조역으로 등장한다.[10] '니탁주'는 '입쌀로 빚은 탁주'라는 뜻이니, 그다지 고급한 술은 아니며 맛이 꼭 좋을지 장담할 수도 없다. 그러나 술을 좋아하는 이에게 그런 구별은 대수로운 일이 아니어서, 눈앞에 마련된 술이 반갑기만 하다. 술은 질그릇으로 된 단지에 담겨 있는데, 그 겉을 보호하고자 둘러맨 대나무 테가 더욱 소박하고 친근하다. 여기에 박으로 만든 구기가 술 뜨는 도구로서 두둥실 떠 있으니 그 모습이 흥겹고 사랑스럽기 그지없다. 이 자리에 더 필요한 것은 약간의 술안주뿐, 그

---

9 '저리지이'는 '겉절이'로 주석한 예가 있으나, '동치미' 혹은 '여러날 이상의 숙성을 위해 염장(鹽藏)한 김치'로 보는 것이 옳을 듯하다. 겉절이는 배추 등의 채소를 양념에 무쳐서 곧바로 먹는 음식으로 발효 과정이 끼어들지 않는다. 반면에 동치미는 무 또는 배추를 주재료로 하고 약간의 양념과 국물로 구성되며, 2~3일 혹은 그 이상의 발효과정을 거치는데, 주로 늦가을부터 겨울에 담궈서 먹는다. 위의 김광욱 작품에서 "저리지이 싀어내니"라고 했는데, '저리지이'는 '절이김치'와 같고, 큰 독 같은 데 저장했던 것을 끌어내는 것으로 보아 발효 과정이 있고 분량이 적지 않은 김치라고 보아야 한다. 따라서 이것은 겉절이보다 동치미 또는 숙성 과정이 있는 김치에 해당하리라 본다.
10 여기서의 '저리짐치' 곧 '절이김치'는 앞의 주석에서 다룬 '저리지이'와 같은 것이다. 이에 대해서도 '겉절이'라는 일부 주석보다는 '동치미'나 숙성 김치로 보는 것이 옳을 듯하다.

러니 아이야 김칫독의 절이 김치라도 좋으니 없다 하지 말고 내어 오라는 것이다. 산문적 해설이 오히려 작품의 맛을 덮어버린 감이 있으나, 이 작품을 원문만으로 거듭 음미하면 그 경쾌한 호흡과 들뜬 흥취가 어울려서 그야말로 박주·소찬의 야취가 살아나는 듯하다.

음식과 술의 재료, 특질, 조리 과정, 상차림, 풍미 등에다가 그것을 먹는 이의 감흥과 즐거움까지 투사됨으로써 17세기 전가 관계망의 공간은 16세기의 은자적 고요함으로부터 구체적 생활의 먹고 마시는 활력과 감각적 즐거움이 있는 장소로 변했다. 그런 양상은 술을 노래한 작품들에서 더 뚜렷하다. 물론 술의 경우도 음식에서와 마찬가지로 귀하고 값비싼 것들보다는 품질이 낮거나 값이 싼 것들이 자주 등장했다.

> 東籬에 菊花 피니 重陽이 거의로다
>
> 自蔡로 비진 술이 하마 아니 닉겄노냐
>
> 아해야 紫蟹 黃鷄로 안酒 작만 하여라
>
> (辛啓榮, 「田園四時歌.秋」, 선석 : 5, #1387.1, kw : 가을 전가 시동 화초 음주 고흥)

> 피 燒酒 무우저리 우옵다 어룬 待接
>
> 놉은셔 닐은 말이 草草타 흣거만는
>
> 두어라 니도 내 分이니 分內事ㅣ가 흣노라
>
> (羅緯素, 「江湖九歌 : 8」, 나씨 : 8, #5221.1, kw : 전가 처사 박주 소찬 안빈 지족)

「동리에 국화 피니」의 '자채(햅쌀)로 빚은 술'은 저급한 술이 아니다. 술 생각이 간절해서 첫 추수를 하자마자 햅쌀로 술을 담갔는데, 이제 그것이 익을 때가 되었으니 어서 안주를 장만하라는 조바심 속에 시골 처사의 작은 설렘이 엿보인다. 둘째 작품은 잡곡의 일종인 피稷로 담근 소주와 무 김치로 어른을 대접할 수밖에 없는 곤궁한 살림을 다루었다. 이와 같은 '박주薄酒'의 일반형에서 한 걸음 더 들어가면 '덜 익은 술'과 '외상 술'의 해학적 모티프까지 등장하는데, 후자는 18세기 부분에서 검토하기로 하고 여기서는 전자만을 살펴본다.

> 뒷집의 술쌀을 쑤니 거츤 보리 말 못 츠다
>
> 즈는 것 마고 씨허 쥐비저 괴야 내니
>
> 여러 날 주렷든 입이니 드나 쓰나 어이리
>
> (金光煜, 「栗里遺曲」, 청진: 148, #1481.1, kw: 전가 처사 박주 음주 안빈 빈곤)

김광욱(1580~1656)은 이 작품에서 '박주' 모티프의 특이한 변종으로 성립한 '덜 익은 술'의 착상을 매우 흥미롭게 구사한다. 우선 초장을 보면, 술 담글 쌀이 없어서 뒷집에서 꾸었는데, 그 집도 살림이 넉넉지 못해서 꾸어 준 것이란 보리쌀이요 그나마 한 말이 채 안 되는 분량이다. 중장은 이로부터 시간을 건너뛰어 술의 완성 시점을 조명한다. 그러나 사실은 술의 발효 과정이 아직 충분치 못해 좀더 기다려야 하는데, 그것을 참지 못하고 양조 절차에 인위적으로 개입하는 행위가 중장의 내용이다. 즉 자연적으로 발효중인 것을 촉진하고자 술밥을 마구 찧고 손으로 주물러 짜서 최종 단계를 강제하는 것이다. 그러니 만들어진 술의 맛이 좋을 수 있겠는가. 하지만 어찌하랴. 간절한 술 생각을 참고 오랫동안 기다려 왔던 입이니, 맛이야 달든 쓰든 술맛을 보고 도연陶然한 취기를 맞이하는 것만으로도 행복할 따름이다.

산문적 해설 과정에서 어지간히 드러났지만, 이 작품에는 가난한 애주가의 자기해학이 도처에 깔려 있다. 술이란 식생활의 여유분을 활용해서 담그는 것이 정상이겠는데, 그렇지 못한 형편에 이웃에게 꾸어서까지 담가야겠다는 상황설정이 우선 자신의 처지와 간절한 술욕심을 대조시키면서 희화적戱畵的 상황을 마련한다. 그리고 이 곤궁함은 꾸어 온 재료가 보리쌀이며, 그나마 한 말도 되지 못한다는 데서 좀더 증폭된다. 이로부터 더 나아가 자기 자신을 해학적 웃음의 대상으로 부각시키는 행위가 중장과 종장에서 결정적으로 연출된다. 며칠만 더 기다리면 정상적으로 발효된 술이 나올 터인데, 그것을 기다릴 수 없는 조급함이 중장의 황급한 행동들에 역력하다. 그렇게 만들어진 술을 마시며 품질이 썩 좋지 못하니 얼마간의 아쉬움이나 후회도 있을지 모른다. 그러나 이 또한 자업자득이니 누구를 탓할 것인가. 오랫동안 술에 주렸던 아쉬움을 덜 익은 술로나마 위로하면서 작은 행복에 젖어 볼 일이다. 이런 맥락에서 "다나 쓰나 어쩌리"라고 탄식하는 종결부에 와서 이 작품의 자기해학은 재미있게, 약간의 연민을 띠고 완성된다.

전가 모티프에 동반하는 '박주'의 화소는 한편으로는 안빈安貧 의식에 다른 한편으로는 향촌 생활의 질박한 흥취에 관련되는데, '덜 익은 술'은 이 양면을 더 강조하는 작용을 한다. 막걸리 정도가 아니라 채 익지도 않을 술을 서둘러 걸러내야 만큼 술에 대한 갈증이 절박하지만, 그러면서도 곤궁 속에 작은 여유를 찾으며 삶을 긍정하는 낙천성이 인상적이다.

이와 아울러 16세기에는 보이지 않다가 17세기 양반층 시조에 뚜렷이 등장한 양상으로 '구체화된 농사 작업, 공동체의 협업적 노동, 그리고 향촌 사회의 친교·행락' 등을 지적할 수 있다. 이 중에서도 농업 노동을 담은 작품들은 상당히 많지만, 각각 한편씩의 예만을 제시한다.

밤의란 스츨 쓰고 나죄란 쒸를 부여

草家집 자바미고 農器점 츠려스라

來年희 봄 온다 ㅎ거든 결의 縱事 ㅎ리라

(李徽逸, 「楮谷田家八曲 : 5.冬」, 존재 : 5, #1836.1, kw : 전가 농부 농사 노동)

農人이 와 이로디 봄 왓니 바틔 가새

압집의 쇼보 잡고 뒷집의 짜보 내니

두어라 내 집 부디 ㅎ랴 ㄴ 호니 더욱 됴타

(李徽逸, 「楮谷田家八曲 : 2.春」, 존재 : 2, #1087.1, kw : 봄 전가 농부 권
계 농사 노동 자족)

崔行首 뿍달힘 ㅎ새 趙同甲 곳달힘 ㅎ새

둙찜 게찜 오려 點心 날 시기소

每日에 이렁셩 굴면 므슴 시름 이시랴

(金光煜, 「栗里遺曲」, 청진 : 162, #4933.1, kw : 봄 전가 처사 붕우 교유
행락 자족 고흥)

이휘일(1619~1672)의 두 작품은 모두 8수로 이루어진 「저곡전가팔
곡」의 일부분이다.[11] 그 중 「밤엘랑 삿을 꼬고」는 겨울철에도 시간을
허비하지 않고 생활노동과 봄농사 준비에 힘써야 할 것을 당부한다. 흥
미로운 점은 그런 가운데서 작중의 발화 주체가 권농자勸農者와 농민 사

---

11 그는 평생을 처사로 지내며 학문에 진력한 학자로서, 직접 농사에 종사하지는 않았지
   만 오랫동안의 농촌 경험으로 농민들의 삶이나 농사일에 대해 비교적 소상하게 알고
   있었고, 이것이 「전가팔곡」 창작의 원천이 되었다(권순회 2000, 82~83).

이에서 편의적으로 유동한다는 점이다. 중장의 "츠려스라"라는 어형을 보건대 여기까지의 발화자는 권농자인 이휘일 자신이다. 그러나 '내년에 봄이 오면 즉시 일을 하리라'는 종장은 농민의 말이거나, 이휘일 자신과 농민을 수사적으로 일체화시킨 공동 주체의 발언으로 보인다. 「농인이 와 이르되」의 경우도 중장까지는 '농인'의 전언을 듣고 농사 현장에 나서는 권농자의 발화가 분명하지만, 종장은 작자와 농민 중의 한쪽을 발화 주체로부터 배제하기 어려워 보인다.

김광욱의 작품은 향촌사회의 공동체적 친교와 행락을 보여주는 점에서 17세기 시조 전가류의 다채로움을 예시한다. '최행수, 조동갑' 등으로 호칭된 인물들이 개인적 친교 상대인지, 혹은 더 넓은 관계망을 대표하는 것인지는 짧은 시행 속에서 단정하기 어렵다. 그러나 '쑥달임, 꽃달임'이라는 용어들을 보건대, 이들의 행사는 연중의 절기에 수시로 열렸으며, 참여 인원들도 촌락공동체의 동일 신분층에 개방되었을 가능성이 높아 보인다. 그 범위가 어떻든 이 작품은 양반층 시조의 전가 모티프에 공동체적 친교와 행락이라는 새로운 요소가 17세기부터 등장했음을 알려 준다.

전체적으로 볼 때 17세기 양반층 시조의 전가 관계망은 16세기의 양상에 비해 전원 / 농촌 생활의 구체적 경험과 사물에 대한 관찰에서, 그리고 농업 경영과 노동에 대한 관심과 체험적 접근성에서 뚜렷한 확대와 심화의 양상을 나타냈다. 그런 가운데서 향촌의 삶에 내재한 즐거움과 곤핍이라는 양면은 작품에 따라 달리 포착되었으나, 후자의 측면이 떠오르는 경우에도 전가류 시조의 대체적 경향은 공동체적 친화와 안분지족安分知足의 낙천주의를 견지하고자 했다.

4. 18세기 양반층 시조의 전가 관계망

양반층 시조의 전가 관계망은 18세기에 와서 17세기보다 출현율은 높아지면서, 내부적 응집도는 느슨해지는 방향으로 움직였다. 구체적 수치를 제시하자면, 출현율은 7.3%(17세기)에서 8.4%로 증가했고, 평균연결강도는 3.8%(17세기)에서 2.5%로 낮아졌다. 좀더 중요한 차이는 17세기 전가 관계망의 k-코어가 '전가, 자족, 한거, 처사, 고흥, 음주, 시동'이라는 7개 노드의 완전연결형으로 성립했던 데 비해, 18세기의 k-코어는 여기에 '가악'이 추가되어 8개 노드가 된 반면 완전연결은 무너짐으로써 관계망 응집도의 상당한 저하 현상이 발생했다는 것이다. 이런 계측치가 집약된 관계망 표는 다음과 같다.

〈표 1〉 18세기 양반층 시조의 전가 k-코어 관계망 : 연결밀도=0.89, 평균연결강도=2.5

	출현	Link	전가	자족	한거	처사	고흥	음주	시동	가악
전가	8.4	7		5.8	3.1	2.7	2.1	1.9	1.5	1.0
자족	16.8	7	5.8		8.2	6.7	2.7	1.0	1.7	2.1
한거	11.1	6	3.1	8.2		6.7	2.7	1.0	0.7	1.2
처사	10.1	5	2.7	6.7	6.7		1.9	0.9	1.0	0.7
고흥	12.1	7	2.1	3.1	2.7	1.9		3.2	1.9	2.6
음주	8.0	6	1.9	2.4	1.0	0.9	3.2		1.7	1.7
시동	4.3	6	1.5	1.7	0.7	1.0	1.9	1.7		1.2
가악	6.5	6	1.0	2.1	1.2	0.7	2.6	1.7	1.2	

그러나 이 장의 서두에서 전가 관계망을 개관하며 지적했듯이 '박주, 소찬, 천렵'이라는 반중심부 색인어들의 소집단 출현율은 17~18세기에 산마루를 형성하되, 18세기 쪽이 좀더 높았다는 점도 여기서

환기할 필요가 있다.[12] 계량적 정보가 너무 복잡하게 얽히는 것을 피하기 위해 위의 내용을 간추려 서술하면, 다음의 세 항목이 된다.

① 양반층 시조의 전가 관계망에서 18세기의 출현율은 17세기보다 늘어나서, 수량적으로 좀더 활성화되었다.

② k-코어 색인어들의 응집도는 18세기 쪽이 17세기보다 감소했다.

③ 그러나 17세기 전가류 시조의 새로운 양상과 관련이 깊은 소집단 색인어들 즉, '박주, 산채, 천렵'은 18세기에 약간 더 증가하는 활기를 보였다.

이 세 가지 사항이 18세기 양반층 시조의 어떤 실질을 반영하고 있는가는 결국 작품들을 통해 검증하고 판별할 문제다. 따라서 앞의 17세기 항목에서 살핀 양상들에 유념하면서 그 18세기적 대응작품들을 검토하기로 한다. 다만 순서는 농사일에 관계된 것을 서두에 놓고, 17세기 부분에서 검토되지 않았던 '천렵'을 맨 뒤에 보기로 한다.

도롱이예 홈의 걸고 쌀 곱은 검은 쇼 몰고
고동폴 쏫머기며 깃믈又 ᄂ려갈 제
어듸셔 픔진 벗님 함씌 가쟈 ᄒᄂᆫ고
(魏伯珪, 「農歌: 2」, 사강: 2, #1338.1, kw: 전가 농부 붕우 교유 농사 노동 자족)

둘너내쟈 둘너내쟈 길츤골 둘너내쟈
바라기 역고를 골골마다 둘너내쟈

12 〈표 3〉 참조

쉬 짓튼 긴 ᄉ래ᄂᆞᆫ 마조 잡아 둘너내쟈

(魏伯珪,「農歌 : 2」, 사강 : 3, #1470.1, kw : 전가 농부 이웃 농사 노동)

돌아가쟈 돌아가쟈 히지거다 돌아가쟈

계변의 손발 싯고 홈의 메고 돌아올 제

어듸셔 牛背草笛이 흥ᄆᆡ 가쟈 빈아ᄂᆞᆫ고

(魏伯珪,「農歌 : 6」, 사강 : 6, #1375.1, kw : 전가 농부 한거 농사 기우 자족)

이 세 작품은 모두 위백규(1727~1798)의 「농가」 9장의 일부분이다. 전가 관계망의 작품으로서 농사일의 구체적 양상들을 담은 사례는 18세기 양반층 시조에 많으므로, 이재李在, ?~?, 유박柳樸, 1730~1787, 남극엽南極曄, 1736~1804 등의 작품을 여기서 거론해도 좋을 법하다.[13] 그러나 농촌 생활과 농업노동에 대한 시적 관찰의 입체성에서 위백규의 작품이 탁월하므로, 18세기 시조의 특질과 성과를 함께 살피는 뜻에서 이 작품들에 주목하고자 한다.

위백규는 자기 자신과 문중이 처했던 사족으로서의 위기적 징후 속에서 가문의 결속과 농업생산의 증진 및 학행學行의 도야를 병행적 과제로서 추구했다(김석회 1995).「농가」 역시 그런 맥락에서 나온 고심의 산물로서, 종래의 상당수 전가시조들이 이상화된 전원을 배경으로 삼

---

13 "실별 지고 종달이 떳다 사립 닷고 쇼 먹여라 / 마히 每樣이랴 쟝기 연장 다슬여라"(이재, 해주 : 104, #2176.2); "白水에 벼을 갈고 青山에 섭플 친 후 / 西林 風雨에 쇼 머겨 도라오늬"(유박,「花菴九曲 : 9」, 화암 : 9, #1911.1); "밧 가러 밥얼 먹고 숨얼 파 물 마신이 / 강구연월 어늬 젠오 고잔 들 놀래 솔릐 알룸답다"(남극엽, 애경 : 9, #5564.1). 이재는 1738년에 처음 관직에 나아갔고, 1760년에 영천군수였으므로 18세기 초·중엽의 인물이다.

아 흥취를 노래하던 것과 달리 "궁경가색躬耕稼穡을 통해 현실의 문제를 해결해야 하는 구체적 생활 체험의 현장으로서의 전가 공간"을 형상화한다(권순회 2000, 133). 위의 인용 작품에 보이는 구체적 사물들, 즉 '도롱이, 호미, 뿔 굽은 검은 소, 고동풀(고들빼기?), 바랭이, 여뀌, 사래, 계변, 손발' 등이 우선 농촌 생활과 노동을 관념의 수준에서 체험적 차원으로 끌어내린다. 여기서 농사는 원경으로 그려낸 전원의 순조로운 생산과 수확이 아니라, 사시의 절기와 나날의 시간 질서에 따라 노동을 투입하고 때로는 자연의 저항적 힘과도 싸워야 하는 고투의 과정이다. 「둘러내자 둘러내자」는 잡초 제거 작업의 예를 통해 그런 어려움의 일단을 보여 준다.

그러나 위백규라고 해서 농업노동의 사실적 재현에만 머물렀던 것은 아니다. 그의 「농가」는 자기 자신을 포함한 공동체 구성원들에게 근면한 농사를 권하는 동시에 그 즐거움과 보람을 환기하려는 것이기도 했다. 「도롱이에 호미 걸고」에 등장하는 벗님과의 정다운 발걸음, 「둘러내자 둘러내자」의 "마주 잡아" 일하는 모습 등에 그런 의도가 엿보이거니와, 시냇가에서 손발을 씻고 집으로 향하는 「돌아가자 돌아가자」의 장면에 '쇠 등에 걸터앉은 이의 풀피리 소리牛背笛'가 더해짐으로써 전원적 평화의 그림은 더없이 훈훈하고 감미로워진다. 이 귀환의 장면이 담은 목가적 풍경 속에 향촌공동체의 여유로운 삶에 대한 위백규의 희망이 투사되어 있음은 물론이다.

이제 전가 모티프의 중요 재료인 음식 쪽으로 시선을 돌려 보자.

보리밥 파 生菜를 量 맞차 먹은 後에
茅齋를 다시 쓸고 北窓下에 누었으니

눈앞에 太空浮雲이 오락가락 하노라

(權榘, 「屛山六曲 : 3」, 내정 : 3, #2015.1, kw : 전가 처사 한거 소찬 자족)

아히는 낫기질 가고 집사름은 저리치 친다

새 밥 닉을 ⴠ예 새 술을 걸릴셰라

아마도 밥 들이고 잔 자블 ⴠ예 豪興계워 ᄒᆞ노라

(魏伯珪, 「農歌 : 8」, 사강 : 8, #3015.1, kw : 전가 농부 가족 한거 박주
소찬 음주 자족 고흥)

앞에서 17세기 전가 관계망에 연관된 음식들을 검토하면서, 그것들
이 "거칠기는 해도 소박한 가운데 풍성해서 낙천적인 충만감을 불러일
으킨다"고 지적한 바 있다. 이 점은 위에 두 편이 예시하듯이 18세기에
도 다르지 않다. 권구(1672~1749)의 작품에서 음식은 보리밥과 파 생
채인데, "양 맞춰" 먹었다고 하니 부족하지는 않은 셈이다. 그런 뒤에
초가집을 깨끗이 쓸고 북창 아래 누우니 아무런 근심걱정이 없음을 그
는 자부한다. 여기에 언급된 "먼 하늘의 뜬구름太空浮雲"은 세속적 명리에
대한 관습적 은유인 바, 작자는 '보리밥, 파 생채'의 충족감을 그것과
대조시켰다.

「아이는 낚시질 가고」에서 위백규는 이런 관념 요소들을 개입시키
지 않고 음식 자체에서 오는 충족감과 흥취를 노래한다. 이 부분의 소
제목이 "상신嘗新" 즉 '새로운 것을 맛봄'으로 되어 있으니, 때는 가을걷
이를 마치고 햅쌀로 빚은 술이 마침 다 익은 무렵이다. 바쁜 일이 없어
서 아이는 낚시질을 가고, 아내는 김치를 담근다. 신선한 햅쌀로 밥을
지어 뜸이 드는 냄새조차 향기로운데, 때맞추어 새 술까지 걸렀다. 그

리하여 차린 밥상에 새 술이 올랐으니, 넉넉함 속의 흥취를 이루 말할 수 없다. 물론 이런 여유는 향촌 생활에 언제나 보장되어 있는 것이 아니다. 춘궁기 이후에는 쌀밥 구경이 어려울 수도 있고, 술 담그기는 더욱이나 여의치 않은 경우가 많다. 하지만 그렇기 때문에 이 작품이 노래하는 시점의 새로운 밥맛과 술맛은 더욱 고맙고 행복하다. 위백규는 이처럼 한시적일지언정 현실에서 가능한 행복의 장면에 한 향촌 가장으로서의 자화상을 그려 넣은 것이다.

> 헌 삿갓 자른 되롱 삷 집고 홈의 메고
>
> 논쑥에 물 볼이라 밧 기음이 엇덧튼이
>
> 암아도 朴杖棋 볼이술이 틈 업슨가 ᄒ노라
>
> (趙顯命, 해주 : 301, #5395.1, kw : 전가 농부 농사 노동 박주 음주 장기 자족)

> 거믄고 술 쇠자 노코 호졋이 낫줌 든 제
>
> 柴門 犬吠聲에 반가온 벗 오도괴야
>
> 아히야 點心도 ᄒ려니와 외자 濁酒 내여라
>
> (金昌業, 청진 : 209, #0211.1, kw : 낮 전가 시동 붕우 교유 가악 박주 음주 안빈 자족 고흥)

'박주薄酒' 모티프는 17세기에 이어 18세기 양반층 시조의 전가류 작품들에도 소량이 등장했다. 조현명(1690~1752)의 작품에서 그것은 농사일에 여념이 없는 촌부村夫의 모습과 어울려서 아무 욕심 없는 삶의 형상을 그리는 데 일조한다. 작중인물은 헌 삿갓에 짧은 도롱이를 입고 삽을 짚었으며 호미를 메었다. 그는 논의 물이 알맞은지 보아야 하고,

밭의 잡초 상태를 살펴서 김매기를 언제 할까도 가늠해야 한다. 그런 가운데서 그는 이웃 농부와 때로는 장기를 두고, 보리막걸리를 마시기도 한다. 도연명의 「귀원전거歸園田居 2」에 "서로 만나도 잡스러운 말은 않고 / 뽕과 삼이 자라는 것만 이야기할 뿐"이라는 구절이 있는데,[14] 조현명이 은연중에 담고자 한 뜻도 이런 것이 아니었을까. 이 짐작이 맞다면 여기서의 장기와 보리술은 세속적 관심에 대한 거절의 은유이기도 할 것이다.

이보다 좀더 흥미로우면서 18~19세기 시조 전승에 관한 여분의 단서까지 지닌 작품으로 김창업(1658~1721)의 「거문고 술 꽂아 놓고」가 주목된다. 논의의 초점은 종장의 "외자 탁주" 즉 '외상으로 사 오는 막걸리'다. 17세기 작품 「뒷집의 술쌀을 꾸니」(김광욱)에 쓰인 '덜 익은 술'이 박주 모티프의 특이한 변종이라는 점을 앞에서 지적한 바 있는데, '외상으로 사온 술' 또한 같은 계보에 속한다. 둘 사이의 차이는 외상 술 쪽이 좀더 궁색하고, 해학성도 더 크다는 점이다. 덜 익은 술을 서둘러 빚어서 허겁지겁 마시는 것도 우스꽝스럽긴 하지만 곤궁함의 정도가 심하지는 않다. 반면에 술을, 그것도 값싼 막걸리를 외상으로 가져와야 한다면 궁색함이 매우 심하다고 할 수 있다. 거문고를 연주하다가 술대를 꽂아 둔 채 잠이 들었는데 반가운 벗이 찾아왔다는 사건 설정이 이 궁색함에 난처한 문제를 야기한다. 점심은 주섬주섬 차리더라도 술은 사와야 하는데, 푼돈마저 없으니 외상이 불가피하다는 것이다. 전가류 시조에서 박주, 소찬 모티프는 흔히 안빈安貧 관념과 연관을 맺는데, 외상 술 모티프는 여기에 좀더 짙은 해학적 감각을 덧붙인다.[15]

---

14 "相見無雜言, 但道桑麻長."
15 이 작품은 『청구영언 진본』(1728)에 실린 이래 19세기 중엽의 『청구영언 육당본』까

ᄀ을 打作 다흔 後에 洞內 모화 講信홀 제

金風憲의 메더지에 朴勸農이 되롱춤 춘이

座上에 李尊位는 拍掌大笑 ᄒ더라

(李鼎輔, 해정 : 336, #0045.1, kw : 가을 전가 이웃 붕우 교유 행락 고흥)

    이 작품은 추수를 마친 뒤 마을 구성원들이 크게 모여 즐기는 촌계村
契 행사의 한 장면으로 보인다. 17세기의 「최행수 꽃달임 하세」(김광욱)
가 계절적 놀이 행사를 다룬 데 비해, 여기에 그려진 것은 농촌공동체
전체의 축제적 모임이다. 이정보(1693~1766)는 그 중에서도 마을의 어
른에 해당하는 인물들이 촌락 구성원들 앞에서 평소의 엄숙함을 내려
놓고 노래와 춤으로써 조성하는 파격적 웃음의 장면에 초점을 맞추었
다.[16] 작품에 보이는 인물은 김풍헌, 박권농, 이존위 셋이지만 함축된
참여자들은 "동내 모아 강신할 제"라는 구절이 뜻하는 바와 같이 남녀
노소가 섞인 마을 사람들 다수라고 할 수 있다. 따라서 박장대소하는
것은 이존위를 포함하여 놀이마당을 둘러싼 촌민들 모두라고 보아 마
땅하다.

    이제까지 살펴 본 양상들이 전가류 시조의 17세기적 면모와 대응되
는 것인 데 비해, 다음에 살펴볼 '천렵'은 18세기 이후 전가 모티프의
보조적 소재로서 양반층과 평민층 시조에 모두 등장한다. 천렵 자체의

지 11종의 가집에 수록되었다. 그러나 종장의 해학적 수법에 일부 수용자들이 거북함
을 느꼈는지 18세기 말의 『병와가곡집』에서는 "아희야 點心도 ᄒ려니와 濁酒 몬져 ᄂᆡ
여라"(#0211.2)로 바뀌었다. 『가곡원류 국악원본』(1872)에서도 초・중장의 부분적
변형과 함께 종장의 '외상 술'이 사라졌고, 이것이 19세기 말의 『가곡원류』 계열 가집
을 지배했다. "거문고 줄 골나 녹코 忽然이 줌을 드니 / 柴扉에 ᄀᆡ 즞즈며 반ᄀᆞ운 손
오노ᄆᆡ라 / 兒僖야 點心도 ᄒ려니와 濁酒 몬져 걸너라."(원국 : 208, #0211.3)

16   '메더지'는 노래 이름인 듯하고, '되롱춤'은 도롱이춤 혹은 어깨춤으로 풀이된다.

출현 빈도만으로는 대단치 않지만 '박주, 소찬, 천렵'의 친근성과 소집
단 출현율에 음미할 만한 가치가 있는데다가, '낚시' 모티프와의 대립
성이 엿보이는 점도 자못 흥미롭다.

천렵川獵은 수심이 그다지 깊지 않은 하천이나 계곡, 저수지, 연못,
웅덩이 등에서 낚싯대 이외의 어구(그물, 통발 등)를 사용하거나, 물 막
기와 퍼내기 등의 방법을 써서 물고기들을 잡는 일을 가리킨다. 직업적
어부들이 천렵을 하는 일은 흔치 않고, 대개는 여러 명의 남성들이 일
시적 행사 혹은 놀이로서 협동하여 고기를 잡고, 현장에서 생선 매운탕
이나 어죽 등의 음식을 만들어 함께 먹으며 즐기는 풍습이었다. 천렵을
하는 시기는 봄부터 가을까지 다양했는데, 여름철에는 피서와 물놀이
를 겸하기도 했다. 이런 풍습의 시원은 단언하기 어려우나 『태종실
록』과 『세종실록』에 대군들의 천렵 관련 기록이 보이고,[17] 이자李耔, 148
0~1533의 서간에도 천렵했다는 내용이 있으니,[18] 적어도 15세기에는
상하층 모두에 걸쳐 천렵 놀이가 일반화되었다고 할 수 있다.

그러나 어떤 풍습이나 행사가 생활 속에 존재하는 것과 그것이 시
세계에 들어오고 더 나아가 심상공간의 중요한 구성 요소가 되는 것은
별개의 문제다. 시조에 있어서 18세기는 천렵이라는 풍속적 사실이 이

---

17 『조선왕조실록』, 태종 7년(1407) 2월 24일, "완산 부윤(完山府尹)에게 전지(傳旨)하
    여 회안대군(懷安大君)이 성밑 근처에서 천렵(川獵)하는 것을 금하지 말게 하고, 또
    관가의 작은 말을 내주게 하여 타게 하였다." 『조선왕조실록』, 세종 2년(1420) 5월
    6일, "임금이 이천현(利川縣)에 교유하여 이르기를, '양녕대군 가중(家中)에 소용되
    는 일은 공인(公人)을 부리지 말고 자기 집안 사람으로 하게 하며, … 매사냥이나 천렵
    하느라고 출입하는 때에도 공인을 보내어 수종(隨從)하게 하지 말라' 하였다."
18 李耔, 『陰崖先生集』 권2, 「答趙秀才」, "…[仲翼 형제와] 서울에 있으면서는 만나지 않
    는 날이 없었고, 시골에 내려와서는 함께 어울려 두암에서 천렵하고, 심곡에서 화전놀
    이를 했으며…(在京則無日不會, 下鄕則相與川獵於斗巖, 煮花於深谷)", 한국문집총간
    (21, 111c).

런 의미의 시적 질량을 획득하기 시작한 시대로 추정된다. 천렵과 다소
가까워 보이는 내용이 17세기 시조에 아주 없었던 것은 아니다. 나위
素羅緯, 1582~1667의 「강호구가」에서 "아희아 비 내여 씌워라 그믈 노하
보리라"라고 한 대목이 그것이다.[19] 여기에 함축된 어로 방식은 작은
배 위에서의 1인 투망이어서 천렵이라 하기에는 미흡하다. 그러나 낚
시와 달리 크고 작은 물고기들을 짧은 시간에 잡으려는 실용적 태도는
천렵과 유사한 면이 있다. 우리가 주목하는 천렵의 범주에 좀더 가까운
행위는 양반층 시조의 경우 다음 작품들에서부터 보인다.

간밤 오던 비예 압내희 물 지거다
등 검고 슬진 고기 버들 넉세 올나고야
아희야 금을 내여라 고기잡이 가쟈ᄉ라
(兪崇, 해박 : 220, #0095.1, kw : 전가 처사 시동 천렵 자족)

前山 昨夜雨에 ᄀ득ᄒ 秋氣로다
豆花田 관솔블에 밤 홈의 빗치로다
아희야 뒷내 桶발에 고기 흘너 갈셰라
(申靖夏, 해박 : 212, #4293.1, kw : 가을 전가 시동 천렵 자족)

유숭(1661~1734)의 작품이 보여주는 상황은 비로 인해 냇물이 크게
불어난 가운데 물길의 어떤 지형적 구조 때문에 큰 고기들이 물굽이의
특정 지점에 많이 모여 있다는 것이 알려진 장면이다.[20] 이때를 놓칠세

---

19 「江湖九歌 : 4」, #4288.1.
20 이 대목의 '넋'은 '너겁'이라고도 하며, 그 의미는 '① 갇힌 물 위에 떠 있는 티끌, 나뭇

라 마음이 다급하여 집안의 자제 혹은 머슴들에게 그물을 꺼내 오라 재
촉하고 출발을 서두르는 주인공의 들뜬 어조가 종장에 담겨 있다. 그가
이처럼 들뜨는 까닭에 대해 설명이 필요할 것인가. 위에서 살펴 본 17,
18세기의 전가류 시조들을 기억한다면 짧은 설명으로 족할 것이다. 대
개의 조선 시대 농가에서 식량은 풍족하지 않았고, 특히 동물성 단백질
과 지방脂肪의 공급원은 매우 빈약했다. 그러니 큰비가 내린 뒤 가까운
냇물 어느 구비에 큰 고기들이 많이 몰려 있다면 이런 횡재가 없다. 풍
족하게 잡아다가 굽고, 끓이고, 졸이고 나머지는 소금에 절여서 말리면
여러 날의 식탁과 술상에 윤기가 흐르지 않겠는가.

　신정하(1680~1715)의 「전산 작야우에」는 다소 늦은 가을의 풍경을
보여 준다. 지난밤에 늦가을 비가 내렸고 날씨마저 추워지면서 이제 가
을빛이 깊어졌다. 중장의 해석이 다소 어려운데, 아마도 비에 젖은 콩
포기의 피해를 염려해서 야간작업이라도 해야 하는 것일까, 예전의 서
민적 조명 수단인 관솔불이 등장하고, 그 불빛이 호미의 날에 반사되어
반짝거린다. 이 장면에서 화자의 상념은 갑자기 방향을 돌려 뒤쪽 시냇
물에 고기잡이용으로 설치한 통발께로 달려간다. 지난밤 내린 비로 인
한 피해가 없도록 하고자 오늘 하루 내내 분주하게 지냈는데, 이제 생
각하니 불어난 시냇물에서 고기가 가득한 통발이 혹시 잘못되어 일부
빠져나가는 놈들이 있지 않을까 걱정스러운 것이다. 작자는 이처럼 염
려하는 말만으로 작품을 마친다. 석줄에 불과한 시조에서 더 이상의 묘

잎 등의 부유물, ② 물가에 흙이 패어 드러난 풀이나 나무 뿌리'이다. 어느 쪽을 취하든
"버들 넉세 올나고야"라는 원문의 독해가 순조롭지 않으나, ②의 의미가 좀더 근사할
듯하다. 즉, 큰물로 냇물이 불어난 동안에 물고기들이 버드나무 뿌리가 패인 지형 쪽으
로 넘어왔다가 그곳을 빠져나가지 못하고 있는 상태를 이렇게 말한 것이 아닌가 한다.

사나 서술이 어렵기도 하지만, 설명적 개입을 가능한 한 배제한 채 주인공을 그대로 보여주는 것이 그의 의도이기 때문이다.

천렵 모티프가 이처럼 전가 관계망 작품군에 도입된 것은 그것이 향촌 세계의 넉넉지 않은 생활 조건 속에서 약간의 여유, 흥취와 질박한 즐거움을 그리는 데 유용했기 때문으로 보인다. 여기서 한 걸음 더 들어가서 살펴보면 천렵은 고기잡이의 일종이기에 낚시 화소와 가깝지만, 한편으로는 그것과 대립되는 의미 또한 함축했던 것이 아닌가 한다. 다양한 작품의 양상들을 일률적으로 묶기는 불가능하지만, 음미해 볼 만한 차이를 여기서 언급해 두고자 한다.

낚시는 세속의 명리를 포기하고 청정한 삶을 추구하는 어옹의 행위로 전형화되었다. 그러므로 고기잡이는 그의 주목적이 아니다. 그래서 낚시에 미끼를 달지 않았다든가, 잠삼의 싯귀처럼 "원하는 건 고기가 아니라 마음의 여유取適非取魚"라는 화법이 때때로 동반했던 것이다. 낚싯배를 물 흐르는 대로 맡겨둔다든가, 빈 배에 달빛만 싣고 돌아온다는 것도 그런 발상의 산물이다.

반면에 천렵 모티프의 시는 그 주체가 세속을 떠난 인물일지라도 고기잡이의 소득을 포기하거나 경시하지 않는다. 오히려 어떤 경우의 천렵 모티프는 빈 낚싯대를 든 어옹의 고답적 자세에 대해 은밀한 거부감을 함축하기까지 한다. 낚싯대를 든 어옹이 세상에 대한 근심으로 흔히 엄숙한 표정에 잠긴 데 비해, 천렵에 참여하는 처사와 촌로들은 낙천적인 떠들썩함과 흥취로 즐겁기만 하다. 낚시 모티프는 주인공의 호젓한 삶과 고립성을 강조하는 성향이 많은 데 비해, 천렵 모티프는 그가 속한 집단의 유대와 즐거운 만남을 부각시킨다. 이와 같은 대조적 면모를 도식적으로 강조하는 것은 물론 위험한 일이다. 다만 사대부적 귀거래와 한거閑居의 심상공간을 구성하는 데 있어서 낚시와 천렵이라는 모티프는 편의적으로 대체할 수 있는 의미론적 등가물이 아니며, 때로는 그들 사이에 뚜렷한 차이가 개재할 수도 있다는 점이 기억되어야 한다.

5. 19세기 양반층 시조의 전가 관계망

19세기에 와서 양반층 시조의 전가 관계망은 매우 취약한 상태가 되었다. 우선 전가류 작품의 출현율이 5.0%로 크게 떨어졌을 뿐 아니라, 관계망을 구성하는 핵심부 색인어들의 평균연결강도가 1.2%로 위축되었다.[21] 그들 사이의 최저링크는 3으로서, 핵심부에 속한 노드들 사이의 링크 대부분이 접속가능 최대치(7)의 반에 미치지 못하는 이 상태 역시 관계망의 이완이 매우 심한 정도임을 말해 준다.

〈표 7〉 19세기 양반층 시조의 전가 k-코어 관계망 : 연결밀도=0.54, 평균연결강도=1.2

	출현	Link	전가	처사	한거	자족	농사	노동	농부	고흥
전가	5.0	7		2.1	2.0	2.0	2.2	1.8	1.6	1.1
처사	5.1	4	2.1		3.2	3.2	0.5	0.7	0.3	1.1
한거	7.1	4	2.0	3.2		4.1	0.4	0.5	0.1	1.2
자족	7.1	3	2.0	3.2	4.1		0.7	0.7	0.3	0.8
농사	3.2	3	2.2	0.5	0.4	0.7		1.6	1.6	0.0
노동	2.1	3	1.8	0.7	0.5	0.7	1.6		1.4	0.0
농부	2.0	3	1.6	0.3	0.1	0.3	1.6	1.4		0.0
고흥	8.5	3	1.1	1.1	1.2	0.8	0.0	0.0	0.0	

---

21 평균연결강도가 2.0%에 미달하는 경우는 명목상의 관계망이 간신히 존속하는 상태라고 볼 수 있다.

계량적 지표에 나타난 관계망 쇠퇴 현상은 작품의 실질에서도 상응하는 면모들을 드러낸다. 그 중에서 가장 먼저 눈에 띄는 것은 전가 모티프의 관념적 상투화 현상이다.

數間 茅屋 그윽한듸 滿案詩書 活計로다
籬下는 松菊이오 臺上은 梅竹이라
春風의 花發ᄒ고 秋夜의 月明커던 四時 佳興을 되는 딕로 조차로 오리
(申甲俊, 「四時歌」, 성서 : 4, #2782.1, kw : 전가 처사 한거 독서 화초 아름다움 자족 고흥)

草堂에 늦잠 쎄여 門外로 나가 보니
구버 도난 淸溪水에 落花 가득 쩌 잇셔라
아희야 아마도 桃源은 예 아닌가 하나니
(池德鵬, 상산 : 7, #4867.1, kw : 낮 전가 도원 시동 한거 아름다움 고흥)

뒤뫼의 약을 키고 門前의 治圃로다
글 익고 죽 먹으니 安貧樂道 되리로다
至今의 紅塵事를 들니지 마라 …
(李世輔, 풍대 : 412, #1479.1, kw : 전가 처사 한거 독서 농사 채약 안빈 개결 자족)

작가별로 간추려 세편만을 예시했지만, 이런 부류의 상투성을 띤 작품들은 더 많이 있다. 물론 시조에서 이미지와 수사의 관습성은 드물지 않은 현상이며, 앞 시대의 전가류 시조에서도 얼마간의 상투성이 발견

된다. 주목할 점은 19세기 시조에서 그런 면모가 더 짙으며, 수사적 허세가 좀더 부풀려져 있다는 것이다.

신갑준(1771~1845)의 「수간 모옥 그윽한데」는 초장의 '수간 모옥, 만안시서'로부터 중장의 '송국, 매죽'을 거쳐 종장의 '춘풍 화발, 추야 월명'까지 관습적 수사의 저장소에서 대출 빈도가 높은 관용어 꾸러미 하나를 가져다가 펼쳐놓은 듯한 느낌을 준다. 그런 가운데서 '수간 모옥'과 '책상에 가득한 시서滿案詩書'의 대조는 관념적 과장이 공허하기조차 하다. 지덕붕(1804~1872)은 시조 13수를 남긴 인물인데, 여기 인용한 외의 여러 편에서도 관습적 전고에 대한 의존이 심하다. 「초당에 늦잠 깨니」는 익히 알려진 「도화원기桃花源記」의 전고를 차용한 것인데, 작품 자체는 조촐하게 짜여진 소품으로서 그다지 나무랄 만한 졸작이 아니다. 그러나 물 위에 뜬 꽃잎에서 도원으로 옮겨가는 발상이 너무도 상투적이어서, 그 이상향의 암시는 아무런 호소력을 지니지 못한다.

이세보(1832~1895)의 「뒷뫼에 약을 캐고」는 노년기의 작품으로 추정되는데, 이 당시 그는 경관이 수려한 곳에 별서를 마련했던 듯하다.[22] 그는 안동김씨 세도기에 신지도薪智島로 수년간 유배되는 등 고초를 겪었으나, 고종 즉위(1863) 이후에는 흥선대원군의 배려 아래 정치적 입지가 일변했다. 그는 1865년에 부총관으로 관직에 복귀한 이래 관로가 순조로웠으며, 특히 1870년부터 1894년까지 약 25년간은 공조판서와

---

22 위의 작품은 그의 시조집 『풍아』(대)의 거의 끝부분에 412번으로 실려 있다. 그 바로 앞의 세 작품에 다음과 같은 구절들이 있으니, 이들은 같은 시기의 전원 체험에서 나왔을 가능성이 많다. "背山臨流處의 別業을 指點흐고 / 浩然이 도라와셔 聖恩을 賀禮흐니"(풍대 : 409, #1853.1); "世事 아러 쓸듸업셔 林泉의 도라드러"(풍대 : 410, #2639.1); "九屏山下의 터를 닥거 一間 草堂 지엇쓰니"(풍대 : 411, #0413.1). 구병산은 충청북도 보은군에 있으며, 속리산 국립공원 남쪽 자락에 9개의 봉우리가 이어진 암산으로서 주변 경관이 뛰어나다.

형조판서 각 5회, 판의금부사 6회, 한성부판윤 2회를 지낼 만큼 중앙정
부의 요직을 순회했다(진동혁 2000b, 100~112). 위의 작품이 지어진 시
기는 이 기간의 후반기 혹은 말기일 가능성이 많은데, 그렇다면 '문 앞
에 채소밭을 가꾸고' 죽 먹으며 안빈낙도한다는 대목의 실제성은 희박
해 보인다. 시 작품의 내용이 반드시 경험과 일치해야 한다는 완고한
체험주의를 여기에 불러들일 필요는 없다. 그러나 이세보가 너무도 손
쉽게 안빈낙도의 상투적 기호들에 의존함으로써 세속의 일紅塵事에 대한
그의 거절 역시 공허해 보인다는 것은 유의해 둘 만하다.

19세기 양반층 시조에서 관습적 수사를 벗어난 전가 체험의 표현은
다소 우발적으로 조황(1803~?)에게서 소량의 작품이 발견된다.

陋巷田 十五頃에 八口生涯 더져 두고
成都桑 八百株에 冬裘 夏葛 自在허다
엇지타 世間 이 滋味를 이제 와서 아라는고
(趙榥, 「酒老園擊壤歌：8」, 삼죽：58, #1106.1, kw：전가 처사 한거 농
사 노동 안빈 자족)

조황은 그의 가문에 가까운 선대의 관직자가 없었고, 조부 때 이거
한 제천에 재지적 기반도 튼튼하지 못했기 때문에 한미한 양반으로서
빈민이 많은 생애를 살았다. 그렇기 때문에 도학 이념과 복고적 가치에
대한 집착이 오히려 작품세계의 주류를 이루는 가운데(정흥모 2001; 전재
진 2009), 자신의 체험과 당대의 상황을 다룬 일부 작품에서 독특한 실
감을 보여 주기도 한다. 위의 작품은 여덟 식구의 생계가 달린 농지 외
에 어떤 경로로 상당 규모의 뽕밭을 마련함으로써 생활의 여유를 누리

게 된 데 대한 만족감을 노래한다. 그러나 종장에서 말한 '세상의 이 재
미'란 깨달음의 차원이 아니라 생산 수단이 있고 없음의 문제이니, 그
는 자신의 의도와 관계없이 안빈낙도의 실천이 얼마나 어려운가를 보
여 준 셈이다.

山村에 秋夜長허니 擲梭聲이 凄涼허다

一時나 달게 자면 徵租索錢 어이허리

世間에 綺紈家 子弟덜리 져 勤苦늘 싱각년가

(趙榥, 「酒老園擊壤歌 : 25」, 삼죽 : 75, #2362.1, kw : 가을 밤 전가 권계
농사 노동 시름 빈곤 실정)

그듸 츄슈 얼마 헌고 늬 농ᄉ지은 거슨

토셰 신역 밧친 후의 몃 셤이나 남을는지

아마도 다ᄒ고 나면 과동이 어려 …

(李世輔, 풍대 : 63, #0477.1, kw : 가을 전가 농부 이웃 농사 한탄 시름 빈곤 실정)

여기에 보는 두 편은 조황과 이세보의 시조에서 당대의 농민 현실에
대한 비판적 인식을 담은 것으로 주목되는 작품들의 본보기이다. 시조
의 전가 모티프는 작자 자신이나 자신을 포함한 향촌공동체 구성원을
주역으로 삼는 경우가 많은데, 이 작품들은 치자治者의 입장에서 백성들
의 괴로움을 동정적으로 읊조리는 사대부적 전가시田家詩와 비슷한 시선
을 보인다. 조황의 「산촌에 추야장하니」는 그 자신이 경제적 궁핍에 가
까운 처지였기에 작중 상황을 다루는 방식이 좀더 공감적이다. 때는 가
을밤, 야심한 시간인데도 어디선가 분주하게 피륙을 짜느라 베틀을 움

직이는 소리가 들린다. 어지간히 해서 그만두고 단잠을 자면 좋으련만 그렇게 하지 못하는 것은 필시 관가의 조세 독촉이나, 갚아야 될 빚 때문임이 틀림없다. 여기서 조황은 이러한 실상을 알지 못하는 명문거족 가문의 자제들을 비판적으로 거론한다. 한미하고 불우한 처지의 양반으로서 그는 농민들의 고단한 삶을 포착하되, 그것을 매개로 하여 권력 집단의 안이함에 대해서도 완곡하나마 비판을 가하고 싶었던 것이다.

이세보의 작품은 양인 농민이 다른 농민에게 하는 말로 되어 있다. 그것은 마치 정철의 「훈민가」 중 한 작품에서 "네 집 상스들혼 어도록 출호슨다 / 네 쭐 셔방은 언제나 마치ᄂ슨다"(송이, #1028.1)라고 따뜻한 염려의 말을 건네는 마을사람의 화법을 연상케 한다. 그러나 「그대 추수 얼마 헌고」에서 농민을 통해 당시의 현실상을 드러내고자 하는 원천적 주체는 고위 관료로서의 이세보 자신이다. 다시 말해서 "농촌현장에서 흔히 목격되는 농부들의 곤궁한 생활상을 작자가 대변해 주고 있는" 것이다(박노준 1998, 102). 작중의 농부는 동료 농민의 추수에 대해 물은 뒤 자신의 농사 형편에 대한 푸념을 늘어놓는다. 그는 아마도 소작농인지 지대地代도 내야하고, 관가에 신역身役도 바쳐야 하니 과연 얼마나 손에 남을 것인가. 짐작컨대 남는 것으로 겨울을 나기가 어려울 듯하여 걱정이 태산이다.

한미한 처지의 사족과 현달한 고위관료라는 입장 차이가 있기는 해도, 이들이 유자들의 위민의식爲民意識이라는 공통의 관점에서 전가 모티프의 사회비판적 확장을 보여 준 것은 19세기 시조에서 적지않이 흥미로운 점이다. 그러나 이러한 면모는 더 이상 확산되지 못했고, 양반층 시조의 전가 관계망은 이미 지적했듯이 수량적 위축과 더불어 수사적 상투화의 길을 걸었다.

6. 18 · 19세기 평민층 시조와 전가 관계망

평민층 시조의 경우에도 전가 관계망은 18세기에 출현율 7.7%로 비교적 활기를 띠다가 19세기에 급격히 쇠퇴하는(출현율 2.4%) 양상을 보였다. 그 윤곽을 계량적으로 간추린 18~19세기의 추이는 이 장의 서두에 〈표 2〉로 이미 제시했고, '박주 / 소찬 / 천렵' 소집단 작품의 출현율 집계 또한 〈표 3〉에 포함되어 있다. 양반층 전가 관계망의 경우에는 이 집계표 외에 세기별로 k-코어의 구조를 확인할 수 있도록 표를 제시했으나, 평민층 전가류의 경우에는 대상이 되는 두 세기 사이의 변화를 표로써 비교할 만한 의의가 희박하다. 따라서 작품론적 검토를 곧바로 진행하고자 한다.

18세기 평민층 시조의 전가류 작품을 개관할 때 받게 되는 주류적 인상은 전원 / 향촌의 풍경과 생활에 대해 거창한 의미를 부여하기보다는 구체적, 감각적 사물과 정경을 통해 그 세계를 포착하려는 경향이 강하다는 것이다. 이것은 양반층이 '작품 공간의 의미성'에 대한 압박을 상대적으로 더 느끼는 것과 좋은 비교가 된다.

午睡를 느지 씨야 醉眼을 여러 보니
밤비에 궃 핀 곳이 暗香을 보내ᄂ다
아마도 山家에 몰근 맛시 이 죠흔가 ᄒ노라
(金天澤, 청진 : 273, #3436.1, kw : 낮 전가 한거 개결 자족)

봄비 긴 앗츰에 잠 씨여 닐어 보니

半開 花封이 닷토와 피는고야

春鳥도 春興을 못 잇의여 놀릐 춤을 ㅎ는야

(金壽長, 해주 : 475, #2033.1, kw : 봄 아침 전가 처사 화초 아름다움 고흥)

김천택(1686경~?)과 김수장金壽長, 1690~?의 작품이다. 공교롭게도 두
편이 모두 전원 속의 집에서 잠 깨어 바라본 정경을 그렸다. 김천택은
밤비에 갓 핀 꽃이 은은한 향기를 풍기는 데에 심취하고, 김수장은 봄
비 뒤에 꽃봉오리들이 다투어 피는데 새들도 지저귀며 노니는 흥겨움
에 공감한다. 두 작품은 이런 정경을 조시朝市, 홍진紅塵 등과 대조하지
않으며, 그런 것들로부터 격리된 청정함이 소중하다고 자부하지도 않
는다. 그들은 전원에서 흔히 접할 수 있는 정경의 조촐한 아름다움과
신선한 감각 자체에 이끌리고, 그 경험을 누군가와 공유하고 싶을 뿐이
다. 이런 태도에는 중인층의 신분적 특성이 일부 요인으로 작용한 듯하
다. 그들은 관청의 하급 실무직 이상으로는 상승이 어려운 계층이었고,
사대부들 같이 정치적 부침이나 진퇴의 영욕을 누릴 수도 없었다. 자의
적 선택에 의해서든 아니든 권력구조 밖으로 물러난 사대부는 언젠가
관인官人의 길로 다시 나설 수 있다는 점에서, 그들에게 강산 / 전원이란
저 반대쪽에 조시朝市가 있으며, 그곳과의 본원적 긴장이 그림자처럼 따
라다니기 마련인 공간이었다. 중인층에게 전가는 이런 의미론적 대립
이 별로 뚜렷하지 않은 심상공간이었기에 그것을 좀더 감각적, 경험적
으로 바라볼 수 있었던 것이다.[23]

---

23 평민층 시조에도 다음과 같은 관념적 은일 취향이 없지는 않다. "白雲 깁흔 골에 靑山綠
水 둘너는듸 / 神龜로 卜築ㅎ니 松竹間에 집이로다 / 每日에 靈菌을 맛드리며 鶴鹿 홈
긔 놀니라"(金默壽, 청육 : 262, #1917.1) 그러나 이런 경우에도 중인층의 공간인식에

그리하여 전가 모티프는 평민층 시조에서 좀더 친근하고 자연스럽게 농업노동의 구체성과 결합하고, 그에 동반하는 충족감과 흥취를 보여준다. 양반층 시조의 경우 17, 18세기의 이휘일, 위백규 같은 이들에게서 주목되던 이 자질이 18세기 평민층의 시조에서는 훨씬 자연스럽게 여러 작가들에게서 발견되는 것이다.

> 식별 놉히 쩟다 지게 메고 쇼 닉여라
> 압 논 네 븨여든 뒷밧츠란 닉 비리라
> 힘가지 지거니 시러 노코 이라져라 모라라
> (金兒錫, 병가 : 366, #2489.1, kw : 아침 전가 농부 농사 노동)

> 오늘은 비 개건야 삿갓세 호믜 메고
> 뵈잠방이 것오추고 큰 논을 다 믹 後에
> 쉬다가 點心에 濁酒 먹고 새 논으로 가리라
> (金兒錫, 청요 : 13, #3392.1, kw : 여름 낮 전가 농부 농사 노동 박주 음주 자족)

> 아희들 최促ㅎ야 밥 먹여 건을이고
> 논둑에 잘이ㅎ고 벼 뷔임여 누엇는듸
> 겻자리 날 ㄱ튼 벗님네는 將棋 두ㅈ ㅎ들아
> (金友奎, 청요 : 9, #3019.1, kw : 전가 농부 사동 이웃 교유 농사 노동 장기 자족)

> 벼 뷔여 쇠게 싯고 고기 잡아 아희 주며

서 전가는 정치적, 도덕적 염결성의 차원과는 관련이 엷은 것으로 보인다.

이 소 네 모라다가 술을 몬져 걸너스라

아직은 醉흔 짐에 홍치다가 가리라

(金友奎, 청홍 : 240, #1963.1, kw : 전가 농부 시동 농사 노동 천렵 음주
풍농 자족 고홍)

김태석(18세기 중후반)과 김우규(1691~?)의 이 작품들은 농촌과 농업
노동에 대한 관찰의 구체성에서 이휘일, 위백규의 시조보다 못하지 않
다. 다른 점은 이 평민 작가들이 농사를 권고하거나 격려하는 위치가
아니라 농민석 삶의 연장선상에서 작중 상황을 포착하고 발화한다는
것이다. 그들은 농민들의 일상을 목적 지향적 생산 활동의 차원에서 보
기보다 이웃과의 친교 속에 하루하루의 일들을 감당하면서 작은 즐거
움을 나누는 생활과정으로 노래한다. 「오늘은 비 개거냐」의 '탁주', 「아
이들 재촉하여」의 '장기', 「벼 베어 쇠게 싣고」의 '고기'와 '술'은 그런
흐름 속에서 향촌 생활의 여유와 홍취를 보여 주는 사물들이다. 이처럼
농사일에서는 상호부조와 협동을 강조하고, 여가 장면에서는 함께 노는
즐거움을 부각시킴으로써 이 작품들은 농촌생활의 사실적 재현에 그치
지 않고 얼마간 낙관적으로 윤색된 전원적 풍요를 그려냈다. 그러나 그
윤색조차 사대부적 관념에 의한 이상화와 달리 막걸리, 낮잠, 장기 같은
사소한 것들의 여유를 통해 엮어낸 점이 눈여겨 볼만하다.

양반층 시조에서 본 박주, 소찬 모티프는 18세기 평민층 시조에서도 나
타나는데, 특히 박주의 서민적 강조형으로서 '덜 익은 술'이 애용되었다.

쥬긱이 청탁을 갈희랴 다나 쓰나 막오 걸러

잡거니 권커니 량듸로 먹은 후에

취ᄒ고 초당 명월에 누어스니 그 묘혼가 ᄒ노라

(金裕器, 대동 : 54, #4380.2, kw : 젼가 풍류인 박주 음주 자족 고흥)

東嶺에 들 올으고 草堂에 손니 왓다

으히야 씨돍 잡아 안쥬 밧비 쟝만ᄒ고

엇그제 쥐비져 괴온 술을 어셔 걸너 내여라

(金友奎, 청가 : 273, #1384.1, kw : 밤 젼가 시동 교유 박주 음주 자족 고흥)

엇그제 덜 괸 술을 질동희예 가득 붓고

설 데친 무우남을 淸麴醬 씻쳐 닌이

世上에 肉食者들이 잇 맛슬 어이 알리오

(金天澤, 해주 : 430, #3292.1, kw : 젼가 박주 소찬 자족 자긍)

김유기(18세기 초)의 「주객이 청탁을 가리랴」는 대체로 평범한 술노
래에 속하지만 "다나 쓰나 마구 걸러"라는 구절에 내포된 덜 익은 술의
암시 작용을 통해 가난한 삶의 풍류를 넌지시 보여 준다. 김우규의 「동
령에 달 오르고」는 18세기 양반층 시조를 검토하면서 본 김창업 작품
과 비슷하게 갑작스러운 손님을 대접해야 하는 시골 살림의 황망한 움
직임을 그렸다. 그러나 김창업이 시동에게 분부한 '외상 탁주'와 달리,
이 작품의 술은 "엇그제 쥐빗어 괴온 술"이기에 숙성도가 조금 아쉬울
망정 과히 손색이 될 것은 없다. 뿐만 아니라 이 작품은 동쪽 산머리에
떠오른 달, 반갑게 찾아온 손님, 그리고 귀한 것이지만 즐거운 마음으
로 잡아서 요리한 씨암탉 안주 등으로 해서 밝고 풍성한 즐거움으로 가
득하다. '초당'의 주인이자 이 장면의 주재자로서 작중화자가 느끼는

흥겨운 조바심이 중장의 "아이야"부터 "어서 걸러 내어라"까지의 어조에 역력하다.

강산 모티프의 시조에도 이웃이나 붕우와의 교유가 간혹 등장하는 수가 있지만 흔한 일은 아니다. 반면에 전가 모티프가 주축이 된 심상공간에서는 붕우의 방문이나 이웃과의 왕래가 매우 중요하고도 잦은 삽화로 등장한다. 강호의 낚싯배나 조대釣臺에 앉은 어옹 / 현자는 대체로 외로운 단독자이지만, 전가의 주인인 전옹田翁은 이웃 농민과 담소하고 장기 두며 막걸리를 나누기도 하고, 김창업·김우규의 작품에서 보듯이 반가운 손님을 맞아 가난한 음식과 술로 즐거운 한때를 보내기도 한다. 전가 관계망에서 박주·소찬 같은 음식 모티프와 천렵 등이 요긴한 몫을 하는 것은 여기에도 한 까닭이 있다.

김천택(1686경~?)의 「엊그제 덜 괸 술을」은 김우규와 달리 박주·소찬 모티프를 사회적 인식의 차원과 결부시킨다. 그 한쪽인 전가 공간에는 "덜 괸 술"과 "설 데친 무 나물", "청국장"이 있으며, 상대되는 저쪽 세계에는 "육식자들"의 삶이 있다. 이것은 양반층 시조에서 더러 보아 온 '전가 대 조시朝市'의 대립구도와 비슷하다. 그러나 김천택은 '육식자'라는 용어를 사용함으로써 사대부적 이분법과 다른 대안적 구도를 설정했다. 여기서 '육식자'는 중의적인 어휘로서, 고기를 즐겨 먹는 사람들을 지칭하는 데에 그치지 않는다. 한문의 고전적 용법에서 '육식'은 '지위가 높고 후한 녹봉을 받음. 또는 그런 벼슬에 있는 사람'을 가리킨다. 『좌전』에 "육식자들은 안목이 좁아서 원대한 계책에 능하지 못하다肉食者鄙, 未能遠謀"는 대목이 있는데, 두예杜預, 222~284는 여기서의 육식을 '벼슬자리에 있음'으로 주석했다.[24] 이런 방식의 의미 구획을 택할 경우 육식자와 상대되는 저편에는 관직을 가지지 않은 처사들만이 아니라 욕심 없는 눈으로 세상을 볼 줄 아는 평민들까지 속하게 된다. 김천택은 사대부 신분을 전제로 한 출ᵉ과 처ᵉ의 이분법 대신, 부귀에 매몰된 육식자들의 세계와 그 밖의 초야 공간으로 세상을 나누었던 것이다. 물론 이 구분은 개념적 사유로 축조된 것이기보다는 감각적, 직관적 차원에 더 많이 의존한다. 그는 위의 작품에서 '덜 괸 술'을 질항아리에 가득 담고, 설데친 무나물을 청국장에 곁들인 상차림을 통해 질박한 야취野趣의 어울림을 제시한다. 술이든 나물이든 좀더 잘 익혀서 맛이 들게 한다면 좋을 수도 있을 것이다. 그러나 조금 덜 익은 술의 아쉬운 듯한 맛과 푹 무르지 아니한 무 나물의 상큼한 풍미가 청국장의 구수한 향기와 어울려서 '익은 것들끼리의 조화'와는 또 다른 맛의 협주가 만들어질 수 있다. 이런 맛은 육식자들이 경험해 보지 못하고, 어쩌디 접한다 해도 제대로 향유할 수 없다는 것이 김천택의 생각이다

양반층 시조에서 본 공동체의 놀이와 친교는 평민층의 작품에서도 유사한 예가 발견된다. 17세기의 김광욱은 '쑥달임, 꽃달임'을, 18세기의 이정보는 '강신講信'을 다루었는데, 김유기는 이들에다가 천렵, 사냥, 편사회를 더하여 공동체의 즐거운 만남이 매우 잦고도 풍성함을 노래한다.

오날은 川獵ᄒ고 來日은 山行ᄒ셰
곳달힘 모릐 ᄒ고 講信을란 글픠 홀이
그글픠 便射會홀 쎄 各持壺果 ᄒ시소
(金裕器, 해주: 294, #3393.1, kw: 전가 이웃 교유 천렵 행락 사냥 활쏘기 자족)

---

24 『左傳』, 莊公十年. 杜預注 : "肉食, 在位者."

천렵은 앞에서 설명한 바 있거니와, 여기서 말하는 사냥이란 전문사냥꾼들의 일이 아니라 겨울철의 토끼몰이처럼 공동체 구성원들이 협력하여 작은 짐승 따위를 잡는 행사일 것이다. '꽃달임'은 화전놀이이며, '강신'은 마을공동체의 상호부조적 결속인 촌계 또는 향약의 정례적 친교 행사다. '편사회'는 원래 군대의 전투력 점검을 위해 봄, 가을에 정례적으로 시행하던 활쏘기 훈련이었는데, 언제부터인가 남성들로 이루어진 동호인 집단이 수시로 즐기는 여가취미 활동이 되었다.[25] 이들은 행사의 규모, 성격, 시기와 참여자의 범위에 크고 작은 차이가 있으므로 위에서 노래한 것처럼 오늘, 내일, 모레 순으로 줄지어 행해질 수는 없다. 그럼에도 불구하고 작자는 이렇게 열거함으로써 촌락 생활에서 수시로 행해지는 친교 행사와 공동체적 놀이의 풍성한 즐거움을 강조했다.

19세기에 와서는 이미 지적했듯이 평민층 시조의 전가 모티프가 크게 쇠퇴했다. 양반층 시조에서도 이 시기에 쇠퇴 양상이 있었지만 전가류 작품의 출현율이 5.0%였던 데 비해, 평민층 시조에서는 그 비율이 2.4%에 불과하여 위축의 정도가 훨씬 심했다. 좀더 간명하게 말해서 이 시기의 평민층 시조 총계가 245수인데, 전가 색인어가 있는 작품은 6수에 불과하다. 따라서 그 안에서의 양적 분석은 별로 의미가 없으므로, 약간의 작품 사례만을 보기로 한다.

이 시기의 전가류 자료로 검출된 작품은 신희문, 안민영이 각기 3수씩인데 흥미롭게도 두 인물의 성향이 아주 대조적이다.

---

25 종장에 보이는 '각지호과'는 "각자가 마실 것(술, 음료)과 과일, 간식류를 지참할 일"이라는 관용적 표현이다.

뵈줌방이 호뮈 메고 논밧 가라 기음믹고

農歌을 부로며 달을 씌여 도라오니

지어미 슐을 거르며 來日 뒷밧 미옵세 ㅎ더라

(申喜文, 청육 : 561, #1962.1, kw : 밤 전가 농부 가족 농사 노동 박주 음주 부부정 자족)

寂寂 山窓下에 낫조름이 足허거다

게을니 이러나셔 拾松枝 煮苦茗 허노라니

俄已오 夕陽 비긴 길노 笛 쇼릭 두셰시러라

(安玟英, 금옥 : 86, #4281.1, kw : 저녁 전가 은자 한거 가악 자족)

신희문은 19세기 전반에 활동한 가객으로서, 1829년 어전에서 거행된 기축진연己丑進宴에 참여한 것으로 보이는 등 당대 최고 수준의 예인이었다(김용찬 2002, 227; 신경숙 2011, 96). 그러나 그의 작품은 우아한 격조를 위해 점잔을 빼거나 유식한 문자를 구사하는 일이 별로 없다. 위에 인용한 작품에 보이듯이 그의 시선과 화법은 18세기의 김천택, 김태석, 김우규, 오경화吳擎華, 18세기 후반 등과 별로 다르지 않다. 「베잠방이 호미 메고」의 초・중장도 물 흐르는 듯한 호흡으로 농사꾼의 하루를 읊조려서 재미있지만, 더욱 뛰어난 것은 종장이다. 하루 일에 지친 남편을 위해 술을 거르면서 그의 아내는 내일 뒷밭을 함께 매자고 말한다. 남편의 대답은 문면에 나오지 않았지만 흐름으로 보건대 그렇게 하자고 응답했을 것이다. 나날이 이어지는 노동 속에서 이들 부부는 화목하게 함께 일하고 서로를 배려하며 행복하다. 시상의 흐름이 너무나 자연스럽고 의미의 짜임이 순탄해서 예사롭게 보일지 모르나, 이 작품의 종장이 이룬 성취는 시조사에서도 기억해 둘 만한 것이다.

안민영(1816~1885이후)은 이런 성향과 달리 고상한 아취를 즐겨 추구하며, 이를 위해 장식적 수사에 의존하는 경향도 높은 편이다. 위의 작품 「적적 산창하에」는 그런 중에서 작자 나름의 시상이 독특하게 구성되어 음미할 만한 경지를 보여 준다. 전가 모티프로서는 다소 특이하게 마을과 산림의 접경쯤에 조촐한 집이 있는 듯하다. 주인공은 여기서 낮잠에 졸다가 깨어, 주운 솔가지로 씁쓸한 차를 끓인다. 그로부터 시간이 얼마쯤 지났을까. 저녁 해가 비스듬히 비추는 길로 피리 소리 두세 가락이 들려온다. 더 이상의 상황 설명이나 암시 없이 이렇게 끝남으로써 이 작품은 닫히지 않은 채로 남은 종결부의 신비로운 의문을 오랫동안 간직하게 한다. 그러나 이런 특이함은 안민영의 여타 작품에 이어지지 못하고 소실되었다.

7. 작자불명 시조와 전가 관계망

그러면 전가류 시조의 흐름은 양반층과 평민층 모두에서 19세기의 수량적 쇠퇴와 주제적 이완으로 종말을 고하고 말았던 것인가? 그렇게 서술하고 마칠 수 없도록 하는 일군의 특이한 자료들이 18~19세기 시조사에 존재한다. 바로 '작자불명' 작품군이 그것으로서, 강산 모티프와 달리 전가 모티프 시조들은 이 군집에서의 출현율이 매우 높다. 따라서 이에 대한 별도의 고찰이 필요하다.

여기서 말하는 '작자불명'이란 『고시조 대전』이 하나의 군집으로 인정한 각편들 중에서 어느 문헌에도 작자 표시가 없이, 전부가 'an'이나 'xd'로 처리된 경우를 말한다.[26] 좀더 알기 쉽게 설명하자면, 어떤 작품의 미세한 변종이 가령 20개 문헌에 실려 있다고 할 때, 그 중 하나의 문헌에라도 유효하게 인정되는 작가 표시가 있으면 이 작품은 작자불명 군집에 넣지 않았다. 그러므로 이하의 논의에 적용되는 작자불명 시조란 그들을 수록한 문헌들이 작자표시에 관심이 없어서든, 해당 작품의 작자를 알 수 없다고 처리해서든 작자미상인 채로 전해진 작품들만의 집합이다.

시조의 경우 이런 자료들은 대부분이 가집에 실린 것으로서, 대체로 18~19세기의 시조 연행과 유통의 산물이다. 작자불명이라는 특성 때문에 이 작품들은 창작 시기를 따지기 어렵고, 그들을 수록한 문헌의 종류와 성립, 전승에 관한 증거에 의해 '연행, 유통의 시기'는 비교적 근접하게 추정할 수 있다. 작자불명 시조 중에서도 한정된 몇몇 작품들의 출현 상한선을 밝히고자 한다면 가집들 사이의 수록 상황과 계보 관계를 검증해서 몇 세기 초라든가 중엽이라는 정도의 추정을 얻어낼 수도 있다. 그러나 지금 다루고자 하는 작자불명 시조 중의 다수 작품에 대해 그 정도의 변별 작업을 하기는 현실적으로 어렵다. 따라서 이하의 논의에서는 작자미상 시조 전체를 하나의 군집으로 삼아 검토를 진행한다.

『고시조 대전』의 전체 작품 46,431건을 동일 작품의 미세한 변이형이라 볼 수 있는 것끼리 묶으면 6,845편(군집)이 되고, 작자불명 시조

26　'an'은 작자 표시가 있는 문헌에서 해당 작품에 작자명이 제시되지 않거나 '무명씨, 실명(失名)' 등으로 처리된 경우이며, 'xd'는 해당 문헌이 『남훈태평가』처럼 일률적으로 작자 표시를 하지 않아서 작자 정보가 없는 경우다.

만의 집합은 그 중 3,201편(군집)에 달한다. 이 중에서 전가 모티프를 지닌 작품은 227편으로서, 모집단의 7.1%에 해당한다. 이 수량과 출현율이 여타 자료집단과 비교하여 어느 정도에 해당하는지 한눈에 볼 수 있도록 비교표를 제시한다.

〈표 7〉 전가류 작품의 출현율 비교

구분	총 작품수	전가류		순위
		작품수	출현율(%)	
양반층 전체	2673	176	6.6	5
양반 16세기	371	20	5.4	7
양반 17세기	895	65	7.3	3
양반 18세기	585	49	8.4	1
양반 19세기	761	38	5.0	8
평민층 전체	649	37	5.7	6
평민 18세기	404	31	7.7	2
평민 19세기	245	6	2.4	9
작자불명	3201	227	7.1	4

작자불명 시조에서 전가류의 비중 7.1%는 전체 비교자료군 중 4위에 해당하며, 양반층 전체의 6.6%보다 0.5%가 높은 것이다. 어떤 요인이 작용해서 이런 현상이 발생했을까? 당연히 떠오르는 이 질문은 '작자불명'이라는 사실로 인해 답하기가 매우 어렵다. 다만 가능한 주요 요인 중의 하나로, 시조 연창과 전승에 참여한 직업적·비직업적 가창자와 향유자들이 작품의 부분적 개작이나 창작에 관여한 경우에도 그것을 개인적 기명이 필요한 행위로 보다는 공동의 문화 자원에 대한 우발적, 유동적 기여로 생각했을 가능성이 있다. 아울러 소재적 포용성의 차원에서 본다면, 강산 모티프는 사대부 층에 치우친 소구력訴求力이 있

는 데 비해, '전가'는 질박한 전원적 삶에 대한 관심을 통해 상하층에 두루 접근성을 지니지 않았을까 추정된다. 18, 19세기의 시조 향유에 참여한 연행자와 수용자들에게 이런 특성은 좀더 친근하게 다가왔을 것이다.

그런 점에서 다음 작품이 보여 주는 전가의 조촐한 삶과 충족감은 이 부류의 작품군을 살피는 출발점으로서 적절할 듯하다.

> 오려 고개 속고 열무우 슬졋는듸
> 낙시에 고기 물고 게는 어이 누리는고
> 아마도 農家에 몰근 맛시 이 죠흔가 ᄒᆞ노라
> (an, 청진 : 325, #3421.1, kw : 전가 농부 한거 농사 낚시 천렵 소찬 풍농 자족)

때는 가을, 올벼가 익어서 고개를 숙였고 열무는 희고 통통하게 뿌리가 들었다. 그뿐 아니라 물고기도 풍성해서 낚시를 넣으면 물고, 민물 게는 벼를 베어낸 논에 엉금엉금 기어든다. 갖가지 산물이 풍성한 가운데 가을의 정정 또한 아름다울 것이다. 그것을 모두 묶어서 '맑은 맛'이라고 표현한 이름 없는 작자의 시안詩眼이 신선하다.

전가에서 누리는 삶의 즐거움을 포착하는 방식은 다양했다. 위의 작품이 넉넉하면서도 지나침이 없는 절제의 감각을 보여준 데 비해, 아래에 순차적으로 살펴 볼 세 편은 제각기 다른 방식으로 전원적 행복의 풍경을 그려냈다.

> 압밧희 새 ᄂᆞ믈 키고 뒤밧희 고스리 것고
> ᄋᆞᆷ밥 빈블니 먹고 草堂의 누어시니

지어미 妾 블너 니르디 술맛 보라 ᄒᆞ더라

(an, 고금 : 143, #3096.1, kw : 전가 가족 한거 낚시 박주 소찬 화목 부부정 지족)

이 작품의 눈이라 할 만한 이채로운 내용은 종장에 있다. 그 앞에서 나물, 고사리 등의 소박한 반찬으로 아침밥을 잘 먹고 초당에 누웠다는 것이야 특이할 것 없는 일상적 만족에 불과하다. 그러나 본처가 첩을 불러서 가양주家釀酒가 잘 익었는지 맛을 보도록 한다는 것은 예사롭거나 쉬운 일이 아니다. 다음 작품이 이 점을 잘 설명해 준다.

술 붓다가 잔 곫케 붓는 첩과 첩 한다 ᄒᆞ고 싀옴 심히 ᄒᆞ는 안ᄒᆡ
헌 빗에 모도 시러다가 씌우리라 한 바다에
狂風에 놀나 씌닷거든 즉시 다려 오리라

(xd, 객악 : 423, #2837.2)

술이 과해서 건강을 해치고 가산을 탕진하는 사태는 언제나 흔했으므로, 아내나 첩이 남편의 술잔을 인색하게 따르거나 음주에 대해 바가지를 긁는 것은 드문 일이 아니었다. 칠거지악七去之惡 같은 규범이 있다 해도 남편의 축첩에 대해 상당수 본처들의 심사가 편치 않았던 것 또한 두말할 여지가 없다. 「술 붓다가 잔 곫게 붓는」은 그런 첩과 아내에 대한 남편들의 불만을 희극적으로 과장하여 노래한 것이다. 그렇다면 위에서 논하던 작품 「앞밭에 새 나물 캐고」의 종장은 어떠한가. 우선 여기에 나오는 본처는 남편의 음주에 대해 관대할 뿐 아니라, 첩을 둔 데 대해서도 언짢은 기색이 별로 없다. 뿐만 아니라 그녀는 남편이 좋아하는 술이 잘 발효되어 좋은 맛을 내도록 하기 위해 정성을 기울인다. 그래서 혹시 자신의 늙은 미각으로 술맛을 잘 감별하지 못할까봐 젊은 첩에게 도움을 청한 것일 수도 있다. 이에 대해 첩이 취하는 자세 또한 공순할 것임을 미루어 짐작할 만하다. 결국 이 작품의 종장은 처·첩이 서로 화목한 가운데 남편을 존중하는 자세로 정성스러이 섬기면서 가사를 돌보는, 남성 중심적 소망 내지 환상의 축약판이라 하겠다.

다음의 두 작품은 빈부와 관련하여 서로 대조적인 상황을 설정했다. 그러나 두 편 모두 제각각의 방식으로 행복을 희구한다.

還上도 튼 와 잇고 小川魚도 어더 잇고
비즌 술 새로 닉고 뫼헤 둘이 불가셰라
곳 픠고 거믄고 이시니 벗 請ᄒᆞ여 놀리라
(an, 청진 : 318, #5479.1, kw : 전가 붕우 교유 가악 음주 천렵 행락 안빈 고흥)

져 건너 明堂을 엇어 明堂 안에 집을 짓고
밧 갈고 논 밍그러 五穀을 갓초 심운 後에 뫼 밋헤 우물 파고 딤웅희 박 올니고 醬ㄱ독에 더덕 넉코 九月 秋收 다흔 後에 술 빗고 썩 밍그러 어우리 송티 줍고 압녀에 물지거든 南隣北村 다 請ᄒᆞ야 熙皥同樂 ᄒᆞ오리라
眞實로 이리곳 지닉오면 부를 거시 이시랴
(an, 원국 : 647, #4234.3, kw : 전가 농부 이웃 교유 농사 노동 행락 자족)

첫 작품의 핵심은 '궁핍을 넘어선 풍류'라고 할 수 있다. 관가에서 환곡도 타 왔고, 이웃에서 천렵을 크게 했는지 거기서 물고기도 꽤 얻었다. 그리하여 양식 걱정을 덜었는데, 담갔던 술이 마침 익고 동산에

는 초저녁 달이 둥실 떠올랐다. 이 얼마나 좋은 순간인가. 게다가 뜨락에는 꽃이 피었고, 방에는 거문고가 세워 둔 채로 있다. 그러니 즉시 벗을 청하여 이 아름다운 시간을 함께 즐길 일이다. 대략 이렇게 해설될 만한 시상의 흐름에서 결정적 열쇠는 '환상(환자, 환곡)'에 있다. 환곡은 조선 시대 구휼救恤 제도의 하나로서, 관청에서 흉년이나 춘궁기에 곡식을 빌려주고 가을철에 1~2할의 이자를 더해 돌려받는 방식을 취했다. 끼니를 위한 식량을 환곡으로 채워야 하고, 찬거리를 위한 물고기도 얻어 온 처지라면 이 집의 살림은 대단히 궁핍하다고 할 것이다. 그럼에도 빚어 둔 술이 마침 익고, 달이 휘영청 떠 오른 경관을 보자 주인의 마음은 너무도 설레어 가눌 길이 없다. 가난할지언정 그는 풍류를 즐기고 흥취에 몸을 맡길 줄 아는 사람이어서, 이 좋은 시간이 지나가기 전에 벗을 청하여 놀아야 한다. 이에 대해 실용적, 합리적 차원에서 주인공의 태도를 나무라는 것은 적절하지 않을 듯하다. 이 작품이 다룬 것은 합리적 행동에 대한 심미적 태도의 우월성이 아니라, 그 둘 사이의 어긋남 혹은 긴장의 문제라고 보는 쪽이 좀더 유연한 독법일 것이다.

「저 건너 명당을 얻어」는 물질적으로 풍요로운 전원생활의 이상형을 노래한다. 풍요의 구체적 면모를 열거하고 흥겹게 장식하자니 말이 길어질 수밖에 없고, 이로 인해 자연히 수다스럽고 호흡이 급박한 사설 시조가 되었다. 그러나 이 작품이 노래하는 풍요는 일반 농민들의 경험을 초월하는 수준의 부유나 향락은 아니다. "지붕에 박 올리고 장독에 더덕 넣고, 구월 추수 다한 후에 술 빚고 떡 만들어" 같은 일은 얼마간 여유가 있는 집이라면 가능한 것들이다. "어울이 송치 잡고"는 고기가 연한 것으로 유명한 태중胎中의 쇠고기 조달을 뜻하는 것으로 보이는데,[27] 음식 사치로는 매우 특별한 것임이 분명하다. 그러나 앞내에 큰

물이 지면 온 마을 사람들을 불러 모아 천렵도 하고 크게 잔치를 벌이는 것으로 그려진 희망의 절정은 조선 시대의 비교적 유여한 향촌에서 꿈꾸어 볼 만하고, 실제로 구현될 수도 있는 그림이었다.

작자불명의 전가류 시조들은 전원적 행복에 대해서도 이처럼 다양한 관점과 변형들을 추구함으로써 작품세계를 입체화했다. 촌가의 손님 맞이를 다룬 작품의 여러 변종들도 작자불명 시조들의 생성, 분화 양상을 흥미롭게 보여 준다. 이 계열의 작품으로 18세기 양반층 시조에서는 김창업의 「거문고 술 꽂아 놓고」가 있었고, 평민 작가로는 김우규가 「동령에 달 오르고」를 남겼다. 작자불명 시조에는 이 부류의 작품이 훨씬 더 많은데, 소재 설정의 차이가 가장 큰 두 편만을 대조해 보기로 한다.

草堂의 오신 손님 그 무어스로 對接ᄒ고
올엽쌀 흰 졈심의 미ᄂ리 긴강의 還燒酒 쫄 타고 울산 전복의 나 낙근 고
　　기 속고쳐라
아희야 잔 씨져 오너라 벗님 디졉 ᄒ리라
(an, 해박 : 520, #4872.1, kw : 전가 처사 시동 붕우 교유 낚시 음주 자족)

내 집이 器具 업써 벗이 온들 므엇스로 對接ᄒ이
압내희 후린 곡이를 키야 온 삽쥬에 속ᄉ오와 녹코
엇ᄯ제 쥐비즌 술 닉엇씨리라 걸게 걸러 내여라
(an, 해일 : 587, #0989.2, kw : 전가 처사 붕우 교유 천렵 박주 소찬 음주 안빈 자족)

27　'어울이'는 '배냇소'라고 하며, '송치' 즉 '아직 출산하지 아니한, 암소 뱃속의 새끼'와 같은 뜻이다.

둘 중에서 첫 작품은 상당히 넉넉한 살림의 주인공이 등장하고, 둘째 작품은 옹색한 처지의 인물이 주역이다. 「초당에 오신 손님」의 여유로움은 무엇보다 음식으로 표현된다. 올벼 쌀로 지은 흰 밥에 미나리 나물, 술은 두 번 고아 만든 환소주에 꿀을 타고,[28] 안주로는 울산에서 온 전복에다가 주인이 친히 낚은 물고기를 끓이게 한다. 이 푸짐한 상차림을 지시하는 주인의 어조는 느긋하고 차분하다. 특히 종장에서 "벗님 대접 하리라"고 말하는 그의 태도는 장자長者의 품격과 여유를 함께 보여 준다.

「내 집이 기구 없어」는 자신의 살림이 빈한함에 대한 한탄으로 시삭한다. 그리고는 천렵하여 잡은 물고기와 들나물로 음식을 장만하고, 엊그제 서둘러 쥐빚었던 술을 거르도록 한다. "걸게 걸러 내어라"고 이르는 그의 말씨는 여유나 품격보다 벗을 맞이할 설렘에 들떠 있다. 소박한 음식과 술일지언정 그것을 나누는 우정의 즐거움이 너무도 기대되기에 그는 점잔을 뺄 이유가 없다.

이 작품들은 개별적으로도 재미있지만, 함께 검토하며 인간 행위에 대한 통찰을 음미해 보면 두 작품이 서로를 비추면서 자신의 빛깔을 드러내는 데 대해 감탄하지 않을 수 없다. 위의 두 편은 모두 김수장(1690~?)이 편찬한 『해동가요』의 이본들에 실렸으니 18세기 중엽 쯤의 자산인데, 이름이 알려지지 않은 그 무렵의 작자 혹은 개작자들은 일견 유사한 소재를 다루면서도 서로 구별되는 개별성을 창출했던 것이다.

이런 양상들을 상세히 살피는 것은 전가류에만 국한하더라도 적지 않은 규모의 작업이 될 터이므로 여기서 감당하기 어렵다. 이 자리에서

---

28 환소주는 소주를 다시 고아 만든 고농도 소주로서, 보통 소주보다 독하고 향이 강하다.

우리의 관심은 작자불명 시조들이 양반층 및 평민층 작품과는 다른 방식으로 전가류 시조의 심상공간에 기여한 바를 조명하는 데 집중할 수밖에 없다. 그런 시각에서 끝으로 주목해 둘 만한 현상으로 '일부 전가공간의 행락적 전환'과 그에 따른 '해학적 변종의 파생'이 있다. 이와 관련된 변이형들이 적지 않으나 다음의 세 편만을 요점적으로 검토하기로 한다.

압 논에 올여 뷔여 百花酒를 비저 두고
뒷東山 松亭에 箭筒 우희 활 지어 걸고 손조 구굴뭇이 낙가 움버들에 쉐여
물에 ᄎᆡ와 두고
아희야 벗님네 오셔든 긴 여흘로 ᄉᆞᆯ와라
(an, 해일 : 606, #3089.1, kw : 전가 누정 시동 붕우 교유 낚시 음주 자족)

ᄉᆡᆼᄆᆡ 자바 길쓰려 두메 쉥山行 보ᄂᆡ고
白馬 싯겨 바 느려 뒷동산 松亭에 ᄆᆡ고 손죠 구굴무지 낙가 움버들에 쉐여
물에 ᄎᆡ와 두고
아희야 날 볼 손님 오셔드란 뒷 녀흘노 살와라
(xd, 객악 : 349, #2495.1, kw : 전가 누정 시동 교유 낚시 행락 사냥 기마 자족 말놀음)

ᄉᆡᆼ마 잡아 길 잘 드려 두메로 쉥산양 보ᄂᆡ고
셋말 구불굽통 솔질 솰솰 ᄒᆞ야 뒤송정 잔듸 잔듸 금잔듸 난 데 말뚝 쌍쌍 박
아 바 늘여 ᄆᆡ고 암ᄂᆡ 여흘 고기 뒷ᄂᆡ 여흘 고기 자나 굴그나 굴그나 자나
쥬어쥬셤 낙과ᄂᆡ야 움버들 가지 쥬루룩 훌터 아감지 쉐여 시ᄂᆡ 잔잔 흘

으는 물에 청석바 바둑돌을 얼는 닝큼 슈슈히 집어 자장단 마츄아 지질
너 노코
동자야 이 뒤에 윗쌀 가진 청소 타고 그 소가 우의가 부푸러 치질이 성헛가
ᄒ야 남의 소를 웃어 타고 급히 나려와 뭇거들나 너도 됴곰도 지체 말고
뒷 녀흘노
(xd, 남태 : 196, #2496.1, kw : 전가 누정 시동 교유 낚시 행락 사냥 기마
자족 고흥 자조 말놀음)

위의 세 직품은 정도의 차이가 있으나 대체로 '전가 공간의 행락적
전환'에 해당하는 사례다. 그리고 세번째 작품은 이런 변화에 더하여
'해학적 변종'이 발생한 경우라 할 수 있다.

전가 생활에서의 이런저런 즐거움이나 공동체적 놀이를 낙천적으로
그리는 일은 양반층과 평민층 기명 작가들의 시조에서도 더러 발견된
현상이다. 그러나 이미 여러 작품들에서 보았듯이 이 즐거움과 놀이는
전원적 삶에서 때때로 맛보는 부산물이지 그 자체가 상시적인 생활일
수는 없었다. 그런데 작자불명의 전가류 시조 중 일부는 이런 수준을
넘어 전가라는 공간을 물질적 풍요와 일락逸樂의 장으로 표상하는 경향
을 보여 준다. 위에 예시한 작품 셋이 모두 그러한데, 첫 작품인 「앞 논
에 올벼 베어」가 그 중에서는 이런 성향이 가장 엷은 편이다. 이 작품의
초장이 벼베기와 새 술 빚는 일을 언급했으니, 시간적 배경은 가을이
다. 그러나 중장 이하의 내용은 꼭 가을에만 해당하지 않는다. 그것은
가산이 넉넉한 집안의 남성들이 호협하게 즐기는 여가 스포츠와 놀이
활동으로서 폭넓은 기간에 행해질 수 있다. 종합하자면 이 작품은 초장
에 담긴 계절적 제약 때문에 행락의 상시성에 어느 정도 제약이 가해졌

다고 볼 만하다.

그런데 나머지 두 작품은 초장이 "생매 잡아 길들여 두메 꿩사냥 보내고"가 됨으로써 농사의 시간성에 따른 제약을 제거했다. 이제 이 작품들에서 전가를 둘러싼 공간은 농경과 별 관계없이 매사냥, 말타기, 천렵 등 남성들의 즐거움을 위한 야외활동 영역이 되었다. 이처럼 놀이와 농사의 연관이 단절되고, 놀이 활동이 농경생활의 시간질서로부터 독립함으로써 이들 작품의 전가 공간은 농경세계가 아닌 행락공간으로 전환된 셈이다.

셋째 작품은 이런 전환의 바탕 위에서 중장과 종장에 대규모의 희극적 변형을 가했다. 그 중에서도 핵심이 되는 것은 종장인데, 중장은 이를 위한 도입 과정으로서 뒷여울의 고기잡이를 해학적으로 서술한다. 그의 고기잡이는 "앞내 여울, 뒷내 여울"을 가리지 않고 왕래하며 물고기를 "자나 굵으나, 굵으나 자나 주섬주섬" 낚아내는 욕심스러움을 보여 준다. 이 대목의 말씨와 촘촘한 리듬에 의해 어느 정도 준비된 해학성은 종장에서 뚜렷하게 표출된다. 그 핵심에 '푸른 소'와 '치질'이라는 희극적 대립이 작용한다. 종장에 '외뿔 가진 푸른 소'로 표현된 청우靑牛는 노자老子가 『도덕경道德經』을 저술한 뒤 세상으로부터 자취를 감출 때 탔다는 소로서, 세속으로부터의 초탈을 은유한다. 그러나 이 작품의 화자가 기다리는 벗은 치질이 있어서, 등이 불룩 튀어나온 청우를 타지 못하고 남의 소를 얻어 타야 하는 처지다. 노자의 청우가 정말 그러했던지 여부를 넘어, 이 대목은 '청우'와 '치질'의 익살스런 대조를 통해 초월적 삶의 표상을 희화화한다. 노자 같은 현인은 청우를 타고 세속을 떠나는 일이 가능했다지만, 보통사람들이 속한 나날의 삶에서 그런 일은 비현실적 몽상에 불과하다는 빈정거림이 여기에 함축되어 있는 듯도 하다.(김홍규 2015, 97) 하지만 그렇다 해도 이 작품이 초월적 가치에 대한 의식적 반감을 담았다고 보는 것은 지나친 일일 것이다. 이 작품의 경쾌한 흐름에서 중요한 것은 풍요로운 생활 속에 누리는 세속적 즐거움에 대한 선망과 예찬이다. 푸른 소와 치질이라는 화소는 이런 세속주의의 입장에서 장난스럽게 던진 익살의 재료라고 보는 것이 적절할 듯하다.

작자불명 시조의 전가류 작품들에는 이 밖에도 주목할 만한 점들이 더 있지만, 여기서 강조하고 싶은 것은 그것들이 기명 작가들에게서 발견되는 경향들의 다소 저급한 재탕이나 모방에 그치지 않는다는 것이다. 그런 부분이 전혀 없지는 않더라도, 작품의 익명성이 작자불명 시조들의 가치에 대한 부정적 선입견의 이유가 될 수는 없다. 특히 전가 모티프 시조의 전개에서 이 작품들은 기명 작가 위주로 형성된 18, 19세기의 윤곽을 좀더 신중하게 보완하도록 하는 면모를 지니고 있다.

1. 정념류 작품의 분포 양상

　'정념情念'은 '강산', '전가'와 더불어 옛시조의 모티프 관계망을 이끄는 세 개의 주요 색인어 중 하나다. 옛시조 전체에서의 출현율을 보자면 정념류는 강산류와 전가류를 제치고 단연코 수위를 차지한다. 그럼에도 불구하고 정념 모티프의 시조들은 종래의 연구와 수용에서 다분히 주변적 지위에 머물렀다. 과거의 시조 연구는 대체로 기명記名 작가와 양반층에 치우치면서 무기명 작품들에 소홀했고, 가집 자료들에 기초한 연행·수용사적 통찰에는 더욱이나 손길이 미치지 못했던 점이 이런 편향의 주요 원인이 된 듯하다. 그렇게 누적된 여러 과제들을 이 책의 한 대목에서 다 해결할 수는 없지만, 커다란 역사적 윤곽을 추적하는 작업에 병행하여 몇 가지 생산적 논점들도 가능한 한 제시해 보고자 한다.

우선 '정념'과 '욕정欲情'이라는, 얼마간 연관되면서도 구별이 필요한 두 개의 색인어를 잠시 살펴 두자. 이 연구에 적용된 옛시조 색인어 사전은 두 어휘를 다음과 같이 정의했다.

- 정념 : 남녀 간의 애정과 성적 이끌림으로 인해 생겨나는 그리움, 애착 등의 감정과 심리.
- 욕정 : 이성에 대한 육체적 욕망.

정념 혹은 애정과 욕정 사이의 구별은 칼로 자르듯이 명확하기가 어렵지만, 위의 정의는 일단 이성간의 그리움, 애착 등의 심리적 동력이 있을 경우 그것을 정념으로 간주한다. 이와 달리 대상 인물에 대한 마음 끌림 등이 없거나 희박한 상태에서 기동하는 성적 욕구는 욕정으로 본다. 이런 구분에도 불구하고 실제 작품의 이해에서 두 가지를 판별하는 것이 때때로 논쟁적일 수 있으나, 그런 문제적 국면은 작품 해석의 차원에서 처리할 일이므로 미리 염려하지 않기로 한다.

정념류 시조의 역사적 추이를 논하기 위해서는 그 군집별 분포의 파악에서 출발할 필요가 있다. 이를 위해 우선 '정념'을 색인어로 지닌 작품들이 옛시조의 주요 작품군에서 출현하는 비율과 정념 관계망 k-코어의[1] 군집별 평균연결강도를 하나의 표로써 정리했다.

---

1   옛시조 전체를 대상으로 한 k-코어 분석에서 '정념, 남녀, 그리움, 한탄, 밤, 임기다림, 원망'의 7개 색인어가 검출되었다. '강산, 전가' 관계망과 달리 정념류에서는 이들 중 심색인어의 변동이 매우 적어서, 군집별 비교를 위해 별도의 고찰이 필요한 경우 외에는 이들을 공통 준거로 사용한다.

구분	전체	평시조	사설시조	양반층	평민층	기녀	작자불명
정념류 비율	18.6%	16.2%	29.5%	7.3%	12.3%	70.1%	28.9%
핵심부 평균연결강도	4.6	4.1	7.0	1.8	2.8	18.1	7.1

옛시조 전체에서 '정념' 키워드 작품의 비율은 18.6%로서, 이것은 강산류(14.5%)와 전가류(6.7%)에 비해 현저하게 높은 분포량이다. k-코어 관계망은 '정념, 남녀, 그리움, 한탄, 임기다림, 밤, 원망'의 7개 색인어가 모두 연결되는 완전형이고, 평균연결강도는 4.6%로 매우 높다.[2] 즉 정념 관계망은 강산 관계망, 전가 관계망에 비해 전체적 분포율과 관계망의 응집성이 모두 높다.

양식상으로 보면 평시조보다 사설시조에서 정념류의 비중과 응집도가 확연히 높고, 신분층으로는 양반보다 평민층에서 정념류가 뚜렷하게 선호되었다. 하지만 그 어떤 집단도 기녀들만큼 높은 비중(70.1%)으로 정념류 작품들을 창작하지는 못했다. 이것은 기녀들이 담당했던 연행상의 역할과 대인관계의 특성상 자연스러운 현상이라 할 수 있다. 그러나, 기녀시조에서 정념류의 비중이 매우 높다는 것이 유념할 만한 현상이기는 해도, 그 작품 수는 54수에 불과해서[3] 시조사를 위한 자료로서의 양적 기여는 제한적이라는 점 또한 기억되어야 한다. 옛시조의 정념류를 탐구하는 데 좀더 유력한 자료는 무려 28.9%의 정념류를 지닌 작자불명 작품군이다.[4] 대부분 18, 19세기의 가집에 수록된 이 작품들

---

2 옛시조 전체에서의 k-코어 평균연결강도는 강산 관계망이 3.4%, 전가 관계망이 2.9%이다.
3 『고시조 대전』에 수집된 기녀시조는 총 30인에 77편이다.
4 이것은 작품 수로 924수(평시조 582, 사설시조 342)에 해당한다. 여기서 말하는 '작자불명'이란 『고시조 대전』이 하나의 군집으로 인정한 각편들 중에서 어느 문헌에도

은 시조 연창 및 전승에 참여한 직업적·비직업적 가창자와 향유자들이 개작하거나 창작하여 유통된 것으로 추정된다. 앞에서도 언급했지만, 그들은 작품의 변개나 신작에 관여한 경우에도 그것을 개인의 독자적 창조 행위라기보다는 공동의 문화 자원에 대한 즉흥적, 유동적 기여로 생각했을 가능성이 있다. 정념류 시조는 시적 상황과 발상 및 표현에서 유사한 점이 많기 때문에 이런 현상이 더 흔했을 법도 하다. 원인이 어떻든 작자불명이라는 사실이 시적 가치를 낮게 보아야 할 이유는 될 수 없다는 점에서 이들 작품을 역사적 성찰에 포괄하는 방안이 필요하다. 이에 관해서는 몇 항목 뒤에서 18~19세기 시조사를 가집군 단위로 세분하여 논하면서 새로운 분석적 시야를 제시하고자 한다.

2. 양반층 시조의 정념류와 16, 17세기

정념류 시조의 역사적 추이에서 양반층의 역할은 강산·전가류의 경우에 비해 상당히 적었다. 그러나 16세기 이래의 흐름을 하나의 줄기로서 파악하려면 역시 우선적인 검토가 필요하다. 정념 관계망은 이미 언급했듯이 작품군에 따른 핵심부 구성 색인어들의 변화가 적기 때문에 앞의 제4, 5장과 달리 k-코어 관계망 표를 세기별로 제시하기보다, 여러 세기의 측정값을 하나의 표에 집약하여 비교 검토에 편리하도록 하고자 한다.[5]

작자 표시가 없이, 전부가 'an'(작자 미상) 혹은 'xd'(일괄하여 작자 표시 않음)로 처리된 경우를 말한다.

〈표 2〉 양반층 시조 정념 관계망의 세기별 추이

세기	작품 총수	L0 작품수	L0 출현율	연결 밀도	평균연결 강도	L1 작품수	L1 출현율	비고
16	371	7	1.9	0.24	0.5	6	1.6	
17	895	32	3.6	0.48	1.1	23	2.6	
18	585	33	5.6	0.67	1.6	30	5.1	
18a	474	17	3.6	0.52	1.1	14	3.0	이정보 제외
19	761	119	15.6	0.76	3.6	117	15.4	
19a	138	13	9.4	0.48	2.3	13	9.4	조황 이세보 제외

〈표 2〉를 활용하기 위해 한 가지 유의해야 할 사항이 있으니, 여기에 'L0'과 'L1'으로 구분하여 표시한 작품군이 그것이다. 'L0'은 '정념'을 색인어로 가진 작품들의 전체 집합인 데 비해, 'L1'은 L0 작품군에서 '군신君臣, 연군, 우의寓意' 중 어느 하나의 색인어라도 지닌 것은 제외한 부분집합이다. 이런 이중 범주가 필요한 까닭은 양반층의 시조 중 일부가 남녀 간의 애정 상황에 군주에 대한 사모의 정을 의탁했기 때문이다. L0 작품군은 이런 함축적 의미를 따지지 않고 작품의 액면적 의미가 남녀간의 애정에 관한 것이면 모두 포괄하며, L1 작품군은 그 가운데서 군신간의 일을 의탁했다고 여겨지는 것은 제외하여 순수한 정념의 노래만을 남긴 것이다.

양반층의 정념류 시조들은 L0, L1 그룹을 막론하고 16세기부터 19세기까지 급속하게 증가하는 추세를 보였다. 두 계열의 흐름이 대체로

---

5   아래에 제시되는 표에서 각 세기의 정념 관계망 밀도와 평균연결강도는 '정념, 남녀, 그리움, 한탄, 임기다림, 밤, 원망'의 7개 색인어를 공통 노드로 적용하여 산출했다.

비례하기 때문에 편의상 L1 그룹만으로 설명하자면, 16세기부터 19세기까지의 추세가 '1.6 < 2.6 < 5.1 < 15.4%'로서, 뒤로 갈수록 증가폭이 더 컸다. 18, 19세기는 다작 작가인 이정보(18세기)와 조황·이세보(19세기)의 과도한 통계적 영향을 염려하여 이들을 제외한 18a, 19a행을 비교자료로 삽입했는데, 그것으로 18, 19세기를 교체하더라도 결과는 '1.6 < 2.6 < 3.0 < 9.4%'로서, 증가세가 여전한 채 기울기만 18세기에 일시적으로 완만하게 바뀔 따름이다. 단적으로 말해서, 양반층 시조는 남녀 간의 애정 문제에 관심이 극히 적던 16세기로부터 내려갈수록 정념류 작품이 증가했으며, 특히 19세기의 양적 팽창은 매우 큰 것이었다. 이정보와 이세보는 정념 소재에 관심이 많은 작가여서 이들을 포함할 경우의 통계는 좀더 가파른 증가세를 나타냈는데, 그들을 제외하더라도 양적 흐름의 기본 방향은 바뀌지 않았다. 요컨대 이들은 정념류 시조의 창작에서 자신이 속한 계층과 시대의 추세를 타면서 앞서가는 방식으로 움직였던 것이지, 그것과 무관하게 돌출하거나 역행한 것은 아니었다.

이러한 전반적 추이 속에서 두 가지 흥미로운 국면이 있으나 우선 16세기와의 친연성이 비교적 짙어 보이는 17세기 양반층의 정념류 시조를 먼저 보기로 한다.

> 淸溪쇼 달 발근 밤의 슬피 우는 져 그러가
> 雙雙이 놉피 써서 누를 그려 우는고
> 우리는 半쪽기 되여 님만 그려 우노라
> (姜復中, 「水月亭淸興歌: 18」, 청계: 60, #4726.1, kw: 밤 군신 남녀 그리움 정념)

내 가슴 헤친 피로 님의 양ㅈ 그려 내여

高堂 素壁에 거러 두고 보고지고

뉘라셔 離別을 삼겨 사름 죽게 ᄒᆞᄂᆞᆫ고

(申欽, 청진 : 131, #0901.1, kw : 남녀 그리움 원망 정념 우의)

    첫 작품인 「청계소 달 밝은 밤에」는 작품을 수록한 문헌과 작자 강
복중(1563~1639)의 생애 등을 함께 고려할 때 연군의 뜻을 남녀간의
상황에 의탁한 것임이 분명하다. 이에 비해 신흠(1566~1628)의 「내 가
슴 헤친 피로」는 정치적 좌절과 방축放逐의 고통을 남녀간의 이별에 실
어서 비탄하는 작품으로 볼 만하지만, 이 경우의 우의적 연관에는 얼마
간의 불확실성이 개재한다. 단적으로 말해서 이 작품은 신흠이라는 작
가에 대한 전이해와 참조 정보에 따라서, 그리고 읽는 이의 해석 성향
에 따라서 가변적일 만한 여백을 좀더 많이 가지고 있는 것이다. 그는
광해군 집권기인 1613년 계축옥사癸丑獄事로 파직당하고 춘천에 유배된
약 8년의 기간에 상당량의 시조를 창작한 것으로 보이는데, 그 중에서
3편 정도가 이 작품과 유사하게 정치적 고난과 기다림의 우의성을 함
축한 것으로 해석되는 정념류 시편들이다.[6]

    이명한(1595~1645)은 이정구李廷龜의 아들로서 대제학까지 지낸 인
물인데, 연군과 무관한 것으로 믿어지는 정념 모티프 시조 4편이 남아
있다.

---

6   "寒食 비 온 밤의 봄빗치 다 퍼졋다"(청진 : 132, #5314.1); "어젯밤 비 온 後에 石榴곳
   이 다 픠엿다"(청진 : 133, #3263.1); "窓밧긔 워석버석 님이신가 니러 보니"(청진 :
   134, #4538.1).

울며 잡은 사믜 썰치고 가지 마소

草原 長程에 힌 다 져 져무런늬

客愁에 殘燈 도도고 싀와 보면 알니라

(李明漢, 병가 : 190, #3618.1, kw : 저녁 갑남 을녀 남녀 한탄 정념 이별 괴로운밤)

숨의 둔니는 길히 즈최곳 날쟉시면

님의 집 窓밧긔 石路라도 달홀노다

숨길이 즈최 업스니 그를 슬허 ᄒ노라

(李明漢, 고금 : 206, #0684.1, kw : 꿈 남녀 슬픔 그리움 정념 임기다림)

「울며 잡은 소매」는 의문의 여지가 없는 정념의 노래다. 울며 소매를 잡는다는 것으로 짐작컨대 작중화자는 여성이다. 애타는 만류에도 불구하고 기어이 떠나려는 임을 붙잡으면서 그녀는 이미 날이 다 저물었다든가, 객지에서 쓸쓸한 밤을 지내 보면 당신도 외로울 것이라는 등의 하소연을 늘어놓는다. 만류하는 이유의 어느 것도 임을 확실하게 붙잡을 만큼 강하지 못하지만, 그럼에도 불구하고 눈물어린 사연을 말하는 어조에 정념의 애잔함이 곡진하다.

「꿈에 다니는 길이」는 기상奇想의 참신함과 울림이 뛰어나서, 그리움의 시조 중에서도 걸작으로 꼽을 만하다. 이 작품에 담긴 정념이 연군의 함축을 지녔다고 보아야 할 것인지는 의문이지만, 논자에 따라 그렇게 주장할 여지가 완전히 배제되지는 않을 듯하다. 중요한 점은 그런 해석이 가능하다 하더라도 이 작품 자체는 탄탄하게 짜인 애모愛慕의 노래로서, 그 간절한 그리움이 연군의 은유로 독해될 수는 있을지언정 작중의 여러 요소들과 군신관계 사이에 구조적 대응관계가 있는 알레고리에 해당하지는 않는다는 것이다.[7] 연군의 속뜻이 있든 없든, 이 작품은 그리움의 '꿈길'을 수없이 오가며 서성거리는 발길로 인해 돌길조차도 닳아질 것이라는 사랑의 간곡함을 체험적으로나 상상적으로 절감한 이의 손에서 나왔고, 수용자에게 그런 개연성에 동참하기를 유혹한다.

이명한이 이런 성향의 정념류 시조를 창작한 최초의 사대부 작가는 아닐 것이다. 앞서 언급한 신흠의 작품들 중에도 남녀 간의 사랑과 연군의 은유성이 모호하게 얽힌 가운데 기다림의 애정 심리가 예리하게 포착된 사례가 있다. 다만, 이명한의 정념류 시조는 전해지는 작품들 대부분이 순수한 정념의 노래로 해석될 개연성이 높으면서 그 정감과 화법의 호소력이 탁월하다는 점에서 주목할 만하다.

17세기 양반층 시조의 정념류에서 흥미로운 또 한 국면으로 이진문李振門, 1573~1630이라는 무인이 남긴 「경번당가」가 있다. 그것이 각별히 중요한 이유의 하나는 연시조라는 것과, 다른 하나는 출처와 성립 시기가 확실한 문헌에 실려 있어서 자료적 신빙성이 높다는 점이다. 이 작품은 이진문의 「봉사부군일기奉事府君日記」 등 한문 자료와 함께 필사본으로 제책되어 후손들에 의해 보존되다가 1980년대에 와서 학계에 알려졌다.[8] 14수로 엮어진 이 작품은 당시까지의 시조 사에서 정념을 주제

---

7   시학적 차원에서 볼 때, 애정시와 연군시의 일치 내지 중첩 관계를 비교적 뚜렷하게 말할 수 있는 것은 작중의 애정 상황이 군신 관계 혹은 정치적 상황에 대한 구조적 비유로 무리 없이 읽히는 경우다. 이와 달리 애정과 연군 사이에 포괄적 은유 관계만이 인정될 수 있는 경우는 은유의 속성상 그 연관성이 모호해서, 이에 관한 해석은 확정하기 어렵다.

8   자료를 보관하다 제공한 이는 이진문의 13대손인 이건교(李建敎) 씨라 한다. 이진문의 본관은 함평(咸平), 자는 창원(昌遠), 호는 후재(後齋). 정유재란 때에 무과에 급제하였다. 그는 관서지방의 국경을 방비하는 위수군(衛戍軍)에 배속되어, 1619년 5월 1일

로 한 최초의 연시조로 믿어진다. 17세기까지의 정념류 시조에서 여타 작품들은 우의적이든 아니든 모두 단시조單時調였고, 대부분이 후대의 가집에 실려 전해짐으로써 문헌적 신빙성에 약간의 취약함을 지녀 왔다. 「경번당가」는 이 두 가지를 모두 넘어서는 획기적 자료다.

이 작품은 달거리 형식의 연시조로서 정월부터 섣달까지의 12수에 결사의 성격을 지닌 2수가 첨가되어 있다. 이에 관한 전면적 분석과 심층적 논의는 이 책의 소임을 넘어서는 일이므로, 여기서는 「경번당가」를 정념시조로서 주목하는 이유와 작자 추정 문제에만 집중하기로 한다. 이와 관련하여 무엇보다 흥미로운 단서는 필사본 『봉사부군일기』의 「경번당가」라는 제목 아래 "경번당가 언문은 다 거족거슬 썼다"는 주석이 붙어 있는 점이다. 여기서의 "거족거슬"에 대해 지금까지의 견해는 의미 불명으로 처리한 경우도 있고(신경숙 외 2012, 500), 뜻이 모호하기는 하지만 앞뒤의 맥락으로 보아 "이 곳의 시조는 다른 데서, 혹은 남의 것을 옮겨 썼다는 느낌을 주어"서 이것이 이진문 작품이 아닐 법하다는 단서로 간주한 예도 있다(박준규 1992, 7~8). 나로서는 이 "거족거슬"을 '거짓 것을'로 독해하여, 「경번당가」가 실사實事가 아닌 가상적 인물과 상황을 작품화한 것임을 밝힌 구절로 보고자 한다.

이렇게 볼 만한 정황증거는 『봉사부군일기』 필사본의 편제 속에 있다. 앞의 각주에 언급했듯이 「경번당가」는 「봉사부군일기」와 김응하에 관한 문건들의 사이에 놓였으며, 필체 또한 동일 인물의 것으로 보인다. 김응하金應河, 1580~1619는 이진문이 관서지방으로 떠나기 2개월 전인

부터 이듬해 6월 14일까지의 여정과 경험, 감회, 작시 등을 일기로 기록했다. 이와 함께 연시조 「경번당가」와 「贈金將軍應河遼東伯」, 「金將軍應河傳」, 「金將軍應河賜祭文」, 「李統制使逢屈檄」이 같은 필사본에 차례대로 수록되어 있다. 박준규(1992) 참조.

1619년 3월 후금 군대와의 전투에서 전사했던 바, 이진문은 그 무용담과 장렬한 최후를 전해 듣고 감격하여 김응하의 전기를 쓰고 여타 문건들과 함께 이 필사본에 수록했다. 만약 「경번당가」가 남의 시조를 옮겨 적거나 재미삼아 발췌하는 수준이었다면 그것을 자신의 종군일기와 이 진지한 문건들 사이에 넣었을 가능성은 매우 희박하다. 작품의 수록 위치로 보더라도 「경번당가」는 이진문 자신의 글일 가능성이 높으며, "경번당가 언문은 다 거족거슬 썻다"는 부기는 그가 이 작품에 대해 상당한 애착을 가지되 그것이 실제가 아니라 '모두 상상적 인물과 상황의 이야기'임을 밝혀 두고자 한 것으로 해석된다.[9]

정월 한보롬 날 둘가 ᄂᆞᆫ 사름들하
산너머 하늘ᄭᅵ애 구롬 소옥긔 보ᄂᆞᆫ다
우리도 둘 ᄀᆞᄐᆞᆫ 님을 두고 비초여나 보고져
(李振門, 「경번당가 : 1」, 봉사 : 1, #4333.1, kw : 겨울 밤 남녀 그리움 정념)

ᄉᆞ월 비 갠 후의 버들비치 새로온듸
흥거온 괴ᄭᅩ리[ᄂᆞᆫ] 온갓 교티 다 ᄒᆞ노고
님 향해 아득흔 ᄆᆞᄋᆞᆷ 씨오ᄂᆞᆫ닷 ᄒᆞ[여]라[10]
(李振門, 「경번당가 : 4」, 봉사 : 4, #2280.1, kw : 봄 남녀 그리움 정념)

팔월 한가외 날 엇지 삼긴 나리완듸
무심흔 둘비츤 오늘 밤의 칙블근고

---

9   이 문제에 관해 좀더 상세한 논의는 별도의 논문으로 이루어져야 할 것이다.
10   원문 중에 '[ ]'로 채워 넣은 부분은 독자를 위해 판독불능 문자(□)를 추정한 것이다.

님 그려 아득흔 무움을 볼키는둣 흐여라

(李振門, 「경번당가 : 8」, 봉사 : 8, #5151.1, kw : 남녀 가을 밤 그리움 정념)

동짓쫄 기나긴 밤이 흐르밤이 열흘 맞다

누으며 닐며 므슴 주미 오돗더니

눈 우희 둘비치 볼그니 가슴 슬허 흐노라

(李振門, 「경번당가 : 11」, 봉사 : 11, #1423.1, kw : 겨울 밤 남녀 슬픔
그리움 정념 괴로운 밤)

그가 그려낸 상상적 주인공은 사랑하는 이와 헤어져 있는 여성으로
서, 작품 전체는 이 인물의 독백으로만 구성된다. 전체적으로 볼 때 이
여인의 임은 곁에 있지 않은 때가 대부분이고, 언제 찾아올지 기약이
없다. 뿐만 아니라 서신 등의 방법을 통해 소식을 전해 오는 것도 아니
다. 작품은 이런 극한적 분리의 상황에서 작중화자가 겪는 외로움, 고
통, 번민과 때때로 품어 보는 작은 소망들을 보여 주는 것으로 엮어진
다. 달거리라는 형식은 일 년의 세차에 따라 바뀌는 상황을 배경 또는
실마리로 삼아 그녀가 자신의 괴로운 처지와 임에 대한 그리움을 새로
이 환기하고 호소하는 무대를 제공한다. 「경번당가」는 12달의 시간적
질서와 제 13, 14수의 종결부 역할 외에 사건 구조라 할 만한 것이 없
이, 서정적 상황과 독백의 연쇄로 이루어져 있다. 다만 이 속에서도 감
정의 흐름이라 말할 만한 추세는 있어서, 대체로 9월 이후 12월까지의
내용은 좀더 어둡고 비통한 심경으로 빠져든다.

이를 표현하는 소재, 이미지와 수사는 그다지 화려하거나 매끈하지
않지만 국문시가의 화법에 어느 정도 적응된 솜씨와 안정감을 지니고

있다. 그러면서도 이것이 기녀의 작품이거나 기녀시조의 차용 또는 모방일 가능성은 희박해 보인다. 기녀시조들의 매끈한 흐름, 심미화 경향, 그리고 장식적인 어휘와 사물의 도입 같은 특질이 이 작품에서는 거의 눈에 띄지 않는다. 이 작품의 소재와 이미지들은 친숙하고 비근하면서, 상투성의 손때도 묻지 않았다. 그런 가운데서 인용된 마지막 수의 종장, "눈 위에 달빛이 밝으니 가슴 쓰려 하노라"의 소박한 호소력이 탁월하다. 외로운 한 해가 저물어 가는 동짓달 밤, 마당과 창 밖에는 흰 눈이 가득 내렸다. 잠을 이루지 못한 주인공이 문을 열자 길과 개울 그리고 언덕을 덮어 내린 눈 위로 달빛만 하얗게 밝다. 모든 것을 덮은 흰빛의 막막함 앞에서 그는 한층 더 외롭고 가슴 쓰릴 따름이다.

16세기의 정철鄭澈, 1536~1593은 가사 「사미인곡」, 「속미인곡」과 약간의 시조에서 '충신연주지사忠臣戀主之辭'라는 명분의 보호 아래 여성 화자가 발화하는 간곡한 정념의 노래를 구현했다. 17세기 초의 이진문은 시적 상상력과 언어 구사가 조금 소박하지만, 정철보다 몇 걸음 더 나아가 정념 노래의 새로운 국면을 확대했다. 그는 유가적 정당화를 위한 우의성에 기대지 않고, 외로운 여인이 사랑하는 이를 간절하게 기다리는 달거리 형식의 연시조를 창출함으로써 정념 시조의 새로운 영역을 확실하게 만들었다. 또한 이진문의 「경번당가」가 있음으로 해서 17세기 양반층의 여타 정념시조들에 대해서도 그것들의 당대적 개연성에 대해 좀더 긍정적인 믿음이 가능하게 되었다.

이명한과 이진문의 정념류 시조에 뚜렷한 공통성은 여성 화자가 자신의 외로움과 애정을 말하도록 하고 작가는 그 뒤에 연출자로 숨는다는 점이다. 이것은 「사미인곡」의 여주인공이 정철 자신의 서정적 마스크인 것과 구별해야 할 현상이다. 같은 성별의 가상 인물에 시인이 자기를 투사하는 경우는 종종 있어도, 남성 작가가 애정의 고뇌에 잠긴 여성을 주역으로 내세우고 그 몸짓과 말을 엮어가는 것은 조선 시대의 사대부 문화에서 익숙하지 않은 일이었다. 정념 시조가 연군의 암시성을 버려야 꼭 좋은 작품이 된다고 감정의 순수주의를 고집할 필요는 없다. 그러나, 성 역할과 신분이 판이한 존재를 통해 애정 문제를 작품화한다는 것은 인간 탐구의 방식으로서 매우 중요한 의의가 있으며, 양반층의 감성적 자기표출 양식으로 전해져 오던 시조에서는 더욱 그러하다. 그런 뜻에서 17세기는 정념류 시조의 역사적 흐름에서 작품의 융성기와는 거리가 있지만, 인간에 대한 정념적 이해와 그 시적 표현에서는 의미 깊은 변화가 뚜렷이 나타난 시기였다고 하겠다.[11]

3. 18세기 양반층의 정념 시조

양반층 시조는 18~19세기에 와서 정념류의 급격한 성장을 보인다. 연군의 함축을 동반하지 않은 순수 정념류로 비교하자면 17세기의 2.6%가 18세기에 5.1%로 되었으니, 두 배 정도로 늘어난 것이다. 19

---

11 17세기 시조의 정념류와 관련하여 향후의 연구가 요망되는 것으로 이민성(李民宬, 1570~1629)의 문집에 실린 시조 한역 자료가 있다. 그의 문집인 『敬亭集』 권4에 "聞人唱俚歌, 韻而詩之"라 하고, 12수의 시조로 추정되는 작품을 한시로 번역했는데, 이 중 7수는 조해숙에 의해 대응 시조가 확인되었다.(조해숙 2005, 13~19) 내용으로 보면 12수 중 정념류가 6수인데, 이 중 1수만이 김상헌 작인 연군가로 간주될 수 있고, 1편은 황진이의 「내 언제 무신하여」(#0970.1)이며, 나머지 4수는 작자와 시조 원문이 미상이다. 이 네 수에 관한 의문이 많아 여기에 본격적으로 거론하지 못했으나, 이민성이 접한 17세기 초 무렵의 창곡 연행 작품에 정념류가 아주 적지는 않았던 듯하다.

세기의 증가는 이보다 더 비약적이어서, 순수 정념류의 점유율이 무려 15.4%에 달했다. 이미 지적했듯이 이런 추세에서 이정보를 빼고 계산하면 18세기의 증가세는 미약해진다. 그러나 이 경우에도 정념류 시조의 성장이라는 추세 자체가 역전되지는 않는다. 그러므로 이정보와 이세보는 18~19세기 시조사의 흐름과 어긋나게 행동한 예외자가 아니라, 그 진행로의 선두에서 더 큰 가속력을 발휘한 인물로 볼 수 있다.

그들이 이런 역할을 하게 된 데에는 당대 시조 연행과의 긴밀한 소통이 중요한 요인으로 작용했다. 이정보李鼎輔, 1693~1766는 18세기 중엽의 고급 음악과 가곡창에 조예가 깊어서, 탁월한 안목을 갖춘 감상자이자 후원자 역할을 했고, 그런 과정에서 다수의 시조를 창작하거나 개작했다. 그는 만년에 관직을 사임하고 한강 학여울鶴灘 부근의 정자에서 한가로이 노닐며 10여명의 가기歌妓를 가르치기도 했던 바, 당시의 뛰어난 명창 계섬桂纖, 1736~?도 그 중 하나였다(남정희 2005, 200~205; 김용찬 2007, 183~215). 이세보李世輔, 1832~1895 역시 젊은 시절부터 만년까지 시조 창곡의 연행 현장을 폭넓게 접하면서 자신의 경험과 흥취를 시조로 작품화하고, 때로는 시조창에 능한 기녀를 위해 자기 작품들을 엮은 연창용 선집을 만들기도 했다(진동혁 2000b).

이 중에서 이정보는 111수나 되는 시조 작품 중 적지 않은 수량이 대제학大提學까지 지낸 인물의 창작이라 하기에는 거북할 만큼 비속하거나 파격적이어서 작자 귀속의 신뢰성에 관한 논란이 종종 제기되었다. 근년에는 그와 가곡 연행자들 사이의 밀접한 교류가 꽤 소상하게 밝혀지고, 비속성 여부에 대해 좀더 유연한 관점들도 등장하면서 작자 귀속 문제는 수면 아래로 가라앉았다. 그러나 작자 시비와 별개의 차원에 속하는 논점으로, 그가 남긴 상당수 정념 시조에서 작중화자 내지 주인공의 정체성 문제가 있다.

다음의 세 작품을 텍스트의 내면적 증거에 의해 판단할 때 작중화자는 남성인가 여성인가. 남성이라 할 경우 작중화자는 곧 이정보 자신이 되는가. 이것은 매우 심오한 시학적 질문이다.

님이 가오시며 소믹 줍고 離別홀 직
窓밧긔 櫻桃곳지 픠지 아녀 오마터니
至今에 곳 지고 입 나도록 消息 몰나 흐노라
(李鼎輔, 병가 : 424, #4077.1, kw : 남녀 그리움 원망 정념 임기다림 허언)

가을밤 붉은 달에 반만 픠온 蓮곳인 듯
東風 細雨에 조오는 海棠花 ㅣ 듯
암아도 絶代花容은 너섇인가 흐노라
(李鼎輔, 해주 : 321, #0041.1, kw : 가을 밤 정녀 남녀 아름다움 그리움 정념)

남은 다 즈는 밤의 닉 어니 홀노 안자
輾轉不寐흐고 님 둔 님을 生覺는고
그 님도 님 둔 님이니 生覺홀 줄이 이시랴
(李鼎輔, 병가 : 425, #0866.1, kw : 밤 남의임 남녀 한탄 그리움 정념 짝사랑)

첫 작품 「임이 가오시며」의 작중화자는 여성으로 볼 만한 여지가 우세하다. 주인공은 일정한 거처에 머물러 있는 데 비해 임은 어딘가 먼 곳으로 떠났고, 이별하면서 주인공이 임의 소매를 잡고 재회의 기약을 묻자 임은 앵두꽃이 피기 전에 오겠노라고 약속을 했기 때문이다. 비록 개연성의 수준일 뿐이지만 전통사회의 일반적 상황으로 본다면 이 임이 남성일 가능성이 많다. 둘째 작품 「가을밤 밝은 달에」의 화자는 단연코 남성이다. 그는 애정 상대의 아름다움을 연꽃, 해당화 등에 견주고, '절대화용絶代花容' 즉 '한 시대에 다시 없을 꽃다운 얼굴'이라 말하기 때문이다. '화용'이란 여성의 아름다운 얼굴을 지칭하는 관용어다. 이와 달리 「남은 다 자는 밤에」의 작중화자는 남녀 구분이 매우 어렵다. 그는 깊은 밤에 잠들지 못한 채 일어나 앉아 임을 그리워한다. 이것만으로는 양측의 성별 구분이 불가능하다. 다만 '님 둔 님'이라는 구절이 약간의 암시가 될 수는 있다. 가령 상대방이 기녀 같은 신분이어서, 다른 남성과 이미 각별한 사이임을 이렇게 표현했다고 본다면 이 작품은 화자가 남성이요, '님'이 여성이다. 그러나 기혼자를 '님 둔 님'으로 말할 수도 있다면 이 경우에는 임이 남성이고 화자가 여성일 수 있다.

시조 같은 서정시에서 작품의 화자 / 주인공에 대한 성별 판정이 작자의 성별과 일치할 경우, 많은 독자와 연구자들은 이 작품이 시인 자신의 직접적 체험을 담은 것이라고 동일시하는 경향이 있다. 그러나 이런 등식화는 매우 위험한 것이다. 서정시 속의 인물은 시인 자신의 선택된 일면, 그가 꾸미고 싶은 가상, 혐오하는 표정, 두려운 가능성, 잠시 해보고 싶은 배역 등 다양한 심리적 계기에서 만들어지고 또 유동할 수 있다. 작자와 서정적 주체 사이의 그런 거리는 근현대시에만 해당하며 전근대 혹은 동아시아의 전통적 시들은 그렇지 않다는 이분법은 전혀 근거가 없다. 가령 한문문학의 예를 살펴보면 한시漢詩는 작자와 서정적 주체 사이의 일치 혹은 근접성을 상대적으로 중시하는 데 비해 사詞는 작중인물을 허구적 인물로 설정하는 경우가 대단히 많다.

옛시조의 모티프에 관한 역사적 성찰에서 정념류가 각별히 중요한 이유의 일단이 여기에 있다. 강산 / 전가 모티프의 시편들에서도 작중 화자와 작자 사이의 엄밀한 일치가 항상 보장되는 것은 아니지만, 그들 사이에는 대체로 무난한 이념적 공명共鳴이 존재한다고 가정해서 크게 어긋나지 않는다. 그러나 정념 모티프의 작품들에 등장하는 '나'는 반드시 작자 자신과 체험적으로 일치하는 인물이 아니다. 간절한 애정과 그리움의 주체는 흔히 여성으로 형상화되는데, 시조에서 그런 작품의 작자가 여성인 경우는 적다. 작자가 남성인 시조에서 남성 화자가 등장하여 이성에 대한 애정이나 그리움을 노래할 경우에도 그 대상자와 작중 사태 및 감정이 작자의 실제 체험 그대로라는 가정은 정당화될 수 없거니와, 꼭 필요한 것도 아니다. 그것이 작자의 생애에서 발생한 실사實事가 아니라 해도 작품의 내용은 작자의 욕구와 지향을 밝히는 데 중요하며, 진지한 분석과 해석의 대상으로서 손색이 없다. 이상화의 「나의 침실로」에 등장하는 '마돈나'와 '침실'의 실재성을 가정해야 이 작품을 독해할 수 있다고 주장하는 비평가는 없을 것이다. 조선 시대의 정념류 시조들에 대해서도 우리는 실재성의 가정에 집착하기보다 작품 속의 주체와 욕망, 고뇌, 탄식이 어떤 상황적 얽힘을 지녔으며, 그것이 어떤 변화의 추이를 보였던가에 주목하는 것이 바람직하다.

18세기는 시조사에서 이런 성찰의 과제가 본격적으로 확장된 국면에 해당한다. 그 중심에 이정보의 작품들이 있다. 위에 예시한 시조 세 편의 상황을 나눠 보면, 「임이 가오시며」처럼 떠난 뒤 무심한 임을 그리워하는 타입이 정념류 일반에서 가장 우세한 것인데, 이정보와 조명리의 작품 예를 더 들어 본다.

窓 닷고 지게 닷고 燈盞 걸고 불 혀 노코

울며 자리 본들 어늬 님이 하마 오리

언마나 긴장홀 님이완디 살든 이를 싯느니

(李鼎輔, 청영 : 273, #4523.1, kw : 밤 남녀 그리움 정념 임기다림 괴로운 밤)

東窓에 돗은 둘이 西窓으로 되지도록

올 님 못 오면 줌조차 아니 온다

줌조츠 가저간 님을 그려 무슴 흐리오

(趙明履, 병가 : 401, #1427.1, kw : 밤 남녀 그리움 원망 정념 임기다림
괴로운 밤)

「창 닫고 지게 닫고」는 임을 맞이하고자 정성스럽게 준비하는 과정
과 간절한 기다림을 먼저 보여 준다. 이 기다림의 압권은 "울며 자리 본
들"이다. 수많은 날들마다 저녁 무렵이면 그녀는 임을 맞을 준비를 했
다. 창문과 지게문을 닫고, 방에는 등잔을 걸어서 불을 켜고, 떨리는 손
으로 잠자리를 펴면서 그녀는 사무치는 그리움에 울고는 했다. 그러나
이 간절한 마음과 한결같은 정성에도 불구하고 임이 오지 않으니, 마침
내 그녀의 마음에는 한 가닥 원망이 싹튼다. '얼마나 대단한 임이시길
래 이토록 애타는 슬픔을 주시나요'라는 종장이 그것이다.[12] 초장이 보
여 주는 간곡한 정성이 중장의 실망스러운 확인으로 이어지고, 마침내
종장의 원망을 낳는 흐름이 자연스러우면서도 예리하다. 작중의 이 여
인은 상상적으로 설정된 인물이지만, 간결하게 제시된 그 행동과 말을

---

12 원문의 '긴장흐다'는 '珍藏하다' 즉 '대단히 소중하게 잘 간직해 두다'라는 뜻. '살든
애'는 '살뜰한 창자' 예전의 표현에서는 슬픔의 정도가 지극한 것을 '애 끊는'(창자를
끊는 것처럼 고통스러운) 슬픔이라 했다.

통해 이정보의 비상한 인간 이해가 드러난다.

조명리趙明履, 1697~1756의 「동창에 돋은 달이」는 너무 뛰어난 걸작 뒤에 놓여서 범상한 작품처럼 보일 수 있다. 그러나 이것도 꽤 괜찮은 소품이라 할 만하다. 초장과 중장은 대체로 평범해 보인다. 그러나 동창과 서창, 돋는 달과 지는 달, 와야 할 임과 오지 않는 임, 와야 할 잠과 오지 않는 잠, 이렇게 대조되는 것들이 자연스럽게 맞물리면서 두 줄이 성립하는 흐름은 간단한 솜씨가 아니다. 그리고는 종장에 와서 "잠조차 가져간 님"을 원망하는 어조가 약간의 반어적反語的 경쾌함을 남겨 준다.

이정보는 21수의 사설시조를 남겼던 바, 그 중 5수가 정념류에 속한다.

> 님으람 淮陽 金城 오리남기 되고 나는 三四月 츩너출이 되야
> 그 남게 그 츩이 낙검의 납의 감둥 일이로 츤츤 절이로 츤츤 외오 풀러 올히
> 감아 얼거져 틀어져 밋붓터 끗신지 죠곰도 븬틈 업시 찬찬 굽의 나게 휘
> 휘 감겨 晝夜長常 뒤트러져 감겨 잇셔
> 冬섯쓸 바람 비 눈 설이를 암으만 맛즌들 떨어질 쭐 이실야
> (李鼎輔, 해주 : 386, #4067.1, kw : 남녀 정념 이별 없음 말놀음)

사설시조는 정념에 관한 노래에서도 평시조에 비해 낙천적인 생활 감각과 능동적 태도를 많이 보여 준다. 이정보는 이 작품에서 그런 특성을 충분히 구현하여, 서민들이 소망하는 애정의 굳은 결합에 대한 찬가를 만들었다. 사설시조답게 말이 번다하지만 구조적 골격은 단순하다. 임은 늠름한 오리나무가 되어 우뚝 서고,[13] 나는 칡넝쿨이 되어 거

---

13 오리나무는 한반도의 여러 곳에 자생하는 낙엽교목으로 높이는 약 20m에 이른다.

기에 휘휘칭칭 감겨서, 계절의 변화와 어떤 시련이 있더라도 헤어지는 일 없이 함께하리라는 것이다. 18세기의 평민층 작가 박문욱이 지은 사설시조에는 남녀의 사랑을 '왕십리 참외 덩굴'에 비유한 대목이 나오는데, 신분적 차이에도 불구하고 두 사람의 정념 노래가 지닌 식물적 상상력은 비슷한 점이 있다. 이 밖에 「중놈이 젊은 사당년을 얻어」(#4442.1); 「팔만대장 부처님께 비나이다」(#5145.1), 「생매 같은 저 각시님」(#2494.1) 등에서도 이정보는 사설시조의 주류적 속성인 낙천적 세속주의의 시각에서 남녀 간의 애정 결합을 따뜻하게 그려냈다.

18세기 양반층 시조를 좀더 소상하게 살피려면 여타 작가에 대해 약간의 관심을 더 할애해야 하겠지만 주목할 점이 많지 않으므로 시적 상상력이 이채로운 다음 작품만을 여기에 덧붙여 둔다.

蓮 심어 실을 쏜바 긴 노 부[붊]여 거럿다가
思郎이 긋쳐 갈 졔 찬찬 감아 미오리라
우리는 마음으로 미즈시니 긋칠 줄이 이시랴
(金煥, 청육:286, #3330.1, kw: 남녀 신의 정념 이별 없음)

4. 19세기 양반층의 정념 시조

19세기에 접어들면서 양반층 시조의 정념류는 더욱 큰 폭으로 증가했다. 다작 작가를 포함하든 제외하든, 18~19세기 간의 점유율 비교에서 모두 19세기의 정념류 비율이 18세기의 3배에 달했으니, 그 변화의 기울기를 짐작할 수 있다. 이처럼 가속화된 추세가 형성되는 데에는 정통적 가곡창과 병행하여 대중적 창법인 시조창이 널리 확산되고 시조 향유자들의 저변이 확대된 점이 핵심 요인의 하나가 된 것으로 보인다. 이 시기에 정념류 시조를 가장 많이 산출한 이세보가 시조창을 전제로 한 형태의 작품집들을 만들었다는 점도 이와 연관된 현상이다. 이 시기의 정념류 시조에 그가 기여한 바를 주목하기 전에 여타 작가들의 면모를 잠시 살펴보기로 한다.

네 얼골 그려 닉여 月中桂樹에 거럿시면
東嶺의 도다 올 졔 두려시 보련마는
그려셔 걸 니 업스니 그를 슬허 ᄒᆞ노라
(金敏淳, 청육 : 259, #1024.1, kw : 남녀 슬픔 그리움 정념)

뉘라 나간 님을 無情타 허돗든지
졔 丁寧 無情ᄒᆞ면 숨에 와셔 반갈손냐
이졔란 숨으로 진졍 사마 離別 업시 ᄒᆞ리라
(扈錫均, 원일 : 711, #1121.1, kw : 꿈 남녀 그리움 정념 이별없음 임기다림)

江싸에 버들가지 千萬絲 느러저도
벗임 離別할 졔마중 한 가지를 썽키드니
只今은 다 모지러저 그를 슬허 하노라
(池德鵬, 상산 : 4, #0117.1, kw : 남녀 붕우 한탄 슬픔 정념 이별)

정념 모티프가 허용하는 작중의 배역과 상황 및 심리는 대체로 윤곽이 한정되어 있기 때문에, 이를 노래한 시조들이 엇비슷한 유형의 주변을 맴도는 예가 적지 않다. 그러나 이런 현상을 시조 일반이나 정념류 시조 전체의 속성으로 여기는 것은 온당하지 않다. 근현대시만큼 개성적 표현에 열중하지는 않더라도, 옛시조의 작가들 또한 낯익은 주제 혹은 모티프를 새로운 방식으로 포착하고 형상화하는 데 관심이 적지 않았다. 위의 세 작품 역시 그런 모색의 산물들이다. 19세기라면 정념류 시조의 유산이 이미 상당량 누적되어 새로운 것이 나올 여지가 희박했을 법도 하지만, 이 작품들은 제각기 참신한 기상奇想으로 눈길을 끈다.

김민순(19세기 전반)의 「네 얼굴 그려내어」는 임에 대한 그리움을 동녘에 떠오르는 달의 이미지에 의탁했다. 임의 얼굴을 그림으로 그려 달 속의 계수나무에 걸 수 있다면, 밤마다 떠오르는 휘황한 달 속에서 임을 보리라는 것이다. 그것이 현실적으로 불가능하다는 탄식 속에는 임과의 재회가 무망無望하다는 데 대한 뼈아픈 확인이 깔려 있다. 그러나 임의 초상과 월명月明의 화소가 여기에 개입함으로써 절망감은 뒤로 물러나고, 그 자리를 우아하게 절제되고 심미화한 슬픔이 차지한다. 정념과 그리움을 노래하되 사대부적 격조를 잃지 않는 화법은 호석균(19세기 중엽)의 작품에도 나타난다. 오지 않는 임을 원망하는 대신 꿈 속에서의 만남을 임의 진정으로 여기려는 발상 속에 정념의 간절함이 생생하다. 그리하여 종장은 그 꿈을 진정으로 삼아서 "이별 없이" 하겠다고 하지만, 이것은 현실에서 이룰 수 없는 만남에 대한 반어反語에 해당한다. 이 반어 속에 절망과 희망이 공존하는 데에 작품의 묘미가 있다.

지덕붕(1804~1872)의 「강가의 버들가지」는 사람살이에서 숱하게 일어나는 이별의 아픔을 다룬다. 이를 위해 그가 불러들인 버들가지 소재는 친구 또는 정인情人과의 이별 장면에서 꺾어주고는 했던 석별의 정표였다. 강가의 버드나무에 늘어진 가지가 수천, 수만 가닥이지만 너무도 많은 이별로 인해 이제는 꺾어 줄 것이 없이 다 모지라져 버렸다는 것은 물론 현실감이 희박한 과장이다. 그러나 그런 과장의 화법을 짐짓 노출하면서 작가는 이별의 안타까움이 너무도 자주 되풀이되는 데 대한 한탄을 강조하고자 했다.

이세보李世輔, 1832~1895가 남긴 시조 466수 중에서 '정념' 색인어가 부여된 것은 106수로서, 전체의 22.7%에 달한다.[14] 이것은 정념류의 비중에서 이정보보다 현저하게 많고, 안민영에 비해서도 다소 높은 것으로, 기명작가 중 최대치에 해당한다.[15] 남녀 간의 애정에 관한 작품을 이렇게 많이 창작했다는 것만으로도 시조의 주제사적 경관景觀에 미치는 변화의 영향력이 작지 않다. 그러나 좀더 중요한 것은 그의 작품들 중 상당수가 보여주는 '인간 탐구의 시선'이다.

인간 탐구의 시선이란 서정시가 시인 자신의 체험이나 감회를 진술하는 데 머무르지 않고, 작중인물을 일정한 상황 속의 행위자로 파악하면서 그를 통해 인간 존재의 심리, 표정, 몸짓 등을 관찰하는 데에 관심 두는 것을 말한다. 이 경우의 작중인물은 어느 정도 객관화된 성찰 대상으로서의 작자 자신을 배제하지 않지만, 비교적 용이하게 식별되는 것은 허구적이든 아니든 개연성의 차원에서 호출된 타자들일 경우라 하겠다. 이세보의 정념류 시조에 이런 경향의 작품들이 다수 존재한다는 점은 박노준에 의해 지적된 바 있다. 그는 이세보의 애정시조 중 상당수가 체험의 단순 기술이 아니라 작자와 화자가 일치하지 않는 '만들기'의 산물이라 보고, "체험을 토대로 시적인 상상의 세계 속에서의 허

---

14 진동혁(2000b, 155)은 이세보의 애정시조를 104수로 보았다.
15 정념류 시조의 비중에서 이정보는 14.4%(16수), 안민영은 19.6%(37수)다.

구적 작위적인 창작"임을 강조했다(박노준 1994, 254). 정흥모는 이런 관점을 수용하여 이세보의 정념류 시조들을 분석하고, "이세보는 다양한 유형의 인간들을 설정하고 그들의 시점으로 남녀 사이에서 일어나는 사랑의 과정과 그 결과에서 파생하는 구체적인 문제점들을 시화"했다고 집약했다(정흥모 2001, 146).

나는 이세보의 특징적 면모에 대한 위의 성찰에 충분히 공감하면서, 이와 같은 인간 탐구의 시선은 정념류 시조에 국한하더라도 17세기의 「경번당가」(이진문)까지 소급할 만하다는 것을 지적해 두고 싶다. 다만 이세보의 경우 이 계열의 작품 수량과 시적 상황의 입체성, 인물의 다양성이 각별히 주목된다는 점은 두말할 여지가 없다.

이세보의 인간 탐구형 작품들 중 일부가 지닌 흥미로운 면모는 그의 시조집에 연속으로 실린 2~3수 혹은 그 이상의 작품이 의미상 긴밀하게 연결되거나 인물, 상황 등에 대조적 연관이 있어서 한데 묶어서 해석할 만한 예가 종종 보인다는 점이다. 이렇게 두 수 이상이 결합할 경우 3행시의 한계를 넘어 좀더 입체적인 성찰이 가능해진다는 점에서 이 수법은 인간 탐구형 작품에 특히 잘 어울리는 것이라 하겠다.

> 님이 갈 썩 오마더니 비 오고 번기 친다
> 졔 졍녕 참 졍이면 불피풍우 오련마는
> 엇지타 알심도 격고 수졍도 몰나 ...[16]
>
> (李世輔, 풍대117, #4082.1, kw : 남녀 한탄 원망 졍념 임기다림 허언)

---

16 시조 작품의 인용에서 종장 끝에 첨부된 '...' 표지는 시조창을 위한 텍스트에서 종장 마지막 구가 생략되었음을 명시하기 위한 고시조 데이터베이스의 부호로서, 이 책에서는 해당 작품의 종장이 훼손된 것이 아니라 시조창 방식의 문헌에서 온 것임을 나타낸다.

정녕이 가마고 와셔 비 온다고 나 안 가면

기다리든 임의 마음 뎐뎐반측 못 즈런이

아희야 교군 도녀라 갈 길 밧버 …

(李世輔, 풍대118, #4321.1, kw: 시동 남녀 그리움 조바심 정념)

위의 두 작품은 한 사태에 관련된 두 인물이 거의 같은 시간대에 서로 다른 장소에서 보여주는 심리와 행동을 마치 두 대의 촬영기처럼 비춘다. 첫 수의 화자는 남성이며, 그가 '임'이라고 부르는 상대는 아마도 기녀 내지 바깥출입이 자유로운 신분의 여성일 것이다. 여성은 남성과 함께 있다가 어떤 사연으로 해서 한 나절 혹은 수일간을 양해받고 출타했고, 이제 돌아오기로 약속한 때가 되었다. 그러나 이게 웬일인가. 공교롭게도 그녀가 돌아올 무렵에 거센 비바람이 몰아친다. 그리하여 남성은 불안에 휩싸인다. 그녀가 자신에게 참으로 깊은 정이 있다면 어떻게든 오겠지만, 그렇게 굳은 속마음이 있는지 모르겠고, 지금 가 있는 곳의 형편도 불확실하기 때문이다. 다음 수는 화면을 바꾸어, 나가 있는 여성 쪽을 비춘다. 험악한 날씨로 인해 여간해서는 길을 나설 형편이 아니다. 그러나, 여성은 자신이 가지 않을 경우 남성 쪽에서 겪을 실망과 괴로움을 알기에 그저 있을 수가 없다. 그래서 그녀는 단호하게 길을 나서고자 결심하고, 교군꾼을 준비하게 한다.

이 두 수가 분리될 경우 그들의 의미와 효과는 극히 미약해질 것이다. 비바람이 몰아치고 번개마저 사납게 번쩍이는 시간, 한쪽 화면에는 초조하게 기다리는 남성의 불안한 모습이 있고, 다른쪽 화면에는 잠시 망설이다가 단호하게 장옷을 챙겨 입으며 돌아갈 길을 서두르는 여성의 의연한 표정이 있다. 하나의 화면을 분할하여 대조시키는 영화적 수법이 여기에 매우 신선하고도 박진감 있는 형상력을 제공한다. 그런 재미와 함께 이세보의 통찰력에 고개를 끄덕이지 않을 수 없는 것은 이 두 수에서 작중인물의 심리가 보여 주는 대조성이다. 첫 수에서 보는 바, 남성의 심리는 폭풍우 속에 흔들리는 불안감 그것이다. 그는 상대 여성의 진정에 대해 아무 확신이 없이 애타는 그리움만 안고 있을 뿐이다. 반면에 여성은 남성의 마음에 대해, 그리고 자신이 지금 가지 않으면 어떤 상황이 전개될지에 대해 분명하게 예측하고 대응한다. 이처럼 한 사태의 양쪽에 두 인물을 배치하고 서로 다른 심리, 표정, 몸짓을 날카롭게 포착한 점에서 이세보가 보여 주는 인간 이해의 시선은 예사롭지 않다.

> 늙고 병든 나를 무졍이 빅반ᄒᆞ니
> 가기는 가련이와 나는 너를 못 잇노라
> 엇지타 홍안이 빅발를 이다지 마다 …
> (李世輔, 풍대122, #1138.1, kw : 노인 남녀 탄로 원망 정념 이별 질병 노쇠 덧없음)

> 당쵸의 몰나써면 이별이 웨 잇스며
> 이별 될 쥴 아럿스면 당쵸의 졍 업스련이
> 엇지타 셰샹 인심이 시둉이 달나 …
> (李世輔, 풍대123, #1270.1, kw : 남녀 자조 한탄 정념 이별 변심 세태)

> 이팔 시졀 고은 틱도 과이 밋고 즈랑 마라
> 광음무졍 네 홍안이 빅발공도 쟘간이라

아마도 동원도리 편시츈인가 …

(李世輔, 풍대124, #3894.1, kw : 남녀 권계 탄로 덧없음 노쇠 한시차용)

이 세 편은 늙은 남성이 주인공이다. 그는 한동안 깊은 정분을 나누며 행복하게 지내던 젊은 여인으로부터 버림을 받아 충격과 실의에 빠진 인물인데, 이런 내용의 연속성을 감안하여 하나의 연시조처럼 다룰 수 있다.[17] 조선 시대의 풍속을 고려할 때 이 작품의 여성은 기녀 혹은 그와 유사하게 처신의 유동성이 가능한 신분의 인물로 짐작된다. 그런 여성이 정실부인이 아닌 지위로 늙은 남성과 결합할 경우 자신의 장래에 대한 불안과 이해타산이 때때로 작동할 법하고, 경우에 따라서는 '팔자를 고치려는' 새로운 선택을 결행할 수도 있다. 첫 수에 해당하는 「늙고 병든 나를」은 바로 이런 국면에서 늙은 남성 주인공이 늘어놓는 푸념이다. 종장의 '홍안'과 '백발'의 대조가 말해 주듯이 젊음과 노년의 현격한 거리가 그로 하여금 비탄하게 하는 요인이면서, 입장을 달리해서 보자면 그의 욕심이 지나침을 암시하는 것일 수도 있다. 둘째 수는 이런 이별을 짐작 못했기에 정을 주었는데, 이제 와 보니 세상인심이 참으로 믿을 수 없다는 상투적 탄식이다. 셋째 수는 말머리를 여인에게로 돌려서, 너의 젊음 또한 덧없는 세월 속에 스쳐가는 짧은 봄 같은 것이니 너무 자랑하지 말라고 가시 돋친 충고를 던진다.

이렇게 풀이되는 내용을 통해 '진지한 인물의 뜻깊은 발화'를 기대한다면 어떤 독자든 실망할 것이다. 그러나 그것은 작자가 이 작품들을 통해 형상화하고자 한 바가 아니었다. 이세보는 이 세 수가 진행되는

---

17 이 세 수에 이어지는 2수(『풍아(대)』 125, 126)까지 5수를 연시조류의 군집으로 간주할 수도 있으나, 해석상의 모호성이 있어서 여기서는 일단 유보한다.

동안 노인으로 하여금 주인공이자 화자로서 모든 것을 발화하게 하고, 자신은 뒤에 물러나 있었다. 노인의 생각과 말에 일리가 있다 해도, 그를 배반하고 떠난 여인에게 어떤 사연이 있는가는 또 모를 일이다. 세상은 저마다의 기대, 속셈, 희망, 환상이 얽힌 가운데 움직이며, 때때로 발생하는 파국이 그 얽힘의 누추한 실상을 깨닫게 해 주기도 한다. 이 세보가 이런 어두운 성찰까지 의도했을지는 미심하지만, 적어도 위의 작품들은 남녀 간의 애정을 감미롭게만 그리기보다 사람살이의 다양한 그늘과 더불어 바라보는 안목에 기초해 있다.

> 의 업고 정 업쓰니 아셔라 나는 간다
> 썰치고 가는 나샴 다시 챤챤 뷔여잡고
> 눈물노 이른 말리 늬 한 말 듯고 가오
> (李世輔, 풍대127, #3735.1, kw : 남녀 미련 슬픔 정념 이별)

> 화촉동방 만난 연분 의 아니면 미덧스며
> 돗는 히 지는 달의 졍 아니면 질겨슬가
> 엇지타 한 허물노 이다지 셜게 …
> (李世輔, 풍대128, #5475.1, kw : 남녀 신의 한탄 원망 정념 이별)

> 쟝부의 구든 심쟝 곳 보고 허스로다
> 샴양 수어 고은 쇼릐 달 도다 야오경을
> 두어라 쑴결 셰샹이니 이별 어이 …
> (李世輔, 풍대129, #4184.1, kw : 밤 풍류인 남녀 한탄 정념 임만남 이별)

이 세 수는 남녀 간의 사랑싸움을 세 토막의 대사로 엮은 것이다. 첫 수인 「의 없고 정 없으니」의 상황은 어떤 일로 몹시 마음이 상한 남성이 작별을 선언하고 떠나려 하는 데서 시작한다. 이에 대해 여성 주인공은 남성의 옷자락을 부여잡고, 가더라도 한 마디 말만 들어 달라고 호소한다. 둘째 수인 「화촉동방 만난 연분」이 여인의 눈물어린 호소의 말이다. 하지만 여인의 말은 문제 상황과 관련된 실질적 해명이나 사연보다 정감적 읍소에 집중되어 있다. 그동안 두 사람은 두터운 의誼로서 연분을 맺고 정으로 즐겨 왔는데, 어쩌다가 생겨난 작은 허물 하나로 그 정분을 다 깨뜨려야 하겠느냐는 하소연이다. 셋째 수 「장부의 굳은 심장」은 이 여인의 흐느낌과 호소에 남성 주인공의 단호한 결의가 물거품이 되고, 두 사람이 다시 꿈같은 사랑에 탐닉하는 모습을 보여 준다. "샤양 스어"는 여인이 침상에서 수줍은 태도로 머뭇거리다가 교태스럽게 속삭이는 것을 말하는 듯하다. 남성은 그 사랑스러움에 취하여 오경 즉 새벽 무렵이 되도록 꿈결을 헤메니, 이별 소동은 이제 없었던 일이 되었다.

이상의 여러 작품들과 여기에 거론하지 못한 인접형 시조를 통해 이세보가 주목한 것은 정념과 관련된 상황에서 다양한 행위자들이 보여 주는 욕구와 심리 그리고 행동방식이다. 우리가 인간 탐구의 시선이라 지칭하는 이 관심이 이세보의 경우 허구적 인물 및 사건 설정과 호응관계에 있음은 이미 지적한 바와 같다. 그러면 이런 관심과 경향은 이세보에 와서 처음으로 나타난 것인가? 그렇지는 않다. 성별과 사회적 입지에서 작자와 구분되는 인물을 정념시조의 주역으로 설정한 사례는 17세기의 이명한과 「경번당가」에서 이미 보았거니와, 18세기에는 이정보의 여러 작품들이 다양한 타자를 등장시켜서 정념에 사로잡힌 인물들의 육성과 몸짓을 형상화한 바 있다. 아울러, 다음 항에서 논할 18, 19세기 평민층의 정념류 시조에서도 이와 유사하거나 좀더 뚜렷하게 비견되는 양상을 보게 될 것이다. 따라서 우리는 이세보의 정념 시조가 지닌 특징적 면모에 주목하되 그것을 19세기 후반의 돌발적 사건처럼 간주하기보다 좀더 넓은 맥락 속의 중요한 한 국면으로 파악할 필요가 있다.

5. 18세기 평민층의 정념 시조

평민층의 정념류 시조는 아래의 표에서 보듯이 18세기에 이미 적지 않은 비중을 차지했고, 19세기에는 그로부터 다시 2.6배 정도의 비약적 증가를 보였다. 이 두 세기 동안 정념류가 보인 증가 추세는 양반층과 평민층의 시조에서 유사했으나, 출현율 자체는 지속적으로 평민층 쪽이 높았다.[18] 이런 경향은 평민층의 신분 특성과 생활문화가 남녀 간의 애정 문제에 대해 양반층보다 좀더 유연할 수 있었던 데에 기인하는 것으로 보인다.

---

18 평민층 시조의 정념류 비중은 18세기에 양반층의 1.45배였고, 19세기에는 1.27배였다.

세기	작품 총수	L0 작품수	L0 출현율	연결 밀도	평균 연결강도		L1 출현율	비고
18	404	31	7.7	0.62	1.9		7.4	
18a	269	24	8.9	0.81	2.5		8.6	김수장 제외
19	245	49	20.0	0.86	4.4		19.6	
19a	56	12	21.4	0.91	6.4		21.4	안민영 제외

그런데 〈표 3〉에서 유의할 만한 흥미로운 점은 18, 19세기의 집계와 그로부터 다작 작가 2인(김수장, 안민영)을 제외한 경우(18a, 19a)의 집계 사이에 차이가 별로 크지 않다는 점이다. 오히려 통계 처리 이전에 예상한 바와 달리, 김수장·안민영을 제외할 경우 18, 19세기의 정념류 시조 비율은 작은 폭이나마 증가했으며, 정념 관계망의 연결밀도와 평균연결강도 또한 강화되었다. 그렇다 해서 이 두 인물이 정념 모티프에 대해 자기 시대와 계층의 평균치보다 관심이 적었다고 여길 일은 아니다. 다만 종래에는 그들의 시조가 남녀 문제에 관심이 각별한 것으로 연구자들 사이에 알려져 왔으나, 작품 수량의 실상은 동시대 평민작가들의 평균치보다 높지 않았다는 것을 유념해 둘 필요가 있을 것이다.

또 한 가지, 〈표 3〉에 나타나지 않은 흥미로운 사항으로 18, 19세기 평민층 시조의 정념류에서 사설시조가 차지하는 비중의 현저한 낙차라는 현상이 있다. 18세기의 평민층 정념류 시조는 모두 31수인데, 이 중에서 평시조가 16수, 사설시조가 15수다. 그런데 19세기에 가면 총 49수의 정념류 가운데 평시조가 46수를 차지하고, 사설시조는 3수에 불과하다. 간단히 말해서, 평민층 시조의 정념류에서 18세기는 사설시조가 평시조와 수적 평형을 이룰 만큼 애호되었던 데 비해, 19세기에는 그것이 극히 적은 수량으로 위축되고 평시조가 94%의 비중으로 정념 노래의 영역을 지배하기에 이르렀던 것이다. 이하에서 18, 19세기 평민층 시조의 정념 모티프와 그 주변을 논하면서 이 낙차의 요인과 의미에 대해서도 살펴보고자 한다.

18세기의 평민층 작가들이 노래한 정념류 시조도 동시대 양반층 작품들과 공유하는 주제, 소재, 상황들이 적지 않음은 두말할 나위가 없다. 사랑하는 사이의 안타까운 작별, 재회를 향한 간절한 소망, 한없는 기다림의 고통, 무심한 임 또는 운명에 대한 원망 등을 그 주요 내역으로 꼽아 볼 수 있을 것이다. 이 시기의 평민 작품들 중 다음의 몇 편을 그런 범주에서 음미해 볼 만하다.

落葉聲 춘 ㅂ룸의 기러기 슬피 울 지
夕陽 江頭의 고은 님 보ᄂᆡ오니
釋迦와 老聃이 當혼들 아니 울고 어이리
(金默壽, 병가 : 525, #0782.1, kw : 가을 저녁 남녀 슬픔 정념 이별)

織女의 烏鵲橋를 어이굴어 헐어다가
우리 님 계신 곳에 걋네 노하 두고라자
咫尺이 千里 ᄀᆞ튼이 그를 슬허 ᄒᆞ노라
(金友奎, 청요 : 4, #4480.1, kw : 남녀 슬픔 그리움 정념 임기다림)

숨이 날 爲ᄒᆞ여 먼듸 님 더려오늘
貪貪이 반기 너겨 잠을 ᄭᅵ여 니러 보니

그 님이 셩닉여 간지 긔도망도 업세라

(李廷藎, 청육:446, #0701.1, kw: 꿈 남녀 한탄 정념 임기다림)

세 편이 모두 다 애잔한 사랑노래지만, 앞의 두 편은 언어 층위와 슬픔의 질감質感에서 셋째 작품과 뚜렷이 구별된다. 김묵수(18세기 후반)의 「낙엽성 찬 바람에」와 김우규(1691~?)의 「직녀의 오작교를」은 슬픔과 그리움을 표현하되 그것을 당사자의 직접적 감정과 육체성으로부터 분리하여 외부의 풍경 혹은 사물에 투사한다. '낙엽성, 찬 바람, 기러기, 서양 강두'라든가 '직녀, 오작교, 지척이 천리' 등이 이를 매개하는 사물과 어휘들이다. 이렇게 매개됨으로써 감정의 직접적 체취가 걸러지는 한편 위의 언어들이 함축한 시적 연상과 정련된 감정들이 그 자리를 채우며 작품 공간에 스며들어 온다. 단적으로 말해서, 이 두 작품은 작중의 소도구와 어휘 선택을 통해 슬픔을 얼마간의 절제와 아취로써 여과하고 심미화한다.

이정신(18세기 전반)의 「꿈이 날 위하여」도 그 나름의 장치와 어휘 선택을 하지 않은 것은 아니다. 그러나 이 작품의 경우 꿈에 왔던 임이 잠깨어 보니 흔적도 없다는 화소의 상실감이 너무도 컸던 때문일까. 작가는 기품 있는 종결을 위해 어떤 방도를 강구하기보다는 임의 흔적조차 찾지 못한 채 망연자실한 주인공의 탄식으로 작품을 끝맺었다. 그러나 감정적 절제와 아취의 유무가 시적 성공의 단순 척도가 되는 것은 아니다. 생경해서 비린 식품이 있는가 하면 과도한 조리와 양념으로 혐오스런 음식이 있다는 것은 시에 대해서도 참이다. 이정신은 위의 작품 외에도 네 편의 정념류 시조를 남겼는데, 나로서는 그것들이 지닌 문자 취향보다 「꿈이 날 위하여」의 막막한 탄식에 더 가치를 부여하고 싶다.

위의 작품들을 통해 얼핏 드러나는 경향성의 엇갈림은 중인 신분의 평민층 작가들에게 두루 내재하는 양상일 듯하다. 그들은 양반문화의 주변부에 위치하여, 한편으로는 주류문화의 교양에 참여하고 다른 한 편으로는 생활감각과 감성의 차원에서 그것에 온전히 수렴되지 않는 면모를 지녔던 것으로 보인다. 그런 논의의 연장선상에서 다음 작품에 주목하자.

갈 제는 옴아트니 가고 안이 온오믜라

十二欄干 바잔이며 님 계신 듸 불아보니 南天에 雁盡ᄒ고 西廂에 月落토록 消息이 긋쳐졋다

이 뒤란 님이 오셔든 잡고 안자 새오리라

(朴文郁, 청요 : 75, #0109.1, kw : 밤 남녀 그리움 원망 정념 임기다림 허언)

이것은 기명작가의 정념류 중에서 희학戱謔이나 세태시와 무관하게 기다림의 애정 독백을 사설시조에 담은 최초의 작품일 듯하다. 작자인 박문욱(18세기 중엽)은 정념류 시조 7수를 모두 사설시조로 남겼는데, 그 중에서 이 작품이 유일하게 우아한 기품의 사랑노래에 속한다. 이 작품에서 감정의 흐름을 절제하면서 아취를 형성하는 데 기여하는 수 사들은 중장에 집중되어 있다. '십이난간,[19] 남천에 안진, 서상에 월락' 등이 그것이다. 여성으로 추정되는 주인공은 열두 난간이 있는 누각을 서성거리며 임 계신 쪽을 애타게 바라보는데, 남쪽 하늘에 기러기 행렬

---

19 십이난간은 '높거나 화려한 누각의 난간'이다. 서거정의 「應製月山大君風月亭詩」에 "열두 난간이 푸른 못을 마주했는데, 높이 걸린 금빛 편액에 상감마마의 은총이 빛나네(十二欄干面碧塘, 高懸金額動龍光)"라는 구절이 있다. 『四佳詩集』 권30(한국문집총간 11, 011c).

이 끊어지고 서녘으로 달이 지도록 아무런 소식이 없다. 그러면 그 임은 어떤 인물인가. 갈 때는 곧 오마고 철석같이 다짐하더니 오지 않는 무심한 사람이다. 중장의 완곡한 수사와 장형화된 사설의 호흡은 이 임을 향한 기다림의 간절함을 보여 준다. 그러나 작품은 애절한 기다림만으로 일관하지 않고, 종장의 야무진 결심으로 끝맺는다. 임이 오신다면 이제는 한 순간도 놓치지 않도록 붙잡고 앉아 밤을 새우리라는 것이다. 중장의 완곡한 수사에 의해 우수에 찬 수동적 여성으로 그려졌던 주인공은 이로써 감정과 의지의 능동성을 회복한다. 그 능동성은 초장의 원망하는 말씨에 이미 잠재했던 것으로서, 중장의 우아한 수사에 가려졌다가 종결부에 와서 다시 얼굴을 드러내는 것이다. 이 흥미로운 결합 방식에서 박문욱의 유연한 감각이 돋보인다.

그러나 박문욱 시조의 본령은 평민적 욕구와 감각에 충실한 쪽이었고, 사설시조가 그 표현의 그릇으로 선호되었다.

思郎 思郎 庫庫히 ᄆᆡ인 思郎 왼 바다흘 다 덥는 금을쳐로 ᄆᆡ즌 思郎
往十里라 踏十里 춤외 너출이 얽어지고 틀어져셔 골골이 둘우 뒤트러진 思郎
암아도 이 님의 思郎은 ᄀᆞ업쓴가 ᄒᆞ노라

(朴文郁, 청요 : 69, #2252.1, kw : 남녀 기쁨 정념)

사설시조를 대표하는 사랑의 찬가라 해도 좋을 만한 작품이다. 작가는 여기서 임의 강렬한 사랑을 고기잡이 그물과 참외 넝쿨에 비유한다. 이것은 고상한 전고나 아취와 무관하게 생활 속의 실감에 근거한 비유로서 체험적인 호소력을 발휘한다. 수사의 중첩과 확장을 허용하는 동시에 촘촘한 리듬으로 그것을 살려주는 사설시조의 양식적 특성이 여기에 마침맞은 도움을 제공한다. 온 바다를 덮을 만큼 크면서 그물코가 탄탄하게 맺어진 사랑이라는 비유의 호소력에 대해서는 설명이 필요치 않을 듯하다. 그러나 왕십리, 답십리의 참외 넝쿨은 약간의 주석이 필요하다. 조선 후기의 서울은 꽤 큰 도시로 발전하여, 도시 인구의 식생활을 위한 근교 농업이 번창했다. 그 중에서 상업적 수요가 많은 품종은 오늘날의 청파동, 만리동 일대에서 재배되고, 참외·수박 등 계절적 수요가 있으며 넓은 농지를 필요로 하는 품목은 좀더 원거리인 왕십리, 답십리 지역이 재배지로 유명했다. 그리하여 상업 목적으로 넓은 농지에서 재배하던 참외, 수박 덩굴의 왕성한 모습이 당시 사람들에게 강렬한 인상을 주었던 것이다. 이런 비유에 실린 사랑 예찬은 그 어떤 장대한 수사보다도 실감이 충만하다.

김수장 역시 박문욱과 마찬가지로 정념에 관련된 시조 7수를 남겼는데, 사설시조가 5수를 차지한다. 그 중에서 여승에게 세속의 낙을 설득하는 다음 작품이 각별히 눈길을 끈다.

削髮爲僧 앗가온 閣氏 이 닉 말을 들어 보소
어득 寂寞 佛堂 안희 念佛만 외오다가 즈네 人生 죽은 後ㅣ면 홍독기로 탁을
　괴와 柵籠에 入棺ㅎ야 더운 불에 찬 지 되면 空山 구즌비에 우지지는 鬼
　ㅅ것시 너 안인가
眞實로 마음을 둘으혐연 子孫 滿堂ㅎ여 헌 멀이에 니 쇠듯시 닷는 놈 긔는
　놈에 榮華富貴로 百年同樂 엇더리
(金壽長, 해주 : 546, #2291.3, kw : 사원 승려 남녀 부귀 가문번성 세속지
락 정념 성적접근)

문면에 명시되어 있지는 않으나, 이 작품의 화자인 남성은 작중 인물인 여승 곧 '아까운 각시'를 자기 배필로 삼고자 설득 중인 듯하다. 중장에서 그는 여승이 승려의 삶을 고집할 때 피하지 못할 쓸쓸한 노년과 죽음, 그리고 그 뒤의 허무함을 매우 자극적으로 요약한다. 그러니 마음을 돌이켜서 세속의 삶을 택하면 자손이 번창 하고 온갖 재주와 능력을 발휘하여 부귀영화를 누릴 터이니, 이 길을 함께 가자는 것이다. 작중화자의 이런 가치의식에 작가 김수장의 세속주의가 투사되어 있다는 것은 별로 의심할 바가 없다. 그러나 작중화자인 남성이 곧 김수장 자신은 아니다. 김수장은 이 작품에서 침묵하는 젊은 여승과 그녀의 마음을 돌리기 위해 애쓰는 어떤 남성 사이의 예측하기 어려운 드라마 한 장면을, 약간은 장난스럽게, 던져 놓은 극작가다. 작중행위자인 남성과 작자 사이의 이 구별을 위해 "헌 머리에 이 꾀듯이"라는 종장의 구절이 일조한다. 작중의 남성은 자손이 많은 것을 자랑삼기 위해 이 표현을 썼지만, 조금 다른 각도에서 보자면 그것은 가난하고 누추한 집안에 먹여야 할 어린것들이 득실거리는 한심한 정황의 비유일 수도 있다. 달리 말하면 세속지락의 길은 세속적 고통의 길과 별개의 영역에 있지 않은 것이다.

작중인물에 일면 공감하면서도 얼마간의 거리를 두고 그들을 바라보는 관점은 정념 소재를 좀더 해학적으로 다룬 다음 작품들에서 재미있는 인간희극으로 나타난다.

개를 여라믄이나 기르되 요 개 ㄱ치 얄믜오라

뮈온 님 오며는 쇼리를 홰홰 치며 치쒸락 ᄂ리쒸락 반겨셔 내둣고 고온 님 오며는 뒷발을 버동버동 므르락 나으락 캉캉 즈져셔 도라가게 흔다

쉰밥이 그릇 그릇 난들 너 머길 줄이 이시랴

(an, 청진 : 547, #0189.1, kw : 을녀 남녀 원망 정념 임기다림)

바독이 검동이 靑揷沙里 中에 죠 노랑 암키 갓치 얄믜오랴

뮈온 님 오면 반겨 뉘닷고 고은 님 오면 캉캉 지져 못 오게 흔다

門밧긔 긔장수 가거든 찬찬 동혀 주이라

(金壽長, 해주 : 543, #0189.3, kw : 을녀 남녀 원망 정념 임기다림)

내게는 怨讎ㅣ가 업셔 개와 둙이 큰 怨讎로다

碧紗窓 깁픈 밤의 픔에 들어 자는 임을 자른 목 느르혀 홰홰쳐 울어 닐어 가

　게 흐고 寂寞 重門에 왓는 님을 믈으락 나오락 캉캉 즈저 도로 가게 흐니

알아두 六月 流頭 百種 前에 서러저 업씨 흐리라

(朴文郁, 청요 : 67, #0904.1, kw : 남녀 원망 정념 숨긴정사 임기다림 이별)

인용한 중의 첫 작품은 그 뒤에 있는 김수장, 박문욱 작품의 원형을 참조하기 위해 제시한 것으로, 『청구영언 진본』(1728)에 실려 있으니 18세기 초엽에 존재한 모습이다. 이 작품은 여러 남성의 출입이 가능한 기방妓房이나 주막 같은 곳에 속한 여인이 개를 기르고 있다는 상황 설정 위에서 전개된다. 이 여인에게는 예전부터 자주 왕래했지만 이제는 미워진 임도 있고, 최근에 출입하면서 부쩍 가까워진 고운 임도 있다. 그런데 개는 오래 전부터 보던 남성과 낯이 익어서 그가 오면 꼬리 치며 반겨하고, 주인 여인과 근간에 가까워진 남성은 아직 낯설어서 보기만 하면 사납게 짖어댄다. 그러니 여인으로서는 자기의 내심과 정반대로 행동하는 이 개가 미울 수밖에 없다. 그래서 속상한 끝에 여인은

"쉰 밥이 그릇그릇 난들 너 먹일 줄이 있으랴"고 단단히 징벌을 벼르는 것이다.

김수장의 작품 「바둑이 검둥이 청삽사리」는 이 작품을 크게 개작한 변종이다. 그 중에서도 핵심적인 개작은 종장이 "문 밖에 개장사 가거든 찬찬 동여 주리라"로 바뀐 것이다. 쉰밥이 아무리 나도 먹이를 줄까보냐는 위협에서, 개장사에게 팔아 보신탕꺼리가 되도록 하겠다는 악담까지 여인의 심화는 더 깊어졌다. 자신의 정념에 관한 문제를 분별 있게 다루지 못하고 짐승에게 화풀이하는 희극적 면모가 이 과정에서 좀더 뚜렷해진다.

박문욱의 「내게는 원수가 없어」는 원천으로부터의 개작이라기보다는 핵심 화소의 발상만을 빌렸을 뿐 완전히 환골탈태한 새 작품이라고 보아 마땅하다. 이 작품은 주인공 여인의 처지와 공간 구조가 바뀌었고, 남성 상대의 역할도 달라졌으며, 개와 닭이 함께 등장하는 등 차이가 매우 많다. 이에 대해 선행 연구에서 논한 바를 일부 인용한다.

(이 작품의 상황 설정에서) '벽사창'과 '적적중문寂寂重門'의 역할이 중요하다. 벽사창은 푸른 깁을 바른 창문으로서 흔히 미인의 처소를 뜻하는 바, 오가는 이 없이 닫혀 있는 중문과 더불어 이 작품에 중상층 신분에 속한 여인의 비밀스럽고 낭만화된 사랑의 무대 장치를 제공한다. 중문中門, 重門은 대체로 양반층 이상의 여유 있는 가옥 구조에서 남성의 공간인 바깥채와 여성의 공간인 안채를 나누는 문이다. 이 문에 접근하는 이를 개가 사납게 짖는다면 그는 가족들에게 낯선 외간남자일 수밖에 없다. 따라서 이 작품에 담긴 사태는 주인공의 기혼 여부를 불문하고 사회 규범에 어긋나는 욕망의 산물이다. 주인공 여성은 이를 잘 알면서도 애욕을 떨쳐버리지 못하고 갈망과

두려움의 사이에 끼여 있다. 자못 심각한 이 번민의 국면으로 '닭 개 장사 외치거든 찬찬 동여 주리라'라는 결말부가 개입함으로써 상황은 희극적으로 선회한다(김흥규 2015, 183).

이와 같은 작품들을 통해 김수장과 박문욱이 추구한 바가 작중인물의 정념과 행동에 대한 단순 긍정이나 부정적 조롱에 있지 않다는 것은 분명하다. 그들은 이 여인들의 용렬함에 대해 웃음으로써 거리를 두었지만, 그 용렬함의 뒤에 있는 정념의 절실한 압력에 대해서는 도학군자의 근엄함만을 고수하지 않았다. 그들은 사설시조에서 이미 풍부하게 형성되어 있던 희극적 장면화의 수법을 적극 활용하여 욕망의 얽힘 속에 놓인 인간 존재들의 심리와 몸짓을 입체적으로 조명했다.

그런 점에서 18세기의 평민층 작가들에 의해 정념 모티프에 사설시조의 수법이 적극적으로 활용된 것은 매우 중요한 의의를 지닌다. 정념 노래들은 애정 상황에 처한 당사자의 주정적 호소 내지 고백으로부터 애증愛憎의 얽힘을 극화한 입체적 조명까지 스펙트럼이 넓을 수 있는데, 이 중에서 후자 쪽으로 영역이 확장되는 데에 김수장, 박문욱 등의 작가와 사설시조의 기여가 일부 중요한 몫을 담당했던 것이다. 다만 이와 같은 연관이 19세기에도 이어지고 발전했는가는 별개의 문제다. 19세기의 시조 연행과 유통에서 중심 역할을 했던 평민층 가객과 감식자 들은 그들 나름의 새로운 심미적 취향을 추구했으며, 이것이 정념류 시조의 행로에 또 다른 변화 요인으로 작용했다.

6. 19세기 평민층의 정념 시조

　19세기에 고급한 창악 문화를 주도했던 경아전京衙前 중심의 평민층이 '유상적遊賞的 삶의 추구'라는 경향을 보였다는 점은 제4장에서 강산 모티프와 관련된 양상을 고찰하면서 지적한 바 있다. 아름다운 것, 기이하되 추하지 않으면서 즐거움을 주는 것, 일상의 구속에서 벗어나 감각과 감성의 갈증을 적셔 주는 것 등이 그들의 관심사에서 중요한 위치를 차지했다. 달리 말하자면 심미성과 아취雅趣를 중시하는 태도가 상당히 유력한 문화적 기풍을 형성했던 것이다. 19세기의 평민층 시조 작가들 다수가 이 집단의 구성원이거나 영향력 범위에 속했으므로 정념류 시조에도 그런 특성이 짙게 나타난다.

> 西廂에 期約흔 님이 달 돗도록 아니 온다
> 지게門 半만 녈고 밤 드도록 기다리니
> 月移코 花影이 動흐니 님이 오나 넉엿노라
> (朴英秀, 원국 : 226, #2520.1, kw : 밤 남녀 그리움 정념 임기다림)

> 님 글인 相思夢이 蟋蟀의 넉시 되야
> 秋夜長 깁픈 밤에 님의 房에 드럿다가
> 날 닛고 깁히 든 줌을 씨와 볼까 흐노라
> (朴孝寬, 원국 : 306, #4047.1, kw : 남녀 죽음 그리움 원망 정념 임찾아감)

　박영수는 『가곡원류』계열 가집에만 작품이 전하는 것으로 보아 19세기 후반에 박효관1800~1880, 안민영安玟英, 1816~1885이후 그룹의 범위에서 활동한 가객으로 추정된다. 위에 인용한 「서상에 기약한 임이」가 그의 작품 성향 전반을 대표하면서 섬세한 감각이 특히 돋보이는 가작이다. 이 작품의 서사적 뼈대는 17세기의 신흠申欽, 1566~1628 작품까지 소급되는 '임 기다림의 간절함과 착각'[20] 모티프라 할 수 있다. 이 모티프는 평시조와 사설시조에 두루 채택되어 다수의 창조적 변이형들을 산출했는데, 이 작품이 그 중에서 가장 완곡하고 우아한 착각의 사례를 구현했다. 작품은 밤늦도록 지게문을 반쯤 열어 둔 채 임을 기다리는 화자의 독백이다. 그러다가 어느 순간에 그는 임이 왔다고 여기고 서둘러 문을 열었다가 실망에 잠긴다. 사실은 임이 온 것이 아니라 달이 하늘 길을 가면서 꽃 그림자가 움직여서 그런 착각을 자아낸 것이다. 깊은 밤의 고요 속에서 꽃 그림자의 움직임조차 놓치지 않을 만큼 섬세한 감각과 깊은 그리움이 우아한 화법으로 강조되어 있다.

박효관의 「임 그린 상사몽이」 또한 간절한 그리움을 강조하면서도 비애나 원망의 범람을 절제하고 우아한 심미성을 추구한다. 이를 위해 귀뚜라미가 일종의 전신자傳信者로 등장한다. 살아서 이루기 어려운 절실한 소망을 죽은 뒤 어떤 사물이 되어서라도 달성하고 싶다는 발상은 애정 시가에서 드물지 않게 발견된다. 이 경우의 소망은 죽음의 매개라는 가정 때문에 감정적 절박함 내지 과잉의 흔적을 띠는 수가 많다. 그러나 박효관은 이런 모티프를 도입하되 죽음의 연상을 교묘하게 회피했다. 그가 말한 바는 죽어서 귀뚜라미가 되는 것이 아니라 '임 그린 상사의 꿈이 귀뚜라미의 영혼이 되는 것'이니, 이런 가상은 간절하기는 해도 처절함과는 거리가 먼 낭만적 몽상으로서 감미롭고 아름다울 수

---

20 "窓밧긔 워석버석 님이신가 니러 보니 / 蕙蘭 蹊徑에 落葉은 므스 일고 / 어즈버 有限혼 肝腸이 다 그츨가 ᄒ노라"(청진, #4538.1)

있다. 그 귀뚜라미를 통해 무심한 임의 잠을 깨우련다는 종장의 여유로움 속에 박효관 등이 추구했던 아취의 일단이 엿보인다.

안민영은 이들과 유사한 성향을 추구하면서 매우 많은 시조를 창작했고, 정념류 작품 또한 37수에 달한다. 그 중에서 사설시조는 단 3수이며,[21] 그것마저도 사설시조에 특유한 해학적 상황이나 인간 군상에 대한 관찰보다는 다음의 사례처럼 평시조의 주정적 독백을 확장해 놓은 모습을 보여 준다.

> 이리 알쓰리 살쓰리 그리고 그려 病 되다가 萬一예 어느 찍가 되던지 만나
> 보면 그 엇더할고
> 應當 이 두 손길 뷔여잡고 어안 벙벙 아모 말도 못하다가 두 눈예 물결이 어
> 릐여 방울방울 써러져 아로롱지리라 이 옷 압자랄예 일것세 만낫다 하고
> 丁寧이 이럴 쥴 알냥이면 차라리 그려 病 되년이만 못하여라
> (安玟英, 금옥 : 181, #3779.1, kw : 남녀 한탄 그리움 정념 임기다림)

애절한 그리움의 노래가 사설시조의 확장적 수사에 실림으로써 눈물겨운 하소연이 구성지게 감겨드는 묘미가 있다. 그런 점에서 안민영이 사설시조의 양식적 자질에 전혀 무감각했던 것은 아니다. 그러나 김수장과 박문욱에게서 보았던 희극적 장면화라든가 인간 탐구의 다양성에 대한 관심은 안민영에게서 찾아보기 어렵다. 대신에 그는 필운대弼雲臺 가악 집단의 중심인물 중 하나로서 멋드러진 풍류와 아취의 세계를 중시했고, 정념의 문제에서도 남녀 간의 만남과 이별 그리고 기다림을

---

21 이것은 19세기의 평민층 작가가 남긴 정념류 시조에 포함되는 사설시조의 전부이기도 하다.

둘러싼 미묘한 감정의 파문을 그려내는 데에 힘을 기울였다.

> 任 離別 하올 져긔 져는 나귀 한치 마소
>
> 가노라 돌쳐셜 제 저난 거름 안이런덜
>
> 곳 아릐 눈물 젹신 얼골을 엇지 仔細이 보리요
>
> (安玟英, 금옥 : 119, #4091.1, kw : 남녀 기려 자위 미련 슬픔 정념 이별)

> 엇그제 離別ㅎ고 말 업시 안졋스니
>
> 알쓰리 못 견딀 일 한두 가지 아니로다
>
> 입으로 닛자 허면셔 肝腸 슬어 허노라
>
> (安玟英, 금옥 : 146, #3298.1, kw : 남녀 자조 한탄 그리움 정념 이별)

이 두 작품 중 앞의 것은 이별의 장면을 소재로 삼았고, 뒤의 것은 이별한 직후의 심적 갈등을 포착했다. 이 중에서 「임 이별하올 적에」는 안민영의 시적 통찰과 기지가 비상하게 발휘된 명작으로 꼽을 만하다. 이 작품의 핵심이 '다리 저는 나귀'에 있음은 두말할 필요가 없을 것이다. 다리가 성치 않아서 절름거리는 그리고 아마도 적잖이 노쇠했을 나귀가 평소에 못마땅하겠지만, 이별의 상황에서는 그것을 언짢게 여길 일이 아니라고 화자는 말한다. 이유는 나귀의 머뭇거림 덕분에 임의 얼굴을 잠시나마 자세히 볼 수 있을 터이므로. 여기서 중요한 단서는 "꽃 아래 눈물 적신 얼굴"이라는 구절로 보아, 임을 전송하는 이가 여성이며, 나귀를 탄 이는 남성이라는 것이다. 이 대목에 '저는 나귀'의 시적 복선이 들어 있다. 아무리 굳은 심지를 가진 대장부라도 이런 이별의 장면에서 차마 발걸음을 떼기가 쉽지 않겠지만, 남성에게 기대되는 성역할과 행동규범 때문에 그는 여기서 유약한 머뭇거림을 보일 수 없다. 그런데 마침 나귀가 다리를 절름거리는 데야 어찌하겠는가. 그는 대인답게 나귀의 느린 동작을 관용하며, 그 지체되는 시간 동안이나마 꽃다운 임의 눈물 젖은 얼굴을 더 바라볼 수 있다.

「엊그제 이별하고」는 이에 비해 단순한 작품이다. 그러나 단순한 가운데 작가가 포착한 애정 심리의 이중성이 간결하고도 날카롭다. 작중의 남녀는 서로 좋아하면서도 그것을 액면대로 다 털어놓고 상대방을 전폭적으로 받아들일 만한 객관적 상황이나 마음의 준비가 부족했을수 있다. 그런 가운데 한 사람이 떠났고, 홀로 남은 화자는 후회와 미련을 곱씹으면서 심사가 산란하다. 그런 괴로움이 견디기 힘들어서 마음속의 애착을 짐짓 부정하고, 떠난 이를 잊으리라 다짐해 본다. 그러나 마음 깊이 자리 잡은 그리움은 쉽게 지워지지 않고 심화心火가 되어 타오른다. 현대시에 와서는 어떨지 장담할 수 없으나, 적어도 19세기 말 이전의 한국 단형서정시에서 애정 심리의 착잡한 부정과 확인이 이처럼 얽힌 사례는 매우 드물지 않을까 한다.

여기서 우리는 이세보의 정념류 시조를 고찰하는 국면에서 지적하고, 김수장·박문욱을 논하면서도 환기했던 '인간 탐구의 시선' 문제를 좀더 생각해 볼 필요가 있다. 이 작가들의 경우 정념 시조에서의 인간 탐구라는 성향은 주로 작자와 분리된 허구적 행위자로서의 작중인물과 극적 상황에 주안점을 두고 논의되었다. 그런 인물형과 상황설정 방식이 다면적 인간 탐구에 유용한 것은 분명하다. 하지만, 반드시 그러해야만 인간 탐구의 성찰이 가능한 것일까? 이런 의문을 상기하면서, 안민영의 작품들을 독해해 온 그간의 방식을 잠시 되돌아보고자 한다.

주지하다시피 안민영의 시조 작품 대다수는 그의 개인 작품집인

『금옥총부』(1885?)에 실려 있으며, 이 책의 작품들에는 창작 경위나 동기에 대한 후기後記가 길든 짧든 첨부되어 있다. 이 후기들은 안민영이라는 인물과 시조사의 연구를 위해 크게 공헌했고, 개별 작품의 맥락과 의미를 판별하는 데에도 적지 않은 도움이 되었다. 그러나 이와 함께 작품을 그 부대 기록과 작가 개인의 특정한 체험 및 진술에 구속시킴으로써 의미 이해를 협애하게 만드는 요인이 되기도 했다. 더욱이 안민영은 창악 연행을 위한 큐레이터 및 중개자의 역할을 겸하여 각지를 순회하면서 기녀·예인들과의 만남이 잦았는데, 그런 과정에서 발생한 성적 또는 정념적 관계가 이들 후기에 많이 기록되었다. 이로 인해 그의 정념류 시조들을 특정 여인과의 개인적 관계나 일회적 사실에 관한 기록의 차원을 넘어서서 독해하기 어렵도록 하는 간섭 현상이 연구자들 사이에서 종종 발생했다. 이미 위에서 다루었던 두 작품을 관련 후기와 함께 여기서 다시 살펴보자.

평양의 혜란惠蘭이는 단지 색태만 뛰어난 것이 아니라, 난을 잘 치고 가금歌琴에 능통하여 소문이 한 성에 자자하였다. 나는 연호蓮湖 박사준朴士俊이 막부에 있을 때 일이 있어 내려갔었다. 혜란이와 더불어 칠 개월을 서로 따르며 정의를 가까이 나누었는데, 그 작별할 때에 이르자 혜란이가 긴 숲 북편에서 나를 전송해 주었다. 가고 머무는 슬픔을 정말 스스로 억제하기 어려울 따름이었다(김신중 2003, 143).

이 후기의 내용과 시조 「임 이별하올 적에」의 사이에는 혜란이라는 기녀와의 아쉬운 작별이라는 사실을 제외하고는 별다른 실질적 연관이 없다. 안민영이 평양을 떠나는 길에 다리 저는 나귀를 탔을 가능성이 우선 희박하고, 작별의 슬픔이 크다면 잠시 더 지체하면서 손길이라도 어루만질 일이지 나귀의 노둔함에 힘입어서 "꽃 아래 눈물 적신 얼굴"을 조금 더 훔쳐본다는 것 또한 현실성이 부족하다. 요컨대 이 작품은 혜란과의 석별을 계기로 지어졌지만, 작중의 서정적 상황과 애틋한 머뭇거림 등의 내용은 이별을 아름답게 그려낸 '시적 개연성'의 산물이라고 보는 것이 좀더 자연스럽다.

『금옥총부』146번 작품인 「엊그제 이별하고」에는 불과 11자의 후기가 붙어 있는 바, 번역하면 "내가 강릉의 홍련紅蓮과 헤어진 뒤에"다.[22] 홍련 역시 기생인데, 둘 사이에 어떤 심적 애착과 갈등이 있었으며 왜 그녀가 떠나야 했는지, 이 후기만으로는 아무런 사실적 정보도 얻을 수 없다. 그렇다면 의존할 수 있는 것은 석 줄의 시행뿐인데, 이 시조는 여인을 잊자고 하면서 실제로는 그러하지 못하고 속이 타 들어가는 감정의 갈등을 그리는 데 초점을 맞추었을 뿐이다. 시인과 그 바탕의 생활인을 구별하는 것이 용이한 일은 아니지만, 우리는 이 작품의 뒤에 있는 제보자 안민영과 그의 착잡한 심리상황을 짤막한 석 줄의 시행으로 집어 낸 시인 안민영을 가능한 한 나누어서 보아야 하지 않을까.

이와 같은 논의를 거쳐 우리가 숙고해 볼 사항은 '인간 탐구의 시선'이 허구적 상황과 인물을 대상으로 해서만 작동하는 것이 아니라, 자신의 체험과 내면에 대한 성찰을 통해서도 이루어질 수 있다는 일반론적 가능성이다. 물론 이것은 말 그대로 가능성일 뿐, 모든 주정적主情的 자기 탐닉의 시편들이 그런 범주에 산입될 일은 아니다. 안민영의 정념 시조에 대해서도 개인적 경험이나 감회의 기록에 그친 사례들이 지적될 수

---

22 "余與江陵妓紅蓮相別之後"

있다. 그런가 하면 그의 작품들 중 또 다른 일부는 실제 경험에 시적 맥락 내지 포용성을 부여함으로써 심미적 성찰의 시야를 열었던 것으로 보인다. 이런 변별에 유의하면서 한 가지 예를 더 살펴보기로 한다.

說盡心中無限事ㅎ야 길럭이 발의 굿게 밀 졔
長歎 墮淚하며 哀矜이 니른 말이
네 萬一 더듸 도라오면 나는 그만이로라

(安玟英, 금옥 : 143, #2598.1, kw : 남녀 소식 그리움 정념)

이 작품의 후기는 "해주 감영의 옥소선玉簫仙이가 병자년(1876) 겨울 내려간 후 잊을 수가 없어, 계면조 8절을 지어 그것을 발군撥軍 편에 부쳤다"(김신중 2003, 165)고 기록했다. 옥소선은 인물과 음악적 재능이 모두 뛰어나서 안민영이 극찬을 아끼지 않았던 기녀인데, 둘 사이에는 상당한 정도의 정념 관계도 있었던 듯하다. 그런데 우리가 여기서 주목할 것은 후기의 기록과 작품 내용 사이에 포괄적 대응관계는 있어도 사실의 일치는 인정하기 어렵다는 것이다. 초장은 마음속의 숱한 일들을 모두 적어서 '기러기 발'에 굳게 맨다고 했는데, 안민영이 실제로 소식을 전한 수단은 역마驛馬를 통한 서신 전달이었다. 그보다 더 두드러진 사항으로, 화자는 종장에서 기러기에게 "네 만일 더듸 돌아오면 나는 그만이로다"라고 하지만, 이것은 초장에 마련되었던 상상적 무대에서 극한의 고립에 처한 작중인물의 극적 독백일 뿐이다. 요컨대 「설진심중무한사하여」는 실제 체험의 보고가 아니라 안민영이 자신의 간곡한 그리움을 투사하여 설정한 상상의 인물과 상황의 서정시적 축약판이다.

안민영의 정념류 시조들은 주로 창악 연행을 매개로 하여 그와 교분이 있던 기녀들과의 사연을 배경으로 했기 때문에, 경험적 사실과 시적 형상 사이에서 적절한 분별을 설정하는 일이 작자 자신과 연구자들에게 모두 쉽지 않은 문제였다. 그런 작품론적 과제를 이 자리에서 상론할 수는 없으나, 종래의 일부 관성화된 견해와 달리 그의 작품 중 상당수는 특정한 체험적 계기에 촉발되었다 하더라도 의미 구성의 차원에서는 이를 넘어선 예가 많다는 것을 지적해 두고자 한다. 안민영의 경우 실사實事와 작품 사이의 이 거리가 때로는 아취를 위한 심미적 치장의 여백이 되고, 때로는 자신에 대한 성찰을 좀더 넓은 인간 이해로 이끌어 가는 디딤돌이 되기도 했다.

다만 이런 가능성 중에서 어느 쪽으로 더 많이 기울었든 그의 시조가 한 세기 전의 같은 신분층 작가인 김수장·박문욱보다 훨씬 더 탐미적, 주정적이었다는 것은 너무도 뚜렷하다. 뿐만 아니라 그는 같은 시대의 양반 작가로서 역시 기방과 연행 공간 출입이 잦았던 이세보보다도 남녀간의 정념이 야기하는 파란과 그에 따른 감정적 후과後果들에 대해 실제적으로든, 작품상으로든 더 깊이 빠져들었다. 여기에는 안민영의 개인적 기질이나 취향이 물론 중요한 원인으로 작용했을 터이지만, 문화사적 차원에서는 그가 속했던 19세기 중후반 서울의 주도적 창악 취미집단, 즉 필운대 그룹의 유상적遊賞的, 탐미적 경향과 그 속에 잠복한 일말의 허무주의에 유의하지 않을 수 없다.

7. 기녀 시조와 정념

지금까지 수집된 기녀들의 시조에서 정념 모티프의 작품들이 70.1%
에 달한다는 것을 제3장(색인어 관계망의 지형도)에서 지적한 바 있다.[23]
이것은 지극히 당연한 현상처럼 보인다. 그러나 그것이 왜 당연한지 한
번쯤 반문해 볼 필요가 있다. 기녀들이 삶의 여러 국면에서 시조 혹은 그
와 엇비슷한 단형서정시를 쓸 수 있었다면, 그리고 그것이 어느 정도 고
르게 전해졌다면, 현재 남아 있는 정념 시조와 유사한 그리움의 노래들
이 압도했을까? 그럴 가능성은 많지 않다. 기녀 한시 전승의 원천적 제
약에 관한 성찰이 여기에 참고될 만하다. 한 연구자가 지적했듯이 지금
까지의 기생 한시 연구는 주로 시화詩話, 야담, 잡록 등에 의존하여 이루
어졌다. 따라서 "기생의 한시는 누가 무엇을 말하는가에 따라 남아 있는
한시의 성향이 거의 결정되"고, 당대의 지배 담론이 지닌 시선으로부터
자유롭지 못했다(박영민 2011, 220).

기녀들의 시조는 그들의 한시보다 더 단편적인 흥미 위주의 일화들
에 실려 전해지다가, 세월이 꽤 흐른 뒤 가집 등의 문헌에 수록되었다.
그 중의 어떤 작품은 낭만화된 정념의 간곡함으로 유명하고, 또 어떤
것은 명기의 굳은 심지로 칭송받았으며, 또 어떤 작품들은 이름난 남성
과의 연석에서 성적 암시를 띠고 교환된 희작적 담화로 기록되었다.[24]

---

23 현전하는 기녀시조는 모두 77수인데, 평시조가 76수이고 사설시조는 1수 뿐이다. 작
   자는 28명이나, 생존 시기를 세기 단위 이내에서 추정할 수 있는 인물이 11명, 나머지
   17명(40수)은 미상이다.
24 정철(鄭澈)과 기녀 진옥(眞玉) 사이에서 이름자의 희학적 해석과 성적 암시를 섞어서
   주고 받은 다음 작품들이 셋째 경우에 속한다. "玉이 玉이라커늘 燔玉만 너겨써니"〈근
   악 : 391, #3486.1); "鐵이 鐵이라커늘 섭鐵만 너겨써니"(근악 : 392, #4706.1).

이들 중에 작품이나 작가의 신뢰성이 취약한 경우가 더러 있기는 해도, 기녀시조 전체의 자료적 가치를 일률적으로 폄하할 필요는 없을 것이다. 그러나 그것들이 선택한 소재와 주제, 그리고 그것을 서정시화하는 방식은 위에 지적한 일화들의 맥락에 의해, 그리고 그 일화를 가필하고 정착시킨 이들의 손길에 의해 여과되었다는 것을 유념해야 한다. 이런 반성적 고찰에도 불구하고 자료 상황이 크게 바뀌지 않는 한 기녀 시조에 대한 이해의 새로운 차원이 갑자기 열리기는 어려울 것이다. 다만 오늘날까지 전해진 자료가 매우 적고 불균등한 일부의 파편들이라는 점에 유의함으로써 우리의 독해는 좀더 신중해질 수 있다.

기녀들의 시조 중에서 시적 다양성과 격조가 가장 뛰어난 것은 단연코 황진이(16세기)의 작품들이다. 시간의 허리를 잘라서 보관해 두었다가 임 오신 날 밤에 펴리라는 「동짓달 기나긴 밤을」이 아마도 가장 유명하고도 탁월한 걸작이겠지만, 그리움의 미묘한 심사를 포착한 다음 작품도 뛰어나다.

어져 닉 일이여 그릴 줄를 모로던가
이시라 ᄒᆞ더면 가랴마ᄂᆞᆫ 졔 구틔야
보닉고 그리ᄂᆞᆫ 情은 나도 몰나 ᄒᆞ노라
(黃眞伊, 병가 : 25, #3242.1, kw : 남녀 한탄 그리움 후회 정념 이별)

안민영의 작품 「엊그제 이별하고」를 논하면서 작가가 포착한 애정 심리의 이중성을 지적한 바 있는데, 황진이는 이보다 3세기를 앞서서 좀더 미묘한 심리적 굴곡을 자신의 내면에서 관찰했다. 사랑의 격정에 빠진 인물들은 애정 상대를 지키기 위해 자신의 모든 것을 내던질 듯한

맹렬함을 종종 과시하지만, 정작 그 임과의 일상 속에서는 사소한 언행과 감정의 왕래에서 생기는 오차 또는 불협화로 인해 심기가 불편해지고는 한다. 우리는 섭섭함을 지각하기 전에 자기 마음 속에 섭섭함의 옅은 안개가 스며들어 온 것을 모르기도 하고, 그리움 등의 감정 또한 마찬가지 양상을 보일 수 있다. 그런 가운데서 작은 결기 혹은 자존심 때문에 해야 할 말을 하지 않거나, 하지 말아야 할 말을 함으로써 감정의 유대가 어그러지고, 마침내는 아무도 원치 않았던 이별이 현실화되는 경우가 또 얼마나 많은가. 이렇게 설명하고도 불충분할 수밖에 없는 애정심리의 미묘한 어긋남을 「어져 내 일이여」는 일상적 어휘와 화법만으로 생생하게 그려냈다. 자기를 응시하는 시선 속에 인간 이해의 깊이가 엿보인다.

　매창(1573~1610)의 다음 한 편은 정념류 기녀 시조의 전형적 주제인 '애타는 기다림'의 대표적 명편으로 꼽을 만하다.[25]

　　梨花雨 훗샐릴 제 울며 잡고 離別훈 님

　　秋風 落葉에 져도 날 生覺ᄂᆞᆫ가

　　千里에 외로온 꿈은 오락가라 흔다

　　(梅窓, 병가 : 556, #3902.1, kw : 남녀 그리움 외로움 원망 정념 임기다림 괴로운밤)

이 작품은 시공간의 거리를 다루는 솜씨가 탁월하다. 초장에 담긴 작별의 시간은 '이화우' 즉 배꽃이 비 오듯이 날리던 날인데, 울며 작별

25 　매창은 부안(扶安) 기생으로 시문과 거문고에 뛰어나고, 당대의 문사인 유희경(劉希慶) · 허균(許筠) 등과도 교유가 깊었다고 하며, 몇 편의 한시 작품도 전해진다.

하는 여인의 심정과 남녀를 휘감아 날리는 꽃비가 슬프면서도 감미롭다. 그러나 이로부터 반년을 건너뛰어 중장과 종장을 독백하는 현재의 시간이 되면서 감미로운 이별의 장면은 희미해지고, 차가운 가을바람 속에 임의 진심에 대한 불안감이 머리를 든다. 그들 사이의 '천리'는 물리적 거리인 동시에 해소되기 어려운 단절의 거리이기도 하다.[26] 그런 가운데서 여인의 외로운 꿈만 이 막막한 거리를 기약 없이 왕래할 따름이다.

매창의 「이화우 흩뿌릴 제」는 상투화되기 쉬운 주제를 참신하고도 운치 있게 다루었지만, 기녀 시조들 중에는 그렇지 못한 작품들도 더러 있었고, 때로는 정념의 고통이 원한으로까지 전이된 사례도 보인다.[27] 이들보다 더 눈길을 끄는 것은 정념의 문제를 심각하게만 다루기보다 약간의 기지機智를 발휘하여 어느 정도의 심적 거리를 두고 관찰하거나 해학적 감각으로 조명한 작품들이다.

千里에 맛나쓰가 千里에 離別ᄒ니
千里 쑴 속에 千里 님 보거고나
쑴 씨야 다시금 生覺ᄒ니 눈물계워 ᄒ노라
(康江月, 병가 : 549, #4599.1, kw : 꿈 남녀 한탄 그리움 정념 임만남 이별 말놀음)

---

26 매창은 부안 기생이었으니, 여기서 말하는 '천리'란 아마도 부안과 서울 사이의 거리를 시적으로 단순화한 표현일 것이다.

27 다음의 두 편이 후자의 대표적인 예다. "이리ᄒ여 늘 소기고 져리ᄒ여 늘 소기니 / 怨讎이 님을 발녀 니졈즉 ᄒ다마난 / 원쉬야 怨讎 ㅣ 일시 올토다 닛칠 적이 업세라"〈松伊, 청가 : 305, #3780.2〉; "두어도 다 셕는 가슴 드는 칼로 베여 내녀 / 荊山 白玉函에 다 마짜가 / 아모나 가는 이 니거던 임의게 傳ᄒ리라"〈月仙, 동명 : 268, #1468.1〉

思郎이 엇더터니 둥구더냐 모나더냐

기더냐 잘으더냐 발물너냐 ㅈ힐너냐

各別이 긴 줄을 모로되 싯 간 뒤을 몰내라

(松伊, 청가 : 306, #2260.2, kw : 남녀 한탄 정념 말놀음)[28]

「천리에 만났다가」는 종장이 다분히 상투적이어서 범용한 느낌을 줄 수도 있다. 그러나 '천리'라는 말을 네 번이나 되풀이하면서 일종의 말놀음 같은 묘미와 리듬을 구현한다. 초장이 말한 두 번의 천리는 임이 평양에 오기까지와 다시 서울로 돌아가기까지의 공간적 거리에 해당한다. 중장에서는 이것이 수식어가 되어 '천리 꿈'과 '천리 임'을 만드는데, 여기서의 천리는 '현실적으로 도달할 수 없는 거리 저편'을 의미한다. 이러한 의미 전이에도 불구하고 외형상 동일한 '처리'가 반행 단위의 동일한 위치에 거듭 출현함으로써 작품은 경쾌한 호흡 속에 슬픈 사연을 담아 약간은 희작적으로 전하게 되는 것이다.

「사랑이 어떻더니」는 좀더 명시적으로 희작의 수법을 도입한다. 사랑의 무한함이라는 익숙한 명제를 사물화하여 그 모양과 길이 등의 감각적 특성을 연이어 묻는 천진함이 웃음을 자아낸다. 이로부터 한 걸음 더 나아간 압권이 종장이다. 그 전반부에서 '각별히 긴 줄을 모르'겠다는 것은 초·중장의 천진한 질문에 대한 동일 수준의 응답일 수 있다. 그러나 '끝 간 데를 몰라라'는 종결부는 이와 다른 차원이다. 그것은 사랑의 가시적 특성에 관한 천진한 물음을 매개로 삼아 그 측정불가능하고 고갈될 수 없는 무한성으로 비약하는 것이기 때문이다.

---

28 강강월은 평안도 맹산(孟山)의 기생으로서 적어도 18세기 말 이전의 인물이고, 송이는 전해지는 작품이 많으나 18세기 중엽의 기녀로 추정될 뿐이다.

이제까지 살펴 본 기녀시조의 면면에 한두 가지 화제를 더 추가하기보다 약 10년 전에 학계에 알려진 자료를 통해 일부 정념류 기녀시조의 생성과 연행 환경을 살펴보는 것이 좀더 의의가 있을 듯하다. 거론하려는 자료는 캘리포니아 대학 버클리 캠퍼스의 동아시아 도서관에 소장된 『염요艷謠』라는 필사본 소책자다. 이 책자에는 1874년으로 추정되는 갑술년에 공주公州 감영의 아전들이 서울로 떠나는 어떤 관리를 전송하기 위해 관기官妓 여러 명을 대동하여 송별연을 열고, 그 자리에서 「금강에서 서울 낭군을 석별하는 노래錦江惜別洛陽郎君曲」라는 공통 제목으로 국문시가를 짓게 하여 입상한 작품 2건이 여타의 문건들과 함께 실려 있다(정병설 2005, 159~84). 그 중에서 으뜸에 해당하는 '二上'의 등급을 받은 작품은 형산옥荊山玉이라는 기녀가 지은 가사이고, 다음 순위가 '三上'을 받은 기녀 인애仁愛의 연시조 3수다.[29]

여기서 우선 중요한 사실은 「금강석별낙양낭군곡」이라는 이름의 가사와 연시조는 창작하는 기녀와 떠나는 관인 사이의 애정 유무와 상관없이 송별연 행사와 노래짓기 경연의 필요에 의해 그 제목, 주제 및 대체적 내용의 요건이 정해졌다는 것이다. 지방 관아의 어지간한 지위에 있던 인물이 떠나는 마당이라면 송별연에서 석별의 뜻이 표해져서 마땅하고, 기녀가 현장에 여럿 있다면 그 중 한둘 쯤은 떠나는 이를 호걸남아로 여길 수 있도록 미진한 정념과 이별의 아쉬움을 노래하는 것이 인위적으로라도 마련되어야 하겠다는 생각이 여기에 깔려 있다. 위의 입상작 가사와 시조는 이렇게 '연출된 이별의 정한情恨'과 그 주문생산품으로서의 텍스트다.

---

29 형산옥의 작품 제목 아래에 "甲戌六月十二日二上, 錦城花榜荊山玉魁"라 하고, 인애의
   시조에는 "단가仝題仁愛三上"이라 표시했다.

형산옥의 가사에는 다음과 같은 대목이 있다.

> 슬푸고 쏘 슬푸다 우리 郎君 어듸 가고 이닉 眞情 모로\느고
> 우리 두리 서로 만나 粉壁紗窓 鴛鴦枕의 百年期約 다 니르랴
> 綠楊芳草 好時節과 江樓烟月 好時節의
> 四時長春 노닐 적의 郎君 離別 쯧\ᄒᆞ엿나 (정병설 2005, 166).

떠나는 남성과 관기官妓 형산옥 사이에 모종의 정념 혹은 성적 관계가 있었을 수는 있다. 그러나 그것이 '분벽사창 원앙침'을 갖춘 침실에서였거나, '백년 기약'을 동반한 일이었을 가능성은 희박하다. 두 사람이 경개 좋고 물 좋은 곳에서 '사시장춘' 즐기면서 이별의 걱정을 전혀 잊고 지냈을 개연성도 없다. 그런 일들은 모두 낭만화된 전기, 소설, 잡록류에 보이는 애정담이며, 적어도 지방 관아에 속한 관인과 기녀 사이에서 일상적으로 가능한 행태가 아니다. 그러므로 형산옥의 가사는 사실과 별 관련이 없이 장식적 화소와 수사들로써 감미로운 사랑노래를 엮었을 뿐이고, 그 연출적 가치를 인정받아 으뜸으로 뽑혔던 것이다. 그러면 다음 등급을 받은 인애의 시조는 어떤가.

> 洛陽은 人物 府庫요 錦江은 花柳叢이라
> 錦江 花柳 洛陽 人物 뉘 아니 醉ᄒᆞ쇼냐
> 두어라 醉커든 長醉코 離別 업게 …

> 인다롤손 洛陽 才子 고이홀손 錦江水라
> 洛陽 才子 一渡ᄒᆞ면 어인 離別 잣단 말고

어즙어 錦江水ᄂᆞᆫ 구뷔구뷔 …

洛陽은 어듸미며 錦江은 어듸런고
年年歲歲 此江頭에 離別 즈즈 늘거셰라
슬푸다 이 江곳 아닐너면 이 離別 업슬눈가

(仁愛,「錦江惜別洛陽郎君曲:1~3」, 염요:1~3, #0779.1, #3100.1, #0778.1)

　어휘 구사력이나 4음보격의 리듬에 관한 감각 등은 인애가 형산옥
보다 훨씬 나아 보인다. 안정적 짜임새도 이것이 우월하다. 그러나 송
별연의 취지를 중시한다면 이 작품은 미흡하다. 작시법의 여러 장점에
도 불구하고 여기에는 정념의 실질이 너무 빈약하기 때문이다. 이 작품
은 금강의 물리적 단절 작용으로 인해 '낙양 재자'와 현지 여성 사이의
이별이 생기는 것을 포괄적으로 한탄했을 뿐, 지금의 상황에 어떤 애틋
한 정분과 가슴 저미는 슬픔이 있는지 구체적 정황을 제시하지 않았다.
다시 말해서 이 작품에는 연출된 정념의 장면과 행위자 그리고 이를 휘
감아 흐르는 감정이 없는 것이다.
　이 행사에 쓰인 '화방花榜'이라는 술어는 남성들의 과거시험 합격자
명단인 '금방金榜'을 흉내 낸 것으로서, 중국의 경우 송대 이래로 고급한
유흥공간에서 기녀들에게 시문 등의 솜씨를 겨루게 하고 남성 좌상객
들이 이를 품평하여 발표한 순위표를 뜻했다. 위의 작품들을 산출한 공
주 감영의 행사가 조선에서 처음이 아니었다면, 앞선 시기에도 유사한
일들이 각 지방 관아 부근에서 종종 벌어졌을 것이다. 그러나 그것이
얼마만큼 소급될 수 있는가는 섣불리 말할 일이 아니다.
　정념류의 기녀 시조를 논하는 이 자리에서 우리가 주목할 것은 위의

행사가 함축했던 '연출된 정념'의 배역이 기녀들에게 암묵적으로 기대되었다는 점이다. 제목을 내걸고 순위를 평가해서 상을 주는 등의 행사는 이를 제도화한 것이다. 그러나 제도화 이전의 시공간과, 행사의 맥락에 무관한 개인적 국면에서도 이별의 상황은 숱하게 등장하고, 각별한 정분이 있었던 남녀라면 가슴 저린 슬픔을 느껴야 마땅하다. 그런데 '마땅하다'는 것은 상황적 기대치일 뿐 실제로 그런 절실함이 없을 수도 있다. 하지만 절실한 느낌이 없다 해서 덤덤한 자세를 취한다면 그이전의 '각별한 정분'이라는 것도 착각이거나 가식이었다는 소급 해석이 발생하며, 그동안 축적되어 온 감정적 교류의 자산들이 일순간에 붕괴할 수도 있다. 이런 부담을 피하려면 이별의 장면에서 쌍방은 이별의 정한情恨을 적절히 표시해야 하고, 기녀 같은 직능과 위치의 여성들에게는 특히 그런 배역의 의식적인 수행이 자연스럽게 기대되었던 것이다.

논의가 여기에 이르고 보면 다수의 정념 시조에서 기녀들이 호소한 그리움이 그 절실한 수사의 농도에 상응하는 체험적 진실성을 작품마다 간직했던 것일까 하는 의문이 떠오를 수 있다. 그러나 기녀들에게만 그런 의문을 던지는 것이 마땅한가? 우리는 나날의 삶 속에서 기쁨과 슬픔 혹은 분노를 때때로 연기하지 않는가? 그런 행동 이후에 스스로를 돌아보면서 감정의 연출이 부족하거나 과했다고 후회한 적은 혹시 없는가? 인생을 성실하게 사는 것과 성실하게 연기하는 것 사이에 대체 어떤 차이가 있는가?

8. 정념류의 팽창과 18·19세기 시조사

강산, 전가 모티프 관계망을 살피던 방식대로라면 정념류 시조에 대한 역사적 고찰 또한 앞 항의 기녀 시조 논의로써 매듭을 지어야 할 것이다. 그러나 이 모티프 계열의 특성과 18·19세기 시조사의 역동적 움직임 사이에 있는 연관으로 인해 우리는 다소 특이한 검증 작업들을 이 지점에 추가하고자 한다. 그 이유는 시조에서의 정념 모티프가 17세기까지 매우 미약한 양상을 보이다가 18세기 초 이후의 2세기 동안 비약적으로 성장했으며, 특히 19세기의 성행이 놀라운 수준이었다는 데 있다. 우리는 무엇이 이런 변화에 작용한 주 요인이었던가를 묻지 않을 수 없다. 아울러, 이 기간을 통해 정념류 시조의 팽창 추세가 반드시 균질적인 것만은 아니었다면, 이와 관련된 변수들은 무엇인지도 숙고해 볼 필요를 느낀다.

이런 문제적 양상이 존재한다는 사실 자체가 그동안에는 연구자들의 시야에 들어올 수 없었으니, 고시조 자료를 망라한 데이터베이스 구축과 색인어 분석이 아니고서는 특정 키워드와 관련된 작품군의 규모나 수량적 추이를 계측하는 일 자체가 불가능했기 때문이다. 이제 그런 측정을 기반으로 문제에 접근하면서, 이 자리에서의 검토는 계량적 검증과 추론 및 후속 연구를 위한 문제제기에 집중될 것임을 전제해 둔다. 계량적 분석의 종착점에 가까이 갈 때마다 자주 확인하는 바이지만, 이런 저런 숫자와 백분비로 집계된 대규모 현상의 뒤에는 매우 복잡다단한 변인과 행위자들의 얽힘이 있다. 계량적 연구는 이 모두에 대해 명쾌한 최종적 분석을 제공하기보다 그런 양상들과 치열한 백병전을 벌여야 하는 전장으로 연구자를 안내하는 나침판이라고 생각하면 좋을 것이다.

이런 취지 아래 18~19세기의 시조 연행과 소통 상황을 파악하기 위한 계량적 기반으로서 당시의 가집들을 6개 시기별 군집으로 분할하기로 하고, 다음과 같은 원칙을 설정했다.

① 시조 연행과 가집 편찬의 추세를 가능한 한 정밀하게 분석하고자 18, 19세기를 각기 3등분하여 문헌 군집의 시기를 다음과 같이 여섯으로 나눈다. 18세기 초엽 / 18세기 중엽 / 18세기 말엽 / 19세기 초엽 / 19세기 중엽 / 19세기 말엽

② 이 군집들의 자료는 가곡창 가집 혹은 시조창 가집으로서, 성립 시기가 18~19세기 사이에서 유력하게 추정되는 것으로 한정한다.

③ 개인 작품집, 소수 동호인에 국한된 선집은 제외한다.

④ 가곡창과 시조창이 공존하는 작품집은 그 중 어느 한쪽이 기본이 되고 나머지가 삽입 또는 추록으로 간주될 수 있는 경우에 한하여 자료로 수용한다.

⑤ 선정된 문헌에 실린 작품이라 해도 제3자에 의해 후대에 삽입되거나 추록(追錄)된 것들은 검토 및 통계 연산에서 제외한다.

⑥ 어떤 시기별 군집에 속하는 가집이 몇이든 그 중 하나 이상의 문헌에 실린 작품은 해당 시기의 시조 연행·향유 자산이라고 간주한다. 동일 작품이 여섯 시기의 문헌 군집에 적어도 한 차례 이상씩 출현한다면, 이 작품은 그 기간에 공통되는 시조 자산이라고 본다.[30]

위와 같은 기준에 따라 설정된 자료 군집을 통계 처리하여 많은 사항

---

30 18, 19세기의 6등분 가집군 설정에 관해 더 자세한 사항은 이 책의 「부록 3 : 작품, 작가, 문헌의 시대별 귀속 판별」 참조.

을 계측, 분석할 수 있는데, 그 일환으로서 정념류 시조가 각 시기의 시조 자산에서 차지하는 비중 즉 출현율을 하나의 표로 집계했다. 〈표 4〉에는 시조 전체와 평시조, 사설시조를 구분해서 한 눈에 볼 수 있도록 했다.

〈표 4〉 18 · 19세기 6등분 가집군의 정념류 분포

구분	전체 작품	정념류	출현율 (%)	평시조	정념류	출현율 (%)	사설 시조	정념류	출현율 (%)
18초	580	75	12.9	461	31	6.7	119	44	37.0
18중	1638	295	18.0	1331	189	14.2	307	106	34.5
18말	1275	253	19.8	1025	165	16.1	250	88	35.2
19초	1824	388	21.3	1407	235	16.8	417	153	36.7
19중	1639	403	24.6	1179	243	20.6	460	160	34.8
19말	1223	326	26.7	879	211	24.0	344	115	33.4

우선 평시조와 사설시조를 합한 전체 작품에서의 추이를 보자. 흥미롭게도 18세기 초에서부터 19세기 말에 이르기까지 정념류 시조의 비중은 지속적으로 증가했으며, 최종 단계의 비중은 처음의 2배를 초과했다. 여섯 단계 사이의 낙차에 얼마간의 굴곡이 있기는 하지만, 정념 모티프는 증가세가 멈추거나 역전된 일이 없이 지속적인 팽창을 보였던 것이다.

이와 같은 증가 추세의 동력은 평시조 쪽에서 발생했으며, 사설시조는 거의 영향을 미치지 않았다는 사실 또한 위의 표에 뚜렷하다. 사설시조의 경우 정념류 작품의 출현율은 6등분된 18~19세기 전체에 걸쳐 35%를 중심으로 ±2% 포인트 범위 이내의 작은 증감만을 다소 불규칙하게 보였을 뿐이다. 반면에 평시조 작품의 출현율은 18세기 초의

6.7%로부터 19세기 말의 24%에 이르기까지 지속적으로 증가했으니, 최종 단계의 비중은 출발 단계의 약 3.6배에 달한다. 시조 작품 전체의 통계를 보면 평시조의 정념류가 16.2%이고 사설시조의 정념류는 29.5%로서, 사설시조 쪽이 남녀 간의 애정 문제에 대해 훨씬 큰 관심을 보였다. 그나마 이 정도의 격차도 18~19세기 동안의 자료가 수량적 격차를 줄이는 데 공헌한 결과이고, 18세기 초 이전의 단계에서 남녀 간의 애정 모티프는 압도적으로 사설시조에 의존했던 것으로 보인다.

김천택의 『청구영언 진본』(1728)이 대표하는 18세기 초는 이런 상황에서 평시조의 정념류 작품들이 적으나마 성장 추세를 보이기 시작한 첫 단계인 듯하다. 물론 이 단계에서 정념류 평시조는 사설시조 정념류의 18%에 불과했다. 그러나 이후의 시기 동안 매우 큰 폭으로 양적 성상을 계속한 결과 19세기 말에는 사설시조와의 출현율 비교에서 약 72%를 차지하게 되었다. 그러므로 18~19세기 시조사에서 진행된 정념류의 성장은 거의 전적으로 평시조에서 일어난 시적 관심 및 취향의 변화에 힘입은 현상이라 하겠다.

이와 같은 수량적 계측과 발견이 매우 값진 것이기는 하나, 그로 인해 떠오르는 의문과 새로운 성찰의 과제들도 있다. 예컨대 위의 표에서 18세기 초와 중엽 사이의 낙차가 다른 부분에 비하여 큰데, 18세기 초는 김천택의 『청구영언』이 대표하고 18세기 중엽에는 김수장의 『해동가요』가 주요 자료로 포함된다. 그렇다면 이 두 시기 사이의 상당히 큰 격차는 김천택 그룹과 김수장 그룹 사이의 성향 차이와 직결되는 것인가라는 의문이 대두한다. 아울러 18~19세기 간의 시조 연행과 향유에 관련된 중요 변수로서, 가곡창에서의 여창곡 등장과 이에 따른 남녀창 분리라는 현상이 있다. 이런 변화에 부응하여 남녀창을 구분하는 체제의 가집은 19세기 초부터 나타나는 바, 창곡별 성역할의 분할이 정념류 작품들의 향유 방식과 수량적 추이에 어떤 영향을 미쳤는지 좀더 세분된 검토가 필요하다. 아울러 19세기 중엽 이후 『남훈태평가』(1863)를 필두로 적지 않은 수의 시조창 가집이 출현하고 유통된 것이 정념류 시조에 끼친 작용 여부에 대해서도 고찰이 기대된다. 시조창은 가곡창보다 평이한 대중적 창법으로서 향유자들의 범위에 상당한 차이가 있었으니만큼 정념류의 추세와 성향에서 동시대의 가곡창과는 다른 면모를 간직했을 수 있기 때문이다.

이런 문제의 가능성을 좀더 세밀하게 계측하기 위해 18·19세기 시조 문헌의 6단계 군집에 가곡창/시조창의 구분을 추가하고, 19세기 가곡창에서는 남녀창 작품의 출현율을 따로 밝히는 등 좀더 세분된 통계를 산출했다. 그 전체 집계는 〈표 5〉와 같다.[31]

---

31 이 표에서 가곡창/시조창 구분과 남녀창 구분 외에 유의할 만한 사항은 다음과 같다. ① 18세기 중엽의 추이를 내부적으로 세분해서 보기 위해 이를 해동가요군과 비해동가요군으로 다시 나누었다. ② 가곡창의 남녀창 구분은 19세기부터 나타나는데, 19세기 초에는 남녀창 구분이 없는 문헌과 있는 문헌이 공존하므로, 이들을 통합한 집계와 남녀창 여부를 구분한 집계를 각기 제시했다. ③ 19세기 중엽에는 남녀창 구분이 없는 가집 1종이 자료 범위에 포함되었으나, 수량이 적어서 따로 집계 항목으로 설정하지 않았다. ④ 19세기 말의 가곡창 가집에는 가곡원류계가 아닌 것들이 약간 있으나, 여기서는 통계적 중요성에 유의하여 가곡원류계만을 대상에 포함했다.

구분	총수	정념류	출현율 (%)	남창 정념류 (%)	여창 정념류 (%)	비고
18초.가곡창	580	75	12.9			청진
18중.가곡창	1638	295	18.0			
18중.가곡창1	948	136	14.3			해동가요군
18중.가곡창2	1132	224	19.8			비해동가요군
18말.가곡창	1275	253	19.8			병가 / 청홍 /동가 / 영류
19초.가곡창	1824	388	21.3			
19초.가곡창1	1726	364	21.1			악서 / 객악 /청가 / 청영 / 청연 외3
19초.가곡창2	677	186	27.5	23.9	53.0	가보 / 영규 / 산양 / 시권
19중.가곡창	1099	278	25.3	21.0	52.7	악나 / 청육 / 지음 / 홍비 / 여양
19말.가곡창	902	224	24.8	18.8	47.4	가곡원류군
19중.시조창	224	67	29.9			남태
19말.시조창	492	162	32.9			가요 / 시여 / 시서 / 시철 / 남하 외4

〈표 5〉에서 먼저 주목할 것은 18세기 중엽 문헌군을 김수장의 『해동가요』 계열과³² 비해동가요군으로 나눌 경우, 정념류 시조의 분포가 각각 14.3%와 19.8%였다는 사실이다. 18세기 중엽을 하나로 묶은 집계에서 정념류의 비율은 18%로서, 18세기 초의 12.9%로부터 크게 도약한 증가세를 보였다. 그러나 해동가요군과 비해동가요군을 분리하여 계측하니, 김천택의 『청구영언 진본』(18세기 초)과 김수장의 『해동가요』 계열 사이의 정념류 비율 격차는 1.4% 포인트로서, 증가의 경향성은 존재하되 그 낙차는 크지 않았던 것으로 확인된다. 즉, 18세기 중엽의

---

32 해동가요 일석본(해일), 박씨본(해박), 주씨본(해주), 버클리본(해정).

정념류 시조에 나타난 양적 팽창의 동력은 『해동가요』 이외의 가집들 및 그 배후의 향유 집단에 더 많이 의존하였던 것이다.

다음으로 주목되는 국면은 '19초.가곡창2'로 표시된, 남녀창 분리 체제의 가집들이다. 이 군집에 이르러 정념류 시조는 27.5%가 되어, 전후 2세기간의 가곡창 역사에서 가장 높은 출현율을 기록했다. 이어 지는 19세기 중엽과 말엽의 가곡창(남녀창 분리형) 가집에서 정념류 시조의 비율은 각각 앞시기에 비해 2.2% 포인트, 0.5% 포인트가 하락했다. 그러므로 가곡창 가집만을 놓고 말한다면, 정념류 시조는 19세기 초에 양적 팽창의 정점에 도달했다가 그 이후에는 비교적 완만하나마 하강 추이를 보였다고 요약할 수 있다.

그러면 18 · 19세기 시조의 전체적 흐름에서 정념류의 비중이 지속 적으로 증가하도록 한 원인은 무엇인가. 바로 시조창 계열 문헌과 그 향유자들의 역할 때문이다. 위의 표 하단에 정리한 바와 같이 19세기 중엽 『남훈태평가』(1863)의 정념류는 29.9%로서 동시대 가곡창 가집 의 정념류 25.3%를 4.6% 포인트 능가했다. 19세기 말의 시조창 계열 가집들은 정념류가 32.9%로서, 동시대의 가곡창을 대표하는 『가곡원 류』 계열의 24.8%에 대해 무려 8.1%의 격차를 보였다. 이들의 상대적 으로 우월한 비율과 큰 폭의 증가세가 19세기 중 · 후반 가곡창에서의 정념류 시조 소폭 감소를 상쇄하고도 남았기에 전체적 증가 추이가 조 성되었던 것이다. 그러므로 19세기 시조사에서 정념류가 보인 양적 성 장이란 내용상으로 단순한 현상이 아니었다. 이 시대의 정념류 시조는 양적 성장의 정점으로부터 완만하게 감소하던 가곡창의 흐름과, 대중 적 관심의 증가에 따라 더 많은 작품들이 창작 또는 파생되던 시조창의 흐름이 맞물린 가운데 움직이고 있었던 것이다.

아울러, 위의 표 가운데 남녀창 분리형 가집군에서 남창과 여창이 보여 주는 비중의 차이가 흥미롭다. 19세기 초에서 말에 이르기까지, 여창에서의 정념류는 여창 작품 전체의 50% 내외를 차지하여 남창 정념류의 분포율보다 2.2배 내지 2.5배 정도 높은 양상을 보였다. 이것은 정념류 시조의 작중화자가 원래 여성 또는 여성적 존재인 경우가 많았던 점에 비추어 자연스러운 현상이라 볼 수 있다. 그렇지만 이 자연스러움의 주변에 놓인 간단치 않은 문제들도 있다. 그 중 하나는 연군의 우의성을 띤 작품이 여창에 배속될 경우 화자의 성역할과 작품의 주제에 관련하여 생겨나는 변이의 가능성이다. 다른 하나는 이보다 더 어려운 서정시학의 논점으로서, 남창에 배속된 작품의 화자는 연창과 해석에서 남성으로 가정되어야 하는가, 아니면 가창자와 작중인물의 성역할 불일치가 시적으로 기능하고 유의미한 도전으로 간주될 수 있는가의 문제다. 이들을 다음 항에서 다루되, 후자는 매우 심오한 시학적 난제인 만큼 약간의 실마리를 언급하는 데 그치고, 앞의 문제는 좀더 뚜렷한 해명에 접근하고자 한다.

이에 덧붙여서 검토할 만한 사항으로 19세기의 가곡창 가집에서 정념류 작품이 적은 양이나마 축소되는 흐름을 보였는데, 그 과정에서 탈락 작품들의 선별과 새로운 작품의 추가에 어떤 경향성이 작용했던가의 의문이 있다. 19세기 가곡창의 흐름을 집대성하고 세련한 최종 단계로서의 『가곡원류』 계열에 초점을 맞추어 이를 살펴보기로 한다.

9. 남녀창 분리와 정념의 극적 연출

잘 알려져 있다시피 18세기까지의 가곡창과 그 선행 원천으로서의 궁중 악에서는 특정 작품이나 악곡에 대해 가창자의 성역할gender이 배정되는 연행 방식의 틀이 존재하지 않았다. 궁중악과 관청에 딸린 교방 음악에서 가창을 담당하는 예인의 다수는 여성이었고, 그들은 작품 내용의 구분과 무관하게 전문 연희자로서 주어진 노래를 가창했다. 이황 李滉, 1501~1570이 남긴 「어부가 뒤에 씀書漁父歌後」을 보면 그의 숙부 송재松齋 선생이 「어부가」를 좋아하여 때때로 안동부의 늙은 기생을 시켜서 이를 노래하게 했다고 한다.[33] 「어부가」는 사대부 남성의 이상화된 삶과 정신세계를 노래한 작품이지만, 기녀가 이를 노래한다고 해서 전혀 이상할 것이 없었다.

19세기 초의 가곡창에 와서 남창과 여창을 엇결어 엮어 가곡 한 바탕을 구성하는 연창 방식이 성립하면서, 그 텍스트로서의 가집에는 남창, 여창의 악곡 편제에 따라 그에 배속되는 시조 작품이 기록되었다. 이와 관련하여 논의할 만한 사항이 적지 않으나, 여기서는 앞 항의 말미에 언급한 두 가지 사항만을 다루고자 한다. 우선 그 중에서 연군류 작품이 여창에 편성된 경우를 살펴보자.

> 님을 미들 것가 못 미들슨 님이시라
> 미더온 時節도 못 미들 줄 아라스라
> 밋기야 어려와마는 아니 밋고 어이리

---

33 「書漁父歌後」, 『退溪先生文集』卷43(한국문집총간 30, 457d). "往者, 安東府有老妓, 能唱此詞. 叔父松齋先生時召此妓, 使歌之以助壽席之歡."

(李廷龜, 청진 : 104, #4070.1, kw : 남녀 신의 자조 원망 정념 우의)

간밤에 우든 여흘 슯히 우러 지뇌여다
이제야 싱각ᄒ니 님이 우러 보뇌도다
져 믈이 거스리 흐르과져 나도 우러 보뇌리라
(元昊, 원국 : 41, #0090.1, kw : 군신 연군 한탄 슬픔 그리움), (an, 원국
: 674, #0090.1)

寒食 비 온 밤의 봄빗치 다 퍼졋다
無情혼 花柳도 째를 아라 픠엿거든
엇더타 우리의 님은 가고 아니 오ᄂᆞᆫ고
(中欽, 청진 : 132, #5314.1, kw · 봄 밤 남녀 원망 정념 임기다림 우의)

　보다시피 이 세 편은 꽤 유명한 사대부의 작품이라고 전해지는 것들
이며, 그들의 생애 중에 있었던 특정 사건이나 개인사적 정황과 관련하
여 연군의 뜻을 은근하게나마 지닌 것으로 이해되었을 개연성이 높다.
작품 수록 문헌에 기입된 작가명이 그런 이해를 촉구하는 단서로 작용
한다. 그런데 이 세 작품은 모두 상당수의 가집 여창부에도 수록되었
고, 그러면서 해당 위치에서는 작가명이 사라진 경우가 매우 많다.[34]
즉 이들은 여창곡에 얹히면서 익명화되고, 그럼으로써 원래의 사대부

---

34 「임을 믿을 것가」는 13종의 여창 문헌에 실렸는데, 그 중 2종만이 작자를 이정구로
　기록하고 나머지는 미상으로 처리했다. 「간밤에 울던 여울」은 16종의 여창 문헌에,
　「한식 비 온 밤에」는 4종의 여창 문헌에 모두 작자 미상으로만 실렸다. 『가곡원류 국악
　원본』은 「간밤에 울던 여울」을 남녀 창에 각각 수록했는데, 남창에는 작자를 원호라고
　표시하고 여창에는 밝히지 않았다.

작가명에 동반하던 정치적, 우의적 해석의 매개 고리로부터 해방되었다. 그 결과 작품의 액면대로 남녀 간의 정념을 노래한 것이라고 이해하는 일이 용이해진 것이다.[35]

이런 사례를 통해 우리는 19세기 가곡창에서의 남녀창 분리가 시조 텍스트에 대한 음악적 해석과 표현의 극적 입체성을 좀더 중시하는 추세에 긴밀한 관련이 있지 않을까 추론해 볼 수 있다. 이 중에서 발생론적으로 좀더 선행하는 것은 후자의 흐름이라고 해야겠지만, 악곡과 작품에 따른 남녀창 분리가 일반화됨으로써 작중 상황과 인물에 대한 음악적 표현이 좀더 섬세한 극적 감각을 추구하게 되는 것도 가능한 상호작용의 한 모습일 수 있다.

남창의 경우에는 여창의 사례와 유사한 익명화가 별로 없었던 것 같다. 즉 특정 여성의 작품으로 전해지는 명편이 남창의 텍스트가 된 경우 작가명은 사라지지 않고 대체로 기입되었다. 예컨대 황진이의 「동짓달 기나긴 밤을」(#1422.1)이나 「내 언제 무신하여」(0970.1)는 여성이 주체가 된 정념의 노래가 분명한데, 이들은 상당수 남창부 악곡의 텍스트로 채용되면서도 황진이라는 기녀 이름이 지워지지 않았다.

그러면 이런 경우를 포함하여 남창의 텍스트로 실린 상당수 정념 시조들이 보통 사람들의 경험과는 거리가 먼 애정 갈등이나 그리움의 고뇌를 다룬 것을 어떻게 보아야 할 것인가? 강산이나 전가 모티프의 시조들은 작품 내용이 수용자의 체험과 반드시 일치하지 않더라도, 세속의 갈등을 떨쳐버리고 조촐한 평화의 삶을 얻고자 하는 욕구의 보편성이 작품과의 만남을 가능케 하는 접점이라고 볼 수 있다. 그러나 정념

---

35 이런 현상에 대해서는 신경숙(1995, 128~131)이 먼저 주목한 바 있다.

류 시조의 경우 작중의 문제적 상황이나 그로 인해 야기된 감정, 태도
는 대다수의 수용자에게 소망스러운 삶의 전형 혹은 일부분이 아니다.
오히려 그것은 보통사람들이 염려하거나 꺼리는 가능성일 경우가 많
다. 그럼에도 불구하고 사람들이 애정과 관련된 안타까움과 아픔의 노
래에 관심을 가지는 것은 그런 사태와 연결된 욕구의 근원성과 끈질긴
힘에 대해 그들이 공감하거나 적어도 상당한 호기심을 가지고 있기 때
문이다. 사람들은 죽음을 두려워하면서도 죽음 앞에 선 인간이 그 공포
를 어떻게 극복하거나 헤쳐 나아가는지에 대해 문학적, 실제적 관심을
가질 수 있다. 마찬가지로 우리는 감미로운 청춘의 사랑이든 중년의 치
명적 애욕이든 정념에 빠진 인물들이 짓는 환희의 표정이나 비통한 회
한을 통해 우리 자신을 포함한 인간 존재의 갖가지 가능태^{可能態}를 발견
한다. 아니 '발견한나'는 것만으로는 충분히지 않을 것이다. 우리는 서
정시의 인물이 처한 상황과 심리를 더듬으면서 어떤 정념의 궤적을 답
사하고, 때로는 우리 자신을 그 상상적 구도 위에 겹쳐 놓아 볼 수도 있
다. 서정 가요를 가창하거나 낭독하는 이가 자기 자신을 작중인물 속에
용해시켜야 한다는 가르침은 대체로 20세기 초 이후 동서양 문학에서
모두 잊혀진 듯하다. 그러나 서정시를 깊이 이해하고 재현하기 위해 작
중 상황에 대한 수용자의 능동적 참여가 필요하다는 이치까지 실효된
것은 아니다.

이와 같은 우회로를 거쳐 가곡창 남창 텍스트의 정념류 시조로 눈을
돌려 보자.

空山에 우는 뎝동 너는 어이 우지는다
너도 날과 갓치 무음 離別 ᄒ엿ᄂ냐

아무리 피나게 운들 對答이나 ᄒ더냐

(朴孝寬, 원국 : 205, #0354.1, kw : 남녀 슬픔 그리움 정념 임기다림 이별)

남은 다 쟈는 밤에 닉 어이 홀로 씌야

玉帳 깁푼 곳에 쟈는 님 싱각는고

千里에 외로온 쑴만 오락가락 ᄒ노라

(an, 원국 : 357, #0865.1, kw : 밤 꿈 남녀 그리움 외로움 정념)

님이 오마커늘 져녁밥을 지촉ᄒ여 먹고

中門 나 딕門 지나 흔문 밧 닉다라 지방 우희 치다라 셔셔 以手加額ᄒ고
오는가 가는가 건너山 바라보니 검어희쓱 셔 닛거늘 제아 님이로다 갓
버셔 등에 지고 보션 버셔 품에 품고 신이란 버셔 손에 들고 즌 듸 말혼 듸
갈희도 말고 월헝츔청 건너가셔 졍에말 ᄒ려 ᄒ고 겻눈으로 얼풋 보니
님은 아니 오고 샹년 七月 열수흔 날 갈가 벗겨 셩히 말뇌은 휘쥬리 삼단
팔연이도 날 속여고나

맛초아 밤일싀만졍 힝혀 낫이런들 남 우일번 ᄒ괘라

(xd, 영규 : 432, #4093.2, kw : 밤 갑남 남녀 자조 그리움 정념 임기다림)

위의 세 작품 중에서 「공산에 우는 접동」만은 박효관의 작품으로 기
명되어 있고, 나머지는 작자미상이다. 남녀창이 구분된 가곡창 문헌의
경우 이 세 편은 모두 남창에 속해 있으며, 여창에 배정된 예는 단 하나
도 없다. 그러나 사설시조인 「임이 오마커늘」은 주인공이 남성이라는
분명한 증거가 있어도,[36] 평시조 두 편은 작중화자의 성별이 남녀 중
어느 쪽인지 분명치 않다. 그럼에도 불구하고 이들이 남창에 배정되어

있는 한 연행 현장의 창자와 수용자들은 작중화자의 남성성을 전제하고 작품에 접근하는 것이 일반적이다.

「공산에 우는 접동」의 경우 접동새의 처절한 울음 소리에 남주인공이 공감하며 "아무리 피나게 운들 대답이나 하더냐"라고 미지의 여인을 원망하듯이 독백하는 것은 19세기까지의 조선조 사회에서 현실성이 극히 희박한 가상일 것이다. 「남은 다 자는 밤에」도 이보다 정도는 덜하지만, 우아하게 꾸민 침실에서 안온하게 잠들었을 여인을 사모하여 "천리에 외로운 꿈만 오락가락" 한다는 남성의 대사 역시 현실적 개연성은 박약하다. 그러나 어떤 욕망도, 충동도 현실적 가능성이 준비된 뒤에 비로소 태동하는 것은 아니다. 시적 상상 속에 투영되는 어떤 종류의 욕망은 오히려 현실성이 희박한 지점에 발 딛고 낭만적 자기 확인을 추구하는 수가 있다. 위의 평시조 두 편은 바로 이런 차원에서 이해될 만한 극적 서정의 한 장면이다. 아리스토텔레스적 의미의 처음과 중간과 끝을 온전히 가지고 있지 않기에 그것을 서정적 연극이라고 할 수는 없지만, 현재의 장면 앞뒤에 어떤 사건적 맥락이 함축되거나 예상된다는 점에서 이 작품들은 일종의 극적 순간이 포착된 서정시다.

사설시조인 「임이 오마커늘」은 희극 내지 소극笑劇의 성격을 띤 서정적 단편斷片이라 해도 무방하다. 이 작품의 주인공은 애타게 기다리던

---

36 이 작품의 주인공=화자가 남성이라는 분명한 증거는 중장의 1/3 지점에 나오는 "갓 벗어 등에 지고"라는 구절에 있다. 이 작품의 원형은 『청구영언 진본』에 처음 등장하는데(#4093.1), 당시에는 '갓 벗어' 같은 표현이 없이 '저녁밥을 일 지어 먹고' 같은 대목이 보여서 오히려 여성 화자로 이해될 소지가 많았다. 그러다가 남녀창 구분의 등장과 더불어 이 작품이 남창으로 귀속되면서 주인공에게 남성적 징표를 부여할 필요가 뚜렷해지자, "갓 벗어 등에 지고"가 첨가된 것으로 보인다. 위의 인용 텍스트 출처인 『영언 규장각본』은 이런 변화가 작용한 문헌 중 가장 앞서며, 19세기 초기에 엮어진 것으로 추정된다.

임이 온다는 소식에 너무도 반가운 나머지 상황을 제대로 살피지도 않고 서두르다가 우스꽝스러운 착각에 빠진다. 이어서 그는 이 사태로 임을 만나지 못한 것보다는 허둥지둥하던 추태를 남에게 들켰을까 염려하는 체면 걱정을 앞세움으로써 자기 자신을 이중으로 희화화한다. 정념의 포로가 된 작중인물의 용렬한 모습을 이렇게 웃음 속에 폭로함으로써 작품은 경쾌한 희극성을 발휘한다.

그러나 이처럼 대조적인 수법에도 불구하고 위의 작품 세 편은 정념에 사로잡힌 인간의 내면과 몸짓에 대한 극화된 관찰이라는 차원에서 상통하는 것으로 간주될 수 있다. 평시조 두 편은 작중인물의 고뇌에 대한 주정적 낭만화가 심하고, 사설시조 한 편은 해학적 자조自嘲의 태도가 뚜렷하지만, 이들은 모두 단형서정시의 화면을 빌어 인간 존재를 정념 드라마의 불안한 주역으로 그려냈던 것이다.

정념류 시조의 이런 성향은 가곡창에서 남녀창 분리가 처음 나타난 19세기 초 이전 시기, 즉 17·18세기에도 존재하던 현상이다. 다만 19세기에 와서 남녀창이 분리되고 창곡별로 작품이 귀속됨에 따라 가창자와 작중인물의 성역할 조정에 대한 고려와 악곡 해석이 좀더 뚜렷한 과제로 부각되었으리라 볼 수 있다. 그런 점에서 19세기 시조사는 남녀간의 애정 문제에 대해 향유층의 점증하던 관심과 함께, 정념 드라마의 요구라는 면에서도 이 계열의 작품들이 성행할 만한 요인들을 간직했던 것으로 보인다.

10. 『가곡원류』 군집의 작품 선택과 지향

박효관·안민영을 중심으로 한 필운대 그룹은 19세기 가곡창의 흐름을 집대성하고 세련하는 동시에 문학적으로 종래의 시조 작품 전승에 상당한 여과 작용을 가했다. 가집 편찬자들이 기존 작품에서 일부를 제외하고 새 작품을 추가하는 일은 물론 흔히 있는 현상이지만, 박효관 등은 이를 좀더 의식적으로 수행했다. 그 결과 『가곡원류』 계열의 가집은 시조 선집으로서도 의식적 재조정의 자취를 여러 모로 지니게 되었다. 이에 대한 전면적 논의는 여기서 감당할 바가 아니나, 정념류 시조의 가감에 대해서는 약간의 검토가 필요하다. 이를 위해 다음의 두 종류 작품 군을 추출하여 그 특징을 살펴보기로 한다.

① 19세기 초·중엽의 가곡창 가집군에 없던 것이, 가곡원류군에 새로 추가된 작품들

② 19세기 초와 중엽의 가곡창 가집군에 존재하다가, 가곡원류군에서 배제된 작품들[37]

①의 작품들, 즉 『가곡원류』 이전의 19세기 가곡창 가집에 없다가 새로 추가된 것들은 33수로서, 대부분이 새로운 창작이거나 기존 작품을 재창작 수준으로 개작한 것으로 보인다. 이 중에서 잘 알려진 작가의 작품이 23수이고, 작자미상이 8수다.[38] 작가는 안민영(15수), 박효

---

[37] 이 군집의 작품을 검출하는 조건을 정확히 표현하면 'ⓐ 19세기 초엽의 가곡창 가집군과 중엽의 가곡창 가집군에 각 1회 이상 출현하거나, ⓑ 19세기 중엽의 가곡창 문헌 중 2종 이상에 출현하는 것으로서, ⓒ 가곡원류군 가집에서 찾아볼 수 없는 작품'이 된다.

관(2수), 박영수(4수), 호석균(1수) 넷인데, 호석균을 제외하고는 모두 필운대 그룹에 관여한 평민층 풍류객이었다. 이들 기명 작가의 정념류 작품들은 이미 앞에서 특징적 성향과 미의식을 검토한 바 있는데, 그 과정에 인용한 대부분이 가곡원류군에 새로 편입된 것들이어서 따로 예시하지 않는다.[39] 그보다는 작자미상의 신출작 중에서 전체 성향을 대표할 만한 몇 수를 들어 보기로 한다.

> 靑春 豪和日의 離別곳 아니런들
> 어닉덧 늬 머리의 셔리를 뉘라 치니
> 이后란 秉燭夜遊ᄒ여 남은 히를 보늬리라[40]
> (an, 해악 : 342, #4833.1, kw : 풍류인 남녀 행락 탄로 정념 이별 덧없음)

> 가락디 싹을 닐코 네 홀로 날 ᄯ로니
> 네 네 싹 츠즐 제면 나도 님을 보련마는
> 싹 닐코 글이는 양이야 네나 늬나 다르랴
> (an, 원국 : 746, #0023.1, kw : 남녀 그리움 외로움 정념 임기다림)

---

38 형식별로는 평시조 32수에, 사설시조는 1수뿐이다. 이 33편 중에는 남창과 여창에 각기 배정된 것들이 있어서, 이를 별개 작품으로 계산하면 여러 수가 증가할 터이나 여기서는 고려하지 않았다.

39 『가곡원류』에 새로 추가된 중에서 이미 논의한 작품들의 초장과 작가명은 다음과 같다. "님 글인 相思夢이 蟋蟀의 넉시 되야"(박효관); "空山에 우는 뎝동 너는 어이 우지는다"(박효관); "任 離別 하올 져긔 져는 나귀 한치 마소"(안민영); "엇그제 離別ᄒ고 말 업시 안젓스니"(안민영); "西廂에 期約훈 님이 달 돗도록 아니 온다"(박영수).

40 이것과 일부 유사한 아래의 작품이 안민영의 『금옥총부』에 있으나 별개 작품으로 판정했다. "靑春 豪華日에 離別 곳이 니럿듯 / 어닉덧 늬 머리의 셔리를 뉘러 치리 / 오날에 ᄲᅮ 나마 검운 털이 마츠 셰여 허노라"(금옥 : 127, #4833.2)

離別이 불이 되니 肝腸이 틋노민라
눈물이 비 되니 쓸 뜻도 ᄒᆞ건마는
한숨이 ᄇᆞ름이 되니 쓸쫑말쫑 ᄒᆞ여라

(an, 원국 : 748, #3855.2, kw : 남녀 한탄 정념 이별 말놀음)

첫째 작품은 남창에서, 뒤의 두 편은 여창에서 가져왔다. 남창의 작품들은 남성적 풍격과 고상한 화법을 조성하기 위해 한문투의 싯귀나 전고典故를 비교적 많이 구사한 편인데, 이로 인해 때로는 정념류의 자연스러움이 손상된 경우도 있다. 「청춘 호화일의」는 그런 중에서 눈여겨 볼 만한 시상의 깊이와 운치가 여유롭다. 이 작품의 주인공은 이제 머리가 허옇게 센 풍류객이다. 그는 자신의 늙은 자태 중에서도 흰 머리를 서늘한 마음으로 바라보며 그 뒤에서 흘러간 젊은 시절의 정념과 수많은 이별들을 생각한다. 그 이별들이 아니었다면 머리에 이만큼의 서리가 내렸겠는가라는 어조를 음미하건대, 그에게 젊은 날의 정념은 쾌락만이 아니라 아픈 상처와 기억 또한 많이 동반한 듯하다. 그러나 그는 이런 회상에 깊이 빠져드는 것을 경계하면서 자신의 남은 생을 바라본다. 그리고 얼마 남지 않은 삶의 시간을 풍류객답게 '촛불을 손에 들고 봄밤을 즐기는'[41] 자세로 살아가리라 결심하는 것이다.

다음의 두 작품은 그리움과 이별의 체험을 다루었다. 주지하다시피 이런 소재는 시조에서만도 오랜 내력이 있어서 새로운 감동이나 시적 흥미를 이끌어 내기가 거의 불가능해 보일 정도이다. 그럼에도 불구하고 돌파구를 모색하는 가운데 종종 시적 기상奇想이 출현한다. 「가락지

---

41 이 구절은 인생의 짧음과 봄날의 아름다움을 감동적으로 읊조린, 이백의 명문장 「춘야연도리원서(春夜宴桃李園序)」의 한 대목이다.

짝을 잃고」는 짝 잃은 반지에서 자신의 처지에 상응하는 슬픈 운명을 발견했고, 「이별이 불이 되니」는 불과 물 그리고 바람의 뜨겁고 고통스러운 얽힘 속에 정념의 눈물과 한숨을 엮어 넣었다. 가곡원류계 가집의 남창 텍스트들 상당수가 어쭙잖은 한문 취향의 주변에서 창조적 실감을 소모하는 동안 여창 시조의 창작·개작에 힘쓴 이들은 생활체험과 일상어의 성찰에서 좀더 풍부한 시적 발견을 이룩했다.

19세기 초와 중엽의 가곡창에 실려 가창되다가, 1870년대 이래 가곡원류군에서 배제된 작품들은 위의 신출작 못지않게 중요하다. 그것들은 『가곡원류』 이전 단계의 시조사를 파악하는 데 긴요한 자료일 뿐 아니라, 『가곡원류』 그룹이 자신들의 취향을 정비하고 확산시키기 위해 무엇을 댓가로 지불했는지 밝히는 데에도 필수적이기 때문이다.

이 부류에 해당하는 작품은 약 69편이다.[42] 이 중에서 사설시조가 2/5 정도에 해당하는데, 사설시조의 비례적 분포를 고려하면 좀더 많이 '정리 대상'이 된 셈이다. 우선 가곡원류군이 배제한 사설시조 중에서 연구자들에게 잘 알려져 있고 작품으로서도 주목을 받아 온 세 편을 제시한다.

달바즈는 쩡쩡 울고 잔듸 잔듸 속닙 난다

三年 묵은 말가죽은 오용지용 우짓는듸 老處女의 擧動 보쇼 함박 쪽박

　드더지며 역경늬여 ㅎ는 말이 바다의도 셤이 잇고 콩팟헤도 눈이 잇지 봄

---

42 숫자를 '약'으로 표시한 것은 컴퓨터에 의한 추출 결과가 69개 유형인데, 이들 가운데 5개 유형에는 평시조와 사설시조가 섞여 있어서 이들을 따로 계산할 경우 작품 수가 좀더 늘어나기 때문이다. 제외된 작품들은 대부분이 남창용 대본이었으며, 여창부 작품은 극소수였다.

280　옛시조의 모티프·미의식과 심상공간의 역사

꿈ᄌᆞ리 ᄉᆞ오나와 同牢宴를 보기를 밤마다 ᄒᆞ여 뵈ᄂᆡ

두어라 月老繩 因緣인지 일락비락 ᄒᆞ여라

(an, 시박 : 713, #1207.1, kw : 봄 남녀 외로움 정념 결연욕)

갓나희들이 여러 層이오레 松骨ᄆᆡ도 갓고 줄에 안즌 져비도 갓고

百花園裏에 두루미도 갓고 綠水波瀾에 비오리도 갓고 짜히 펵 안즌 쇼

　로ᄀᆡ도 갓고 석은 등걸에 부헝이도 갓데

그려도 다 各各 님의 ᄉᆞ랑인이 皆一色인가 ᄒᆞ노라

(金壽長, 해주 : 554, #0074.1, kw : 갑남 을녀 남녀 정념 말놀음)

듕놈도 사름인양 ᄒᆞ야 자고 가니 그립더고

ᄂᆡ 치마 능이 넙고 듕의 長衫 나 덥삽고 ᄂᆡ 쪽도리 듕이 베고 듕의 松絡

　ᄂᆡ가 베니 둘의 ᄉᆞ랑이 松絡으로 ᄒᆞ나 쪽도리로 담복

아마도 이 둘의 사랑이 類ㅣ 업슨가 ᄒᆞ노라

(an, 청육 : 685, #4440.2, kw : 을녀 승려 남녀 정념 성적충족)

「달바자는 쨍쨍 울고」는 과년하도록 시집 못간 노처녀가 어떤 봄날에 벌이는 신경질적 푸념으로 이루어져 있다. '삼년 묵은 말가죽'조차 살아나서 히힝거릴 듯한 생명의 계절인데, 나는 왜 이렇게 외롭기만 한 가라는 그녀의 한탄이 거칠면서도 자연스러운 갈망의 힘으로 충만하다. 이를 표현하기 위해 끌어들이는 사물들이 기발하고도 구체적인 호소력을 발휘한다. '넓고 넓은 바다조차 망망하게 물로만 이어진 것이 아니라 가끔은 섬이 있어서 단조로움을 덜어주고, 항해하는 이들의 정박지碇泊地 혹은 피신처가 된다. 작디작은 콩과 팥에도 씨눈이 있어서 때

가 되면 싹을 틔울 수 있다. 그런데 내 인생은 왜 이렇게 기약 없이 외롭고 막막하기만 한가'라고 독해될 수 있는 한탄이 중장에서 특히 신선한 호소력을 발휘한다(김흥규 2015, 114).

「간나희들이 여러 층이오레」는 서민 남녀들의 갖가지 어울림과 정태情態에 대한 김수장의 따뜻한 스케치다. 작가는 여러 종류의 여성들이 지닌 외모와 성격적 특징을 송골매, 제비, 두루미, 비오리 등의 조류에 견주어 다분히 장난스럽게 그려낸다. 그러나 이 장난스러운 시선은 시정에서 제각각의 삶을 살아가는 갑남을녀甲男乙女들의 서로 다른 모습을 긍정하고 온화하게 포용한다. 극단적으로는 "썩은 등걸에 [앉은] 부엉이" 같은 여인일지라도 그녀의 임에게는 사랑스러운 '일색'일 수 있다는 것이다.

「중놈도 사람인 양 하여」는 승려와의 애욕 문제를 다룬 것으로서, 수도 생활의 금욕주의를 부정적으로 보고 세속의 삶과 욕망을 긍정하는 시선을 보여 준다. 이런 주제는 「승가타령」 연작이나 「거사가居士歌」 같은 가사에도 보이는 것이지만, 위의 작품은 사설시조에 특유한 해학적 장면화의 수법으로 그것을 좀더 흥미롭게 연출했다. 남녀의 잠자리에 옷가지들이 어지럽게 흐트러져 있는데, 둘의 사랑이 송락과 족도리에 가득히 담겼다는 장난스러운 화법이 자못 태연하면서 구김살이 없다. 작중화자의 이런 태도에 투사된 가치의식은 파계와 불륜이라는 통념을 넘어서 인간 존재를 욕망의 자연성 속에서 바라보고 얼마간은 관용하는 성향을 보인다. 이 작품은 욕정과 정념 자체를 찬양하지는 않으나, 그것들이 인간 존재의 어쩔 수 없는 일부분으로서 누구에게나 잠재해 있다는 것을 웃음 속에서 환기한다.

개략적인 관찰만으로도 드러나듯이 위의 작품들은 남녀 간의 정념에 관심을 두되, 일상에서 벗어난 감미로운 로맨스나 우아하게 장식된 감정의 문제로서보다는 범속한 사람들의 경험 수준에서 접할 수 있는 사태로 조명했다. 여기에 등장하는 남녀들 역시 애정을 둘러싼 고민에 빠질 수 있지만, 이성간의 만남과 결합은 그들에게 기본적으로 생존과 생활의 문제다. 이렇게 포착된 남녀관계에서 일상을 넘어선 심미성이 강조될 여지는 희박하며, 그 대신 세속의 현장에 있는 낮은 존재들의 거친 숨결과 누추한 몸짓들이 전면에 부각된다. 박효관, 안민영을 주축으로 필운대 그룹이 추구해 온 유상적遊賞的 감각과 취향에서 볼 때 이런 작품 세계는 별로 마땅치 못했을 것이다.

평시조로서 위의 사설시조들과 마찬가지 운명을 겪은 다음의 두 편에도 이와 상통하는 면모가 있다.

> 細雨 쑤리는 날에 紫的 쟝옷 뷔혀줍고
> 梨花 퓐 골노 딘동한동 가는 閣氏
> 어듸 가 뉘 거즛말 듯고 옷 젓는 줄 모로ᄂ니
> (an, 청육 : 402, #2680.1, kw : 봄 정녀 남녀 한탄 정념 임찾아감 허언)

> 긔여 들고 긔여 나난 집의 픰도 필샤 숨싁 도화
> 어린자 범나븨난 넙훈넙훈 넘노난고나
> 우리도 고은 님 거러 두고 넘노라 볼가 ᄒ노라
> (an, 시단 : 134, #0584.1, kw : 새임 남녀 정념 결연욕 짝사랑)

「세우 뿌리는 날에」는 시정의 인간관계 속에서 어떤 착각의 그물에 걸린 듯한 여인을 화면에 잡았다. 바야흐로 가랑비가 뿌리는 날, 어떤 젊은 여인이 무슨 급한 일이 있는지 고운 외출복 차림으로 허둥지둥 길을 나섰다. 이 궂은 날 젊은 여인 혼자서 저렇게 나섰을 때는 무언가 절박함이 있을 듯한데, 혹시 누군가의 거짓말에 속은 것은 아닐까 하고 서술자는 안쓰러워한다. 그의 추측이 꼭 맞을지는 장담하기 어렵다. 그러나 작중 상황을 바라보는 많은 사람들은 그의 염려에 공감할 법하다. 세상은 어수선해서 온갖 사술術이 횡행하며 그런 가운데 가녀린 여인이 속임수에 말려들어 몸과 삶을 망치는 일도 흔하기 때문이다.

「기어 들고 기어 나는 집에」는 이에 비해 밝고 낙천적인 작품이다. 그러나 이 낙천성의 바탕에는 시정의 남루한 생활상이 깔려 있다. '기어 들고 기어 나는 집'이 그 핵심이다. 움집 같은 형태이거나, 문짝을 제대로 세울 만큼의 규모가 되지 못해서 출입구를 작게 달았기에 기어서 출입해야 하는 빈민 가옥이 그림의 중심에 있다. 그런데 이 누추한 집에도 빛깔이 아름다운 복사꽃이 피었고, 범나비는 그 꽃들 사이를 너울거리며 봄의 흥취를 즐기고 있다. 그러니 우리도 저 범나비처럼 고운 임을 점찍어 두고 인연을 이루고자 넘놀아 볼까 한다는 것이다. 이 상황의 '우리'가 초장의 누추한 집에 사는 이인지, 혹은 그 옹색한 마을의 주민인지 여부는 확실치 않다. 그러나 최소한 분명한 것은 이 작품이 아름다움과 정념에 대한 갈망을 빈부의 문제와는 무관한 자연적 축복으로 시화했다는 것이다. 현실의 이치는 물론 그렇지 않을 수 있겠지만, 이 작품은 봄날의 아름다운 정경과 시적 논리를 통해 게딱지 같은 집 주변에서도 꽃과 사랑이 피어날 수 있음을 경쾌하게 구가한다.

이 중에서 「세우 뿌리는 날에」가 필운대 그룹의 취향에 어울리지 않는다는 것은 짐작할 만하다. 「기어 들고 기어 나는 집에」는 꼭 그렇지도 않았을 듯하지만, 열두 난간의 고루거각이나 '청춘 호화일'이 정념의 노래에 더 어울린다고 느끼는 순간 이 집이 『가곡원류』에 보존되기는 어려울 것이다.

가곡원류군에서 탐탁지 않게 여긴 작품들의 특징은 서민적 인물형과 행동방식, 세태시적 경향, 시정적 삶의 탐구, 그리고 다소 강한 희학적 태도 등으로 요약될 수 있다. 이에 대한 거부감은 필운대 그룹이 지닌 주정적 심미주의의 반면反面으로서, 그들이 지향하던 아취雅趣와 유상적 삶의 세계가 인간과 사회를 대하는 포용력에서 매우 협소했음을 말해 준다.

제7장

욕정과 갑남을녀들

1. 욕정류 사설시조의 수량적 추이

위의 제4, 5, 6장에 걸쳐 조선 시대 시조의 주요 모티프 관계망인 강산, 전가, 정념류를 고찰했다. 이 연구의 방법론적 핵심은 관계망 이론 중에서도 k-코어 분석을 주축으로 삼고 계량적 연산으로 관계망을 추출하는 것이었기 때문에, 일관성의 차원에서 보자면 이 세 가지 관계망 외의 사항을 여기에 추가할 필요는 없다. 그러나 문학 연구자로서 나는 이런 원칙의 범위를 조금 비켜선 지점에 간과하기 어려운 자료군이 존재한다는 것을 인정하지 않을 수 없다. 그것은 바로 사설시조에 풍부하게 등장하는 '욕정欲情과 그에 휘둘리는 범속한 인간들'의 작품군이다.

이들은 사설시조에 적지 않은 수량으로 등장하고, 그간의 시조 연구에서도 상당한 주목을 받아 왔다. 그러나 사설시조가 옛시조 총량의

18.6%에 불과하기 때문에 사설시조에 국한되어 나타나는 현상들은 옛시조 전체를 대상으로 한 계측과 분석에서 통계적 임계값의 그물코 사이로 빠져 나가는 사태가 종종 발생한다. 가령 사설시조에서 5%의 출현율을 가진 사건이 옛시조 전체로 보면 0.93%가 되는 것이다. 이런 일은 임계값을 융통성 있게 조정함으로써 해결한다 해도, 또 하나의 어려운 문제가 있다. '욕정과 범속한 인간들'을 다룬 작품군이라는 것이 강산, 전가, 정념류와 달리 단일한 구심점과 긴밀한 짜임의 관계망으로 잘 모여들지 않고, 분산적 성향을 띤다는 점이 그것이다.

그러나 이런 난점들에도 불구하고 이 계열의 사설시조들을 적절히 묶어서 추이를 파악하는 것은 외면하기 어려운 과제다. 이런 시각에서 우리는 여기서 k-코어 분석이 아닌, '소집단 출현율 평가'의 방법을 활용하기로 한다. 이것은 제5장의 전가 관계망 분석에서 '박주, 소찬, 천렵'이라는 색인어들을 한 묶음으로 처리했던 것과 유사하되, 소집단 내부에 최소한의 링크를 요구하는 점에서 관계망으로서의 기초적 특질을 지닌다. 그 내용은 다음과 같다.

- 다음의 색인어들 중에서 2개 이상이 공기하는 작품들을 추출한다.[1]
  (욕정, 갑남, 을녀, 성적거절, 성적결핍, 성적충족, 성행위, 숨긴정사, 샛서방)
- 이들을 18~19세기의 6등분 시기 단위로 집계하여, 출현율을 파악한다.
- 여섯 시기 동안의 양적 추이가 지닌 경향성과 특징을 검출한다.

이에 따른 조사 결과는 다음과 같다. 비교의 편의를 위해 욕정류의

---

1 이하에서는 이들을 편의상 '욕정류' 혹은 '욕정과 갑남을녀(들)'이라 줄여서 지칭하기로 한다.

인접 작품군이라 할 수 있는 정념류 사설시조의 출현율을 같은 시기의 비고란에 제시했다.

〈표 1〉 18·19세기 사설시조의 '욕정·갑남을녀' 군집 추이

구분	사설시조 총수	욕정류	출현율 (%)	비고 정념류(%)
18초	119	20	16.8	37.0
18중	307	32	10.4	34.5
18말	250	30	12.0	35.2
19초	417	41	9.8	36.7
19중	460	49	10.7	34.8
19말	344	24	7.0	33.4

〈표 1〉에서 단적으로 드러나는 바, 18~19세기의 주요 가집류 문헌에서 사설시조 총계에 대한 욕정류 작품의 비율은 전체적으로 감소의 추세를 보였다. 반면에 비고란에서 보듯이 정념류는 35%에서 ±2% 포인트 범위로 비율이 안정화되어 있었다. 그러면 이것은 욕정류 작품 군이 당대의 시조 연행과 유통 공간에서 차지하던 입지가 점차 위축되었음을 말해 주는 것인가? 적어도 수량적 차원에서는 그렇게 속단할 수 없다. 위의 출현율 감소가 욕정류 작품의 수량적 위축으로 간주되기 위해서는 여섯 시기에 걸친 사설시조의 비율이 일정했다는 가정이 필요하다. 그러나 사실은 그렇지 않았다. 〈표 2〉의 우측 부분에 보듯이 전체 시조에 대한 사설시조의 비율은 18세기 초에서 중엽으로의 이행 과정을 제외하고는 나머지 기간 동안 지속적으로 증가했다. 그 결과 19세기 중엽과 말엽의 사설시조는 전체 시조 작품의 28.1%에 달했다.

구분	전체시조 총수	욕정류 사설시조	출현율 (%)		사설시조	비율 (%)
18초	580	20	3.4		119	20.5
18중	1638	32	2.0		307	18.7
18말	1275	30	2.4		250	19.6
19초	1824	41	2.2		417	22.9
19중	1639	49	3.0		460	28.1
19말	1223	24	2.0		344	28.1

이처럼 사설시조의 수량이 18세기 중엽 이후 증가했기 때문에 그 내부의 욕정류는 양적으로 별로 감소하지 않았어도 사설시조 총량에서 차지하는 비율이 줄어들었던 것이다. 그 점을 입증하는 것이 〈표 2〉의 전체시조 총수에 대한 욕정류 사설시조의 비율이다. 18세기 초의 『청구영언 진본』이 지닌 욕정류 사설시조가 3.4%로 뚜렷하게 많았지만, 그 뒤의 시기들에서는 19세기 중엽의 일시적 상승을 제외하고는 모두 2~2.4% 범위에서 움직였다.

그러면 이런 현상이 나타나도록 한 핵심 요인은 어디에 있을까? 사설시조의 여타 부분, 즉 '욕정과 갑남을녀들' 이외의 영역이 18세기 초기 이후에 지속적으로 성장한 것이 주된 요인이 되었다. 그리고 이를 촉진한 동력은 18, 19세기에 걸친 가곡창의 악곡 분화 및 '창곡 한 바탕編歌'의 확대 발전에서 나온 것으로 보인다.

조선 후기의 가곡창은 17세기의 삭대엽數大葉으로부터 발원하여, 19세기 후반에 20여 종의 변주 · 파생곡을 산출하기까지 지속적인 분화를 보였다(송방송 1984, 414~28). 18세기 초기에는 『청구영언 진본』의 편제가 보여 주듯이 초중대엽, 이중대엽, 삼중대엽, 북전, 이북전, 초삭

대엽, 이삭대엽, 삼삭대엽, 낙시조, 만횡청류만이 존재했다. 그나마 초
중대엽부터 초삭대엽까지의 여섯 악곡은 해당 작품이 1수씩만 있어서,
이삭대엽 이하의 4개 창곡이 실질적인 효용을 지녔던 셈이다. 반면에
19세기 후반의 가곡창은 『가곡원류 국악원본』의 체제가 단적으로 말
해 주듯이 창곡이 다양하게 분화했을 뿐 아니라, 창곡별로 시조 작품이
비교적 고르게 배분되는 연행 방식을 취했다. 이 시대의 가곡창 한 바
탕을 구성하는 27개 악곡 가운데 사설시조가 주로 배속되는 곡은 무려
9개에 달했다(김흥규 1999, 264~66).

이런 악곡 편제와 연창 방식으로의 점진적 변화가 18세기 중후반부
터 19세기 전 기간에 걸쳐 진행되었던 바, 그 과정에서 사설시조는 창
곡 한 바탕을 위한 기능 부담량이 지속적으로 늘어나고 이에 상응하는
작품의 증가노 요구뇌었나. 그런네 이 경우의 작품 추기는 종래의 소재
와 미의식을 재생산하는 것으로 감당하기 어려운 일이었다. 분화된 창
곡들과 소리 한 바탕의 입체적 구성은 이에 얹혀 가창되는 텍스트의 내
용과 분위기 면에서도 악곡에 어울리는 다채로움을 요구했다. 『청구영
언 진본』의 만횡청류 작품들을 압도하던 '사설시조다움'의 강렬한 희
학성과 세태시적 양상은 이런 추세 속에서 더 이상 18세기 초기의 지
배력을 발휘할 수 없었다. 그 결과 '욕정과 갑남을녀' 계열의 작품은 양
적으로 18세기 중엽의 수준에서 정체 상태에 들어간 반면, 이와 다른
내용과 감성의 사설시조들이 분화된 악곡들의 요구량을 채우게 된 것
이다. 욕정류 작품이 18세기 중엽부터 19세기 말까지 각 단계의 전체
시조에서 차지하는 비중은 그다지 변함이 없는데, 사설시조에서의 비
중이 지속적으로 감소했다는 일견 기이한 현상은 바로 이런 요인에 의
해 나타난 것이다.

2. 욕정류 사설시조와 『가곡원류』 시대

그러면 변한 것은 사설시조 전체의 규모와 새로 추가된 작품들의 성격일 뿐이고, 욕정류 작품군의 특성과 입지는 19세기 말까지 대체로 평탄하게 유지되었던 것일까? 위에서 살펴 본 수량적 추이를 토대로 '그렇다'고 말한다면 이 또한 위험한 속단일 수 있다. 이렇게 말하는 것은 원론적 신중함을 위해서만이 아니라, 19세기 후반의 『가곡원류』 군집에서 확인되는 중요한 변화 양상들이 있기 때문이다. 그것을 단저으로 요약하면, '욕정에 휘둘리는 범속한 인간들의 희극적 형상'을 상당 규모에 걸쳐 덜어내고 약화시키는 편찬 행위이다.

욕정류 사설시조에 대한 창곡 연행상의 주의는 이미 19세기 초의 남녀창 구분 가집에서부터 발견된다. 남녀창이 구분된 가곡창 가집의 여창부에는 19세기의 문헌 전체를 통틀어 욕정류의 사설시조가 단 한 수도 실리지 않았다. 여창은 대개 기녀에 의해 가창되었지만, 그렇다 해도 이 부류의 사설시조를 여성이 부르는 것은 적당하지 않다고 보았던 것이다. 다만 이런 의식이 남창에서의 연행과 작품 전승에 어떤 영향을 미쳤는지는 아직 불확실하다. 이것은 계량적 접근을 넘어선 의미 분석을 매우 복잡한 서지적 고려와 더불어 수행해야 하는 일이어서 상당 규모의 별도 연구가 필요하다. 그럼에도 불구하고 여기서 이 문제를 거론하는 것은 19세기 시조사의 대단원에 해당하는 『가곡원류』 시대의 작품 탈락과 존속을 분석함으로써 매우 중요한 단서를 확보할 수 있기 때문이다. 이와 비슷한 작업을 정념류의 고찰에서 수행한 바 있는데, 여기서는 욕정류 사설시조의 운명이 2세기 간의 시조사에서 어떤 최종 국면에 이르렀던가에 초점을 두고 다음의 작품군들을 살펴보고자 한다.

- 욕정류의 사설시조로서, 19세기 중엽까지의 가곡창 가집군에 존재하다가 가곡원류군에서 배제된 작품들[2]

이 요건에 부합하는 작품으로『고시조 대전』에서 20건이 검출되었다. 그 전체의 특성을 살피고 몇 편을 중점적으로 분석하겠지만, 우선 작품의 출처 정보와 초장을 일괄하여 제시한다.[3]

111110 0062 각시네 옥 같은 가슴을 어이구러 대어 볼고

010110 0074 간나회들이 여러 층이올레 송골매도 같고

011010 0092 간밤에 자고 간 그놈 아마도 못 잊을다

010110 0093 간밤에 자고 간 행차 어느 고개 넘어 어드메나 머무는고

111110 1326 댁들에 나무들 사오 저 장사야 네 나무 값이 얼마

011110 1327 댁들에 단저 단술 사오 저 장사야 네 황호 몇 가지나

111110 1328 댁들에 동난지이 사오 저 장사야 네 황호 그 무엇이라

011110 1329 댁들에 연지나 분들 사오 저 장사야 네 연지분 곱거든

011110 1330 댁들에 자리등메 사오 저 장사야 네 등메 값 얼마니

000110 1763 밑남편 그놈 자총 벙거지 쓴 놈 소대서방 그놈 삿벙거지

111110 2481 새악씨 서방 못 맞아 애쓰다가 죽은 영혼

---

2 이 군집의 작품을 검출하는 조건을 항목화하여 정확히 표현하면 다음과 같다. ㉠ 18세기 초부터 19세기 초까지의 네 시기 중 적어도 한 시기 이상 존재했던 것이 확인되며, ㉡ 19세기 중엽의 가곡창 가집군에 출현한 작품으로서, ㉢ 가곡원류군 가집에서는 사라진 것들.

3 제시하는 자료 서두에 '010110' 형식으로 붙인 2진수 6자리 숫자는 18·19세기를 6등분한 기간의 가집군에 해당 작품이 있는가 여부의 표시로서, '1'이 있음을 나타낸다. 두 번째의 4자리 숫자는『고시조 대전』의 유형번호이며, 그 뒤에 제시하는 초장은『고시조 대전』의 표제작을 가져온 것으로서, 너무 길 경우에는 25자 부근에서 줄였다.

011110 2482 새악씨 시집간 날 밤에 질방구리를 따려 버리오니

111110 2541 석숭의 누거만재와 두목지의 귤만거풍채라도

001110 2866 술이라 하면 말 물 커듯 하고 음식이라 하면 헌 말등에

111110 2915 시어머님 며늘아기 나빠 벽 바닥 구르지 마오

010110 3148 어떤 낡은 팔자 유복하여 대명전 대들보 되고

111110 3233 어이려뇨 어이려뇨 시어머님아 어이려뇨

001010 3750 이년아 말 듣거라 구웁고 남아 잦을 년아

101110 4221 재 너머 막덕의 어미네 막덕이 자랑 마라

111110 4440 중놈도 사람인양 하여 자고 가니 그립다고

이들과 대비하기 위해 욕정류 사설시조로서 ①앞 시기의 가집들에 없던 작품이 가곡원류군에 추가된 경우와, ②19세기 중엽의 가집들에 있던 것이 가곡원류군에 존속한 경우가 어떤지 궁금했다. 조사해 보니 ①의 유형은 단 하나도 없고, ②의 유형에서 18건이 발견되었다.[4]

그러면 19세기 중엽의 가집들에 있다가 가곡원류군에 와서 탈락한 작품들과 존속한 작품들 사이에는 어떤 차이가 있었던 것일까? 이런 문제에 대해 대체적 인상에 의존하여 논의를 전개하는 것은 바람직하지 않다. 그렇다고 해서 40수 가까운 자료를 여기서 세밀하게 분석하는 것 또한 감당할 만한 일은 아니다. 이에 우리는 색인어 계측을 활용하여, 욕정류 사설시조로서 가곡원류에서 탈락한 군집과 존속한 군집의 상대적 특징을 파악하고자 한다. 마침 두 군집의 작품 수가 20수와

---

4   이들은 『고시조 대전』의 유형 번호만을 밝혀 둔다. #0059, #0064, #0266, #0275, #1490, #1762, #1824, #1890, #1942, #2165, #3284, #3625, #3770, #4195, #4223, #4533, #4792, #4834.

18수로 비슷한 만큼, 이들 작품에 부여된 색인어들을 각각 집계하여 대조표를 만들었다. 그 결과는 〈표 3〉과 같다.[5]

〈표 3〉『가곡원류』에서 탈락/존속한 욕정류 작품 색인어

색인어	탈락군	존속군	색인어	탈락군	존속군
*가족	4	1	성적충족	5	6
갑남	16	9	성행위	5	5
결연욕	1	2	숨긴정사	4	4
그리움	2		승려	1	3
남녀	18	18	*시정	7	2
다툼	3	2	욕정	6	8
말놀음	6	4	원망	3	1
밤	1	2	육담	4	4
*상거래	5		을녀	18	14
*상인	6	1	정념	8	9
샛서방	3	4	한탄	1	3
*성적결핍	5				

〈표 3〉에서 두 군집의 변별에 중요한 색인어들에는 '*'표를 붙였다. 나머지 사항들까지 다루려면 지나치게 번잡하므로 이들을 중심으로 논의를 전개하고자 한다. '*'표의 색인어들은 가곡원류군으로부터 탈락한 작품들에 많은 반면 존속한 작품들에는 없거나 매우 적은 색인어들이다. 따라서 이들을 포함한 작품의 내용과 특질에 주목함으로써 가곡원류군의 작품 선택에서 부정적으로 평가된 사항의 핵심을 조명할 수 있다.

---

5 아래의 통계표에서 번잡함을 줄이기 위해 두 군집의 빈도수가 모두 1을 넘지 못하는 색인어는 생략했다.

먼저 '가족'을 보자. 이 색인어가 붙은 욕정류 사설시조는 욕망의 주체인 범속한 인간들이 가족이라는 관계 구조 속에서 부딪히는 갈등 상황을 주로 다룬다. 그리고 이 경우 갈등의 주요 원인은 '성적 결핍'인 수가 많다. 다음의 두 편을 먼저 보자.

술이라 ᄒ면 믈 물 혀듯 ᄒ고 飮食이라 ᄒ면 헌 물등에 셔리황 다앗듯
兩水腫다리 잡조지 팔에 할기눈 안꼿 쏩장이 고쟈 남진을 만석둥이라
　　안쳐 두고 보랴
窓밧긔 통메 장ᄉ 네나 즈고 니거라
(an, 병가 : 1062, #2866.1, kw : 갑남 을녀 샛서방 가족 남녀 한탄 원망
　　욕정 성적결핍 숨긴 정사)

싀어마님 며느라기 낫바 벽 바홀 구루지 마오
빗에 바든 며ᄂ린가 갑세 쳐오 며ᄂ린가 밤나모 서근 들걸에 휘초리 나니
ᄀᆞ치 알살픠신 싀아바님 볏 뵌 쇳동 ᄀᆞ치 되죵고신 싀어마님 三年 겨론
망태에 새 송곳 부리 ᄀᆞ치 쌘쪽ᄒ신 싀누으님 당피 가론 밧틔 돌피 나니
ᄀᆞ치 싀노란 욋곳 ᄀᆞ튼 피똥 누ᄂ 아들 ᄒᆞ나 두고
건 밧틔 멋곳 ᄀᆞ튼 며ᄂ리를 어듸를 낫바 ᄒ시ᄂ고
(an, 청진 : 573, #2915.1, kw : 시정 갑남 을녀 가족 원망 성적결핍)

「술이라 하면 말 물 켜듯 하고」는 못난 남편을 둔 여인의 독백이다. '그녀의 남편이란 어떤 사람인가. 술을 좋아해서 말이 물을 들이켜듯 마시면서도, 음식이라면 질색을 하고 멀리하는 인물이다. 그러니 도저히 건강할 수 없겠는데, 게다가 두 다리는 수중다리요, 팔은 잡좆만 하

고, 눈동자는 옆으로 비뚤어졌으며, 꼽추의 몸이다. 게다가 결정적인 결함은 성적으로 무능한 고자라는 것이다. 이런 남편을 두고 숱한 날들을 궂은일에 시달리면서, 밤이면 한숨 쉬며 뒤척이던 여인이 어느 날 창밖의 물통 땜장이에게 "네나 자고 가거라"라고 말하는 것이다. 이 말은 홧김에 나온 푸념이지만, 어쩌다가 진담이 되어 버릴 수도 있다.'(김홍규 2015, 194)

그 다음 작품에서는 시집살이에 지친 며느리가 등장한다. 작품 전체는 며느리의 독백인데, 까닭 없이 며느리를 미워하는 시어머니를 비롯하여 시집 식구들 모두가 불평스러운 푸념의 대상이 된다. 시아버지는 고목나무 등걸에서 삐져나온 휘추리처럼 육체적으로 앙상할 뿐 아니라, 너그러움 따위는 찾아보기 어려운 성품의 인물로 그려진다. 시어머니 역시 메마른 쇠똥 같아서 인정의 촉촉함이라고는 없고, 시누이는 낡은 망태기에서 삐져나온 송곳처럼 뾰족해서 올케의 조그만 잘못도 그대로 넘어가 주지 않는다.

그렇지만 '시집 식구들의 냉대와 시집살이가 고달프다 해도 남편이 든든하다면, 그래서 잠자리에서나마 그 넓은 가슴에 의지하여 위로받을 수 있다면 이 여인은 나름대로 행복하거나 적어도 견딜 만할 것이다. 그런데 남편이라는 인물은 잘 자라는 좋은 작물(당피) 사이에 어쩌다 씨앗이 떨어져서 나온 변변찮은 식물(돌피)처럼 비실비실한 모습이다. 게다가 병약하기까지 해서 얼굴은 샛노랗고 무슨 병인지 피똥 누는 일이 잦다. 그러니 아내에게 내어 줄 넓은 가슴도, 피곤한 몸을 안아 줄 억센 팔뚝도 기대할 수 없다. 남편의 이런 모습과 달리 여인 자신은 비옥한 밭에서 탐스럽게 자라고 꽃핀 "메꽃"에 비유된다. 이 불균형한 대비에는 성적 불만을 포함한 생명력의 갈증이 깔려 있는 듯하다'(김홍규 2015, 117)

이 두 작품이 가족이라는 틀 안에서의 성적 결핍 문제를 다룬 데 비해 다음 두 편은 미혼 남녀의 성적 결핍을 포착했다.

각시니 玉 ᄀᄐᆞᆫ 가슴을 어이구러 다혀 볼고
통綿紬 紫芝 쟉져구리 속에 깁젹삼 안셥히 되여 존득존득 대히고지고
잇다감 ᄯᅡᆷ 나 붓닐 제 써힐 뉘를 모르리라
(an, 청진 : 480, #0062.1, kw : 갑남 남녀 욕정 성적결핍)

새악시 書房 못 마자 애쓰다가 주근 靈魂
건 삼밧 쑥삼 되야 龍門山 開骨寺에 니 쌔진 늘근 즁놈 들뵈나 되얏다가
잇다감 ᄯᅡᆷ 나 ᄀᆞ려온 제 슬쎠겨 볼가 ᄒᆞ노라
(an, 청진 : 494, #2481.1, kw : 을녀 남녀 욕정 성적결핍)

이 두 작품은 같은 소재의 남녀판 연작이라 해도 좋을 만한 유사성을 지니고 있다. 두 편이 모두 평생토록 이성을 접해보지 못하고 죽었거나 그렇게 될 수밖에 없으리라 짐작되는 남녀가 각각의 주인공으로 등장한다. 그들의 좌절된 욕망은 생명이 다하더라도 사라지지 않을 만큼 강렬해서, 다른 사물로의 변신을 통해 이성의 육체에 접근하고자 한다.

「각시네 옥 같은 가슴을」의 남성 주인공은 늦도록 장가들지 못한데다, 달리 여인을 가까이할 기회조차 없었던 하층민인 듯하다. 그는 곱게 차려 입은 젊은 여인의 속저고리 안섶으로라도 화신하기를 갈망한다. 그렇게 해서 '각씨네 옥 같은 가슴'에 접촉해 보고, 땀이 날 때면 꼭 붙어서 떨어지지 않으리라는 것이다. 「새악씨 서방 못 맞아」는 한 많은 노처녀의 영혼이 주인공인데, 좌절한 욕망의 대체 방법에 대한 상상이 더 극

단적이다. 비옥한 삼麻밭의 뚝삼이 되었다가 삼베로 짜여져서 늙은 중의 '들보' 즉 속바지가 되겠다는 것이다. 희망의 상대가 왜 젊은 남성이 아니고 늙은 중일까. 이 작품은 여인의 오랫동안 억압된 욕망의 희극적 상대역으로서 그에 못지않게 억압되고 응축된 욕망에 착안한 듯하다.

이제까지 검토한 작품들의 공통 특질은 '하층민 등장인물'의 '억압된 욕망'과 그것을 포착하는 '강렬한 희극적 구도'로 집약된다. 욕정과 관련된 성적 색인어 5개[6] 중에서, 위의 특질들과 긴밀하게 결합하는 것은 '성적결핍' 뿐이다. 『가곡원류』 계열에서의 욕정류 사설시조 탈락군과 존속군에 '성적충족'과 '성행위'는 거의 같은 수(5~6)로 출현하는데 비해, '성적결핍'의 작품 5편은 탈락군에만 있다는 점에서 이 차이는 매우 중요하다.

여기서 다시금 생각해 보면 '가족'이라는 요소를 지닌 처음의 두 편도 하층민 군상들에 초점을 맞추었다. 그리고 다음의 탈락 작품 역시 하층민 가족의 고부를 등장시켜서, 샛서방과 관련된 희극적 사건을 보여 준다.

어이려뇨 어이려뇨 싀어마님아 어이려뇨
쇼대남진의 밥을 담다가 놋쥬걱 줄를 부르쳐시니 이를 어이ᄒ려뇨 싀어
　　마님아
져 아기 하 걱정 마스라 우리도 져머신 제 만히 것거 보왓노라
(an, 청진 : 478, #3233.1, kw : 갑남 을녀 샛서방 가족 남녀 정념 숨긴정사)

6　성적결핍, 성적접근, 성적거절, 성적충족, 성행위.

이 작품의 문제적 핵심은 며느리가 귀중한 놋주걱을 부러뜨렸고, 더구나 샛서방의 밥을 담다가 그랬다는 데에 있다. '놋주걱은 왜 하필 샛서방의 밥을 담을 때 부러졌을까. 작자는 비상한 안목으로 그 시점에 복선을 숨겨 두었다. 쌀밥이든 보리밥이든 밥이 가장 중요한 음식이던 시대에 조선의 주부들은 밥을 그릇에 꾹꾹 눌러 담았다. 특히 남편처럼 소중한 사람의 밥은 더 잘 눌러 담고는 했다. 하지만 어떤 이유로 남편이 못마땅해지고, 이 결핍의 자리를 샛서방이 채워준다면 그의 밥그릇이야말로 가장 잘 눌러 담고 싶은 대상이 된다. 그리하여, 밥 담아 줄 기회는 샛서방 쪽이 훨씬 드물었겠지만, 밥을 많이 주려고 주걱에 무리한 힘을 가하다가 부러뜨리는 일은 바로 그 시점에 발생했던 것이다. 놋주걱을 부러뜨린 것은 다름 아니라 "욕망의 힘"이었다.'(김흥규 2015, 200)

이에 대해 시어머니가 자신도 그런 일이 많았다고 태연하게 말하는 대목은 물론 현실적으로 있을 수 없는 것을 희극적으로 과장한 것이다. 「어이려뇨 어이려뇨」는 하층민 가족을 배경으로 하여 두 여인을 욕망의 주체로서 포착하고, 성적 불만에 기인한 일탈행동의 가능성을 희극적으로 극단화시킴으로써 통념의 포장막 뒤편을 신랄하게 비춘다.

가곡원류군에서 탈락한 욕정류 작품들 중의 또 한 부류는 '상거래, 상인, 시정'이라는 색인어로 특징지어진다. 그 중 '을녀'가 등장하는 5편은 "댁들에 ○○ 사오"라는 유형적 서두를 지닌 '장사치―여인 문답형 사설시조'다. 이들은 떠돌이 장사치와 서민 아낙네 사이의 대화체 구성을 통해 성적 담화를 골계적 수법으로 다룬 것이 공통 특징이다. 그 중에는 작품의 표층적 의미 수준에서 성적 욕망을 다룬 유형이 있고, 말소리의 비슷함과 어희語戱를 이용하여 성적 농담의 중의성을 만든 유형도 있다(김흥규 1999, 240~48). 각기 하나씩의 예를 보기로 한다.

딕들에 臙脂라 粉들 사오 져 쟝ᄉᆞ야 네 臙脂粉 곱거든 사쟈

곱든 비록 안이되 불음연 네 업든 嬌態 절로 나는 臙脂粉이외

眞實로 글어ᄒᆞ량이면 헌 속껏슬 풀만졍 대엿 말이나 사리라

(an, 해일 : 546, #1329.1, kw : 시정 갑남 을녀 상인 남녀 상거래)

딕들에 나모들 사오 져 쟝ᄉᆞ야 네 나모 갑시 언매 웨ᄂᆞ다 사쟈

빗리남게ᄂᆞᆫ 흔 말 치고 검주남게ᄂᆞᆫ 닷 되를 쳐서 ᄉᆞᄒᆞ야 혜면 마 닷 되 밧습

    ᄂᆡ 삿 대혀 보으소 잘 붓슴ᄂᆞ니

흔 젹곳 사 ᄯᅡ혀 보며ᄂᆞᆫ 민양 사 짜히쟈 ᄒᆞ리라

(an, 청진 : 535, #1326.1, kw : 시정 을녀 상인 남녀 상거래 성행위 말놀음 육담)

「대들에 연지라 분들 사오」의 해학은 단순하며 직선적이다. 이 여지
분을 바르면 없던 교태가 절로 난다는 말에 서민 아낙네가 "헌 속옷을
팔망졍 대여섯 말"이라도 사겠다고 나서는 데서, 여성 심리의 일면이
경쾌한 해학으로 드러난다. 「댁들에 나무들 사오」 역시 실질은 단순하
지만, 이를 둘러싼 말장난의 노림수가 교묘하다. 이 작품의 노림은 중
장과 종장에 세 번 반복된 "삿 대혀"가 발음상으로 "사서 때어"와 "삳
대어炭接"의 중의성을, "잘 붓슴ᄂᆞ니"의 '붙다'는 발화發火와 성적 교합交合
의 중의성을 함축한다는 데 있다.[7] '장사치-여인 문답형 사설시조'들
은 둘 중의 어떤 유형이든 시정의 공간을 배경으로 범용한 필부필부匹夫
匹婦들을 등장시켜서 성적 욕망에 관한 해학적 관찰 내지 장난을 제시한다.
    이런 검토에 유념하며 다시금 돌아볼 때 가곡원류군의 편찬자들이
욕정류 사설시조 중에서도 마땅치 않게 여긴 것들의 내역과 특징이 드

---

7   이 부류의 작품들에 관한 상세한 분석은 김흥규(1999, 239~49) 참조.

러난다. 그들이 꺼려한 것은 성적 욕망과 사태에 관련된 작품들 전부가 아니었다. 성적 문제에 관한 여타 색인어들이 탈락군과 존속군에 쓰인 빈도를 살펴보면 '성적충족(5:6), 성행위(5:5), 숨긴정사(4:4), 샛서방(3:4), 육담(4:4)'으로서, 같은 수준이거나 오히려 존속군 쪽이 약간 많았다. 이 범주에 속하는 작품들의 성적 표현 농도와 희학성에서도 탈락, 존속 작품들 사이의 차이를 말하기는 어렵다. 『가곡원류』 그룹을 주도한 인물들은 가곡 창에서 세련된 심미성과 아취를 추구했지만, 사설시조의 일부 작품에서 남녀 간의 애욕에 관한 해학과 풍류 감각이 필요하다는 것은 적극적으로 인정했던 것으로 보인다.

다만 그들은 하층민이 주역으로 등장하고, 억압된 욕망이 부각되며, 희극적 구도가 강한 작품들에 대해서 별로 우호적이지 않았다. 장사치-여인 문답형 작품들은 이 중에서 억압된 욕망이라는 부분에 저촉될 바가 별로 없지만, 시정의 아낙네와 장사꾼 사이의 희학적 담화라는 점이 또 다른 거부감을 촉발한 듯하다. 요컨대, 하층민과 시정 세계의 소란스러움이나 누추한 삶의 냄새가 뚜렷하게 배어 있는 욕망의 소극笑劇은 가곡원류군의 단계에 와서 그 입지가 극히 박약해졌고, 이것이 욕정류 사설시조의 일부에 대한 배제 현상으로 나타났던 것이다.

3. 18·19세기 시조사와 욕정류 작품군의 문제

전승에서 탈락한 작품과 존속한 작품에 대한 해석적 검토를 통해 확인되는 바, 19세기 말의 가곡창에서 욕정류 사설시조들은 수량적으로 크게 위축되지는 않았을지라도 관심사와 미의식의 차원에서는 18세기 초의 모습으로부터 적지않이 멀어졌다. 그러면 그 사이에 놓인 1세기 반의 기간 동안은 어떠했는가? 이것은 매우 흥미롭지만 여기서 답하기 어려운 문제다. 이 연구의 목표와 설계가 그 정도의 논의를 감당할 수 없기 때문이다. 다만 향후의 진전을 위해 약간의 단서를 언급해 두는 것은 의미가 있으리라 생각한다.

가곡원류군에서 탈락하거나 존속한 욕정류 사설시조(38편)로부터 관찰 범위를 조금 넓혀, 18·19세기 중 어느 시기에라도 검증 대상 가집군에 존재했던 작품을 살펴보자. 여기에 해당하는 욕정류 사설시조는 48편인데, 그들이 여섯 단계 중에서 처음 출현한 시기를 변별하여 집계하면 〈표 4〉와 같다.

〈표 4〉 욕정류 사설시조의 신출 작품 분포

시기	18초	18중	18말	19초	19중	19말
신출작	22	12	5	5	3	1

이 양상을 일별하면, 앞쪽의 시기는 이 계열에 대한 흥미와 우호적 관심이 많았던 반면, 뒤로 갈수록 그렇지 않았음이 분명하다. 이미 지적했듯이 가곡원류군에서 신출작으로 등장한 욕정류 시조는 전혀 없으며, 19세기 말의 새로운 1수는 가곡창 계열이 아니라 시조창 가집에서 나온 것이다. 19세기 초·중엽의 신출작도 합해서 8편에 불과하다. 반면에 18세기 초 즉 『청구영언』 시대부터 있었던 작품은 22편이며, 18세기 중·말엽의 신출작이 17편이었다. 욕정류 사설시조의 창조성과 성장 동력은 두 세기 동안 전체적으로 하향 추세였으되, 기울기는 균일

하지 않았다. 그것은 18세기 중엽까지 비교적 높다가 18세기 말 이후 현저히 낮아졌으며, 19세기 말에는 결정적으로 위축되었던 것이 아닐까 하는 작업가설이 가능하다.

1. 방법론적 토대와 전제

이 책은 조선 시대 시조의 주요 모티프와 미의식, 그리고 그것들이 조성했던 심상공간의 시대적 추이에 관한 탐사의 기록이다.

이를 위한 자료 기반으로 『고시조 대전』(2012) 수록 작품과 부수 정보를 망라한 데이터베이스를 구축하고, 전체 작품들에 대한 색인어 부여와 통계 분석 및 해석을 수행했다. 계량적 분석의 모델로는 네트워크 이론 중에서도 부분관계망 연구에 유용한 k-코어 분석을 주로 활용했다. 옛시조 자료를 작가의 신분층, 시대, 양식, 문헌군文獻群, 연행 특성 등 여러 조건에 따라 다양한 분석 단위로 나누고, 각각의 색인어 매트릭스에서 관심사들의 분포, 키워드 간의 결합, 관계망의 형성·변이 같은 양상을 분석하는 것이 기초 작업이 되었다. 이런 계측의 토대 위에서 시조의 모티프들이 거시적으로 어떤 역동성을 보이면서 심상공간의 형성과 변화에 관여했는지를 밝혀 보고자 했다. 아울러, 계량적 접근의 한계를 보완하기 위해 모티프와 시상들이 구체적 맥락에서 일으키는 화용적話用的 변이를 분석하는 데에도 유의했다.

이런 작업을 진행하면서 나는 인간이 의미행위의 주체이며, 문학은 그런 행위의 중요한 일부분임을 거듭 환기하고자 했다. 문학행위자들은 작품의 창작과 향유를 통해 삶의 물질성에 의미의 틀을 부여하며, 보이지 않는 것과 초월적인 것까지 포용하는 심상공간을 만든다. 심상공간 역시 시간의 흐름에 따라 생성하고 변화하며, 도전과 타협의 현장이 될 수 있다. 모티프, 이미지 들은 이런 의미화 과정에서 긴요한 몫을 발휘하는 문화적 자원이다. 따라서 주요 모티프의 움직임을 추적함으로써 시적 관심과 심상공간의 변화를 파악하는 것은 매우 흥미로운 인문적 탐구일 수 있다.

꼭 이런 시각이 아니더라도 모티프론은 문학 연구에서 이미 다양하게 활용되어 왔으며, 이 책도 그런 유산에 적지않이 힘입고 있다. 그러나 이와 함께 나는 재래적 모티프 연구의 관성 속에 '계보적 환원주의'라고 부를 만한 함정이 있음을 경계하고자 했다. 계보적 환원이란 어떤 강력하고도 영향력 높은 원천 모티프를 발생론적 정점에 놓고, 그와 유사한 소재, 표현, 이미지 등을 가진 작품들을 이에 딸린 후손처럼 간주하는 것이다. 하지만 모티프, 이미지는 그들이 생각하듯이 먼 과거에 확정된 모습으로 전해지는 고정적 실체가 아니다. 의미행위자의 입장에서 볼 때 그것들은 자신의 생각에 표현의 육체를 부여하기 위해 활용해야 할 자원이며, 의식적이든 아니든 선택과 재해석을 가해야 하는 재료다.

우리는 문화적 자산으로서의 모티프, 전고典故, 이미지라는 재료와 그것을 활용하며 새로운 작품을 만드는 의미행위자 사이에 어느 한쪽을 특권화할 수 없는 동적 의존관계가 있음을 유념해야 한다. 우리가 어떤 모티프의 원천적 의미라고 믿는 것이 사실은 그 모티프의 수용사에서 뚜렷한 전환기를 형성하고 해석의 권위를 차지한 특정 시대나 학파의 유산인 경우가 적지 않다. 그러므로 모티프의 원천이라는 것 자체가 유동성과 다면성으로부터 예외가 아니라는 인식이 긴요하다.

그런 시각에서 이 책은 모티프, 이미지 연구에서 계보적 소급보다는 의미행위자의 동기와 맥락에 좀더 관심을 기울이고자 했다. 이것은 내가 선행 저술에서 '행위자들의 귀환'이라고 표현한 연구사적 요청과 상통하는 것으로서, 우리의 연구가 근년까지 거시적·계열적 관심사에 치중하면서 행위자들의 개별적 입지, 동기, 선택, 의미구축의 차원에 소홀했다는 비판을 내포한다(김흥규 2013, 233~38).

서정시에 쓰인 모티프, 이미지와 이들이 비추는 장면 뒤에는 그 시대를 살았던 여러 종류의 사람들이 있다. 시조에 투사된 심상공간은 그것을 마음의 화폭에 올려놓고 실제의 삶이나 가능성을 거기에 겹쳐 보았던 이들의 절실한 의미행위의 자취다. 이 두 종류의 공간이 일치하는가 여부로 시적 진실성을 판별하려는 생각은 매우 위험하다. 경험한 것만이 시의 재료가 되는 것은 아니다. 심상공간과 경험세계 사이에 희망, 가정假定에서부터 긴장, 공포에 이르는 다양한 관계 양상이 개입할 수 있다는 것은 근현대시로부터 소급하여, 정도 차이가 있을지언정, 모든 시대의 시와 노래에 두루 해당하는 사항이다.

2. 16, 17세기의 모티프 관계망과 심상공간

k-코어 분석을 중심으로 옛시조의 심상 공간 추이를 논하기 위해서는 장기간의 시조사를 관찰하는 데 기축이 될 주요 관계망을 먼저 추출할 필요가 있었다. 이를 위해 옛시조 작품 전체의 색인어 공기 관계를 분석한 결과 다음의 부분관계망들이 추출되었다.[1]

강산 관계망 / 전가田家 관계망 / 정념 관계망 / *욕정과 갑남을녀들

이들에 관한 논의가 제4, 5, 6, 7장에서 이루어졌으니, 그 내용을 세기별로 종합하여 시조사의 주요 모티프 관계망과 심상공간 추이를 정리할 단계가 되었다. 이를 위해 한 가지 전제를 첨부해 두고자 한다.

심상공간이란 물리적 공간처럼 일정한 면적으로 측정하고 어떤 세력이 얼마만큼을 점유했다고 말할 수 있는 단일한 실체가 아니다. 그것은 행위자들의 마음속에 존재하는 의미론적 사실이므로, 미시적으로는 사람마다 다를 수 있고, 거시적으로도 어떤 시대와 문화의 구성 단위들 사이에서 윤곽이 어긋날 수 있다. 아울러, 수용자들이 심적 태세 혹은 연행상의 필요에 따라 의미 지향이 다른 작품들 사이를 오가는 일도 드물지 않다. 오늘날까지 우리가 확보한 자료와 앎의 토대 위에서 이들을 섬세하게 다루기란 지난한 일이므로, 여기서의 종합은 부득이하게 포괄적 합산의 수준을 넘지 못할 것이다. 이로 인해 어떤 미흡함이 발생

---

1   넷째 군집으로 덧붙인 '*욕정과 갑남을녀들'은 대체로 사설시조에 국한하여 출현한 작품군으로서, 온전한 k-코어를 이루지는 못하지만 18·19세기 시조사의 성찰에 중요한 소집단이므로 부분적 검토의 범위에 포함했다.

한다 하더라도, 그것이 더 나은 앎의 디딤돌이 될 수 있다면 다행스러운 일이다.

이 책의 서두에서 언급했듯이 15세기에도 얼마간의 시조 작품이 있지만 관계망 분석의 자료로는 너무 적은 수량이어서,[2] 우리의 논의는 16세기부터 19세기까지를 범위로 삼았다. 그리고 16, 17세기 시조사에서 색인어 관계망을 분석할 만한 규모의 자료는 양반층에게만 남아 있다.

양반층의 시조에서 가장 뚜렷하고도 중요한 모티프 군집은 강산 관계망이다. 4세기에 걸친 그 추이에서 관계망 중심부에 공통으로 존속한 색인어는 '강산, 처사, 한거, 자족'의 4가지로서, 이를 풀어서 기술하자면 '세속으로부터 벗어난 강산에서 / 처사로서의 자의식을 지닌 주체가 / 한거하면서 / 명리에 대한 집착을 떨치고 자족하는 삶'을 지향하는 것이라 할 수 있다. 그러나 이런 의미 중심을 공유하더라도 여타 요소의 결합에 따라 관계망에는 크고 작은 변이가 발생했으니, 16세기에는 '개결, 허심, 밤'이 공통부 곁에 자리 잡았고, 17세기에는 이들이 탈락한 대신 '고흥, 음주, 낚시'가 관계망 중심으로 진입했다.

16세기 양반층 시조의 강산 모티프가 지닌 주류적 특징은 이황李滉, 1501~1570, 권호문權好文, 1532~1587 등에게서 보이듯이 세속의 공간인 조시朝市와 처사의 공간인 강산 / 임천林泉을 가치론적 대립관계로 보는 사고방식에 기초한다. 이런 이분법적 구도에서 강산을 택한 데 대한 윤리적 자긍이 절제된 심미성과 결합하여, 그들의 작품에 흔히 수묵화와 같은 분위기를 조성했다. '개결, 허심'의 시각적 표현으로서 '월백月白'의 이미지가 자주 등장하고 때로는 '빈 배'의 형상으로 표현된 것도 이런

---

2 양반층 작품 24인, 61수. 이 중에는 자료적 신뢰성에 의문이 짙은 경우도 있어서, 활용 가능한 작품은 더 적어진다.

모티프 관계망의 중요한 일부분이었다. 그들의 추구한 심상공간과 심적 태세 모두에서 감정의 기복을 가능한 한 잠재우고 세상사에 대해 관조적 균형을 유지하려는 태도가 중시되었다.

전가 모티프는 16세기 양반층 시조에서 수량적으로 적었을 뿐 아니라(5.4%), 의미상으로도 동시대 양반층의 강산류 작품들과 매우 인접해 있다. 즉 16세기 양반층의 '전가' 모티프는 '강산' 모티프에 대한 공간적 연장 내지 대체형이라는 속성이 강하며, 변별적 자질은 상당히 엷다. 전가류 작품의 중요 요소인 전원노동이 이 시기의 양반층 시조에서는 비생활성과 우아한 품격, 그리고 채취 행위의 은일 지향적 이미지 등으로 매우 흐릿하게 나타난다.

정념 모티프의 작품들은 16세기 양반층 시조에서 7수에 불과한데다, 연군戀君의 우의성과 무관해 보이는 것들은 기녀와의 일화에서 나온 희작이거나 자료적 신빙성이 불분명해서 이 시기의 특징을 언급하기에 조심스럽다.

17세기 양반층 시조의 모티프 동향은 강산 관계망과 전가 관계망이 함께 양적으로 성장한 것이 우선 주목된다. 그러나 수량적 성장은 비슷해도 그 속에 담긴 내용에는 다소 차이가 있다. 강산 관계망의 경우는 16세기 관계망의 견고한 응집성과 윤리적 긴장감이 이완되는 방향으로 성격 변화가 나타났고, 전가 관계망에서는 강산 모티프에 대한 16세기의 종속성으로부터 벗어나 전가류 시조의 변별적 자질들을 뚜렷이 하는 방향으로 변화가 이루어졌다. 강산, 전가 관계망의 어느 쪽에서든 17세기 양반층 시조는 16세기의 반복이나 자연적 연장이 아닌, 그 나름의 개성을 드러냈다. 아울러 17세기의 강산, 전가류 사이에 심상공간의 호응 관계도 짚어 볼 수 있다.

17세기의 강산 모티프는 16세기에 뚜렷하던 도덕적 긴장감보다는 처사의 생활세계에 대한 긍정적 관심이 우세한 가운데 그 흥취와 심미성을 적극 강조하는 방향으로 나아갔다. 관계망 중심부에서 16세기의 '개결, 허심, 밤'이 밀려난 대신 17세기에는 '고흥, 음주, 낚시'가 등장하여, 좀더 낙천적인 즐거움과 교유 그리고 탈속의 흥취를 구가하는 사례가 많아졌다. 김득연金得硏, 1555~1637, 이중경李重慶, 1599~1678, 장복겸張復謙, 1617~1703 등이 그러하거니와, 윤선도尹善道, 1587~1671의 「어부사시사」가 보여 주는 경물景物 인식과 심미적 감흥은 특히 주목할 만하다. 이들의 작품이 지닌 미의식은 16세기의 수묵화적 성향에 비해 채색화에 가까운 면모가 두드러져 보인다.

전가류 시조는 17세기에 와서 '전가田家'라는 모티프의 주요 특성을 충분히 갖추고 강산 모티프와 뚜렷하게 구별되는 신상공간을 형성했다. '박주, 소찬, 천렵'이라는 특징적 모티프들이 일종의 소집단을 형성하면서 전가 관계망에 기여하게 된 것도 17세기부터 시작한 현상이다. 이 시기부터 전가류 시조에는 농촌생활의 구체성과 농업노동 및 향촌사회의 협업과 교유가 등장하며, 음식과 술의 소재적 중요성이 부각되었다. 음식의 재료, 특질, 조리, 상차림, 풍미 등에 그것을 먹는 이의 감흥까지 투사됨으로써 17세기 전가류의 심상공간은 16세기의 은자적 고요함으로부터 떠나, 구체적 생활의 활기와 감각적 즐거움이 있는 장소로 변했다. 그런 양상은 술을 노래한 작품들에서 더 뚜렷하다. 전가 모티프에 동반하는 '박주'의 화소는 한편으로는 안빈安貧 의식에, 다른 한편으로는 향촌 생활의 질박한 흥취에 관련되는데, 김광욱金光煜, 1580~1656의 '덜 익은 술'은 이 양면을 더 강조하는 작용을 했다.

17세기의 강산 모티프와 전가 모티프는 '강산, 전가'라는 핵심과 주요 내용의 차이에도 불구하고 흥미로운 접점 또한 보여 준다. 두 관계망의 핵심부에 공통적으로 들어 있는 '음주, 고흥'을 통해 이를 짚어 볼 수 있다. '개결, 허심, 월백月白'의 모티프와 더불어 처사의 도덕적 자세를 강조하던 16세기의 심상공간에서 음주와 고조된 감흥은 상당한 정도로 억제되었다. 그것이 17세기의 강산, 전가 관계망에 와서 유연하게 관용되거나 적극적으로 예찬되는 상황에 이른 것이다.

한편, 17세기는 양반층이 창작한 30여 수의 정념류 시조가 남아 있어서, 소수의 기녀시조에 의존하던 이 방면의 흐름이 남성 작품으로 확산되기 시작한 국면으로 주목된다. 이 중에서 1/3 정도는 연군의 우의 내지 암시를 지닌 것으로 보이지만, 나머지는 남녀간의 애정과 그리움을 노래한 것으로 보기에 충분하다. 그 중에서도 5수의 세련된 작품을 남긴 이명한李明漢, 1595~1645과 14수의 연시조 「경번당가」를 창작한 이진문李振門, 1573~1630이 매우 흥미롭다. 이명한의 작품은 작중화자에 남녀가 섞여 있으며, 「경번당가」는 사랑하는 이를 떠나보낸 여인이 임에 대한 그리움과 애타는 심회를 독백하는 형식을 취했다. 이들의 작품은 애정심리의 표현과 인간 이해의 섬세함에서 예사롭지 않은 안목을 보여 준다.

3. 18, 19세기의 모티프 관계망과 심상공간

18세기 이후 시조의 모티프 관계망은 매우 복잡한 국면으로 접어들었다. 주요 모티프로 강산, 전가 외에 정념情念이 본격적으로 성행하고,

주요 작가 집단으로 양반층 외에 평민층이 등장했기 때문이다.

양반층 시조의 강산 관계망은 18세기부터 현저한 약화 현상을 보여서, 작품 수량이 17세기(25.5%)에 비해 3 / 5 수준인 15.8%로 줄어들고 관계망의 응집도 역시 쇠퇴했다. 이와 더불어 17세기의 관계망 중심부에 있던 색인어 중 '낚시'가 사라지고 '누정'이 새로 등장했다. 낚시 모티프는 16・17세기에 비교적 선호되다가, 18세기에는 17세기의 반 이하로 출현율이 떨어졌고, 19세기에는 다시 그 반 이하로 감소한다. 낚시는 강산 모티프의 고전적 심상공간에 매우 중요한 행위 요소의 하나였다. 어옹은 세속을 떠난 존재로서 조각배에 외로이 몸을 싣거나 물가에 홀로 앉아 낚싯대를 드리우고, 고기잡이보다는 자신과 세계의 관계에 대한 사념에 몰두한다. 광대한 공간에 고립하여 외로움을 기꺼이 감내하는 현자, 이것이 낚시 ― 어옹 모티프에 종종 동반하던 암시성이다. 그러던 것이 18세기에는 중심부에서 사라지게 된 것이다. 그 대신 등장한 '누정'은 당시까지 전국 각지에 건립된 누정들의 실재성과 함께 산수 유람 풍조의 성행이 배경으로 작용한 결과인 듯하다. 어옹의 고적孤寂한 모습이 자리잡던 강산―낚시의 심상공간은 그리하여 유람자의 탐방이 이루어지는 유적 혹은 명승 공간으로 기능이 이전되었다.

양반층의 전가 관계망은 이와 달리 18세기에 접어들어 17세기보다 조금 더 성행했다. 아울러 중심부 색인어에 '가악歌樂'이 추가되고, '박주, 산채, 천렵'이라는 소집단 색인어들도 앞 시대보다 약간 더 활성화되면서 낙천적 흥취와 풍류 요소가 증가했다. 위백규魏伯珪, 1727~1798의 작품이 전형적으로 보여 주는 농업노동과 공동체적 친화 그리고 '박주, 소찬'을 포함한 향촌생활의 자족감은 여타 작가들에게서도 다채롭게 나타났다. 이런 소재적 특성으로 인해 전가류 시조의 내용이 당대의 농촌 생활과 좀더 밀착되었다고 볼 수 있지만, 그런 그림 속에 전원의 삶에 대한 희망적 기대가 투사되기도 했다.

18세기의 평민층 작가들은 강산 모티프를 작품화하면서 양반층과 유사한 이미지 자원들을 구사했으나 심상공간의 의미는 상이한 방향을 추구했다. 김성기金聖器, 1649~1724, 김천택金天澤, 1686경~?, 박문욱朴文郁, ?~? 등은 강산에 속한 삶의 자유로움이나 자연의 운행이 지닌 공정함을 예찬함으로써, 그 반대편에 있는 인간 세계의 차별적 질서를 우회적으로 비추었다. 그들은 사대부와 달리 돌아갈 전원의 기반도 향촌사회의 관계망도 가지지 못한 처지에 속했다. 그럼에도 불구하고 그들은 예술에 대한 속물적 태도나 현실 세계의 불평등을 초월한 공간으로서 강산을 재해석하고, 김성기처럼 그곳으로의 탈출을 결행하거나 심층의 동경을 표현했다. 그들에게 강산은 현실적 선택이 가능한 영역이 아니라, 희망적 가치가 투사된 공간의 대리기호였다.

전가류에서도 18세기 평민층은 양반층과 대체로 비슷한 수량의 작품들을 산출했다. 그들의 작품에서 양반층 시조와 변별되는 특질은 향촌이라는 공간에 거창한 의미를 부여하기보다는 구체적 사물과 정경으로써 그 세계를 그려내는 경향이 강했다는 것이다. 양반층의 경우 강산 / 전원이란 그 반대쪽에 있는 조시朝市와의 본원적 긴장이 그림자처럼 따라다니기 마련인 공간이었다. 중인층에게 전가는 이런 의미상의 대립이 별로 절실하지 않았기에 그것을 좀더 감각적, 경험적으로 바라볼 수 있었던 듯하다. 그리하여 평민층 시조에서 전가 모티프는 훨씬 자연스럽게 농업노동의 구체성과 결합하고, 그에 동반하는 충족감과 흥취 또한 풍성했다.

작가층의 구분과 무관하게 전가류 시조의 심상공간에서 주목할 만한 공통점은 붕우의 방문이나 이웃과의 만남이 매우 중요한 요소로 자주 등장한다는 점이다. 이로 인해 전가 모티프는 강산 모티프보다 훨씬 더 낙천적이며, 인간적 유대에 대해 높은 신뢰를 부여하는 경향이 있다. 강호의 낚싯배나 조대釣臺에 앉은 어옹은 대체로 외로운 단독자이지만, 전가의 주인인 전옹田翁은 이웃 농민과 담소하고 장기 두며 막걸리를 나누기도 한다. 양반이든 평민층이든 반가운 손님을 맞아 소탈한 음식과 술로 즐거운 한때를 누리는 삽화는 빼놓을 수 없는 소재였으며, 이로부터 여러 종류의 변종과 파생작들이 산출되었다. 전가 관계망에서 박주·소찬 같은 음식 모티프와 '덜 익은 술, 외상 술' 그리고 천렵 등이 요긴한 몫을 하는 것은 여기에도 한 까닭이 있다. 18세기는 이런 성향에 힘입어 전가 모티프가 양반층과 평민층 양쪽에서 뚜렷한 상승의 추이를 보인 시기였다.

정념 모티프의 경우는 18세기 평민층 시조에서 상당한 관심을 확보하여, 출현율이 전가류와 대등하게 7.7%를 점했다. 양반층 시조의 18세기 정념류는 이정보를 포함할 경우 17세기의 약 2배에(5.1%) 달하고, 제외할 경우는 약간 증가한 수준에(3.0%) 이르렀다. 19세기에 나타나게 될 정념 시조의 폭발적 융성에 견주면 이 정도의 양상은 대단치 않은 것으로 보일 수 있다. 그러나 17세기까지의 시조사에서 정념의 주제가 기녀시조와 소수 양반층의 작품으로 작은 입지를 마련한 정도였음을 생각하면, 18세기의 활기는 획기적인 것이다. 여기에는 18세기 초를 전후한 시기 이래의 가곡창 발달과 시정 연행문화의 융성이 중요한 영향을 끼친 듯하다.

18세기의 정념류 시조는 애모愛慕와 기다림, 원망이라는 친숙한 주제 외에 시정의 범속한 남녀들을 통해 애정의 다양한 국면과 세태를 조명함으로써 시야를 넓혀 나아갔다. 이 과정에서 사설시조의 화법과 소재 및 해학성이 도입됨으로써 정념류 시조는 인간 탐구의 입체성 면에서도 좀더 풍부하게 되었다. 양반층 작가인 이정보李鼎輔, 1693~1766와 평민층의 김수장金壽長, 1690~?, 박문욱朴文郁, ?~?이 이런 추이에 크게 기여했다.

19세기 시조의 주제사적 상황은 강산, 전가 모티프의 극심한 쇠락과 정념류 작품군의 압도적 성행으로 특징지어진다.

양반층 시조에서 강산 모티프는 수량적으로 중요한 몫을 점하지 못했고, 질적으로도 강산의 고결한 삶에 대한 확신을 잃은 채 관습적 수사에 의존했다. 강산이라는 공간은 이 시대에 오히려 평민층 시조에서 더 많이 호출되었으니, '강산' 출현율이 양반층에서 5.8%인 데 비해, 평민층에서는 11.8%였다. 그러나 19세기 평민층 시조에서 강산이라는 공간은 심미화된 유상遊賞과 풍류, 행락의 장소로 그 의미와 관계망이 변했다.

전가류 시조에서도 양반층 작품들은 강산의 경우와 비슷하게 수량적 위축과 수사적 상투화라는 양상을 노출하면서 퇴락의 길을 걸었다. 이보다 관심을 끄는 것은 평민층의 전가류 시조들이 19세기에 와서 당면한 극도의 몰락 현상이다. 그 수량은 2.4%에 불과했으며, 작품으로서도 보잘 것 없다. 위에 지적했듯이 강산은 그들에게 11.8%가 호출되었는데 전가는 왜 이렇게 홀대받았는가? 그들에게 전가는 체험이나 지향의 공간으로 절실하지 않았던 데다가, 강산과 달리 '심미화된 유상遊賞과 풍류의 장소'로서 적합하지도 못했기 때문이다.

시조에서의 정념 모티프는 19세기에 와서 전성기를 누렸다. 이 시기의 정념류 작품 비중은 양반층(15.6%), 평민층(20%) 모두에서 높았고, 주로 18·19세기에 귀속되는 작자불명 작품군에서는 28.9%에 달했다. 19세기 초부터 가곡창 가집들은 남녀창을 나누어 작품을 수록하기 시작했는데, 여창에 속한 작품들에서는 50% 내외의 작품들이 정념류였다.

정념류 작품들이 이렇게 증가하도록 한 요인은 주로 평시조 쪽에서 발생했으며, 사설시조는 별로 영향을 미치지 않았다. 사설시조의 경우 정념류 작품의 출현율은 18~19세기 전체에 걸쳐 35% 내외에서 작은 증감만을 보였을 뿐이다. 반면에 평시조 작품의 정념류는 18세기 초 가집의 6.7%로부터 19세기 말 가집군의 24%에 이르기까지 지속적으로 증가했다.

그러나 19세기 가곡창에서의 남녀창 분리가 정념류 시조의 성행과 수량적 증가를 촉신한 시속직 원인은 이니었다. 가곡창 가집에서 정념류 시조가 차지하는 비율은 19세기 초의 남녀창 분리 문헌군에서 가장 높았고(27.5%), 19세기 중엽과 말엽의 남녀창 가집군에서는 그것이 각각 25.3%와 24.8%로 소폭이나마 감소해 갔다. 그럼에도 불구하고 19세기 중·후반의 가집류 문헌 전체에서 정념류 시조의 비중이 늘어나도록 한 것은 시조창 계열 가집이 위의 감소분을 채우고 남는 비중의 정념류 작품들을 지녔기 때문이다. 즉 정념 모티프가 19세기 초기까지 융성한 데에는 가곡창 연행과 문헌 소통의 역할이 컸고, 19세기 중·후반에는 좀더 대중화된 창법인 시조창의 기여가 큰 몫을 담당했던 것이다.

이 시기의 정념류 시조 작가들을 논하는 데에 양반과 평민이라는 신분 구별은 의의가 대체로 희박해진 것으로 보인다. 강산, 전가 모티프는 작자의 신분 의식과 심상공간 사이에 서로 다른 연관을 불러들이기 마련이지만, 정념 모티프의 차원에서는 작가의 신분보다 개인적 감성과 태도가 더 중요한 듯하다. 안민영安玟英, 1816~1885이후과 이세보李世輔, 1832~1895가 정념류 시조에도 다량의 작품을 남겨서 그런 문제에 관해 흥미로운 사례를 보여 준다. 두 작가 사이에는 유사한 점도 있으나, 정념 상황을 다룬 주요 작품들의 경향과 수법에 상당한 차이가 발견된다.

안민영은 필운대 그룹의 중심인물답게, 정념의 간곡함과 애틋한 심회를 강조하면서도 어두운 감정을 절제하고 우아한 심미성을 추구했다. 그는 18세기의 김수장, 박문욱과 달리 정념 시조에서 사설시조류의 관심을 적극 배제하고, 남녀간의 만남과 이별 그리고 기다림을 둘러싼 미묘한 감정의 파문을 그려내는 데에 힘을 기울였다. 그런 가운데서 애정 심리에 대한 성찰이 탁월한 깊이를 이룬 예도 적지 않으나, 그의 관심은 주정적 탐미성의 범위를 크게 벗어나지 않았다.

이세보는 다수의 정념류 시조에서 자신의 체험만을 다루기보다, 작중인물을 일정한 상황 속의 행위자로 포착하고 그들을 통해 다양한 심리, 표정, 몸짓 등을 관찰하는 인간 탐구의 시선을 보여 주었다. 이런 유형의 작품 중 일부는 2~3수 혹은 그 이상이 긴밀하게 연결되어 좀 더 입체적인 성찰을 엮어낸 예도 있다. 이런 면모로 인해 그의 작품들은 일부 범용한 태작에도 불구하고 정념류 시조의 말미에 주목할 만한 국면을 형성했다.

기녀들은 정념류 시조의 역사에 이른 시기부터 등장하는 존재이면서 상당량의 자료 군집을 기반으로 한 이 책의 관찰 구도에서 적당한 자리를 부여받기 어려웠다. 그러나 19세기 시조의 정념류에 관해 서술하는 대목에서만큼은 얼마간의 언급이 필요하다. 기녀는 기녀시조의 작가이기만 했던 것이 아니라, 19세기 가곡의 남녀창 구분 체제에서 여창에 귀속된 작품을 가창하는 서정적 배역의 담당자이기도 했기 때문이다. 여기서 말하는 '서정적 배역'이란 서정시를 구연 또는 가창하는 연행자가 작중화자에 스스로를 이입해서 그 감정, 심리, 언어를 자기의 것으로 연기하는 것을 말한다. 18세기까지의 가곡창에도 이런 의미의 서정적 배역이 없지는 않았겠지만, 남녀창이 분리되고 성역할에 대한 고려와 더불어 작품이 배치됨으로써 그런 필요성은 더욱 확실해졌다. 다시 말해서 19세기 시조의 연행문화 속에서 정념시조는 애정 드라마의 한 장면 내지 삽화로서의 자의식과 연출성을 요구받기에 이르렀던 것이다.

이런 현상은 그에 상응하는 수용자들의 욕구를 전제해야 설명될 수 있다. 어찌 그것뿐이겠는가. 18, 19세기 동안 정념류 시조가 놀라운 수준으로 성행한 네 내해서도 그것을 수용자들과의 관게 속에서 살펴 볼 필요가 절실하다. 정념의 노래들은 정념에 대한 모종의 욕구 혹은 심리적 수용성을 지닌 청중이 있어야 존속하고 또 확산된다. 이런 측면과 정념시조들의 연극적 서정성에 대한 고찰이 앞으로의 연구에 기대된다.

참고
문헌

논저 및 단행본

고미숙,『18세기에서 20세기 초 한국시가사의 구도』, 소명출판, 1998.

_____,『19세기 시조의 예술사적 의미』, 태학사, 1998.

고은지,『전근대 문학의 근대적 변모 양상』, 보고사, 2012.

고정희, 「고전시가 여성화자 연구의 쟁점과 전망」,『여성문학연구』15, 한국여성문학학회, 2006.

_____,『한국 고전시가의 서정시적 탐구』, 월인, 2009.

권두환, 「『송계잡록』과 송계곡 27수」,『고전문학연구』42, 한국고전문학회, 2012.

권수용, 「16세기 호남 무등산권 원림문화」,『인문연구』55, 영남대 인문과학연구소, 2008.

권순회, 「『율리유곡』의 창작 기반과 시적 지향」,『우리문학연구』12, 우리문학회, 1999.

_____, 「전가시조의 미적 특질과 사적 전개 양상」, 고려대 박사논문, 2000.

_____, 「가곡 연창 방식에서 중대엽 한바탕의 가능성」,『민족문화연구』44, 고려대 민족문화연구원, 2006.

_____, 「『고금가곡』의 원본 발굴과 전사 경로」,『우리어문연구』34, 우리어문학회, 2009.

_____, 「단독 여창 가집의 형성 과정」,『우리어문연구』47, 우리어문학회, 2013.

권정은,『자연시조-자연미의 실현 양상』, 보고사, 2009.

길진숙,『조선 전기 시가예술론의 형성과 전개』, 소명출판, 2002.

_____, 「16세기 사림의 주자의례의 실천과「분천강호가」」, 이혜순 외,『조선 중기 예학 사상과 일상문화』, 이화여대 출판부, 2008.

김건태,『조선시대 양반가의 농업경영』, 역사비평사, 2004.

_____, 「이황의 가산경영과 치산이재」,『퇴계학보』130, 퇴계학연구원, 2011.

김기주, 「초기 사림파의 정치적 좌절과 퇴계학」,『양명학』23, 한국양명학회, 2009.

김남기, 「『연원일록』에 나타난 기녀의 생활과 애환」,『돈암어문학』20, 돈암어문학회, 2007.

김대중, 「『이운지』의 공간 사고」,『한국문화』68, 서울대 규장각 한국학연구원, 2014.

김대행,『시조 유형론』, 이화여대 출판부, 1986.

_____,『시가 시학 연구』, 이화여대 출판부, 1991.

김덕현, 「무이구곡과 조선시대 구곡 경영」, 『안동학연구』 9, 한국국학진흥원, 2010.

김명준, 『한국 고전시가의 모색』, 보고사, 2008.

김 범, 「조선시대 사림세력 형성의 역사적 배경」, 『국학연구』 19, 한국국학진흥원, 2011.

김상진, 『16·17세기 시조의 동향과 경향』, 국학자료원, 2006.

_____, 「두곡 고응척의 시조에 관한 고찰」, 『시조학논총』 35, 한국시조학회, 2011.

김석회, 『존재 위백규 문학 연구─18세기 향촌사족층의 삶과 문학』, 이회문화사, 1995.

_____, 『조선후기 시가 연구』, 월인, 2003.

김선풍, 『시조 가집 詩餘 연구』, 중앙대 출판부, 1999.

김성기, 『면앙 송순 시문학 연구』, 국학자료원, 1998.

김신중, 「송천(양응정) 시가활동과 누정제영」, 『한국시가문화연구』 6, 한국시가문화학회, 1999.

_____, 「《금옥총부》의 문헌적 고찰」, 『동아인문학』 3, 동아인문학회, 2003.

_____, 『역주 금옥총부』, 박이정, 2003.

김용찬, 『18세기의 시조문학과 예술사적 위상』, 월인, 1999.

_____, 『조선 후기 시가문학의 지형도』, 보고사, 2002.

_____, 『조선 후기 시조문학의 지평』, 월인, 2007.

_____, 『조선 후기 시조사의 지형과 탐색』, 내학사, 2016.

김용학, 『사회 연결망 분석』 개정판, 박영사, 2007.

김용헌, 「조선전기 사림파 성리학의 전개와 특징」, 『국학연구』 19, 한국국학진흥원, 2011.

김윤희, 「이별에 대한 사대부와 기녀의 상대적 시선─19세기 가사 〈북천가〉와 〈군산월애원가〉에, 대한 비교론적 고찰」, 『한국학연구』 42, 고려대 한국학연구소, 2002.

김일근, 「면앙정 송순 자필분재기의 문화사적 의의」, 『고문연구』 10, 한국고전문화연구원, 1997.

김주백, 「상촌 시의 갈등과 귀거래 양상」, 『한문학논집』 4, 근역한문학회, 1986.

김주석, 「이정보 시조와 여항시정문화권」, 『대동문화연구』 91, 성균관대 대동문화연구원, 2015.

김주연, 「조선시대 어부도에 대한 연구」, 『미술사학연구』 230, 한국미술사학회, 2001.

김진희, 「17세기 여성화자 시조의 문학적 특성 연구─규원시와의 비교를 중심으로」, 『한국시가연구』 26, 한국시가학회, 2009.

김창원, 『강호시가의 미학적 탐구─송순에서 신흠까지』, 보고사, 2004.

김창환, 『도연명의 사상과 문학』, 을유문화사, 2009.

김학성, 『국문학의 탐구』, 성균관대 출판부, 1987.

_____, 『한국 고시가의 거시적 탐구』, 집문당, 1997.

김혜영, 「『소수록』의 성격과 작자 문제」, 『어문론총』 61, 한국문학언어학회, 2014.

김훈식, 「조선초기의 정치적 변화와 사림파의 등장」, 『한국학논집』 45, 계명대 한국학연구원,

2011.

김흥규, 『조선 후기의 시경론과 시의식』, 고려대 민족문화연구소, 1982.

_____, 『(역주) 사설시조-한국고전문학전집』 2, 고려대 민족문화연구소, 1993.

_____, 『송강 시의 언어』, 고려대 출판부, 1993.

_____, 『욕망과 형식의 시학』, 태학사, 1999.

_____, 『한국 고전문학과 비평의 성찰』, 고려대 출판부, 2002.

_____, 「사설시조의 애욕과 성적 모티프에 대한 재조명」, 『한국시가연구』 13, 한국시가학회, 2003.

_____, 「강호시가와 서구 목가시의 유형론적 비교」, 『민족문화연구』 43, 고려대 민족문화연구원, 2005.

_____, 『고시조 내용소의 분포 분석과 시조사적 고찰』, 고려대 민속문화연구원, 2006.

_____, 「16~19세기 양반층 시조와 그 심상공간의 변모」, 『한국시가연구』 26, 한국시가학회, 2009.

_____, 『근대의 특권화를 넘어서-식민지 근대성론과 내재적 발전론에 대한 이중비판』, 창비, 2013.

_____, 『사설시조의 세계-범속한 삶의 만인보』, 세창출판사, 2015.

김흥규·권순회, 『고시조 데이터베이스의 계량적 분석과 시조사의 지형도』, 고려대 민족문화연구원, 2002.

김흥규·우응순·정흥모, 「색인어 정보 연산에 의한 고시조 데이터베이스의 분석적 연구」, 『한국시가연구』 3, 한국시가학회, 1998.

김흥규·이형대·이상원·김용찬·권순회·신경숙·박규홍, 『고시조 대전』, 고려대 민족문화연구원, 2012.

남동걸, 「김득연의 〈산중잡곡〉 연구」, 『시조학논총』 43, 한국시조학회, 2015.

남정희, 「월선헌십육경가의 강호 공간과 시적 형상화의 의미」, 『어문연구』 142, 한국어문교육연구회, 2009.

_____, 「이정보 시조 연구-현실 인식의 변화를 중심으로」, 『한국시가연구』 8, 한국시가학회, 2000.

_____, 『18세기 경화사족의 시조 창작과 향유』, 보고사, 2005.

문옥표·박병호·김광억·은기수·이충구, 『조선 양반의 생활세계-義城 金氏 川前派 고문서 자료를 중심으로』, 백산서당, 2004.

박규홍, 「이세보의 애정시조와 가집편찬 문제」, 『한민족어문학』 55, 한민족어문학회, 2009.

_____, 『어부가의 변별적 자질과 전승 양상』, 보고사, 2011.

박노준, 「이세보의 애정시조의 특질과 그 시조사적 위상」, 『어문논집』 33, 민족어문학회, 1994.

_____, 『조선후기 시가의 현실인식』, 고려대 민족문화연구원, 1998.

박병오, 「조선중기 영남 사림의 원림 조영 특성에 관한 연구-16~17세기 퇴계학파를 중심으로」, 『한국전통조경학회지』 21-4, 한국전통조경학회, 2003.

박애경, 「사설시조의 여성화자와 여성 섹슈얼리티」, 『여성문학연구』 3, 한국여성문학학회, 2000.

_____, 「기녀 시에 나타난 내면 의식과 개인의 발견」, 『인간연구』 9, 가톨릭대 인간학연구소, 2005.

박영민, 『한국 한시와 여성 인식의 구도』, 소명출판, 2003.

_____, 「기생안을 통해 본 조선후기 기생의 공적 삶과 신분 변화」, 『대동문화연구』 71, 성대 대동문화연구원, 2010.

_____, 「노기의 경제 현실과 섹슈얼리티」, 『한국고전여성문학연구』 23, 한국고전여성문학회, 2011.

_____, 『19세기 문예사와 기생의 한시』, 고려대 민족문화연구원, 2011.

박은숙, 「분원 공인 지규식의 공·사적 인간관계 분석」, 『한국인물사연구』 11, 한국인물사연구회, 2009.

박은화, 「冬景山水畵의 "雪江買魚" 畵題」, 『미술사학연구』 266, 한국미술사학회, 2010.

박을수, 『한국시조대사전』 상·하, 아세아문화사, 1992.

_____, 『한국시가문학사』, 아세아문화사, 1997.

박준규, 「경번당가 고-신자료 봉사부군일기를 주로 하여」, 『모산학보』 3, 동아인문학회, 1992.

박해남, 「李鼈 六歌의 연원 재고」, 『한국시가연구』 31, 한국시가학회, 2011.

배대웅, 「경번당가의 창작경위와 시조사적 의의」, 『한국시가연구』 40, 한국시가학회, 2016.

성기옥, 「18세기 음악의 "촉급화" 현상과 지식인의 대응」, 성기옥 외, 『조선 후기 지식인의 일상과 문화』, 이화여대 출판부, 2007.

성무경, 「『금옥총부』를 통해 본 운애산방의 풍류세계」, 『반교어문연구』 13, 반교어문학회, 2001.

성호경, 『조선시대 시가 연구』, 태학사, 2011.

_____, 『시조문학』, 서강대 출판부, 2014.

손정인, 「이세보 애정시조의 성격과 작품 이해의 시각」, 『한민족어문학』 59, 한민족어문학회, 2011.

손찬식, 「전가시의 성격」, 『웅진어문학』 4, 한국언어문학교육학회, 1996.

송방송, 『한국음악통사』, 일조각, 1984.

송재소, 「퇴계의 은거와 도산잡영」, 『퇴계학보』 110, 퇴계학연구원, 2001.

송희경, 『조선후기 아회도』, 다홀미디어, 2008.

신경숙,『19세기 가집의 전개』, 계명문화사, 1994.

_____,「'19세기 여창가곡의 작품세계'」, 고려대 고전문학·한문학연구회 편,『19세기 시가문학의 탐구』, 집문당, 1995.

_____,「안민영 예인집단의 좌상객 연구」,『한국시가연구』10, 한국시가학회, 2001.

_____,「19세기 일급 예기의 삶과 섹슈얼리티―의녀 옥소선을 중심으로」,『사회와역사』65, 한국사회사학회, 2004.

_____,「안민영 사랑 노래의 생산적 토대」,『한성어문학』24, 한성어문학회, 2005.

_____,「19세기 서울 우대의 가곡집『가곡원류』」,『고전문학연구』35, 한국고전문학회, 2009.

_____,「가집『知音(乾)』의 시대와 지역」,『시조학논총』32, 한국시조학회, 2010.

_____,『조선후기 시가사와 가곡 연행』, 고려대 민족문화연구원, 2011.

_____,「조선조 외연의 가객 공연도」,『시조학논총』36, 한국시조학회, 2012.

_____,「조선 선비의 삶과 가곡 들여다보기」,『한국학논집』54, 계명대 한국학연구원, 2014.

신경숙·이상원·권순회·김용찬·박규홍·이형대,『고시조 문헌 해제』, 고려대 민족문화연구원, 2012.

신연우,『조선조 사대부 시조문학 연구』, 박이정, 1997.

_____,『사대부 시조와 유학적 일상성』, 이회, 2000.

심경호,「조선후기 시사와 동호인 집단의 문화활동」,『민족문화연구』31, 고려대 민족문화연구소, 1998.

심재완,『시조의 문헌적 연구』, 세종문화사, 1972.

_____,『역대시조전서』, 세종문화사, 1972.

안대회,『18세기 한국 한시사 연구』, 소명출판, 1999.

_____,『한국 한시의 분석과 시각』, 연세대 출판부, 2000.

_____,「18세기 여성화자시 창작의 활성화와 그 문학사적 의의」,『한국고전여성문학연구』4, 한, 국고전여성문학회, 2002.

안대회,「평양기생의 인생을 묘사한 소품서 綠波雜記 연구」,『한문학보』14, 우리한문학회, 2006.

_____,「서명인의 악부시 창작과 국문시가」,『한국시가연구』28, 한국시가학회, 2010.

안휘준,『한국 회화사 연구』, 시공아트, 2000.

_____,『한국 그림의 전통』, 사회평론, 2012.

양승민,「『여창가요록』양승민본의 문헌적 특징과 자료적 가치」,『한국시가연구』33, 한국시가학회, 2012.

오용원,「누정을 매개로 한 향촌 사족들의 결계와 운영―고령 벽송정과 벽송정유계를 중심으로」,『영남학』20, 경북대 영남문화연구원, 2011.

우웅순, 「주세붕의 백운동서원 창설과 국문시가에 대한 방향 모색」, 『어문논집』 35, 민족어문학회, 1996.

_____, 「16세기 기호사림파의 형성과 그 문학적 지향」, 『한국한문학연구』 31, 한국한문학회, 2003.

_____, 「청량산 유산문학에 나타난 공간인식과 그 변모 양상」, 『어문연구』 34-3, 한국어문교육연구회, 2006.

유병례, 『당시, 황금빛 서정』, 천지인, 2009.

유보은, 「조선 후기 서원아집도와 그 다층적 의미」, 『미술사학연구』 263, 한국미술사학회, 2009.

유호선, 「『하재일기』를 통해 본 공인 지규식의 삶과 문학」, 『한국인물사연구』 19, 한국인물사연구회, 2013.

유호진·우웅순, 「누정제영의 시공간적 분포와 그 의미」, 『민족문화연구』 40, 고려대 민족문화연구원, 2004.

윤덕진, 「고시가의 강호공간에 관한 고찰」, 『인문과학』 60, 연세대 인문학연구원, 1988.

_____, 『선석 신계영 연구』, 국학자료원, 2002.

윤사순, 「16세기 초 선비정신의 형성에 대하여」, 『오늘의동양사상』 20, 예문동양사상연구원, 2009.

윤인현, 「남명의 출처와 문학을 통해 본 선비정신」, 『영남학』 13, 경북대 영남문화연구원, 2008.

윤진영, 「도산도의 전통과 도산구곡」, 『안동학연구』 10, 한국국학진흥원, 2011.

이강로·장덕순·이경선, 『문학의 산실 누정을 찾아서』 Ⅰ, 시인사, 1987.

이규리, 「〈읍지〉로 본 조선시대 관기운용의 실상」, 『한국사연구』 130, 한국사연구회, 2005.

이기대, 「근대 이전 한글 애정 편지의 양상과 특징」, 『한국학연구』 38, 고려대 한국학연구소, 2011.

이남종, 「조선시기 도연명시의 주석과 수용」, 『고전번역연구』 4, 한국고전번역학회, 2013.

이동향, 『稼軒 辛棄疾詞 硏究』, 통문관, 1985.

_____, 「張志和와 어부사」, 『중국어문논총』 28, 중국어문연구회, 2005.

이동환, 「선비 정신의 개념과 전개」, 『대동문화연구』 38, 성균관대 대동문화연구원, 2001.

_____, 『실학시대의 사상과 문학』, 지식산업사, 2006.

이민홍, 『조선조 시가의 이념과 미의식』, 성균관대 출판부, 2000.

_____, 「산수와 시조학, 그리고 성정미학」, 『시조학논총』 31, 한국시조학회, 2009.

이병휴, 「16세기 정국의 추이와 호남·영남의 사림」, 『국학연구』 9, 한국국학진흥원, 2006.

이상원, 「16세기말~17세기초의 사회 동향과 김득연의 시조」, 『어문논집』 31, 민족어문학회, 1992.

_____, 『17세기 시조사의 구도』, 월인, 2000.

_____,『조선시대 시가사의 구도와 시각』, 보고사, 2004.

_____, 「"六歌" 시형의 연원과 "육가형 시조"의 성립」,『어문논집』52, 민족어문학회, 2005.

_____, 「이세춘 그룹의 가악 활동 양상과 특징」,『국제어문』50, 국제어문학회, 2010.

_____, 「경주이씨 가문의 육가 전승과 그것의 문학사적 의미」,『한국시가문화연구』29, 한국시가
문화학회, 2012.

_____,『조선후기 가집 연구』, 고려대 민족문화연구원, 2015.

이성무,『개정증보 한국의 과거제도』, 집문당, 1994.

이성임, 「16세기 조선 양반관료의 仕宦과 그에 따른 收入」,『역사학보』145, 역사학회, 1995.

_____, 「조선 중기 양반관료의 칭념에 대하여」,『조선시대사학보』29, 조선시대사학회, 2004.

_____, 「조선시대 양반의 축첩현상과 경제적 부담」,『고문서연구』33, 한국고문서학회, 2008.

_____, 「16세기 송덕봉의 삶과 성리학적 지향」,『역사학연구』45, 호남사학회, 2012.

이수건, 「퇴계 이황 가문의 재산유래와 그 소유형태」,『역사교육논집』13, 역사교육학회, 1990.

_____, 「조선전기의 사회변동과 상속제도」,『역사학보』129, 역사학회, 1991.

_____, 「영남학파와 남명 조식」,『동방한문학』11, 동방한문학회, 1995.

_____, 「퇴계와 남명의 역사적 위상」,『퇴계학과』유교문화 27, 경북대 퇴계연구소, 1999.

이수상,『네트워크 분석 방법론』, 논형, 2012.

이수환, 「16세기 전반 영남사림파의 동향과 동방오현 문묘종사」,『한국학논집』45, 계명대 한국학
연구원, 2011.

이원명,『조선시대 문과급제자 연구』, 국학자료원, 2004.

이종묵, 「16세기 한강에서의 연회와 시회」,『한국시가연구』9, 한국시가학회, 2001.

_____, 「퇴계학파와 청량산」,『정신문화연구』24-4, 한국학중앙연구원, 2001.

_____, 「조선시대 臥遊 문화 연구」,『진단학보』98, 진단학회, 2004.

_____, 「도연명을 사랑하는 집」,『선비문화』25, 남명학연구원, 2014.

이종숙, 「조선시대 귀거래도 연구」,『미술사학연구』245, 한국미술사학회, 2005.

이현우, 「16~18세기 영호남 누정에 깃든 문화경관의 의미론적 해석」,『문화재』45-1, 2012.

_____, 「한국에서의 "귀거래"에 관한 수용의 양상」,『중국어문논총』66, 중국어문연구회, 2014.

이형대, 「사설시조와 성적 욕망의 지층들」,『민족문학사연구』17, 민족문학사학회, 2000.

_____, 「사설시조와 여성주의적 독법」,『시조학논총』16, 한국시조학회, 2000.

_____,『한국 고전시가와 인물형상의 동아시아적 변전』, 소명출판, 2002.

_____, 「사설시조와 근대성」,『한국시가연구』28, 한국시가학회, 2010.

이혜순, 「여성화자 시의 한시 전통」,『한국한문학연구』19, 한국한문학회, 1996.

_____, 「15·16세기 한국 여성화자 시가의 의의」,『한국문화』19, 서울대 규장각 한국학연구원,

1997.

임의제·소현수, 「아회도에 나타난 조선후기 원림문화」, 『한국전통조경학회지』 32-3, 한국전통조경학회, 2014.

임준철, 「조선 전기 和陶詩의 전변」, 『한국한문학연구』 60, 한국한문학회, 2015.

임형택, 「17세기 전후 육가 형식의 발전과 시조문학」, 『민족문학사연구』 6, 민족문학사연구소, 1994.

_____, 『한국문학사의 논리와 체계』, 창작과비평사, 2002.

장정수, 「옥소 권섭의 한역 시조 「翻老婆歌曲十五章」을 통해 본 기녀 可憐의 내면 의식」, 이창희 외, 『옥소 권섭과 18세기 조선 문화』, 다운샘, 2009.

전재진, 「삼죽 조황의 유가사업과 가곡집 『三竹詞流』」, 『동방학지』 148, 연세대 국학연구원, 2009.

정병설, 「기생 잔치의 노래─염요」, 『국문학연구』 13, 국문학회, 2005.

정병설, 『나는 기생이다─「소수록」 읽기』, 문학동네, 2007.

정병욱, 『한국 고전의 재인식』, 홍성사, 1979.

정봉구·한동수, 「조선후기 한양의 원림에 관한 연구」, 『대한건축학회』 논문집 계획계 23-10, 대한건축학회, 2007.

정소연, 「옥소 권섭과 기녀 가련의 화답 연작 한역시의 시가사적 조명」, 『국어국문학』 167, 국어국문학회, 2014.

정우봉, 「조선시대 기생 시첩의 존재양상과 문화사적 의미」, 『한국고전여성문학연구』 18, 한국고전여성문학회, 2009.

_____, 「조선 후기 협기의 유형과 그 의미」, 『고전문학연구』 38, 한국고전문학회, 2010.

_____, 「이세보의 국문 유배일기 『신도일록』 연구」, 『고전문학연구』 41, 한국고전문학회, 2012.

_____, 「심노숭의 자전문학에 나타난 글쓰기 방식과 자아 형상」, 『민족문화연구』 62, 고려대 민족문화연구원, 2014.

정재호, 『한국 시조 문학론』, 태학사, 1999.

정흥모, 『조선후기 사대부 시조의 세계인식』, 월인, 2001.

조광국, 「16세기 초엽 기녀제도 개편 양상」, 『규장각』 23, 서울대 규장각 한국학연구원, 2000.

조규희, 「조선 유학의 "도통"의식과 九曲圖」, 『역사와경계』 61, 부산경남사학회, 2006.

_____, 「家園眺望圖와 조선 후기 借景에 대한 인식」, 『미술사학연구』 257, 한국미술사학회, 2008.

조세형, 「송강가사에 나타난 여성화자와 송강의 세계관」, 『한국고전여성문학연구』 4, 한국고전여성문학회, 2002.

_____, 「사설시조의 시학적 고찰」, 『국어교육』112, 한국어교육학회, 2003.

조유영, 「오대어부가 구곡에 나타난 '오대'의 문학적 형상화와 그 의미」, 『시조학논총』41, 한국시조학회, 2014.

조윤제, 『조선 시가의 연구』, 을유문화사, 1948.

_____, 『한국시가사강』, 을유문화사, 1954.

조지형, 「17~18세기 구곡가 계열 시가문학의 전개 양상」, 고려대 석사논문, 2008.

_____, 『함경도의 문화적 특성과 관곡 김기홍의 문학』, 보고사, 2015.

조태흠, 「안민영의 기녀대상 시조의 성격과 그 이해-찬기시조를 중심으로」, 『한국민족문화』46, 부산대 한국민족문화연구소, 2013.

조해숙, 「의성 김문의 시조 낙수 11수에 대하여」, 『관악어문연구』19, 서울대 국문학과, 1994.

_____, 「전승과 향유를 통해 본 개암십이곡의 성격과 의미」, 『국어국문학』133, 국어국문학회, 2003.

_____, 『조선후기 시조한역과 시조사』, 보고사, 2005.

진동혁, 『고시조 문학론』, 하우, 2000.

_____, 『이세보 시조 연구』, 하우, 2000.

진홍섭·강경숙·변영섭·이완우, 『한국미술사』, 문예출판사, 2006.

차미희, 『조선시대 과거시험과 유생의 삶』, 이화여대 출판부, 2012.

최규수, 『19세기 시조 대중화론』, 보고사, 2005.

최동원, 『고시조론』, 삼영사, 1986.

최미정, 「조선 초·중기 여성화자 국문시가와 풍류」, 『어문학』64, 한국어문학회, 1998.

최재남, 「'육가'의 수용과 전승에 대한 고찰」, 『관악어문연구』12, 서울대 국문학과, 1987.

_____, 『사림의 향촌생활과 시가문학』, 국학자료원, 1997.

_____, 『서정시가의 인식과 미학』, 보고사, 2003.

_____, 『체험서정시의 내면화 양상 연구』, 보고사, 2012.

_____, 「박효관의 필운대 풍류와 이유원의 역할」, 『한국시가연구』36, 한국시가학회, 2014.

최진원, 『국문학과 자연』, 성균관대 출판부, 1977.

최현재, 『조선 중기 재지사족의 현실인식과 시가문학』, 선인, 2006.

한창훈, 『시가와 시가교육의 탐구』 II, 월인, 2008.

한충희, 「조선초기 洛中(洛東江中流地域) 사림파의 형성과 전개」, 『한국학논집』40, 계명대 한국학연구원, 2010.

허균, 『한국의 누와 정』, 다른세상, 2009.

홍선표, 『조선시대 회화사론』, 문예출판사, 1999.

황수정, 「김인후의 면앙정 30영 연구」, 『동아인문학』 28, 동아인문학회, 2014.

葛曉音, 김영국 역, 『中國의 山水田園詩』, 학술마당, 2002.

江瀚, 「先秦至宋代楚辞学研究」, 博士論文, 蘇州大学, 2012.

龔自珍, 최종세 평석, 『己亥雜詩評釋』, 월인, 1999.

馬華·陳正宏, 강경범·천현경 역, 『중국 은사문화』, 동문선, 1997.

徐志嘯, 「〈庄子·漁父〉与〈楚辞·漁父〉」, 『中国楚辞学』 16, 2009.

葉常泓, 「「前隱逸」與「後仕宦」的視野遞換−陶淵明宦遊主題中出處記憶的造現」, 『中央大學人文學報』 49, 2012.

楊儒賓, 「屈原為什麼抒情」, 臺大中文學報 40, 2013.

梁姿茵, 「析論柳宗元〈江雪〉·〈漁翁〉的審美意涵−兼論漁父形象」, 『問學』 16, 2012.

黎文君, 「论陶渊明的忧患意识」, 碩士論文, 湖南大学, 2008.

梁瑞, 「唐代流貶官研究」, 博士論文, 浙江大学, 2010.

王明輝, 「陶淵明研究史论略」, 博士论文, 河北大学, 2003.

王守明, 「渔父是与世推移的人吗」, 『名作欣赏』 28, 2010.

袁行霈, 김수연 역, 『도연명을 그리다』, 태학사, 2012.

李剑锋, 『元前陶淵明接受史』, 济南 : 齊魯書社, 2002.

李文琪, 「鬱悶與憤書−論柳宗元永州時期詩文創作意涵」, 『弘光人文社會學報』 10, 2009.

林燕玲, 「本有意仕進, 卻以隱淪終−談孟浩然的放歸南山」, 『國立臺中技術學院通識教育學報』 1, 2007.

林姍, 「宋代屈原批评研究」, 博士论文, 福建师范大学, 2011.

张幼良·张英, 「"避世"与"抗世"的矛盾结合−南宋贬谪词对张、柳渔父意象的继承及其原因探析」, 『浙江社会科学』, 2010.11.

蒋骏, 「宋代屈学研究」, 碩士論文, 扬州大学, 2004.

郑瑞侠, 「〈楚辞·渔父〉形象演变与解析」, 『中国楚辞学』 13, 2007.

諸葛俊元, 「漢代知識階層的屈原意象研究」, 『先秦兩漢學術』 20期, 2013.

鍾優民, 『陶學史話』, 台北 : 允晨文化實業公社, 1991.

郝黎, 「唐代官吏惩治研究」, 博士论文, 厦门大学, 2004.

皇甫謐, 김장환 역, 『고사전』, 예문서원, 2000.

汤君, 「智者与诗人的对话−〈楚辞·渔父〉赏析」, 『古典文学知识』 2, 1999.

黃世錦, 「莫道詩人竟平澹−陶淵明《詠荊軻》中的荊軻形象」, 『國立臺北教育大學語文集刊』 20, 2011.

黃震雲・林光華,「庄子・屈原《漁父》与漁父現象」,『中国楚辞学』4, 2002.

Albright, Daniel, *Lyricality in English Literature*, University of Nebraska Press, 1985.

Berkowitz, Alan J, 'The Moral Hero : A Pattern of Reclusion in Traditional China', *Monumenta Sinica* Vol. 40, 1992.

Chang, Kang-I Sun, 「The Idea of The Mask in Wu Wei-yeh (1609~1671)」, *Harvard Journal of Asiatic Studies* Vol. 48, No. 2, 1988.

Chaves Jonathan, '"Not the Way of Poetry" : The Poetics of Experience in the Sung Dynasty', *Chinese Literature : Essays, Articles, Reviews(CLEAR)*, Vol. 4, No. 2, 1982.

Cheng, Wen-Chien, 'Drunken Village Elder or Scholar-Recluse? The Ox-Rider and Its Meanings in Song Paintings of "Returning Home Drunk"', *Artibus Asiae*, Vol. 65, No. 2, 2005.

De Nooy, Wouter, Andrej Mrvar, and Vladimir Batagelj, *Exploratory Social Network Analysis with Pajek*, Cambridge : Cambridge University Press, 2005.

두쉬민, 데이비드, 정지민 역,『프레임 안에서』, 정보문화사, 2010.

Ellmann Richard, *Yeats: The Man and the Masks*, New York and London: The Macmillan Co, 1948.

Eoyang Eugene, 'The Solitary Boat: Images of Self in Chinese Nature Poetry', *The Journal of Asian Studies* Vol. 32, No. 4, 1973.

프랭클, 빅터, 오승훈 역,『의미를 향한 소리 없는 절규』, 청아출판사, 2005.

Fong, Grace S, 'Persona and Mask in the Song Lyric(Ci)', *Harvard Journal of Asiatic Studies* Vol. 50, No. 2, 1990.

Geertz, Clifford, *The Interpretation of Cultures*, New York : Basic Books, 1973.

Gottschall, Jonathan・Marcus Nordlund, Romantic Love : A Literary Universal?, *Philosophy and Literature* No.30, 2006.

Hošek, Chaviva・Patricia Parker eds, *Lyric Poetry beyond New Criticism*, Ithaca and London: Cornell University Press, 1985.

Hurley, Michael D・Michael O'Neill, *Poetic Form : An Introduction*, Cambridge : Cambridge University Press, 2012.

Jankowiak, William R・Edward F. Fischer, A Cross-Cultural Perspective on Romantic Love', *Ethnology* Vol.31, No.2, 1992.

Johnson, W. R, *The Idea of Lyric : Lyric Modes in Ancient and Modern Poetry*, Berkeley : University of California Press, 1982.

Kwong, Charles, 'The Rural World of Chinese "Farmstead Poetry" (Tianyuan Shi) : How Far Is It Pastoral?', Chinese Literature: Essays, *Articles, Reviews(CLEAR)* Vol. 15, 1993.

Lee, Haiyan, *Revolution of the Heart : A Genealogy of Love in China, 1900 ~1950*, Stanford: California : Stanford University Press, 2007.

Li, Wai-Yee, 'Gardens and Illusions from Late Ming to Early Qing', *Harvard Journal of Asiatic Studies* Vol. 72, No. 2, 2012.

Lindley, David, *Lyric*, London and New York : Methuen, 1985.

Miner, Earl, *Comparative Poetics : An Intercultural Essay on Theories of Literature*, Princeton, New Jersey : Princeton University Press, 1990.

Murck, Alfreda, 'The "Eight Views of Xiao-Xiang" and the Northern Song Culture of Exile', *Journal of Song-Yuan Studies* No. 26, 1996.

Nelson, Susan E, 'What I Do Today Is Right: Picturing Tao Yuanming's Return', *Journal of Song-Yuan Studies* No. 28, 1998.

Nelson, Susan E, 'Revisiting the Eastern Fence: Tao Qian's Chrysanthemums', *The Art Bulletin* Vol. 83, No. 3, 2001.

Nienhauser, William H. Jr, 'Floating Clouds and Dreams in Liu Tsung yüan's Yung-chou, Exile Writings', *Journal of the American Oriental Society* Vol. 106, No. 1, 1986.

Paden, William D. ed., *Medieval Lyric : Genres in Historical Context*, Urbana and Chicago: University of Illinois Press, 2000.

Rorty, Richard, *Contingency, irony, and solidarity*, Cambridge : Cambridge University Press, 1989.

Samei, Maija Bell, *Gendered Persona and Poetic Voice : The Abandoned Woman in Early Chinese Song Lyrics*, London: Lexington Books, 2004.

Schmidt, J. D, 'Yuan Mei(1716~98) on Women', *Late Imperial China* Volume 29, Number 2, 2008.

Scott, John, 김효동 · 김광재 역, 『소셜 네트워크 분석』, 커뮤니케이션북스, 2012.

Stone, Lawrence, Passionate Attachment in the West in Historical Perspective', W. Gaylin and E. Person eds., *Passionate Attachment*, New York: Free Press, 1988.

Swartz, Wendy, *Reading Tao Yuanming : Shifting Paradigms of Historical Reception (427 ~1900)*, Cambridge Mass : The Harvard University Asia Center, 2008.

Thompson, Stith, *Motif-Index of Folk-Literature*, Revised and Enlarged Edition, Bloomington : Indiana University Press, 1955.

Welsh, Andrew, *Roots of Lyric : Primitive Poetry and Modern Poetics*, Princeton, New Jersey : Princeton University Press, 1978.

Yuan, Xingpei, 'Tao Yuanming: A Symbol of Chinese Culture', *Journal of Chinese Literature and Culture* Vol.1, Issues 1-2, 2014.

색인어 설계와 구현

1. 기본 개념과 구상

조선 시대 시조는 약 5세기에 걸쳐 창작, 향유, 전승되면서 다양한 작품과 그 변종 및 이본들을 산출했다. 이들을 면밀하게 살피고 입체적으로 연구하자면 대규모 작품군에서 필요한 작품과 단서를 찾을 수 있도록 돕는 색인이 필요하다. 아울러, 그런 색인어 내지 키워드가 단순한 검색 도구의 수준을 넘어, 시 작품의 관심사, 소재, 주제, 모티프, 등장인물, 배경 및 심적 태세 등의 특징적 면모들을 표시할 수 있다면 다양한 방식의 작품군 추출과 계량적 분석에도 크게 유용할 것이다. 바로 이런 착상에서 나는 1990년대 중엽부터 옛시조 작품 전반에 대한 색인어 부여 방안을 설계하고, 이를 고시조 데이터베이스에 적용하여 분석한 성과들을 학계에 보고한 바 있다(김흥규·정홍모·우응순 1998; 김흥규·권순회 2002; 김흥규 2006; 김흥규 2009).

약 10년에 걸쳐 이루어진 이 선행 연구에서 색인어의 전체 규모는 13개 부문에 총 311종에 달했는데, 작업의 체계성을 위한 여러 고심에도 불구하고 이것은 너무 복잡한 감이 있었다. 그리하여 나는 『고시조 대전』(2012)의 완간과 함께 색인 체계를 전면적으로 쇄신하여, 11개 부문에 220종의 색인어로 체제를 정비했다. 그 설계 원칙과 내용은 아래에 순차적으로 서술하겠거니와, 여기서는 우선 색인어 부여 및 활용과 관련된 원론적 차원의 문제들을 먼저 살펴보고자 한다.

1) 미학적 전제

개별 작품에 대한 색인어 부여와 양적 분석이라는 착상은 예술 작품의 집단성, 관습성, 유형성類型性, 공통자산성이라는 측면과 독창성, 개별성, 비통약성非通約性, 일회성이라는 측면 중에서 일단 전자 쪽에 주안점을 둔 것이다. 그러나 우리는 후자의 속성을 무시하거나 과소평가하고자 하지 않는다. 예술은 전통성, 관습성의 힘과 개인성, 창조성이라는 욕구 사이의 다양한 긴장과 조화를 통해 이루어지고 또 변모해 나아간다.

다만 이러한 전제에 입각하면서도 우리는 예술에 대한 거시적 접근에서 전자의 측면이, 미시적 성찰에서 후자의 측면이 좀더 큰 몫을 차지한다는 데 유의하고자 한다. 시조처럼 장르의 속성 자체에서 관습성의 비중이 큰 경우는 더욱 그러하다. 아울러, 6,840종 이상의 작품이

300종을 훨씬 넘는 문헌에 46,400여 건 이상의 텍스트로 분산되어 있다는 점을 고려할 때, 그리고 시조사의 시간적 범위가 5세기 정도에 걸쳐 있음을 생각할 때 이 점은 더욱 분명해진다. 비유적으로 말하건대, 시조사라는 커다란 강물의 국면들을 변별하고 구비마다 물의 성분, 유속, 유량 등을 정밀하게 검증하려면 전체 시조를 염두에 두고 그러한 계측 작업의 항목들을 일관된 체계와 기준으로 설정해야 하는 것이다.

이런 작업에 의해 우리는 시대, 가집, 작가군에 따른 지속과 변화의 양상을 확인할 수 있을 뿐 아니라, 이를 통해 드러나는 윤곽 속에서 어떤 작가나 작품군이 지닌 특성을 입체적으로 해명하는 데에도 유익한 발판을 마련할 수 있다. 개성, 창의, 변화란 언제나 그것들을 둘러싼 역사적 맥락 및 당대의 일반적 지형과의 대비에서 부각되는 것이기 때문이다.

2) 색인어 체계의 전략

다량의 시조 작품을 내용 및 특질에 따라 변별해 보려는 노력은 일찍부터 시도되었다. 그 초기적 모색은 김천택金天澤에게서부터 나타난다. 『청구영언 진본』을 보면 평시조 대다수가 귀속된 이삭대엽 부분에서 무명씨부는 "연군戀君, 견적譴謫, 보효報效, 강호江湖…" 등 52종의 주제, 소재별 분류에 따라 작품이 배열되어 있다. 이보다 전면적인 체계화의 모색으로 18세기 중엽에 편찬된 것으로 믿어지는 『고금가곡』의 시조 분류가 있다. 그 편찬자인 송계연월옹松桂煙月翁은 여기서 평시조 246수를 "인륜, 권계, 송축 (…중략…) 규원閨怨, 이별, 별한"의 20종류로 나누어 배열했다. 이런 방식은 현대의 시조 연구에도 계승되어 여러 가지 분류 체계가 제안되었다.

그러나 이처럼 어떤 작품을 하나의 범주에 배타적으로 귀속시키는 분류는 기본 성격상 체계의 간명함을 위해 작품의 다면성과 내용적 혼합성을 무시하게 된다. 예컨대 덧없는 인생을 한탄하고 취락과 가악歌樂에의 몰입을 노래한 작품은 "탄로歎老, 취흥, 연음讌飮" 중 어느 하나로 분류되는 순간 나머지 범주의 목록에서는 제외된다. 이런 예는 지금까지의 어떤 분류 체계도 피하지 못했던 난점이다.

작품이 지닌 주요 내용, 소재, 특질이 여러 항목에 걸쳐 있다면 그것들 모두가 검색, 분석에 반영될 수 있어야 한다. 그러면서 한편으로는 그 요소 항목들이 너무 많아서 걷잡을 수 없이 되지 않게끔 하는 적절한 제한이 필요하다. 즉 소수의 배타적 주제 범주에 의한 분류를 피하는 동시에, 어휘 검색 수준까지 내려가는 미시적 분화를 규제하는 '중간 수준의 복수複數 색인 부여 방법'이 요청되는 것이다. 이것이 바로 우리가 지향하는 시조 분석용 색인어의 전략적 기준이다.

그러면 옛시조 연구를 위한 색인어의 적정 수효는 어느 정도가 될 것인가. 본 연구는 10여년의 시행착오와 경험을 토대로 하여 220 항목쯤이 적당하리라는 추정치에 도달했다. 이 숫자에도 물론 다소의 가감이 허용될 수 있을 것이다. 그러나 이를 많이 초과하는 경우에는 색인 개념이 너무 세분되어 변별성이 약화되고 작업상의 부담은 가중될 터이므로 바람직하지 못하리라 생각한다.

3) 작업의 객관성을 위한 고안

220종 정도의 유한집합으로 색인어를 통제한다 해도 실제 판별 작업에서 개념의 혼란이나 착오가 일어날 가능성이 배제되지는 않는다. 이 작업의 중간 과정에는 여러 연구자와 보조원들이 참여해야 했는데, 개인적 판단과 적용의 편차를 가능한 한 줄이는 것 또한 중요한 숙제였다. 따라서 다음과 같은 방법으로 혼란과 편차를 줄이고, 검증·보완의 일관성을 확보하고자 했다.

① 220종의 색인어를 몇 개의 큰 영역으로 나누고, 그 안에서 개념상의 비교와 변별이 쉽게 이루어지도록 체계를 구성한다. 이를 위해 설정한 영역은 다음의 11 부분이다.

(시간 / 공간 / 인물 / 인간관계 / 상태 이동 / 행위 / 가치·소망 / 심적 태세 / 애욕 / 문제 / 표현)

② 모든 색인어의 개념과 적용 범위 및 유의 사항을 규정한 '시조 색인어 사전'을 만들고, 이에 입각해서 판단의 편차를 최소화하도록 한다.
③ 색인어 부여 작업에는 작품 본문 이외의 서지적 정보를 참조하지 않는다. 다만 작자에 관한 정보는 의미 파악에 긴요할 수 있으므로 필요에 따라 참작한다.

2. 색인어 부여 원칙

① 작품의 주제, 중심 제재 및 내용상의 관련도가 높은 요소들을 판별하여 표시한다. 관련도가 미미한 사항들은 표시하지 않는다.

② 작품의 문면에 나타나 있거나 뚜렷한 함축 관계를 가진 사항만을 표시하며, 독자의 연상·추론 등에 의해 간접적으로 관련지어지는 것들은 포함하지 않는다.

③ 하나의 범주(예컨대, 시간이나 공간)에 속하는 색인어들이 한 작품에 둘 이상이 붙을 수도 있고, 전혀 붙지 않을 수도 있다.

④ 다면적 의미를 지니는 사실, 인물에 대하여는 해당 작품의 맥락에서 중심이 되는 의미를 기준으로 색인을 결정한다(예 : 李白－문인, 풍류인).

⑤ '인간관계', '가치·의식', '심적 태세'의 세 부문에서는 각 부문 안의 유사 색인어 나열을 피하고 그 중 강한 쪽으로 통합한다.

⑥ 개념 적용의 기준을 명확히 하기 위해 색인어 사전을 항상 참조한다.

3. 색인어 목록

시간 (8)

* 봄, 여름, 가을, 겨울, 아침, 낮, 저녁, 밤
① 작중 상황(또는 분량, 의미로 본 지배적 상황)의 시간적, 계절적 배경을 표시한다.
② 여러 계절 또는 여러 시간대가 혼합된 경우에는 표시하지 않는다.

공간 (23)

* 강산, 전가, 시정, 조정, 궁궐, 유적지, 관청, 사원, 청루, 술집, 유배지, 색시, 타국, 시울, 조선명승, 중국명승, 누정, 바다, 꿈, 도원, 선계, 고사, 소설
① 작중 상황(또는 분량, 의미로 본 지배적 상황)의 공간적 배경을 표시한다.
② 둘 이상의 공간이 제시되더라도 그것들의 의미 비중이 높으면 모두 표시한다.

인물 (43)

* 성인, 명현, 고대제왕, 군왕, 왕족, 명신, 간흉, 무인, 모사, 관인, 문인, 학자, 처사, 은자, 어옹, 적객, 호걸, 풍류인, 신선, 부처, 시동, 초목동, 미인, 부호, 가객, 기녀, 정남, 정녀, 갑남, 을녀, 승려, 상인, 농부, 어부, 사공, 병졸, 나그네, 노인, 젊은이, 새임, 남의임, 나간임, 샛서방
① 중심인물, 상대역 인물, 조역 인물 등에 대해 모두 색인을 붙인다.

② 단순히 나열되는 정도로 언급되는 인물에 대해서는 색인어를 달지 않으며, 그들 전체를 포괄하는 인물 범주만을 표시한다.

③ 한 인물에 대해 동일 수준의 항목이 둘 이상 해당될 때는(예: 문인, 학자) 그 작품에서 중시된 쪽의 색인만을 붙인다.

④ 한 인물에 대해 서로 다른 의미 수준의 항목이 둘 이상 해당될 때는 그 모두를 색인으로 표시한다.

⑤ 인물 색인어 표시는 '작품에 등장하는 인물이나 화자로서 그 특성이 문면에 나타나는 존재'에 관한 것이다. 따라서 실제의 작자에 대한 전기적傳記的 정보 표시와는 무관하다. 물론 내용 해석상 작자에 관한 사항을 참조하는 것은 필요할 수 있다.

관계 (5)

* 군신, 가족, 붕우, 이웃, 남녀

① 작품의 기본적 골격 내지 주요 양상에 속하는 인간관계만을 표시한다.

② 특별한 경우 이외에는 이 부류 안에서 한 가지만을 표시한다.

상태 이동 (8)

* 출사, 유배, 귀거래, 은일, 피세, 죽음, 승천, 적강

① 작중 인물, 사태의 이동이 실제로 있거나, 그러한 이동이 주요 관심사 내지 내용상의 계기가 되는 경우에 표시한다.

행위 (39)

* 한거, 학문, 심성도야, 봉공, 송축, 권계, 교육, 독서, 시문, 서화, 벼슬살이, 교유, 농사, 노동, 상거래, 어업, 낚시, 천렵, 유람, 행락, 가악, 시조, 화초, 채미, 채약, 박주, 소찬, 권주, 음주, 음주-, 여색, 여색-, 바둑, 장기, 사냥, 활쏘기, 기마, 기려騎驢, 기우騎牛

① 작품의 내용 요소로 나타나는 행위와 주요 관련 사물들은 모두 표시한다.
② '가악, 시조'처럼 a가 b를 포함하는 상위개념이면서 b 이외의 사실들에 대한 지시 내용이 해당 텍스트에 없으면 b만을 표시한다.
③ 거부하는 가치로 언급된 것들은 "음주-, 여색-"만을 표시한다.

가치·소망 (29)

* 윤리, 안빈, 선정, 연군, 충의, 절의, 자애, 효양, 화목, 신의, 개결, 절제, 이법, 부귀, 부귀-, 공명, 공명-, 무병, 장수, 갱소년, 가문번성, 세속지락, 탈속, 부부정, 소식, 설분, 풍농, 태평, 아름다움

① 작품에서 지배적이거나 중요한 몫을 차지하는 관념, 가치의식 등을 표시한다.
② 관념, 가치는 특별한 경우가 아닌 한 우세한 하나만을 표시한다.
③ 작품에 투영된 소망, 욕구는 해당되는 대로 표시한다.
④ 거부하는 가치로 언급된 것들은 "부귀-, 공명-"만을 표시한다.

심적 태세 (25)

* 자족, 자위, 자긍, 자조, 미련, 회고, 의기, 호기, 허심, 달관, 체념, 탄로, 한탄, 슬픔, 시름, 향수, 그리움, 외로움, 원망, 울분, 고흥,

기쁨, 조바심, 뒷걱정, 후회

① 작품에 나타난 심리적 분위기, 태세, 감정의 주된 경향을 표시한다.

② 특별한 경우 이외에는 이 부류 안에서 1, 2 가지만을 표시한다.

애욕 (14)

* 정념, 짝사랑, 결연욕, 이별없음, 임기다림, 임만남, 임찾아감, 욕정, 성적접근, 성적거절, 성적결핍, 성적충족, 성행위, 숨긴정사

① 남녀 사이의 일에 해당하는 것은 우선 이 부류에서 먼저 찾아 표
시한다.

② 君臣관계가 남녀에 가탁된 것이 확실한 경우에는 이 부류의 표지
를 붙이지 않는다.

문제 (19)

* 이별, 허언, 변심, 다툼, 빈곤, 고난, 질병, 노쇠, 불우, 재해, 정쟁, 실정, 전쟁, 생존경쟁, 세태, 괴로운밤, 덧없음, 행로난, 탐욕

① 인간, 사회, 자연계 등에 걸쳐 문제적 상황을 야기하는 요소들을
이 부류 중에서 찾아 표시한다.

표현 (7)

* 우의, 말놀음, 육담, 소지所志, 어불성설, 극한과장, 한시차용

① 작품의 언어·표현 특질 중 두드러진 현상으로서 해당되는 것이
있으면 표시한다.

4. 옛시조 분석용 색인어 사전

가객 : [인물] 시조 창곡을 즐기는 인물이 자신이나 동류집단을 노래한 경우.

가문번성 : [가치·소망] 가문의 융성, 자손의 번성함.

가악 : [행위] 시조, 판소리, 풍악 등의 창곡가무와 음악. 그것을 즐기는 일.

가을 : [시간] 사계절 중의 가을.

가족 : [관계] 부부와 같이 혼인으로 맺어지거나, 부모·자식과 같이 혈연으로 이루어지는 집단, 또는 그 구성원.

간흉(奸凶) : [인물] 역사적 평가나 작중의 가치 판단에 의해 역적, 간신, 간웅 등으로 간주되는 인물.

갑남 : [인물] 능력, 절제, 신념 등에서 보통 수준이거나 조금 못한, 시정의 범 속한 남자.

강산 : [공간] 세속적 명리로부터 떠나 은일(隱逸)·탈속의 삶을 추구하거나, 자연의 충만한 조화와 아름다움을 누릴 수 있는 공간. 흔히 강호(江湖), 임천(林泉), 계산(溪山), 구학(丘壑) 등이 유의어로 쓰인다.

개결(介潔) : [가치·소망] 부귀, 권력, 이익에 집착하지 않는 고결함.

객지 : [공간] 객지, 타향.

갱소년 : [가치·소망] 다시 젊어지고자 하는 욕구, 또는 그러한 변화.

겨울 : [시간] 사계절 중의 겨울.

결연욕 : [애욕] 이성 인물과 애정 관계를 맺고자 하는 욕망.

고난 : [문제] 개인적 생활상의 시련, 역경.

고대제왕 : [인물] 삼황(천황, 지황, 인황) 및 오제 중 요순을 제외한 인물.

고사 : [공간] 지난날의 역사적, 전설적 사건·인물·행적이나 일화.

고흥 : [심적태세] 매우 드높은 흥취.

공명 : [가치·소망] 공을 세워 이름을 세상에 떨침. 세상에서 찬양받는 드높은

명성.

공명- : [가치·소망] 공명 추구에 대한 거부, 혹은 그보다 소중한 가치에 대한
　　　　헌신의 결의.

관인 : [인물] 관직에 있는 사람. 벼슬아치. 관헌.

관청 : [공간] 행정 실무가 이루어지는 관서.

괴로운밤 : [문제] 근심, 그리움 등으로 인해 잠들지 못하고 고통을 겪는 밤.

교유 : [행위] 친지, 사우(師友), 이웃과의 왕래 및 어울림.

교육 : [행위] 자제, 후진을 가르치는 일.

군신 : [관계] 군왕과 신하 또는 신민의 사이.

군왕 : [인물] 황제, 왕, 제후.

궁궐 : [공간] 군왕이 거처하는 곳.

권계 : [행위] 바른 도리, 이치를 깨우치거나 권장함. 또는 그러한 가르침.

권주 : [행위] 술을 권하는 일.

귀거래 : [이동] 벼슬 및 세속적 명리와 번거로움을 피하여 전원, 강산으로 돌아옴.

그리움 : [심적태세] 남녀, 친족, 교우간이나 고향, 고국 등의 대상에 대한 그
　　　　리움 모두에 적용.

극한과장 : [표현] 현실성이 희박할 정도로 심한 과장, 또는 그러한 수사적 표현.

기녀 : [인물] 일반적 의미의 기녀 및 직업적 유녀(遊女).

기려(騎驢) : [행위] 나귀, 노새를 타고 나들이하는 일.

기마 : [행위] 말을 타는 일. 흔히 득세한 벼슬아치나 무인의 행차를 의미한다.

기우(騎牛) : [행위] 소를 타는 일. 향촌 생활에 자족하는 풍경의 일부분으로
　　　　흔히 나타난다.

기쁨 : [심적태세] 비교적 뚜렷한 감정 상태일 경우에 적용.

꿈 : [공간] 꿈 속의 상황이나 꿈 속에서 일어난 일이 주요 내용이 된 경우.

나간임 : [인물] 집(또는 작중 화자와 함께 있던 거주 공간)에서 나가, 잘 돌아오지 않는 임.

나그네 : 고향을 떠나 객지를 다니는 인물.

낚시 : [행위] 낚시 행위.

남녀 : [관계] 잠재적이든 현실적이든 이성(異性)으로서의 관련이 주요 요소로 개입하는 남성과 여성 관계.

남의임 : [인물] 누군가와 이미 부부 혹은 연인 관계가 맺어져 있는 임.

낮 : [시간] 낮 시간.

노동 : [행위] 생활에 필요한 물자를 얻기 위해 [주로] 몸을 수고로이 움직여서 하는 일.

노쇠 : [문제] 늙으면서 겪게 되는 육체적 쇠약, 질병과 무력화의 현상.

노인 : [인물] 늙음에 대한 자기 인식이나 객관적 징표가 작품에 나타나고, 또 그것이 작품의 내용에 상당한 관련이 있는 인물.

농부 : [인물] 농사짓는 일을 업으로 하는 사람.

농사 : [행위] 실용적 가치가 있는 작물을 재배하고 수확하는 일. 채약(採藥)이나 화초 재배는 제외.

누정 : [공간] 누각과 정자. 자연 경관을 감상하면서 한가로이 쉬거나 즐기기 위하여 경관이 좋은 곳에 지은 건축물.

다툼 : [문제] 사람살이에서 발생하는 여러 종류의 분쟁과, 이해관계를 둘러싼 시비, 싸움.

달관 : [심적태세] 고난, 결핍, 불만 등을 높은 정신적 자세와 여유로써 넘어서는 심적 태도, 경지. '체념'과의 변별성에 유의할 것.

덧없음 : [문제] 사람살이의 성쇠, 영욕이 무상하게 바뀜.

도원(桃源) : [공간] 세속의 사람들이 찾아가기 어려운 선경(仙境)으로서, 자연적 풍요와 아름다움이 가득한 이상 세계.

독서 : [행위] 책 읽는 일.

돈 : [행위] 돈. 돈을 추구하는 일이나, 그에 대한 적극적 관심.

뒷걱정 : [심적태세] 뒷탈이 있을까 하는 염려.

말놀음 : [언어] 말꼬리 잇기, 소리의 유사성 등을 이용한 어희(語戱), 장난스러운 열거·반복 등의 표현.

명신 : [인물] 군왕을 도와 뛰어난 공적을 이룬, 훌륭한 신하. 충신도 여기에

포함한다.

명현: 공자의 제자들, 정자, 주자, 정몽주, 이황, 이이 같은, 덕망과 학식이 뛰어나 추앙받는 인물.

모사: [인물] 전쟁, 외교 등에서 지적 책략을 발휘한 것으로 이름난 인물.

무병: [가치·소망] 병이 없이 건강함.

무인: [인물] 무관의 직에 있는 사람. 장수.

문인: [인물] 시문으로 이름난 인물.

미련: [심적태세] 잃어버린 것, 지나간 것에 대한 마음의 애착.

미인: [인물] 아름다움으로 이름난 여인. 양귀비, 서시, 왕소군 등.

바다: [공간] 바다.

바둑: [행위] 바둑.

박주: [행위] 막걸리 같은 값싼 술이나 덜 익어서 맛이 충분히 들지 않은 술. 혹은 그러한 술을 즐기는 소박한 생활.

밤: [시간] 해가 져서 어두워진 때부터 다음 날 해가 떠서 밝아지기 전까지의 시간.

벼슬살이: [행위] 관직에 종사하는 일.

변심: [문제] (굳은 언약이나 신뢰에도 불구하고) 마음이 변하여 돌아서는 일.

병졸: [인물] 말단 군사.

봄: [시간] 사계절 중의 봄.

봉공: [행위] 나라와 사회를 위하여 힘써 일함.

부귀: [가치·소망] 부유하고(거나) 귀한 것.

부귀-: [가치·소망] 부귀에 대한 거부, 혹은 그것보다 소중한 가치에 대한 헌신의 결의.

부부: [관계] 남편과 아내 사이. 상시적으로 함께 사는 관계가 자타에 의해 인정되는 사이.

부부정: [가치·소망] 부부 또는 그에 준하는 관계의 남녀 사이에 맺어진 도타운 정.

부처: [인물] 석가불, 관음보살, 미륵보살, 지장보살 등.

부호 : [인물] 재산이 많은 사람이나, 그러한 집.

불우 : [문제] 재능이나 포부가 있음에도 좋은 기회를 만나지 못하여 불행함.

붕우 : [관계] 친구, 교우 관계.

빈곤 : [문제] 가난.

사공 : [인물] 뱃사공, 선원.

사냥 : [행위] 야생동물을 잡는 행위.

사원 : [공간] 불교, 도교의 사원.

상거래 : [행위] 물건을 사고 파는 일이나, 그러한 관계, 장면.

상인 : [공간] 크고 작은 상인, 장사치.

새임 : [인물] 적어도 한쪽에서 연정을 느끼나 아직 쌍방의 애정 관계가 안정 적으로 확립되지 않은 상태의 임.

샛서방 : [인물] 통상적으로 인정 또는 허용되는 관계 범주 밖의 성적 관련이 있는 남성 상대자.

생존경쟁 : [문제] 사람이나 생물들 사이에서 생존을 위해 벌어지는 경쟁.

서울 : [공간] 조선의 수도 한양.

서화 : [행위] 글씨와 그림 및 그것을 애호하거나 즐기는 행위, 취미.

선계 : [공간] 신선이 사는 곳.

선정 : [관념] 백성들을 평안하게 하는 좋은 정치.

설분 : [가치·소망] 마음에 쌓인 분노, 증오의 대상을 징벌하여 그것을 푸는 일. 그러하고자 하는 욕망.

성인 : [인물] 요순(堯舜), 공맹(孔孟) 등의 인물.

성적거절 : [애욕] 상대방의 성적 접근이나 유혹을 받아들이지 않겠다는 의 사 표시.

성적결핍 : [애욕] 성적 욕구가 보통 이상으로 오래 차단되거나 억압된 상태.

성적접근 : [애욕] 이성간의 성적 관심이나 호감을 표시하며 인연을 맺고자 하는 접근 행위.

성적충족 : [애욕] 성적 욕구의 만족스러운 구현, 해소.

성행위 : [애욕] 성적 교섭의 실제 장면, 행동.

세속지락 : [가치·소망] 고원한 가치나 리상 등을 좇지 않고, 세상살이의 보통 일들에서 즐거움을 구함. 또는 그러한 의식.

세태 : [문제] 한심하거나 염증, 혐오를 자아내는 세상살이의 모습, 풍조.

소설 : [공간] 소설 작품의 인물, 줄거리, 삽화 등이 주요 제재로 채택된 경우.

소식 : [가치·소망] 떨어져 있는 임, 가족, 고향 등에 전하거나 전해 받고자 하는 사연. 그러한 소통의 소망.

소지(所志) : [언어] 상제께 올리는 청원. 대개 관청에서 쓰는 이두 문체가 많음.

소찬(素餐) : [행위] 화려하지 않은 전원·향촌의 음식과, 그것을 즐기며 자족하는 행위.

송축 : [행위] 군왕, 국가, 성인, 대인 등 존귀한 존재의 영광, 덕성, 장수, 평안에 관한 송축 및 기원.

술집 : [공간] 술과 안주를 파는 것을 주로 하는 주점, 주막 등. 유흥공간인 '청루'와 구별한다.

숨긴 정사 : [애욕] 통상적으로 인정되거나 사회적으로 양해되는 관계(부부, 떳떳한 연인, 화류계의 만남) 외의, 남의 눈을 꺼리는 성적 관계.

슬픔 : [심적태세] 슬픔, 비애.

승려 : [인물] 불교 승려. '속승' 즉 속화된 행동을 하는 승려도 포함한다.

승천 : [이동] 천상계로 되돌아감.

시동 : [인물] 나이 어린 수행자나 심부름하는 동자, 하인.

시름 : [심적태세] '한탄'에 비해 지속적인 슬픔, 근심 등의 감정.

시문 : [행위] 한시문. 그러한 글을 쓰거나 애호하는 일.

시정 : [공간] 평민들이 사는 저자거리.

시조 : [언어] 창악으로서의 시조. 가곡창과 시조창 모두에 표시.

신선 : [인물] 일반적 신선 및 서왕모, 안기생, 적송자(赤松子) 같은 신화·전설적 인물.

신의 : [가치·소망] 사람과 사람 사이의 미더운 신뢰. 그러한 기대에 부응하는

행위나 태도.

실정: [문제] 잘못된 정치.

심성도야: [행위] 마음의 바르고 맑은 경지를 추구하는 일. 존심양성(存心養
性). 인심을 억제하고 도심을 기르는 노력.

아름다움: [가치·소망] 인간, 자연 혹은 사물의 모습이 감탄을 느끼게 하거나
심미적 쾌감을 줄 만큼 훌륭하고 갸륵함.

아침: [시간] 아침.

안빈: [가치·소망] 누항(陋巷) 즉 가난한 처지를 불만으로 여기지 않고 옳은
가치를 추구함. '자족'은 '현재의 처지에 대한 긍정적 수용이나 만족감
일체'를 뜻하는 데 비해, '안빈'은 '가난과 그 수용'이라는 명시적 태도
와 '안빈락도'라는 의식 요소를 기준으로 표시함.

어부(漁夫): [인물] 고기잡이를 업으로 하는 사람. 유람자나 한거하며 유유자
적하는 자로서의 '어부(漁父), 어옹'과는 구별하기로 함.

어불성설: [언어] 현실적으로 있을 수 없는, 터무니없는 이야기.

어업: [행위] 생활을 위한 고기잡이.

어옹: 직업적 어부가 아니면서 한거하며 소일하는 행위로서 낚시나 고기잡
이를 하는 사람. 어부(漁父).

여름: [시간] 사계절 중의 여름.

여색: [행위] 애정보다는 쾌락이 주가 되는, 여성 상대의 성적 행락. 그러한
쾌락의 추구.

여색-: [행위] 여색을 탐하는 일의 해로움에 대한 가르침과 경계.

연군: [가치·소망] 임금을 간절하게 사모하고 그리워함.

왕족: [인물] 임금의 일가, 종친.

외로움: [심적태세] 홀로 되어 쓸쓸함.

욕정: [애욕] 이성에 대한 육체적 욕망.

우의(寓意): [언어] 작품이 지닌 액면적 의미 뒤에 '구조적 대응 관계'를 지닌
별도의 뜻이 진정한 의미로 숨어 있는 경우.

울분 : [심적태세] 울분.

원망 : [심적태세] 특정한 상대나 원인 제공자에 대한 원망.

유람 : [행위] 일상적 생활 공간 이외의 곳을 찾아가거나 돌아다니며 경치와
볼거리를 즐김.

유배 : [이동] 유배되는 일, 또는 유배된 처지.

유배지 : [공간] 유배되어 있는 곳, 또는 유배되어 가는 곳.

유적지 : [공간] 역사적 사건이나 사물이 있는(혹은 있던) 곳.

육담 : [언어] 성적인 행위, 상태, 신체 기관 등을 대상으로 한 희학적(戲謔的)
언어 행위.

윤리 : [가치·소망] 삼강오륜 등과 같은, 인간 생활의 윤리적 규범과 도리.

은일 : [행위] 세속의 명리(名利)를 멀리하고 자연에 묻혀 유유자적하며 지내
기를 선택함.

은자 : [인물] 명리와 속세를 버렸을 뿐 아니라, 일상적 삶에서조차도 다른
이들과의 접촉을 꺼리며 숨어사는 사람. '처사(處士)'와 구별할 것.

을녀 : [인물] 능력, 절제, 신념 등에서 보통 수준이거나 조금 못한, 시정의 범
속한 여자.

음주 : [행위] 술을 마시고 즐기는 일.

음주 : [행위] 음주의 해로움에 대한 경계.

이법 : [가치·소망] 천지, 자연, 인성의 운행·작용 원리 및 보편적 규범. 그러
한 원리에 대한 탐구.

이별 : [문제] 헤어지는 상황이나, 헤어지는 일, 또는 그러한 사태의 명시적
예상과 걱정. 이별한 뒤의 홀로 있는 상태만으로는 이 색인어를 부여하
지 않음.

이별없음 : [애욕] 이별하지 않고 지내는 즐거움. 또는 이별이 없기를 바라는
간절한 소원·행위, 결의.

이웃 : [관계] 가까이 있거나 접하여 있는 집. 또는 거기에 사는 사람.

임기다림 : [애욕] 함께 있지 않은 임이 찾아 와 주기를 기다리는 일, 또는 그

러한 심경.

임만남: [애욕] 임을 만남.

임찾아감: [애욕] 직접 임을 찾아 나서거나, 소극적으로 기다리지만 않고 임
과의 재회를 열망하며 능동성을 보이는 태도와 심리 작용.

의기: [심적태세] 고귀한 신념, 이상 등을 지향하는 적극적 용기, 기백.

자긍: [심적태세] 자신의 삶, 처지, 신념 등에 대한 자부심. 그런 자부심을 지
닌 태도.

자애: [가치·소망] 아랫사람에 대한 윗사람의 사랑, 관용 등.

자위(自慰): [심적태세] 자신의 실패, 불행, 불운, 모자람 등에 대한 위안.

자조: [심적태세] 자신의 실패, 불행, 무능, 모자람 등에 대한 희극적 인식.

자족: [심적태세] 불편, 결핍, 부족에도 불구하고 자신의 현재 생활이나 처
지를 낙관적으로 받아들이는 심적 태세. '안분', '안빈낙도'의 의미도
포함한다.

장기: [행위] 장기.

장수: [가치·소망] 오래 삶. 많은 수명을 누림.

재해: [문제] 사회나 공동체 생활에 큰 어려움을 야기하는, 흉년·기근 등의
자연 재해.

저녁: [시간] 일몰을 전후한 시간.

적강: [이동] 신선 등 천상계의 존재였던 이가 어떤 잘못으로 지상에 내려오
는 일. 또는 그렇게 믿어지는 내력.

적객(謫客): [인물] 귀양살이하는 사람.

전가(田家): [공간] 농업에 관계된 행위·관념·사물이 동반하거나 향촌 생활의
연관이 함축되며, 조촐한 일상적 삶이 영위되는 전원 공간. '강산'
과의 인접성이 강하지만, 농촌 생활과 체험의 구체성이 관여하는
점에서 구별된다. 전원, 전려(田廬), 원전(園田), 원려(園廬), 견무(畎
畝), 구번(邱樊) 등이 유의어로 쓰이기도 한다.

전쟁: [문제] 전쟁.

절제 : [가치·소망] 욕망 자체를 부정하지는 않되 그 과도한 탐닉이나 남용을 제한하는 일.

젊은이 : [인물] 연령과 신체 능력에서 생명의 활기가 왕성한 단계의 인물.

정남(情男) : [인물] 남녀관계에서 애정의 상대방이 되는 남성. 혹은, 몰래 정을 통하는 사이의 남자.

정녀(情女) : [인물] 남녀관계에서 애정의 상대방이 되는 여성. 혹은, 몰래 정을 통하는 사이의 여자.

정념(情念) : [애욕] 남녀간의 애정과 성적 이끌림으로 인해 생겨나는 그리움, 애착 등의 감정과 심리.

정쟁 : [문제] 분파나 개인 사이의 정치적 갈등, 싸움.

조바심 : [심적태세] 조마조마하여 불안을 느끼는 마음.

조선명승 : [공간] 우리나라의 명승지.

조정 : [공간] 나랏일에 관한 의논과 행정이 이루어지는 중앙 정부의 정치 공간.

죽음 : [이동] 생물학적 개체의 죽음.

중국명승 : [공간] 중국에 있는 명승지.

질병 : [문제] 사람 몸에 생기는 신체적 질병.

짝사랑 : [애욕] 한쪽에서 일방적으로 연정, 애착을 느끼는 사랑.

채미(採薇) : [행위] 고사리 또는 산나물류를 캠.

채약 : [행위] 약초를 캠.

처사 : [인물] 세속적 명리를 멀리하고 전원에서 한거·강학하는 사대부층 인물.

천렵 : [행위] 어부 아닌 이들 여럿이 어울리어, 낚시 이외의 방법으로 여러 마리의 고기를 한꺼번에 잡고 현장에서 조리하여 먹거나 즐기며 노는 비직업적 행사.

청루 : [공간] 술, 유흥, 여색, 가악 등이 직업적으로 제공되는 장소. 소박한 주막은 제외.

체념 : [심적태세] 고난, 결핍, 불만 등을 해소하지 못하고 포기하는 심적 태도, 상태. '달관'과의 변별성에 유의할 것.

초목동 : 나무하거나 소, 양 따위의 가축을 돌보는 젊은이, 머슴 등.

출사 : [이동] 벼슬에 나아감. 과거 급제나 관직의 승진, 복직 등도 포함함.

충의 : [가치·소망] 군주와 국가를 위한 충성, 절의(節義).

취락 : [행위] 술 마시고 취하여 즐김. 그러한 즐거움의 추구. 단순히 술이라
　　　는 말이 들어 있는 정도보다는 '술 마시는 행사'나 '취흥'의 의미가 있
　　　을 때 적용함.

타국 : [공간] 모국이 아닌 곳.

탄로 : [심적태세] 늙은 상태나 늙는 것에 대한 탄식. 지나간 젊음, 좋던 세월
　　　에 대한 안타까운 회상.

탈속 : [가치·소망] 세속 세계와 세속적 가치에 대한 집착을 버리고 떠남.

탐욕 : [문제] 무엇인가를 지나치게 탐하는 욕심.

태평 : [가치·소망] 개인이나 집단, 국가 등이 근심 걱정 없이 평안한 상태.

풍농 : [가치·소망] 농사가 잘됨.

풍류인 : [인물] 세상의 현실적 가치에 집착하지 않고 취락, 가악, 유람 등의
　　　　즐거움을 추구한 것으로 이름난 사람.

피세 : [이동] 세상을 버리고 별천지로 떠나는 일. '귀거래'와 구별할 것.

학문 : [행위] 사물의 이치, 성현의 가르침, 지식 등을 탐구하는 일.

학자 : [인물] 위의 학문 행위를 주된 관심사로 삼는 사람. 그러한 방면의 업
　　　적으로 알려진 사람.

한거 : [행위] 번거로운 세속적 관계에서 떠나 전원, 강산 등의 일정한 공간
　　　에서 한가로이 지냄.

한시차용 : [언어] 한시 작품이 거의 원작대로 수용되어 작품의 전부 또는 대
　　　　부분을 차지하는 경우.

한탄 : [심적태세] 실패, 결핍, 상실 등을 아쉬워하는 강한 감정적 태도나 그
　　　표출.

행락 : [행위] 특정한 놀이 종류, 방법이 구분되지 않거나 혼합된 놀이·유흥 일반.

행로난 : [문제] 어떤 목표나 가치를 향해 나아갈 수 있는 마땅한 길이나 방도

가 없음.

향수 : [심적태세] 고향에 대한 그리움.

허심(虛心) : [심적태세] 이욕, 명성, 지위 등에 대한 관심을 모두 버려서, 마음
에 잡념이나 거리낌이 없음.

허언 : [문제] 약속이나 신의를 어김. 또는 그런 실질이 없는 공허한 장담.

호기 : [심적태세] 장쾌, 웅대한 목표를 지향하는 자신감과 정신적 기상.

화목 : [가치·소망] 가족, 이웃 사이의 조화로움과 두터운 정.

화초 : [행위] 화초 재배, 완상.

활쏘기 : [행위] 놀이 행위로서의 활쏘기.

회고 : [심적태세] 과거의 역사, 자취를 돌이켜 봄. 또는 그러한 일에서 나오
는 감회.

효양 : [가치·소망] 부모, 조부모 등의 친족 어른들을 힘써 정성스러이 봉양함.

후회 : [심적태세] 이전의 잘못을 깨닫고 뉘우치는 마음.

작품, 작가, 문헌과 시대귀속 판별

1. 시대 귀속의 두 층위

이 연구는 조선조의 시조를 대상으로 삼고, 세기世紀를 기본적 시대 구획으로 하여 모티프, 이미지와 심상공간의 역사적 추이를 해명하는 데에 주력한다. 이를 위해서는 무엇보다도 수많은 시조 작품들의 작가 판별과 시대 귀속에 대한 판단이 중요한 기초 작업이 된다. 이와 관련된 이론적, 실제적 논점과 본 연구가 취한 자료 처리 방법을 여기에 밝혀 두고자 한다.

어떤 작품이 몇 세기에 속하는 작품인가라는 질문은 매우 단순명료한 것처럼 보이지만 실제로는 그다지 간단하게 이해할 수 있는 물음이 아니다. 특히, 시조처럼 기록 전승과 향유자들의 연행을 통한 소통이 공존했던 장르의 경우 우리는 '작자가 그 작품을 창작한 시기'와 '특정 작품이 어떤 향유 집단의 가창 공간에서 재현되면서 문화적 질량을 발휘한 시기'가 서로 다르면서 각기 그 나름의 의미를 지닐 수 있다는 사실에 주목해야 한다.

예컨대 이황李滉, 1501~1570의 「도산십이곡」은 작품론과 작가론의 차원에서 모두 16세기의 산물이 분명하다. 그렇지만, 이 연시조는 18세기 초의 『청구영언 진본』과 19세기 중엽의 『해동가요』 계열 이본들에 실려 있어서 이 가집들이 속한 시공간의 시조 연행과 향유를 통해 활성화된 '당대적 현존성'을 지니기도 했다.[1] 그런 점에서 시조사를 입체적으로 조명하고자 한다면 작가를 중심으로 본 '창작상의 시대 귀속'과 함께 가집류 문헌들의 수록 양상을 통해 드러나는 '연행과 유통의 시대성' 또한 중시될 필요가 있다.

2. 작품의 작자 판별

조선 왕조(1392~1910)가 존속했던 기간은 15세기부터 19세기까지의 5세기로 나눌 수 있다.[2] 시조는 작품별로 창작 시기를 확인할 만한 경우가 흔하지 않으나, 본 연구처럼 세기 단위의 관찰과 해석이 주가

---

1 여기서 『청구영언 진본』과 『해동가요』 계열만을 언급한 것은 예시의 편의성 때문이며, 「도산십이곡」을 수록한 18, 19세기의 가집은 이보다 훨씬 더 많다.
2 이 중에서 15세기는 1392~1399년간을 포함한 '장기 15세기'이며, 19세기는 1900~1910년간을 포함한 '장기 19세기'다.

되는 경우에는 문제가 그다지 까다롭지 않다. 어떤 작품의 작가가 누구인지 식별할 수 있다면 그의 생몰년으로 시대 귀속 판정이 가능하기 때문이다.

그러나 시조의 문헌 상황은 때때로 만만치 않은 문제를 제출한다. 시조를 수록한 문헌은 현재까지 알려진 것만도 316종이 넘을 만큼 많을 뿐 아니라 문집, 가집, 악보, 고문서 등 종류가 다양하다. 같은 작품이라 해도 이들 문헌에 따라 작자 표시가 있고 없음의 차이가 많으며, 서로 다른 작가명이 제시된 경우도 가끔 있고, 동일 인물의 이명異名이나 별칭이 쓰인 예도 종종 발견된다. 문제를 더욱 복잡하게 하는 요인은 시조를 수록한 문헌들 중 일부가 작가 표시에 근거가 희박한 속전俗傳이나 추측을 끌어다 붙이거나, 일부 와전 또는 오기가 개입한 경우를 더러 보여 준다는 것이다. 인기가 있는 작품의 경우에는 둘 이상의 작가가 문헌에 따라 달리 표시되기도 하고, 부분적 파생형 텍스트가 서로 엇갈리는 작자명을 지닌 경우도 발견된다. 이런 예를 포함하여 일체의 원전상 정보들은 『고시조 대전』에 상세히 정리되어 있으므로 여기에 재론할 필요는 없을 것이다.

다만 『고시조 대전』은 시조의 원천 문헌들을 존중하는 입장에서 작자 표시에 대해 가능한 한 판정적 개입을 하지 않았으므로, 이를 그대로 따르는 방식으로는 본 연구를 진행할 수 없다. 따라서 본 연구의 취지에 부합하는 수준의 작자 판별 및 시대 귀속 처리를 위해 다각도로 고려한 끝에 몇 가지 원칙을 정하고, 이에 입각하여 『고시조 작가별 작품 자료집』(김흥규 2015, 미간행)을 편찬했다. 여기에 적용된 원칙과 지침의 개요는 다음과 같다.

1) 작가의 신분 집단 구분

① 왕 ② 양반층(왕족 포함) ③ 평민층 ④ 기타 남성 ⑤ 여성 ⑥ 기녀 ⑦ 신원
불명

2) 작자 판정과 유보

『고시조대전』의 원천 문헌에 둘 이상의 작가가 표시된 경우 가능한
한 개연성 높은 한 작가의 작품으로 판정한다. 이 판별은 연구를 위한
토대인 동시에 후일의 검증을 위해서도 긴요한 자산이므로 판정에서
제외된 경우라도 해당 작가명에 표지를 붙이고, 작품과 함께 첨부해서
재검토의 여지를 남긴다. 판정에서 제외된 것들은 다음의 두 유형 중
하나다.[3]

　－ 근접 파생형 : 그 작품과 매우 유사한 파생적 근접형이 해당 작가의 작
품으로 판단되어서, 중복 인정이 불가한 경우. ('$' 표시)
　－ 제외 작품 : 작품 내용과 특질, 서지 사항, 작가의 신원 등 여러 요인으
로 보아 그 인물의 작품으로 보기 어렵다고 생각되는 경우. ('%' 표시)

3　다만, 일부 작품들은 복수의 작가들 사이의 판정이 극히 모호하여 그대로 둔 경우가
　있다.

3) 작자 판정에 적용한 기준

- 문집, 개인가집 등에 실린 작품과 작자 표시를 중시한다.
- 가집, 선집류의 경우에는 시대적으로 앞선 문헌에 실린 것과, 다수의 문헌에 실린 것을 중시한다. 단, 가곡원류계 가집들은 7~8종 이상의 친족 집단 사이에서 작품이 전사되어 문헌상 출현 빈도가 부풀려진 면이 있다는 점에 주의한다.
- 작가 표시의 신뢰도가 현저하게 낮은 다음의 문헌들에만 표시된 인명 들은 각별히 비판적으로 평가한다. 계명대본 『동국명현가사집록(東國明賢 謌詞集錄)』, 『청구영언 연민본』
- 비교적 이른 시기의 인물인데, 19세기 말이나 20세기 초에 성립한 문헌에 서 처음으로 이름이 등장하는 경우 가탁(假託)이나 억측의 가능성을 고려한다.
- 해당 인물의 신분, 성향, 시대에 비추어 내용이 의심스러운 경우, 위의 요인들과 함께 평가한다.

4) 작자 판별과 추정의 지침 및 적용 사례

① 작자 표시에 관해 문헌들 사이에 충돌이 없는 경우, 즉 여러 문헌의 작 가 표시가 일치하거나 일부 문헌에 동일한 작가 표시가 있고 여타 문헌이 무기명으로 되어 있는 경우, 그의 작품임을 부인할 만한 현저하고도 유력한 반증이 없는 한 해당 인물의 작품으로 판정한다.

② 작자가 실명과 아호 또는 동일 인물의 이명(異名)에 의해 달리 표시되 었음이 분명할 경우에는 단일한 실명으로 통합하되, 실명보다 널리 통용되

는 이칭이 있을 경우에는 이를 따른다.

예)北軒 → 金春澤(1670∼1717)

李又石, 李輔國, 李熹公 ⟹ 李載晃

朗原君 → 李侃(1640∼1699)

③ "이현보 / 어부(漁父)"의 경우처럼 작품 성립 과정에서의 주된 저작자를 규정하는 관점에 따라 달라진 경우는 학계에서 널리 통용되는 인물에게 귀속시킨다.

④ 문헌들 사이에 작자 표시의 충돌이 있더라도, 그 중 한 쪽의 문헌이 상당한 신뢰성을 지닌 문집이거나 성립 시기 / 과정이 뚜렷하고 반면에 여타 문헌들은 이에 맞설 만한 전거를 지니지 못할 경우 전자의 작자 표시를 취한다.

예)다음 작품은 이현보의 문집인 『농암집(聾巖集)』에 실린 것으로, 일부 가집에 김일손, 김시습 등의 작가 표시가 있으나 『농암집』의 문헌적 신뢰성이 훨씬 크므로 이현보의 작품으로 판정하고, 김일손·김시습에서는 〈제외 작품〉으로 처리한다.

山頭에 閑雲이 起ㅎ고 水中에 白鷗이 飛이라

無心코 多情ㅎ니 이 두 거시로다

一生애 시르믈 닛고 너를 조차 노로리라 (#2300.1)

⑤ 가집류의 편찬서 및 개인 작품집에 편찬자 자신의 작품으로 수록된 것들이 여타 가집류 문헌에 다른 인물의 작품으로 기록된 경우, 후자의 신뢰

성을 고려할 만한 경쟁적 증거가 없으면 전자의 작자 표시를 따른다.

예)다음 작품은 『해동가요 주씨본』에 김수장으로, 『청구영언 연민본』에는 '반치(半痴])' 즉 이태명(李台明)으로 기록되어 있는데, 본 연구는 김수장의 작품으로 판정한다. 『주씨본 해동가요』는 김수장이 해동가요를 편찬하는 과정에서 이루어진 것으로 유력시되고, 『연민본 청구영언』은 이보다 성립 시기가 상당히 뒤쳐질 뿐 아니라 작자 표시의 신뢰성도 매우 낮기 때문이다.

牧丹은 花中王이요 向日花는 忠孝ㅣ로다
梅花는 隱逸士요 杏花는 小人이요 蓮花는 婦女요 菊花는 君子요 冬柏花는
　寒士요 朴곳은 老人이요 石竹花는 少年이요 海棠花 갓나희로다
이 中에 梨花는 詩客이요 紅桃 碧桃 三色桃는 風流郎인가 ㅎ노라
　(#1648.1)

예)다음 작품은 申獻朝(1752~1807)의 시조 25수를 모은 『蓬萊樂府』에 수록되어 있다. 19세기 중엽의 가집인 『육당본 청구영언』에서는 이를 김화진의 작품이라 했으나, 김화진에게는 이 밖의 시조가 알려진 바도 없어서 신헌조의 작품으로 처리한다.

셋곳고 사오나온 져 軍牢의 쥬졍 보소
半龍丹 몸똥이에 담벙거지 뒤앗고셔 좁은 집 內近ᄒᄃᆡ 밤듕만 들녀들어
　左右로 衝突ᄒᆞ여 새도록 나드다가 제라도 氣盡턴디 먹은 濁酒 다 거이네
아마도 酗酒를 잡으려면 져놈브터 잡으리라 (#2694.1)

예)다음 작품은 안민영 자신이 엮은 개인 시조집『금옥총부』에 수록된 것
　　으로서, 일부『가곡원류』계열 가집의 '박효관' 표시를 버리고 안민영 작
　　품으로 판단한다.

洛城西北 三溪洞天에 水澄淸而山秀麗호디
翼然有亭에 伊誰在矣오 國太公之偃息이시라
비닉니 南極老人 北斗星君으로 享壽萬年 호오소셔 (#2694.1)

　⑥ 어떤 문헌에서 동일 작가의 이름 아래 수록된 다수의 작품 중 극히 적
은 일부가 여타 문헌에 산발적으로 다른 인물의 것으로 기록되어 있을 경
우, 후자의 가능성을 중시할 만한 유력한 단서가 없으면 전자를 따른다.

예)다음의 두 작품은 이런 기준에 따라 모두 김광욱의 것으로 판정한다. 이
　　들은『진본 청구영언』에 김광욱의 작품으로 실린 17수 중의 일부인데,
　　『연민본 청구영언』에는 '반치(半痴)'의 작이라 했다.『연민본 청구영
　　언』은 모호한 추정이나 억측에 따른 작가 표시가 많은 것으로 널리 알려
　　져 있으며, 이 경우에도 작가 표시의 경쟁적 가치를 인정하기 어렵다.

대막대 너를 보니 有信호고 반갑괴야
나니 아힛 적의 너를 투고 둔니더니
이제란 窓 뒤헤 셧다가 날 뒤셰고 둔녀라 (#1283.1)

東風이 건듯 부러 積雪을 다 노기니
四面 靑山이 녜 얼골 나노매라

귀밋틔 희무근 서리는 녹을 줄을 모른다. (#1437.1)

예)다음 작품 역시 『진본 청구영언』에 김광욱의 작품으로 실린 17수 중의
하나로서, 『해동가요』 계열 등 18세기 가집이 다수 포함된 20종의 문헌
에는 '김광욱'으로 작가 표시가 되어 있다. 그런데, 19세기 중엽의 문헌
인 『악부 나손본』과 그 뒤의 『가곡원류』 계열 등 24종의 문헌에는 작가
를 '정충신(鄭忠臣)'이라 했다. 이 경우의 판정은 김광욱으로 하는 것이
옳을 듯하나, 정충신을 배제할 결정적 이유가 부족하다는 점에서 복수
(複數) 작가 인정으로 남겨서 후일의 검토를 기다리기로 한다.

黃河水 몱단 말가 聖人이 나셔도다
草野 群賢이 다 니러나닷 말가
어즈버 江山 風月을 눌을 주고 갈소니 (#5506.1)

예)다음 작품은 김창업의 것으로 판정한다. '석교(石郊)'는 김창업(1658~
1721)의 호이므로 대다수 가집의 작가 표시가 일치하는데, 19세기 후반
이후에 성립한 『가곡원류』 계열 가집 4종에서만 '김창집(金昌集)'으로
출현한다. 현재까지 수집된 시조 중에서 작가가 김창집이라 표시된 것은
이 경우가 유일하며, 여기서의 '集'은 '業'의 와전 또는 오기일 가능성이
매우 높다.

자 나믄 보라매를 엇그제 곳 손 써혀
쎄짓체 방올 드라 夕陽에 밧고 나니
丈夫의 平生 得意는 잇분인가 ᄒ노라 (#4121.1)

⑦ 개인 문집 및 신뢰성 높은 선행 문헌에 실린 원본에 상당한 변형이 가해져서 후대의 가집에 실린 작품들은 『고시조 대전』과 분석용 데이터베이스에 일단 별개의 작품으로 등록하였으나, 이를 해당 작가의 작품으로 산입하면 통계상의 이중 계산이 되므로 대상에서 제외한다.

예) 다음 작품은 윤선도의 「어부사시사 : 추사(秋詞) 10」이 전승 과정에서 상당히 변형되어 여러 가집에 윤선도의 작이라 실린 것이다. 이와 유사한 사례가 7수에 달한다. 원형대로는 아니더라도 이 작품들의 작자를 따지사면 윤선도가 될 수밖에 없는데, 『고산유고』에 실린 원작이 작품론 및 통계 대상에 포함되므로 이 변이형들은 본 연구의 기본적 분석 자료에서 제외하는 것이 마땅하다.

松間 石室을 츳자 曉月을 보려 ᄒ니
空山 落葉에 길을 어이 츳자가리
어듸셔 白雲 조차오니 女蘿衣가 므거웨라
(해동가요 박씨본, #2764.1)

3. 작품의 시대 귀속 구분

작품에 대한 작가 판별이 이루어지면, 해당 작품은 당연히 작가가 살았던 세기의 자료에 산입된다. 그러나 작가의 생존 기간이 두 세기에 걸칠 경우에는 시대 귀속 판정이 복잡할 수 있다. 본 연구에서는 해당 인물의 작품 대다수가 창작된 시기에 관한 명확한 증거가 있으면 이를 따르고, 그렇지 않을 경우에는 다음과 같은 판별 방식을 적용한다.

① 작가가 20세 이상 생존한 경우에는 20세부터 몰년(沒年)까지의 기간에서 6/10이 되는 시점이 속하는 세기를 그의 작품 전체의 귀속 시기로 삼는다. 이는 시조의 창작 및 향유가 청년기보다는 노년기 내지 壯年 이후의 시기에 주로 이루어졌다는 경향을 감안한 것이다.

② 생몰년 중 어느 한쪽이 불분명한 경우에는 생존 기간에 관해 학계에서 통용되는 대체적 추정을 적용하고, 그것도 어려운 경우에는 50세 정도까지 살았다고 가정하여 위의 판정 방식을 적용한다.

③ 80세 이상의 생존자는 80세까지를 성년 활동기로 보고 위의 계산 방식을 적용한다

④ 생몰년 중 일부 혹은 전부가 불분명한 인물일지라도 그의 활동 기간이 "숙종조", "영조년간" 등으로 증언한 자료가 있을 경우에는 해당 시기가 많이 걸치는 세기에 그의 작품들을 귀속시킨다. 함께 활동했거나 교유한 인물의 정보가 있을 경우에도 이에 준하여 판정한다.

⑤ 이와 같은 처리 기준에도 불구하고 생몰년 중 어느 한쪽이 불분명한 가운데 두 세기의 사이에서 양자택일적 판정이 쉽지 않은 경우가 간혹 있다. 예컨대 정희량(鄭希良, 1469~?)과 김성기(金聖器, 1649?~?)가 그

러하다. 이 중에서 정희량은 위의 ②항을 적용하여 그의 작품 1수를 16
세기에 넣었다. 반면에 김성기는 1649년이라는 출생년 정보의 확실성이
부족한 데다, 만년에 서강(西江)에 은거하여 음악을 즐기며 사는 가운데
시조 몇 수를 남겼고, 그가 세상을 떠나자 제자들이 스승으로부터 배운
거문고 가락들을 정리하여 1728년에 『낭옹신보(浪翁新譜)』를 만들었다
고 한다. 이런 점들을 고려할 때 그의 작품들은 18세기 초기의 산물로 판
단하는 것이 적절하다고 본다.

⑥ 특정 작품들의 창작 시기에 관한 고증이 가능할 경우에는 이에 따른 세
기 귀속 판정이 작가의 생몰년에 의한 계산보다 당연히 선행한다. 장경
세(張經世, 1547~1615)는 생애의 계산상 중심 연대가 16세기 말이나,
그의 「강호연군가」 후기가 1612년에 씌어진 것으로 보아 작품 역시 17
세기 초기작이 확실시되므로 17세기에 귀속시켰다. 박선장(朴善長,
1555~1616) 역시 계산상 기준연대가 16세기에 속하나, 「오륜가」가 그
의 58세(1612) 때 작품이어서 17세기에 귀속 처리했다.

⑦ 수록 문헌들에 작가명이 전혀 없거나, 있더라도 신원 미상인 경우는 시
대 귀속 판정에서 제외한다.

이상과 같은 판정 기준에 따라 세기별 자료 군집에 산입된 조선 시
대 작가와 시조 작품 수량의 통계는 다음과 같다.[4]

---

4   신원 미상이거나 생존 시기를 알기 어려운 인물과 그 작품들, 14세기 이전 인물 24인
    의 작품이라는 시조 39수, 20세기 인물 2인의 13수 등은 이 표에서 제외했다.

	전체		왕		양반		평민층		기타		여성		기녀	
	작가	작품	작가	작품	작가	작품	작가	작품	작가	작품	작가	작품	작가	작품
15세기	29	73	3	5	24	61	0	0	0	0	0	0	2	7
16세기	83	384	0	0	75	371	0	0	0	0	3	3	5	10
17세기	106	911	2	8	99	896	1	2	1	1	0	0	2	3
18세기	105	1009	3	3	71	588	28	404	0	0	0	0	3	14
19세기	31	1010	0	0	21	762	9	245	0	0	0	0	1	3
합계	354	3387	8	16	290	2678	38	651	1	1	3	3	13	37

이 연구에서는 세기 단위의 시대 구획을 종축으로 삼고, 양반·평민·기녀라는 신분 구분을 횡축으로 하여 시조사의 변화를 해명하고자 하므로 아래에 세기와 신분별도 군집화 된 작가들의 이름과 작품 수를 밝혀 둔다.

○ 15세기

양반층 작가, 24인 61수

김시습(金時習) 1, 김종서(金宗瑞) 2, 남이(南怡) 3, 남효온(南孝溫) 1, 맹사성(孟思誠) 4, 박팽년(朴彭年) 4, 변계량(卞季良) 1, 성삼문(成三問) 2, 성석린(成石璘) 1, 안평대군(安平大君) 1, 왕방연(王邦衍) 5, 원호(元昊) 2, 월산대군(月山大君) 2, 유상지(兪尙智) 1, 유성원(柳誠源) 1, 유수(兪邃) 1, 유응부(兪應孚) 1, 이개(李塏) 2, 이직(李稷) 1, 이총(李摠) 1, 최덕지(崔德之) 1, 하위지(河緯地) 16, 황희(黃喜) 5

기녀 작가, 2인 7수

소춘풍(笑春風) 6, 홍장(紅粧) 1

○ 16세기

양반층 작가, 75인 371수

강익(姜翼) 3, 고경명(高敬命) 4, 고응척(高應陟) 28, 곽기수(郭期壽) 3, 구용(具容) 1, 권호문(權好文) 19, 기대승(奇大升) 1, 김경희(金景熹) 1, 김구(金絿) 5, 김덕령(金德齡) 1, 김득가(金得可) 1, 김명원(金命元) 2, 김성원(金成遠) 1, 김우굉(金宇宏) 10, 김응정(金應鼎) 9, 김인후(金麟厚) 3, 김현성(金玄成) 2, 노수신(盧守愼) 1, 노진(盧禛) 3, 박계현(朴啓賢) 1, 박순(朴淳) 1, 박영(朴英) 1, 박운(朴雲) 4, 백광훈(白光勳) 1, 서경덕(徐敬德) 3, 서익(徐益) 2, 성세창(成世昌) 1, 성수침(成守琛) 4, 성운(成運) 2, 성혼(成渾) 3, 송남수(宋柟壽) 1, 송순(宋純) 2, 송인(宋寅) 8, 송인수(宋麟

壽) 1, 신광한(申光漢) 1, 신잠(申潛) 1, 안정(安挺) 2, 양사언(楊士彦) 1, 양응정(梁應鼎) 2, 엄흔(嚴昕) 1, 유운(柳雲) 1, 유자신(柳自新) 3, 유희령(柳希齡) 1, 유희춘(柳希春) 2, 이숙량(李叔樑) 6, 이순신(李舜臣) 1, 이양원(李陽元) 3, 이언적(李彦迪) 2, 이이(李珥) 12, 이정(李淨) 6, 이제신(李濟臣) 1, 이현보(李賢輔) 8, 이황(李滉) 13, 이후백(李後白) 11, 임제(林悌) 3, 임진(林晉) 1, 정광천(鄭光天) 9, 정구(鄭逑) 5, 정철(鄭澈) 89, 정희량(鄭希良) 1, 조광조(趙光祖) 2, 조식(曺植) 2, 조식(趙埴) 3, 조식부친(趙埴父親)) 1, 조욱(趙昱) 1, 조종도(趙宗道) 1, 조헌(趙憲) 3, 주세붕(周世鵬) 15, 최학령(崔鶴齡) 6, 한호(韓濩) 2, 허강(許橿) 8, 허자(許磁) 2, 홍섬(洪暹) 3, 홍적(洪迪) 2, 홍춘경(洪春卿) 1

기녀 작가, 5인 10수

문향(文香) 1, 진옥(眞玉) 1, 한우(寒雨) 1, 홍랑(洪娘) 1, 황진이(黃眞伊) 6

○ 17세기

양반층 작가, 99인 896수

강백년(姜栢年) 2, 강복중(姜復中) 69, 구인후(具仁垕) 1, 구지정(具志禎) 3, 권익륭(權益隆) 8, 권필(權鞸) 3, 김계(金啓) 31, 김광욱(金光煜) 20, 김기홍(金起泓) 8, 김노섭(金魯燮) 1, 김득연(金得研) 72, 김류(金瑬) 2, 김상용(金尙容) 15, 김상헌(金尙憲) 3, 김성최(金聖最) 3, 김육(金堉) 3, 김응하(金應河) 1, 김장생(金長生) 2, 김종○(金宗○) 1, 김충선(金忠善) 6, 김택룡(金澤龍) 1, 김현백(金鉉百) 1, 나위소(羅緯素) 9, 남구만(南九萬) 2, 남선(南銑) 2, 박경(朴璥) 1, 박계숙(朴繼叔) 5, 박선장(朴善長) 8,

박세채(朴世采) 1, 박응성(朴應星) 27, 박인로(朴仁老) 74, 박태보(朴泰輔) 3, 방원진(房元震) 3, 배세면(裴世綿) 2, 백수회(白受繪) 3, 서문택(徐文澤) 52, 소현세자(昭顯世子) 1, 손만웅(孫萬雄) 1, 송시열(宋時烈) 3, 송응현(宋應賢) 1, 신계영(辛啓榮) 14, 신교(申灚) 22, 신여철(申汝哲) 2, 신흠(申欽) 32, 오도일(吳道一) 1, 오이건(吳以健) 3, 오준(吳竣) 1, 유천군(儒川君) 2, 유혁연(柳赫然) 3, 윤선도(尹善道) 75, 윤세기(尹世紀) 1, 윤이후(尹爾厚) 2, 이간(李侃) 30, 이경엄(李景嚴) 16, 이관징(李觀徵) 1, 이귀(李貴) 1, 이귀진(李貴鎭) 1, 이담명(李聃命) 12, 이덕일(李德一) 28, 이덕형(李德馨) 3, 이명한(李明漢) 8, 이시(李蒔) 4, 이시백(李時白) 2, 이신의(李愼儀) 10, 이안눌(李安訥) 2, 이야(李壄) 1, 이언강(李彦綱) 1, 이완(李浣) 1, 이원익(李元翼) 3, 이정구(李廷龜) 2, 이정환(李廷煥) 10, 이중경(李重慶) 21, 이중집(李仲集) 7, 이진문(李振門) 14, 이택(李澤) 3, 이항복(李恒福) 8, 이홍유(李弘有) 6, 이화진(李華鎭) 2, 이휘일(李徽逸) 8, 인평대군(麟坪大君) 3, 임경업(林慶業) 1, 임유후(任有後) 2, 장경세(張經世) 12, 장만(張晩) 1, 장복겸(張復謙) 10, 장현광(張顯光) 1, 정두경(鄭斗卿) 2, 정온(鄭蘊) 2, 정충신(鄭忠信) 3, 정태화(鄭太和) 3, 정훈(鄭勳) 20, 조인(趙寅) 1, 조존성(趙存性) 4, 조찬한(趙纘韓) 2, 조한영(曺漢英) 4, 채유후(蔡裕後) 2, 허정(許珽) 3, 홍서봉(洪瑞鳳) 1, 홍익한(洪翼漢) 2

평민층 작가, 1인 2수

장현(張炫) 2

기녀 작가, 2인 3수

매창(梅窓) 1, 소백주(小柏舟) 2

○ 18세기

양반층 작가, 71인 588수

강응환(姜膺煥) 1, 권구(權榘) 6, 권섭(權燮) 78, 김도익(金道翼) 3, 김두성(金斗性) 2, 김상옥(金相玉) 1, 김상직(金商稷) 3, 김선(金銑) 1, 김성응(金聖應) 1, 김식(金湜) 3, 김영(金煐) 7, 김용겸(金用謙) 1, 김이익(金履翼) 61, 김익(金熤) 6, 김창업(金昌業) 7, 김창흡(金昌翕) 3, 김춘택(金春澤) 4, 김하구(金夏久) 1, 김홍도(金弘道) 2, 남극엽(南極曄) 17, 남도진(南道振) 3, 민성천(閔成川) 1, 민제장(閔濟長) 2, 박권(朴權) 1, 박명원(朴明源) 1, 박순우(朴淳愚) 6, 박준한(朴俊漢) 1, 박희서(朴凞瑞) 5, 송계연월옹(松桂煙月翁) 14, 송질(宋瓆) 1, 신정하(申靖夏) 4, 신지(申墀) 14, 신헌조(申獻朝) 25, 안서우(安瑞羽) 19, 안창후(安昌後) 24, 양주익(梁周翊) 10, 위백규(魏伯珪) 9, 유도관(柳道貫) 4, 유박(柳樸) 10, 유숭(兪崇) 3, 윤두서(尹斗緒) 2, 윤순(尹淳) 1, 윤양래(尹陽來) 19, 윤유(尹游) 2, 이광명(李匡明) 3, 이삼(李森) 2, 이상은(李相殷) 1, 이유(李渘) 3, 이의현(李宜顯) 2, 이재(李在) 2, 이정보(李鼎輔) 111, 이정섭(李廷燮) 2, 이정작(李庭綽) 2, 이한진(李漢鎭) 7, 장붕익(張鵬翼) 1, 정내교(鄭來僑) 3, 정민교(鄭敏僑) 1, 정여직(鄭汝稷) 1, 조관빈(趙觀彬) 3, 조대수(趙大壽) 1, 조덕중(趙德重) 1, 조명리(趙明履) 6, 조명채(曺命采) 1, 조윤성(曺允成) 1, 조윤형(曺允亨) 1, 조재호(趙載浩) 2, 조현명(趙顯命) 3, 채시옥(蔡蓍玉) 2, 채헌(蔡瀗) 8, 홍봉한(洪鳳漢) 1, 황윤석(黃胤錫) 28

평민층 작가, 28인 404수

김묵수(金默壽) 8, 김삼현(金三賢) 7, 김성기(金聖器) 10, 김수장(金壽

長) 135, 김우규(金友奎) 18, 김유기(金裕器) 14, 김정우(金鼎禹) 1, 김중열(金重說) 3, 김진태(金振泰) 26, 김천택(金天澤) 82, 김치우(金致羽) 1, 김태서(金兌瑞) 1, 김태석(金兌錫) 7, 문수빈(文守彬) 1, 박도순(朴道淳) 2, 박문욱(朴文郁) 18, 박상간(朴尙侃) 2, 박후웅(朴後雄) 4, 백경현(白景炫) 9, 송용세(宋龍世) 1, 오경화(吳擎華) 3, 유세신(庾世信) 7, 이덕함(李德涵) 3, 이세춘(李世春) 1, 이정신(李廷藎) 17, 이태명(李台明) 4, 정언박(鄭彦璞) 1, 주의식(朱義植) 18

기녀 작가, 3인 14수
계섬(桂蟾) 1, 구지(求之) 1, 송이(松伊) 12

○ 19세기

양반층 작가, 21인 762수
기정진(奇正鎭) 1, 김문근(金汶根) 1, 김민순(金敏淳) 15, 김병집(金炳集) 1, 김조순(金祖淳) 1, 박양좌(朴良佐) 54, 신갑준(申甲俊) 10, 신위(申緯) 1, 원세순(元世洵) 1, 유심영(柳心永) 4, 유중교(柳重敎) 3, 이면승(李勉昇) 1, 이삼만(李三晩) 1, 이세보(李世輔) 466, 이재면(李載冕) 1, 이하응(李昰應) 2, 익종(翼宗) 10, 조황(趙榥) 158, 지덕붕(池德鵬) 13, 최진태(崔眞台) 2, 호석균(扈錫均) 16

평민층 작가, 9인 245수
김학연(金學淵) 3, 박영수(朴英秀) 6, 박효관(朴孝寬) 14, 송종원(宋宗元) 8, 신희문(申喜文) 14, 안민영(安玟英) 189, 임의직(任義直) 6, 정수경

(鄭壽慶) 2, 하순일(河順一) 3

기녀 작가, 1인 3수

인애(仁愛) 3

4. 18 · 19세기의 6등분 가집군 설정

본 연구의 설계에서 매우 중요한 착상의 하나는 조선 후기 시조사에서 여러 층위의 시조 향유자들이 작품의 연행, 창작, 개작, 품평, 유통, 전승에 관여하면서 일으킨 역동적 작용들이 매우 큰 의의를 지닌다는 것이다. 종래의 연구에서 이 점이 반드시 외면되기만 했던 것은 아니다. 그러나 작품을 주로 작가와의 연관이나 창작의 배경이 된 시대성에 결부시켜 논하는 일반적 관행으로 인해 연행 차원의 변수에 대한 고려는 흔히 부차적 사항에 머무르고는 했다. 아울러, 이 문제에 관한 본격적 접근을 모색하려 해도 연행 차원의 여러 요인들이 시조의 관심사 및 모티프 수준에서 어떤 문학적 변화를 자극했는지 검증할 만한 자료 기반이 확실치 않았다. 본 연구는 『고시조 대전』과 『고시조 문헌 해제』에서 이루어진 성과를 바탕으로 18, 19세기의 가집류 문헌들을 6개 시기로 구획하여, 이에 관한 검토의 발판을 마련하고자 한다.

현존하는 가집류 문헌들은 1728년에 편찬된 『진본 청구영언』을 필두로 하여 20세기 초까지 약 2세기 동안의 다채로운 전개 양상들을 보여 준다. 이 중에서 문헌의 성립 시기와 특성이 비교적 뚜렷하게 파악된 것들을 선별하여, 18~19세기의 시조 연행과 작품 창작, 유통, 전승이 지닌 거시적 추이를 파악하는 것이 이 연구의 주요 전략 중 하나다. 이를 위해 다음과 같은 원칙을 마련했다.

① 시조 연행과 가집 편찬의 추세를 가능한 한 정밀하게 분석하고자 18, 19세기를 각기 3등분하여 문헌 군집의 시기를 다음과 같이 여섯으로 나눈다.

18세기 초엽 / 18세기 중엽 / 18세기 말엽 / 19세기 초엽 / 19세기 중엽 / 19세기 말엽

② 이 군집들의 자료는 가곡창 가집 또는 시조창 가집으로서, 성립 시기가 18~19세기 사이에서 유력하게 추정되는 것으로 한정한다.
③ 개인 작품집, 소수 동호인에 국한된 선집은 제외한다.
④ 가곡창과 시조창이 공존하는 작품집은 그 중 어느 한쪽이 기본이 되고 나머지가 삽입 또는 추록으로 간주될 수 있는 경우에 한하여 자료로 수용한다.
⑤ 선정된 문헌에 실린 작품이라 해도 제3자에 의해 후대에 삽입되거나 추록(追錄)된 것들은 검토 및 통계 연산에서 제외한다.
⑥ 어떤 시기별 군집에 속하는 가집이 몇이든 그 중 하나 이상의 문헌에 실린 작품은 해당 시기의 시조 연행·향유 자산이라고 간주한다. 동일 작품이 여섯 시기의 문헌 군집에 적어도 한 차례 이상씩 출현한다면, 이 작품은 그 기간에 공통되는 시조 자산이라고 본다.

이런 원칙에 따라 검토 군집으로부터 일단 제외한 문헌들이 적지 않다. 그 중에서 수록 작품 수가 적지 않으면서 문헌 선별의 세부적 고려를 예시할 만한 사례를 일부 소개하면 다음과 같다.

* **청구가요**(靑丘歌謠) : 총 80수. 『해동가요 주씨본』의 부록으로 여겨지는 문헌
   으로서, 김수장 등 11인의 시조 작품이 실린 동인지적 성격의 가집이다.
   작가-작품 선택 범위에 특별한 제한을 두지 않은 문헌만을 포함한다는
   원칙에 따라 제외했다.
* **청구영언_장서각본** : 총 455수. 18세기 가집의 특징을 지닌 전반부와, 19세
   기에 이루어진 것으로 보이는 후반부가 혼합된 편성이어서, 시대 귀속
   이 복잡하므로 일단 제외했다.
* **가곡_단대본**(檀大本) : 총 195수. 성립 또는 필사 시기를 추정할 만한 증거가
   부족하여 제외했다.
* **가곡_연대본**(延大本) : 총 114수. 가사와 시조가 번갈아 수록되고, 시조에는
   가곡창과 시조창 텍스트가 섞여 있는 등 혼성 가집이어서 제외했다.
* **가곡원류_서울대본** : 총 454수. 『가곡원류 동양문고본』을 그대로 다시 필사
   한 문헌이어서, 시기별 군집의 자료로 부적절하다.
* **가곡원류_김근수본** : 총 848수. 『가곡원류 하합본』을 김근수가 그대로 다시
   필사한 문헌이어서, 역시 시기별 군집의 자료로 부적절하다.
* **가곡원류_일석본** : 총 740수. 남창만 남은 『가곡원류』 이본과 시조작품들
   을 함께 철하여, 펜으로 필사한 가집이다. 원래 이희승이 소장하고 있던
   것이나 원본은 한국전쟁 때 분실되고, 전해지는 것은 이재수 전사본이
   다. 남창 부분의 작품은 국악원본과 모두 겹치고, 여창에 해당하는 부분
   은 유실되었다. 권4에 해당하는 부분에 가사와 가곡창, 시조창 텍스트
   가 섞여 있어서 종류별, 시기별 자료 군집 편성 원칙에 어긋나므로 제외
   했다.
* **동국명현가사집록**(東國明賢謌詞集錄) : 총 474수. 계명대 도서관에 소장된 가집
   으로서, 박양좌(朴良佐)라는 신원미상의 19세기 인물이 엮었다. 가곡창
   의 체제를 갖추었으나 18세기 가집의 편제를 모방한 것으로 보이며, 수
   록된 작가와 작품의 신빙성에 의문스러운 점들이 많다. 아울러, 말미의
   54수는 편자 자신의 시조 작품들은 덧붙인 것이다. 이런 특성으로 보아

좀더 충실한 문헌적 비판을 거쳐서 활용하는 것이 바람직할 듯하다.

* **가사_나손본**(歌詞 羅孫本) : 총 203수. 단국대 도서관 소장으로서, 가곡 한바탕, 시조, 가사, 금보(琴譜)가 수록된 종합 가집. 가곡창과 시조창 텍스트가 함께 수록된 문헌이어서 제외했다.

이상의 원칙에 따른 검토 과정을 거쳐 채택된 문헌은 모두 60종으로서, 그 목록과 기본 정보는 다음과 같다.

1) 18~19세기 가집류의 시기별 군집

—문헌명 약칭 앞의 세 자리 숫자는 DB 작업을 위한 고유번호다.

—G코드 셋째 자리의 '2'는 가곡창 문헌임을, '3'은 시조창 문헌임을 표시하며, 마지막 자리의 'y'는 남녀창 구분이 있음을 가리킨다.

—작품 총계는 해당 문헌에 수록된 시조의 총수이며, '손상'은 판독 불능의 작품 수를, '삽입'은 후인에 의해 첨가된 작품 수를 말한다. 통계에서 이들 '손상, 삽입' 작품은 제외한다.

(18세기 초엽)

문헌	G코드	총계	손상	삽입	남창	병창	여창	식별용 명칭
100청진	8120X	580	0	0	0	0	0	청구영언 진본

(18세기 중엽)

문헌	G코드	총계	손상	삽입	남창	병창	여창	식별용 명칭
102해박	8222X	539	0	45	0	0	0	해동가요 박씨본
103해일	8222X	638	0	0	0	0	0	해동가요 일석본
104해주	8222X	568	0	0	0	0	0	해동가요 주씨본
105해정	8222X	475	0	0	0	0	0	해동가요 UC본
107시박	8222X	728	0	0	0	0	0	시가 박씨본
114해수	8222X	470	0	0	0	0	0	해아수
116고금	8222X	302	0	0	0	0	0	고금가곡
224시단	8222X	156	0	0	0	0	0	시조 단국대본
259가권	8222X	393	1	0	0	0	0	가사 권순회본
267가조	8222X	668	0	0	0	0	0	가조별람

(18세기 말엽)

문헌	G코드	총계	손상	삽입	남창	병창	여창	식별용 명칭
109병가	8320X	1109	0	0	0	0	0	병와 가곡집
112청홍	8320X	310	0	0	0	0	0	청구영언 홍씨본
115동가	8320X	235	0	0	0	0	0	동가선
118영류	8320X	335	0	0	0	0	0	영언유초

(19세기 초엽)

문헌	G코드	총계	손상	삽입	남창	병창	여창	식별용 명칭
108악서	9120X	500	0	9	0	0	0	악부 서울대본
110청가	9120X	716	0	9	0	0	0	
111청영	9120X	596	0	0	0	0	0	
113청연	9120X	257	0	0	0	0	0	청구영언 연민본
117동국	9120X	414	0	0	0	0	0	동국가사
127시경	9120X	336	0	0	0	0	0	시조 경대본
129시김	9120X	590	0	0	0	0	0	시여 김씨본
246객악	9120X	482	0	0	0	0	0	객악본
121가보	9120Y	368	0	0	0	0	0	가보
122영규	9120Y	516	0	0	0	0	0	영언 규장각본
210산양	9120Y	134	0	0	313	0	55	산양 악부정음
260시권	9120Y	419	0	0	445	0	60	시가곡 권순회본

(19세기 중엽)

문헌	G코드	총계	손상	삽입	남창	병창	여창	식별용 명칭
119홍비	9220Y	436	0	0	196	0	97	홍비부
120근악	9220X	397	0	0	0	0	0	근화악부
125청육	9220Y	999	0	0	890	0	109	청구영언 육당본
187악나	9220Y	840	0	0	194	0	86	악부 나손본
230지음	9220Y	421	0	3	418	0	0	지음 건
269여양	9220Y	203	0	46	0	0	157	여창가요록 양승민본
128남태	9230X	224	0	0	0	0	0	남훈 태평가

(19세기 말엽)

문헌	G코드	총계	손상	삽입	남창	병창	여창	식별용 명칭
137원국	9321Y	856	0	0	665	1	190	가곡원류 국악원본
138원규	9321Y	855	0	0	664	1	190	가곡원류 규장각본
139원하	9321Y	849	0	0	657	0	192	가곡원류 하합본
140원육	9321Y	804	0	0	626	0	178	가곡원류 육당본
141원불	9321Y	801	0	0	631	0	170	가곡원류 블란서분
142원박	9321Y	725	0	0	537	1	187	가곡원류 박씨본
143원황	9321Y	713	0	0	522	1	190	가곡원류 구황실본
144원가	9321Y	449	0	21	309	1	118	가곡원류 가람본
146원동	9321Y	454	0	0	454	0	0	가곡원류 동양문고본
148해악	9321Y	874	0	0	658	1	215	해동악장
149협률	9321Y	828	0	0	646	0	182	협률대성
150화악	9321Y	651	0	0	0	0	0	화원악보
219원연	9321Y	726	0	0	0	1	187	가곡원류 연대본
151여요	9321Y	182	0	0	0	0	182	여창가요록
244여이	9321Y	145	0	0	2	0	143	여창가요록 이혜구본
136교방	9321Y	107	38	16	0	1	90	교방가요
225시음	9321Y	102	0	64	3	0	24	시조음률
159시여	9321X	170	0	0	0	0	0	시여 이씨본
160가요	9321X	99	0	0	0	0	0	가요 동양문고본
163시철	9321X	96	1	0	0	0	0	시철가

172영산	9321X	53	2	0	0	0	0	영산가
179시서	9321X	46	0	0	0	0	0	시조집 장서각본2
218시국	9321X	81	1	0	0	0	0	시조집 단국대본
220남상	9321X	146	0	0	0	0	0	남훈태평가 (상)
221남하	9321X	79	0	0	0	0	0	남훈태평가 (하)
234시주	9321X	86	0	0	0	0	0	시주단가 잡가

고시조 문헌 약칭 목록

약칭, 수록작품수, 문헌명 *저자(편자) 혹은 부기 사항

가감　267　歌曲寶鑑

가권　393　歌詞_權純會本

가나　203　歌詞_羅孫本*羅孫 金東旭 所藏本

가단　195　歌曲_檀大本

가범　2　家範 *裵碩徽

가보　368　歌譜

가선　597　歌曲選

가연　114　歌曲_延大本

가요　99　歌謠_東洋文庫本 *日本 東洋文庫
　　　　　所藏本

가임　43　歌詞集*壬寅年 筆寫

가조　668　歌調別覽

가청　7　歌曲_淸儂本*원문헌명 '없음'. 淸儂
　　　　　秦東赫 所藏本

가평　69　歌詞_平州本*平州 朴乙洙 所藏本

간송　4　澗松追慕錄 *趙任道

갈봉　75　葛峯先生遺墨 *金得研

갈유　64　葛峯遺稿 *金得研

갑극　19　甲棘漫詠 *尹陽來

개암　3　介庵集 *姜翼

개장　10　開湖雜錄_藏書閣本 *金宇宏

개호　11　開湖雜錄_義城本 *金宇宏, 義城金
　　　　　門家藏本

객악　482　客樂譜

경가　16　警民篇_嘉藍本

경경　16　警民篇_庚戌乙丑本

경구　19　警民篇_戊辰九月本

경국　16　警民篇_國立圖書館本

경노　4　蘆溪歌集_庚午本 *朴仁老, 원문헌
　　　　　명 '永陽歷贈'

경칠　16　警民篇_戊辰七月本

계상　6　桂相國傳_高大本

홍유　2　弘儒侯先生實記 *薛聰　　　　　훈계　14　訓戒辭
화악　651　花源樂譜　　　　　　　　　흥비　436　興比賦
화암　10　花庵隨錄 *柳璞